超棒電視影集這樣寫

美劇創作的觀念、技藝、心法

Writing
The TV Drama Series
How to Succeed as a Professional Writer in TV
3rd Edition

南加大影視學院教師
潘蜜拉・道格拉斯
Pamela Douglas——著
呂繼先——譯

獻給　拉雅亞布洛與約翰史賓塞

致上我的愛

推薦序

當編劇成為專業的工作

劉瑜萱

拍片的初衷，不外乎是喜歡聽故事、喜歡說故事，加上對人與世界有無盡的好奇心，這個工作讓一群喜歡故事的人有機會聚在一起，用不同角度了解世界。但看似美好的夢想泡泡，總是要面對實際的製作過程，「該怎麼開始、故事究竟該怎麼說」？

本書具體而微地說明美國電視產業現況，大至電視媒體發展趨勢，小至無線台影集徵案時程進度與各階段具體需求，你都可以在書中看見。即使台灣的業界運作和美國電視圈大不相同，書中提到的經驗法則無法直接套用，但仍屬寶貴，潘蜜拉．道格拉斯教授直言不諱地揭露神祕美劇圈的運作模式，明確且實際說明如何開始專業電視編劇的第一步，以及在江湖路上初闖蕩時可能會遇到的殘酷現實：你可能因為年齡而被錄取或拒絕；也可能在歷經辛苦提案後，製作人仍因為各種考量而找其他編劇替換掉你期待已久的位置；更別說和團隊合作時，亦敵亦友的微妙平衡。這些多年積累下來的業內觀察，自有其參考價值——你知道的，夢想的道路上總有大大小小具體、現實的阻礙，得想辦法面對。

創作性與務實面兼具，並想辦法取得平衡，才是真的把編劇作為一個「專業」的「工作」。

「專業」的電視影集劇本編寫，和電影劇本寫作又有什麼不同？

對此，書中既針對影集劇本結構作出具體的說明與範例，也反覆提及美國無線台長篇影集的故事發展策略：有明顯的故事發展步驟格式、創造迷人的角色、擁有能不斷觸發新事件的基礎設定，這些都是為了製作出多季的電視劇，好陪著觀眾度過幾年時光。

回到我的個人經驗來談，我先前對《通靈少女》迷你劇集的規劃，則是刻意安排介於電影與電視寫作之間。在故事概念提案初期，雖然不像書中提到的有固定提案時點，但仍須針對整體故事概念、影片類型定調，在和電視台確認過彼此對故事方向的想像一致後，才開始合作與創作。

而且，不同於電影劇本先由單一編劇發展故事的方式，在電視劇本創作初期，我們就邀請幾位編劇加入，希望結合相異特質的編劇組成團隊，共同為故事帶來不同的火花與刺激（並且分擔書寫的工作量）。

對於劇本的設定，我們則如發展電影般，把六集的篇幅視為一個整體故事，以呈現主角小真的成長歷程。至於在不斷討論、反覆修改的過程中，都仍以三幕劇的架構為發展基礎，把重點放在角色塑造、拉出戲劇衝突點與主角的成長曲線；但在建構單集故事主題的同時，又不能忘記六集的篇幅需要有前後呼應的劇本結構……前前後後約有八個月的時間花在劇本上，並且在劇本底定後才開始拍攝，而不像多數電視劇採取邊拍邊寫的工作時程。

很開心最終成片受到觀眾喜愛，不過我們仍覺得有調整改良的空間，無論是在故事劇本上可以有更完整深刻的描寫，或是在團隊工作流程上如何讓大家既能高效卻依然產出精緻的故事，都還在學習與修正的路上。

專業的養成與發光發熱，與整體產業環境的發展密不可分。台灣近年受到國際平台關注，有更多國際合作的機會，因而讓台灣製作的影集能夠和亞洲、甚至全世界觀眾直接接觸。加上現在各種媒體發展瞬息萬變，電影、電視甚至網路平台的敘事手法開始有了跨域的可能。

但回歸核心，觀眾對好故事的需求和渴望沒有改變。

正是在今日這個關鍵時刻，我們欣然見到本書的翻譯出版。透過此書，我們得以窺視美國完整的電視影集發展流程，看到完整的影視工業如何一關又一關「磨出」精彩影集。無論是電視台監製、製片、編劇們，希望都能藉此吸收其經驗，並轉化為己用，讓更多好劇本在台灣出現。

（本文作者為《通靈少女》製片）

導讀

請繫好安全帶，此行必定十分顛簸

廖振凱

我們都得承認，國內電視環境已經全面敗退的事實。台灣自製的電視劇，即使有零星亮點，仍處於最壞的時代。雖然大環境悲觀，但也因如此，很多機會和新平台冒出頭來了，對年輕一輩的創作者來說，反而是最好的時代。可是機會難得，把握得住與否，完全就看「說故事的能力」了。而故事的首要根基——編劇，卻往往是國內電視劇中最弱的一環。

時至如今，我們終於等到一本針對電視劇而寫的編劇書。

本書作者潘蜜拉道格拉斯教授，以在南加大多年的授課教材，加上美劇編劇圈的實戰經驗，鉅細靡遺地將編劇這一職業（包括編劇技巧、團隊合作、入行生存法則、電視台文化等）揭露在世人面前。光是一窺美劇的編劇奮鬥史就大呼過癮了，對有志於從事編劇工作的新手來說，更是不可多得的寶典。

本書除了有完整的劇本範例外，還有針對劇本格式的寫作示範，以及逐行的重點提醒，教你如何一步步從格式出發，將自己的想法一一落實到劇本上。其中有非常多有用的小技巧，可供新手摸索出適合自己的創作習慣。另外，各章還附有多篇客座講者的對談或文章，諸如《火線重案組》的大衛西蒙和《洛城法網》的史蒂芬布奇柯等，聽聽這些重量級編劇的分享，彼此獨特又遙相呼應的寫作經驗談。

若正好有電視劇案子開發中的編劇們，更可以直接利用第三、四章所提供的寫作模式和分析方法，好好檢視目前進行中的工作，對編劇會議上的溝通與討論（或向製作人報告），有助於聚焦主題、掌握角色重點，以及確立大方向。

說到底，編劇的目標只有一個：那就是讓自己的劇本好，然後更好。同為編劇，我特別關注本書如何精進編劇技巧這一部分，在此提出一些可供國內電視劇劇本學習參考的地方。

一、建立「框架」

猶如蓋房子時的骨架結構，在寫劇本之前，框架有助於劇本整體的規劃。美劇傳統是單集「四幕」框架，每幕約七場戲，一共二十八場，並以廣告破口為懸念，推至下一幕。每幕先畫出一格格空白框，填入每一場戲的題旨。

這在創作一開始的階段，能夠一眼看出劇集的大方向，是非常便於整理和討論的工具。現今美劇則有五至六幕框架變化，但意義都是為了能更精準掌握戲劇節奏，保證事件的密度和維持張力，不讓觀眾感到無聊或想轉臺。美劇的操作是以「分」計算的。劇本一頁，劇情一分鐘。劇本根本是高度控制時間的藝術。

這樣玩格子遊戲的好處是，可以把故事中的分支劇情（A-B-C故事），整理得清清楚楚。另一個優點是，此法可讓單集故事中重要的劇情轉折點、每幕的角色衝突和劇情懸念、片尾的鉤子等，一目了然。

而因框架中的每一格空白，只能容得下一句話，於是寫下每格題旨的同時，就得先明瞭完整戲劇的弧線，時時提醒劇情不可以離題或散漫。

二、關注角色面

作者說：「影集打動人心，是因為角色真實，就和現實裡的人一樣。」角色，是美劇的核心。雖然看似五花八門、精采緊湊的事件不斷發生，但事實上，沒有人真正在乎外部情節。觀眾只關心人，即角色的內心，事件都是由人的情感所引發推動的。即便如《CSI犯罪現場》這樣的辦案劇，同樣深刻地直指人心，案件才會引人入勝。

但創造出鮮活有生命力的角色，是最難的。「捕捉角色的難度，就跟捕捉飛行中的小蟲差不多。」書中如是說：「擁有角色的聲音，就像是擁有他的地址。」有血有肉的角色，完全來自於編劇對人的觀察和體悟，才有辦法準確地寫進角色的心，並且體現於外，而從一系列發生的動作中呈現出角色的心理狀態。

電視劇極度重視角色弧線，觀眾最愛看主角如何完成一整季的旅程。書中提到，編劇要時常給自己出難題，並站在同角色一樣艱難的位置：「永遠要想，把自己逼進最艱難的處境，這樣才能把答案逼出來！」美劇非常擅長描寫角色各種的「兩難」，如《怪醫豪斯》中，每種身分關係之間（醫生對醫生、醫生對病患、病患對家屬），處處都是棘手難關。

不只是主角受到挑戰，傑出的美劇更常挑戰大眾意識形態的邊界，那些道德正義、情感拉扯、權勢欲望、法律漏洞的曖昧地帶，透過層出不窮的特殊情境，探討角色和主題的廣度和深度。很多語不驚人死不休的影集，有時嗅覺極為敏銳，甚至預測出即將發生的重大新聞事件，想像力完全奔馳在觀眾的前頭，不得不佩服美劇與時俱進的活力和視野。

台灣電視劇的角色，普遍重視生活面，雖然也有情節上的衝突，但較少當作主題深入探討，更少見辯證的空間。這點實在很可惜，台灣充斥著各類議題和觀點，但很少在電視劇中看到一個身陷內在與外部危機，對情感、道德或立場兩難搖擺的主角，可以讓觀眾擔心他／她的每一步決定和行動。我們都知道現實生活很不容易，只是電視劇很少面對真實。

三、分場大綱和檢視分析

本書第四章聚焦在分場大綱的寫法，是極佳的練習章節。作者舉例示範，逐行提醒分場時所需注意的重點，說明如何讓分場看作旅行的地圖，好讓落本時不至於迷路。分場大綱其實就是更細的框架，一樣以題旨的方式寫下每一個場次，但注意敘述時的戲劇重心不可以偏移。每一場次盡量簡短清楚，主角要有明確的動作和目標，對抗敵手所造成的阻礙，極盡所能地貼近衝突、問題和高潮。

另一方面，編劇則要不停地分析自己所寫的故事，檢視分場大綱中的主題、支線故事、戲劇性、預期心理、重要轉折、意外和懸疑張力等，尤其對觀眾的「可信度」，以及「支持度」。試想一位影集的主角，若得不到觀眾的認同，必定是失敗作收。作者建議自己的劇本可以給很多人看，問問他們這三個問題：「你在乎故事裡的人物嗎？」「你期待哪件事情發生嗎？」「你覺得這個劇本是在講什麼？」

編劇回家微調、改寫或重寫劇本，如果時間允許的話。速度，永遠是在這行討生活的關鍵能力。一般美劇從大綱定案後，約莫兩週時間內，就必須寫完單集劇本，時間非常緊迫。不過在台灣，也有很多誇張的情況，尤其ON檔戲更是兵荒馬亂。上午編劇還在改，下午就要趕拍，也時有所聞。

四、編劇的生命

「你對這世界了解多少？」

書中幾名客座講者不約而同說到，要當一個編劇，最重要的是去體驗生命。編劇史蒂芬布奇柯甚至給新手編劇的建議是：「去唸個醫學系。」雖是玩笑話，但強調編劇必須是很入世的，有自己的生活經歷和感受，喜愛與厭惡，才有辦法在劇本中表露出個人的經驗和洞見。簡單地說，就是要好好活過。當編劇前先去找份真正的工作，過一個真正的人生。也許絕大多數的編劇，沒當過醫生、律師、警探或是毒梟，那要如何寫出有血有肉的角色？

當然就是靠田野調查和研究。

下筆前，愈是有充足的寫實基底，愈能深入真實的細節，挖掘出獨特的情感，開發出題材的特殊性，並且跳脫憑空想像的創作習慣，刺激及挑戰自身經驗以外的描寫。田調過程中，絕對會發現很多意外的收穫。美劇對田調研究的重視值得借鏡，一般國內電視劇在開發階段時，很少著重這一部分，編劇光是在時間壓力下完成劇本，就已是不可能的任務了，哪還有時間做田調？但這不正是我們該反省和改變的地方嗎？

最後，本書中「參與編劇團隊」和「如何入行」兩章，讀來也特別有意思。美劇編劇圈中的種種行規和小故事，很多地方都心有戚戚焉。以下也綜合一些編劇同業們的建議，給今後想從事編劇工作的朋友：

首先，要先穩定自己的經濟來源。很多人一開始是兼職編劇，以此自問適不適合這行的節奏和文化（通常會跟原本想像的差很多）。其次，要培養自己是一個能夠團隊合作，而不是一個人悶在房裡寫東西的人。在編劇會議中善於溝通，提出好的見解，甚至說說笑話，都是必備能力。再來，要有強大的心臟，能夠接受一屋子人的嚴厲批評，還保有一顆樂觀的心。最後，要注意身體健康，尤其小心對咖啡和菸過度成癮。當然，別忘了自己的初衷。

期待更多的人因看了此書而投入編劇，但就如作者所引用電影《彗星美人》中的提醒：請繫好安全帶，此行必定十分顛簸。

（本文作者為《通靈少女》編劇統籌）

寫在最新版之前

潘蜜拉・道格拉斯

在這個瞬息萬變的時代，我們必須要問：我們能留下什麼？

二〇〇五年，《超棒電視影集這樣寫》初版問世，當時電視影集的規則明確易懂。一小時的影集分成四幕，每十三分鐘進一次廣告，無線台的電視季度通常從九月到隔年五月，共計二十二集，觀眾會在他們心儀的節目播出時，準時坐在客廳沙發打開電視，轉到播出的頻道收看。

當時，我想教各位如何打進電視圈，做得稱職，這點至今不變。

二〇〇七年增修第二版時，許多規則改變了，但整體而言還算明確。無線台會走五至六部連續劇，一般有線台則推出依循套路的影集，付費有線台如HBO或Showtime則橫掃各大影評獎項，以其不含廣告的播送模式獨樹一格。對新手編劇來說，撰寫試播集的契機已如雨後春筍般出現，但其寫法與拍法一如過往。

當時，我想教各位運用新方法寫好劇本，取得機會，這部分也至今未變。

針對本書第三版，我本來的想法僅是更新一些重點影集，加幾篇新的訪談，順便討論其他內容形式與網路帶來的影響。但在我著手準備的過程，發現從節目統籌到寫作生涯載浮載沉的編劇，從高層人士到新媒體創辦人，幾乎所有人都不再只是因應規則調整，而是回歸到基本問題：電視的角色為何？何謂影集？播出的管道有哪些選項？我們該提供觀眾什麼？收視大眾是否還存在？甚至，面臨的現實是什麼？

但當一切撥雲見日，似乎見山又是山了。從優質劇集的編劇，到網路集的寫手，甚至是「非劇情類」節目的從業人員，無論我向誰問及電視的未來，古希臘哲學家亞里斯多德的名字仍被一再提起。縱使亞里斯多德用來建構悲劇原型的戲劇基本原理已有數千年之遙，其概念直至今日依舊鏗鏘有力。

一名編劇必須去理解人類行為背後的驅力，有勇氣去碰觸觀眾心中的熱情、恐懼、渴望，並誠實探討我們生命裡頭那些放諸四海皆準的議題。為此，他必須具備說故事的技巧，而這取決於寫作者的美感、技藝、洞見。

因此，你手上的這本第三版會將一切納入討論，既探討編寫電視影集的基本功，也將新的形式納入討論；探討傳統的播放系統在科技下的處境；並邀來自各方「客座講者」，這次請來的幾位彼此想法比起過去兩個版本的更相左。訪問對象與內容從《火線重案組》原創者所關注的深層社會寫實，到所謂「實境節目」製作人暢談幕後大小事；從線上編劇努力適應瞬息萬變的市場，到AMC頻道總裁如何在這樣的市場環境裡做出決定。

在過去，我總喜歡借用經典電影《彗星美人》的台詞，提醒讀者抓緊安全帶。但在無重力的環境裡，真正的挑戰反而是要順勢而為，探索眼前不斷改變的光景。想不到，在飄忽不定的世界裡，電視影集卻成為一個堅實的存在。

編按：本書前兩版未有繁體中文版，本社直接引進最新版（第三版），然為幫助讀過前兩版原文版的讀者理解增訂方向，特保留相關說明文字。

目次

序章

引言

從我任教於南加州大學電影藝術學院開始，我的編劇工作與教學生涯始終互為表裡。二十年來，已經有超過一千名學生上過我的課。與此同時，我在影集編劇工作上取得了編審與影集製作人等頭銜，拿下一座人道獎（Humanitas Prize），並獲得包含艾美獎、美國編劇公會（Writers Guild of America）、美國婦女廣播電視協會等單位的提名與獎項肯定，我同時也成為編劇公會的理事之一。

我的編劇經驗往往成為我課堂上的教材，讓學生知道，持續不斷地破解故事、寫劇本、重寫劇本、給予和獲得修改意見、看見自己的劇本實際呈現在畫面上，究竟是什麼樣的情況。我為有線台和無線台寫過各式各樣的影集類型，也清晰記得擔任影集**自由編劇（Freelance Writer）**的往事，由於扮演過買賣雙方，我知道眼前正襟危坐聽我**提案（Pitch）**的對象，心裡有什麼反應。我的學生知道，為他們授課的人，本人亦曾身歷其境。

現在，想像學期進行到一半時，你來到某間正在教授電視影集課程的教室。十名學生坐在桌邊，桌子中間放了班上影音圖書區的劇本與DVD，裡頭可能包含了《怪醫豪斯》（*House*）[1]、《法庭女王》（*The Good Wife*）[2]、《廣告狂人》（*Mad Men*）[3]、《絕命毒師》（*Breaking Bad*）[4]、《夢魘殺魔》（*Dexter*）[5]、《火線重案組》（*The Wire*）[6]等劇。還沒到上課時間，同學們一面歸還自己借的素材，一面選擇接下來要看的內容。以前在學期之初，我會請班上沒有電視的學生舉手，我可以把他們與其他有電視的同學分在一組。但二〇〇九年，當我問同一個問題，班上所有的學生皆舉起手來。一開始我相當不解：如果沒有看過影集，要你試寫一集你要怎麼下筆？他們是太懶散，還是太傲慢？不是的，他們立刻澄清，他們看影集，只是不看電視。他們透過電腦，甚至手機收看。他們早已蓄勢待發，知道的影集甚至比過去的學長姐都多。

在課堂上，我們的上課方式就像是一個電視影集的編劇團隊，大家為彼此的作品提出建言。我的工作則像一位**節目統籌（Showrunner）**，對於修改內容有最終決定權。我們以各大電視台

1 大衛蕭爾（David Shore）所創作的影集，主角是有著藥物成癮問題的豪斯醫生，及其每日所面對的不同病患，為男主角休羅利（Hugh Laurie）拿下金球獎劇情類影集最佳男主角殊榮。

2 勞勃與蜜雪兒金恩（Robert & Michelle King）夫婦所創作的影集，講述女主角重回法律界的種種遭遇。茱莉安娜瑪格里斯（Julianna Margulies）曾以本劇拿下多座艾美獎最佳女主角獎座。

3 馬修維納（Matthew Weiner）所創作的影集，從美國七〇年代的廣告公司窺看時代變遷，無論演員或影集本身皆獲獎無數。

4 文斯吉利根（Vince Gilligan）所創作的影集，講述一名化學教師罹癌之後決心製毒以維持家計的故事，無論演員或影集本身皆獲獎無數。

5 詹姆斯瑪諾斯（James Manos Jr.）所創作的影集，男主角是一名殺人成癮的法醫，曾為麥可霍爾（Michael C. Hall）拿下金球獎最佳男主角。

6 大衛西蒙（David Simon）所創作的影集，主題複雜多變，廣被認為史上最偉大的影集之一，得獎無數並曾被哈佛法學院等大專院校選為課堂教材。

所播出最大膽、出色、具說服力的影集為標準，試圖讓自己達到專業級的水準。當我訂下如此之高的標準，我的學生也不會選擇什麼無傷大雅的創作主題——既然電視影集時常會碰觸到現代社會裡複雜且沉重的難題，包含種族歧視、性別歧視、暴力、宗教或精神性、性向認同等，一名編劇在磨練自己的創作技巧時，也必須學著誠實面對這些議題。

有些時候，我來上課的同時剛好遇到某個創作瓶頸，我便會與學生分享我的創作過程；又有些時候，我會放一段影片，拆解其中內容，幫助學生理解個別元素要如何融入一部影集的結構。這一切都是希望他們創作出來的劇本，即便是比起螢幕上最亮眼的優質劇亦毫不遜色。

這也是我希望這本書為各位立下的目標。我的學生個個聰明伶俐、深思熟慮、孜孜不倦，某些甚至才華出眾，但我初期還是會對他們所不知道的事情感到驚訝。當我開始舉辦開放給一般大眾的夏季講座時，發現許多人對於電視，對於創作電視影集的藝術與技巧，乃至職業編劇這個身分，有著奇特的誤解。有鑑於我對於新手編劇想要並需要學習的內容知之甚詳，這也成為我創作本書的動機之一。

我的方法相當務實：你寫得愈好，接到的工作就愈多。即便一開始接到的工作，可能不是什麼多年後你會想留在履歷表上的影集，請全力以赴寫下你最好的作品，不是因為那些工作機會值得，而是因為你值得。

請各位閱讀的同時，試著想像自己跟我在同一個課堂上，我會對你說話，甚至問你問題。雖然我聽不見你的答案，但為了確保你能夠善用書中所提到的原則，我還是會建議你能夠和裡頭的章節有所互動。

在這本書裡，你會找到一些實用的工具、關於電視影集這條路的導覽，以及那些走過這條路的前人提供的教誨。但到頭來，想要寫得好，最終還是要忠於筆下故事的真實性，同時大量地寫。我會引領你，你不是踽踽獨行。

編按一：關於Writers Guild of America的譯名，一般譯為「美國編劇工會」。唯基於原名為Guild，而非Union，本書統一譯作「公會」。其會務涵蓋較廣，除一般工會主責之勞雇權益，亦仲裁原創比例與掛名等此行特有藝術層面事宜。

編按二：本書所提及電視季度與工作週期為美國電視圈的特定型態，各國不同。

編按三：本書原文中的Network，正確名稱為廣播電視網（Broadcasting Network），然由於台灣與美國的電視系統有很大差異，因而選譯為性質相近的「無線台」（類似台灣早期的三台），Cable則譯為「有線台」，以幫助台灣讀者理解。

編按四：全文黑體字為美國影視常用專有名詞，釋義請參照書末詞彙表。

新版本，新鮮事

如果你對第二版還算熟悉，你會發現本書有了諸多更新。針對寫作技藝的部分，即使大原則維持不變，裡頭還是有些小調整，針對影集部分進行汰舊換新，同時每個主題皆會考慮到網路等新的播出平台。

先前書末僅針對新的播出管道進行簡短討論，現在則會用一整個章節的篇幅，碰觸電視影集在網路上的未來、全新播出方式對編劇的影響，以及國際視角等議題。考慮到本書已打入全球市場，我想擴充這個部分有其重要性。

在本書的「焦點討論」部分，我增加了「劇情喜劇」和「無劇本／實境節目」兩個單元，並在「辦案劇」裡頭納入了《怪醫豪斯》、《法庭女王》與《CSI犯罪現場》（*CSI*）[7]等影集，讓整個單元更為詳盡。我同時也強化了關於**試播集（Pilot）**的段落。

在新的訪談內容方面，我對於能邀請到AMC頻道總裁查理柯利耶（Charlie Collier）感到相當自豪。本書過去從未有過頻道總裁參與其中，但近年一般有線台的崛起讓這個調整勢在必行。其他新的訪談對象還有曾寫過《外科醫師》（*M*A*S*H*）[8]和《廣告狂人》等劇的資深編劇大衛伊薩克（David Isaacs）、《法庭女王》的原創人勞勃金恩與蜜雪兒金恩、《火線重案組》的原創人大衛西蒙等。針對實境節目，我與某位實境節目製作人進行了一次相當開誠布公的訪談，同時我也在書中引用了多位編劇和製作人的意見。

我重新訪問了史蒂芬布奇柯（Steven Bochco）[9]，並將他先前的訪談內容與這次的編修在一起。我同時也重新訪問了我過去的學生，針對電影系學生畢業後十四年的經歷，做了相當獨一無二的長期性研究。

為了要讓本書有空間容納上述調整，我必須要移除第二版裡頭一些有趣的內容。我拿掉了與《LOST檔案》（*Lost*）[10]、《星際大爭霸》（*Battlestar Galactica*）[11]、《枯木城》（*Deadwood*）[12]等劇的製作人訪談，《實習醫生》（*Grey's Anatomy*）[13]裡頭關於部落格的內容亦然。我把上述的遺珠部分內容併入其他章節。

7 安東尼佐克（Anthony E. Zuiker）所創作的影集，播出期間享有高人氣，亦有《CSI：邁阿密》、《CSI：紐約》、《CSI：網路犯罪》等分支系列。
8 講述韓戰期間戰地醫師經歷的七〇年代影集，電視史上收視率最高的影集之一，曾拿下包含最佳喜劇影集等艾美獎。
9 傳奇電視製作人，曾創作出《霹靂警探》（*Hill Street Blues*）、《洛城法網》（*L.A. Law*）與《紐約重案組》（*NYPD Blue*）等不朽名劇。
10 戴蒙林道夫（Damon Lindelof）和亞伯拉罕（J.J. Abrams）所創作的影集，以錯綜複雜的故事為人所知，曾拿下艾美獎劇情類最佳影集。
11 羅納德摩爾（Ronald D. Moore）所創作的影集，開播第一年即拿下皮博迪獎（Peabody Award）。
12 大衛米爾希（David Milch）所創作的影集，曾為男主角伊恩麥克夏恩（Ian McShane）拿下金球獎最佳男主角。
13 珊達萊梅斯（Shonda Rhimes）所創作的影集，曾拿下金球獎最佳劇情類影集。

之所以要如此認真準備第三版，一部分是因為電視有著相同規模的重大改變，一部分則是因為這本書所獲得的好評，對此我非常感激。本書除了被全世界讀者視為討論電視影集寫作的首選，我同時也發現本書有兩群截然不同的讀者。其中的大宗當然是渴望成為編劇的學生與普羅大眾，但隨著時間經過，慢慢有第二群人也開始成為本書的受眾：渴望理解當代媒體的人們。除了批判研究（critical studies）學者與傳播分析師皆曾提及本書之外，情況比起過去幾年也略有不同，現在當我自己受訪的時候（為了本書其他語言翻譯而受訪的狀況亦包含在內），關於電視影集本質的問題，甚至比關於如何入行或場次寫作的問題要多。我希望本書能夠持續是相關領域首屈一指的選擇，為此，新版肯定得更為全面才行。

如何使用這本書

如果你是一名編劇

本書提供整套範本，你只要一章接著一章，一步接著一步跟著進行即可。我的建議流程如下：先把整本書讀過一遍，取得大方向。在這個初步階段，不需要想著要做筆記或寫自己的劇本，只需先了解大環境和各種選項。第一章、第八章以及書裡的諸多訪問在這方面特別有幫助。

第二步，準備寫下自己的劇本。比較好的做法是至少寫兩個劇本，一個是根據既有影集創作的一集**潛力劇本**（spec），一個是自己原創的試播集。兩者各有一個以上當然更好，只是萬事起頭難。當然，可能你在這條路上走得比較遠，已經有自己的劇本了。這種情況，你可以藉由這個過程來進行修改。

假如你先從潛力劇本開始，你必須要自行研究選定的影集，觀看這部劇的每一**集**（Episode），同時上所有相關網站找資料。這本書所提供的系統，基本上適用於任何一部長度是一小時的劇情類影集，只不過程度有別。

規則一：選擇優質劇。即便是最糟的影集，也會盡可能聘用所能請到的最好編劇，而衡量好壞的指標，便是逼真可信的人物與情境。模仿內容品質低劣或矯揉造作的劇本，只會讓你看起來毫無天分。以二〇一一年初為標準，受到經紀人與製作人廣泛青睞的潛力劇本，大多以《絕命毒師》、《夢魘殺魔》、《怪醫豪斯》、《法庭女王》等劇為範例。假如這些距離你閱讀本書已有一段時間，你可以透過最新的編劇公會或艾美獎最佳劇本提名名單，去找出適合撰寫潛力劇本的影集。

規則二：找一部目前仍在製作中的影集。這部分你需要做點功課，因為即便影集如《勝利之光》（*Friday Night Lights*）[14]本身相當出色且正在播出，考慮到影集本身已經進入最終季，製作過程已經完結，這對你來說一點用也沒有。做這個決定的原因相當務實：劇本競賽一般需要離現在時間最近的作品。但這絕不表示你就不應該學習《黑道家族》（*The Sopranos*）[15]之類的神作。你非學不可，只不過別拿來當創作潛力影集的標的就是。

規則三：你加入的新觀察或體驗要能切合故事背景。舉例來說，假如你對紐奧良的文化並不熟悉，千萬別想要選《劫後餘生》（*Treme*）[16]：不管你做了多少功課，你寫出來的東西就是會顯得虛情假意；換個角度來說，你不需要是名病態殺手才能寫《夢魘殺魔》，你只要能夠理解他的思考方式就好。

等你選好影集也摸熟它，拿起這本書，重新讀第三章。看見裡頭針對經典影集的分析了嗎？回到你所選擇的影集，試著把它分解成一個個場次或場次段落；用A–B–C故事（A–B–C

Story）的概念，切分出影集裡的A、B、C（甚至D）故事線；不管有多粗淺，試著找出劇中一集的框架，然後以此創作你個人的潛力劇本框架。

下一步，翻到第四章，然後跟著裡頭的內容——**分場大綱**（**Outline**）、**初稿**（**First Draft**）、**二稿**（**Second Draft**）、**修整**（**Polish**）一步步往下走，過程中順便對照你所選擇的影集劇本（或DVD）：你捕捉到影集的聲音了嗎？你抓到**場次**（**Scene**）的節奏了嗎？

如果你寫的是試播集，先閱讀第四章末的「焦點討論：創作試播集」，然後回到第四章，跟著開發步驟——分場大綱、初稿、二稿、修整一步步往下走。

當你在寫作的過程，先放下行銷頭腦，好好當一名藝術家。等寫完了，你可以利用第六章的內容，學習如何打入這一行。如果你運氣夠好，第五章關於跟編劇團隊合作的部分很快便會派上用場。但在你創造出有價值的東西之前，先別想著自抬身價，因為想要很快撈一筆的念頭只會毀了你的職涯：如同先前說的，即便是最糟的影集，也想聘用最好的編劇。

14 改編自同名電影，由傑森凱蒂姆斯（Jason Katims）擔任節目統籌的影集，主角是德州小鎮的美式足球隊相關人員，播出後好評不斷，獲獎無數，於二〇一一年劃下句點。

15 大衛柴斯（David Chase）所創作的影集，主角是一名在家庭與犯罪生涯之間掙扎的黑道老大，廣被視為近代最偉大的影集之一。

16 大衛西蒙所創作的影集，以卡崔娜風災之後的紐奧良重建工作，以及當地獨特的音樂與文化為主題。

如果你是一名教師

本書在編排上出自我個人多年來精雕細琢、至今仍持續使用的課程大綱，所以我知道它的使用方式。我的每一位學生皆必須擁有這本書，我也發現，如果能夠在幫助他們理解提案以及創作大綱的同時，對應到特定頁數的內容，閱讀書上的場次結構與分幕結構等說故事的各種面向，對他們是一大利多。這並不表示我們不需要實際教授書中內容，只是如果能夠有範例做輔助，大家的日子都會好過很多。

除了我會把學生分成寫作潛力劇本和寫試播集兩班之外，書中章節的排列順序，也是我教學內容的順序。即便我的學生們花上一學期，在潛力劇本班學習影集創作的要素，在南加大那堂課寫一個原創試播集仍是指定作業。雖然重視的章節不同，兩個班級皆使用同一本書，我同時也會透過播放特定集數並加以分析來強化書中內容，第三章所摘錄的兩段《紐約重案組》[17]內容，便是單純從編劇的角度拆解一部影集的範例。對潛力劇本班，我會先播一部他們可能會寫的影集，學期後段再挑選一部經典影集來強調特定創作準則。舉例來說，即便學生不會選《黑道家族》或《LOST檔案》與《白宮風雲》（*The West Wing*）[18]的開場，透過這兩部劇示範如何在大型演員陣容裡頭突顯特定角色。但你可以選任何你所崇拜影集的片段，你個人對它的喜愛還是最重要的。

書與課堂的另一個差別是，我在現實生活裡頭不會請來客座講者。客座講者能為書本身添加面向和啟發性。但在課堂上我會給予每個學生的作品個人且直接的反饋，我們的運作模式也更像是工作坊或編劇室（Writers Room）。假如你是一名專業編劇，你肯定對整個給予修改建議的流程了然於胸，這個課堂與你參與過的任何一部影集也不會有什麼兩樣。

我不認同所謂的「寫作練習」，我也不打算使用它。在我看來，磨練這種要寫不寫的寫作藝術有點像是文學界的暖身操，不僅將劇本創作過程零碎化，也只是浪費時間。不管今天是什麼樣的寫作準則，學生有意願透過實際打磨自己作品的過程進行學習，遠比課堂練習更能夠幫助他們吸收。而如果學生要在短短幾個月的時間裡創作一個**電視劇本（Teleplay）**（兩個會更好），他們應該把寫作的每分每秒用在寫劇本上。

我會希望，假如你在教別人如何寫作，你自己也是一名編劇。但即使開設電視影集工作坊的你其實是來自經營、行銷，或行政／管理等其他背景，我還是希望能助你成功。事實上，在你自己的背景之外，本書也可以協助你補充來自實際編劇的建言與經驗，讓它更為有用。不過我會建

17 講述虛構的紐約第十五分局辦案日常。

18 艾倫索金（Aaron Sorkin）所創作的影集，講述美國總統與其幕僚的日常工作，播出後好評不斷，獲獎無數，被視為當代探討政治運作的影集典範之一。

議稍微調整你的課程大綱，透過強調第一章、第二章、第五章、第六章、第八章的內容，多談一點業務面與職涯發展，少一點寫作藝術。這些章節會從社經層面去討論電視影集，並解釋產業的運作方式。

除了潛力劇本和試播集寫作之外，南加大另外也有課程從編劇的角度，探討從一九五〇年代至今的電視影集，並針對其歷史與分析進行討論。這堂課在人文教育裡頭相當受歡迎，負責的教師則是我在南加大電影藝術學院編劇組的同事。

我之所以提到這件事，是希望能針對你的教師身分提供一些個人想法。我相信為人師表的我們，有義務要提供學生具有宏觀視野的教育。任何一名教授電影劇本寫作的老師，都不會將他的寫作範例或目標侷限於近期賣座強片而已，而會納入過去五年的奧斯卡得獎電影，更別說諸如《北非諜影》（*Casablanca*）、《唐人街》（*Chinatown*）、《教父》（*The Godfather*），或希區考克（Alfred Hitchcock）名作等經典。電視跟電影一樣是個具有悠遠歷史的類型，假如你在教授電視相關內容的時候，動了只想討論本季熱門影集的念頭，請盡全力放下它。

當然，你會建議學生針對現在受歡迎的影集進行創作，好讓寫出來的作品能夠協助推動他們的職業生涯。但同時你也知道，五年後，甚至明年你學生畢業的時候，這一季的影集可能已不再重要。你要怎樣平衡兩邊的矛盾？唯有教學生那些禁得起時間考驗的做事方法。你能帶他們踏上成功的第一步，但他們離開老師之後的發展則操之在己。

所以，諸位編劇、教師，請將這本書牢牢抓緊。不管你寫了多少新劇本，你的生涯再怎麼變化，你可能還是會需要一而再再而三地重溫書中內容。本書來到第三版，希望我給你們的東西乃源遠流長。

前輩給新手編劇的一席話

約翰威爾斯（John Wells）／

曾擔任過《急診室的春天》（*ER*）[19]與《白宮風雲》[20]等影集的節目統籌，以及影集《南國警察》（*Southland*）[21]的監製。他也曾是美國編劇公會西岸分會的理事長。

潘蜜拉道格拉斯（以下簡稱潘）：如果你能夠回到過去，與當時還在念大學或念影視的自己對話，有什麼關於擔任影集編劇或製作人的事情是你現在知道，希望讓當時的他也知道的？

約翰威爾斯（以下簡稱約）：我會希望那時候的我知道，（編劇）這件事究竟需要多少時間。這是門非常耗時的技藝。初出茅廬的你可能會想這只需要一、二年，但在寫出堆起來大概一呎半高的素材之前，你還不算是真的有所進展。要一直到那一刻，你才能開始把自己視為所謂的編劇。

我會希望當時的我知道，寫作就像學一種樂器。你得先練個四、五年才不會覺得彆扭，花個十年才能算是學會。但這對學生來說很難理解：他們念了十二年基礎教育，四年大學，通常還有兩年研究所。雖然他們才剛起步，但在他們眼裡，他們已經念了十六、十八年的書，是時候要一展身手了。

更何況乍看之下，寫作實在很簡單。如果你只看到最粗淺的表面，你會覺得「這我也行」。但這門技藝需要你不斷地試了又試，無論如何都要繼續下去。要累積到能把事情做好的程度，需要非常長的時間。我很難信任寫作經驗不到十年的編劇。就算我喜歡某人寫的某個劇本，我通常還是會請他再多給我三到五個範例。我知道他們給我的是個人最引以為傲的作品，但我更想看見他們在成長過程，究竟做了多少，他們在寫作這個長期抗戰裡頭，究竟投入多少。

我自己寫過一百個以上的劇本，編審超過六百個，但我還是對於自己寫出來的每個劇本感到不滿。寫作是一個畢生志業，不是一種成就。我已經在這行做了二十年，但我每天還是會學到一些關於寫作的新東西。

潘：寫作可以透過任何一種媒介，為什麼你選了電視？

約：如果說我追求的是，寫出我能夠滿意的角色深度，那麼就算我本身也參與電影，我還是不會把電影納入考慮的媒介。以《急診室的春天》為例，有些角色的成長是來自我長年寫作的結

19 小說家麥可克萊頓（Michael Crichton）所創作的影集，講述急診室醫生的日常工作，除了拿下艾美獎最佳劇情類影集，也是史上最長壽的醫療劇。
20 本劇原創艾倫索金於第四季結束後離開本劇，由威爾斯接任影集末三季之節目統籌工作。
21 艾美獎得主安比德曼（Ann Biderman）所創作的影集，講述洛城警局南區分局的日常，其針對警務工作和黑幫犯罪的寫實刻劃廣受讚譽。

果。我不是在把自己和偉大的英國作家狄更斯（Charles Dickens）相提並論，但我還記得多年前史蒂芬布奇柯曾經說過，他想透過《霹靂警探》做的事情，就好比當時狄更斯每週出版一章自己的作品。

電視的內容也不太一樣。對我而言，我可以在電視上認真寫的主題，比多數人家要你寫的電影更具吸引力。

除此之外，如果你想實際參與自己作品的創作過程，電視遠比電影來得容易。電視的節奏很快，所以不會有多頭馬車的時間，你不僅可以看到自己的作品問世，還不需要等上太久。有些我參與的電影可能過了好幾年都還沒開始製作，等他們又來要另一版劇本，我都已經不記得三年前寫下初稿的時候自己在想什麼。如果是電視，你今天寫完劇本，十天後已經在看拍出來的工作帶了。

潘：大家都說電視會隨著有線台、網路或數位錄放影機帶來的影響而改變。你覺得電視影集這門藝術的未來是什麼？

約：科技會帶來短期改變，但我們現在做的事情跟喬叟（Geoffrey Chaucer）[22]一千年前做的事其實沒什麼兩樣：我們都在創作故事。我想我們真正感興趣的還是人，去聽他們的故事，在裡頭找到自己人生的影子，然後帶來淨化心靈的體驗，這部分還是沒變。

我其實覺得這是個對編劇來說非常讓人興奮的時刻，因為你可以透過更多不同的方式，讓你的作品與觀眾見面。你可以先寫點什麼，然後用在店頭買的數位攝影機把它拍出來；你可以有機會參與有線台的影集，裡頭可能有無線台無法製作的內容。機會是無窮無盡的。錢可能沒有過去賺得多，但如果你有一些關於人生的想法或感受，是你想和其他人分享的，電視是你最好的分享方式，而過去也從來沒有過這麼多的機會。

潘：最後，有任何要給新手編劇的話嗎？

約：這會花上遠比你預期更長的時間。不要放棄，繼續寫就對了。

有個當年跟我一起念南加大的傢伙，有段時間我每年都會在跨年派對上遇到他。每次遇到我都會問他最近在幹麼，他會告訴我他在寫的內容，然後我發現他去年也在寫一樣的東西，這個情況持續了三、四年。除了你用來餬口的工作外，你還必須要一直寫下去，每年針對不同影集至少寫三、四個潛力劇本。你得要做到這種程度才能成功。

就算我有些朋友一畢業就接到業界工作，或賣出了劇本，過個三、四年，他們還是得苦個四至六年。我真的不認識任何一個有才華最後也功成名就的編劇，當年不曾苦過的。這就是身為一位藝術家的宿命。

22 英國中世紀作家，享有「英國詩歌之父」的美譽。《坎特伯雷故事》為其代表作。

電視劇有什麼特別的？

Chapter 1

試想以下力量。

想像這世界上有數以百萬計的螢幕，因為播出內容而閃閃發光。在每個電視、電腦、手機（甚至可能剛好就是你的手機）螢幕裡頭，某個來到你生命一訪的人物正訴說著他的故事，訴說他的夢想與煩惱，愛情與怒火，以及那些感興趣的或曾經失去的事物。即使你不願意承認，你在意他們的程度可能超過你所表現出來的，你甚至會在他們不在身邊的時候聊起他們——畢竟，他們只會在你邀請的時候現身。

有些時候，他們會因為新聞議題而怒火中燒。他們也可能對其感到厭惡，或害怕，或口是心非，或勇敢面對。他們可能會遭到攻擊，努力反擊，最後僥倖逃過一劫。但不管怎樣，你這群朋友之後還是會在同一時間出現，在下班後或週末來到你家，在你獨自等飛機起飛時來到手機上，也可能在你半夜失眠時造訪你的電腦螢幕，在你最脆弱的時候，無比親密地陪著你。

或許其中一位是《黑道家族》裡的老大東尼索波諾，正質問著他的叔叔小柯拉多：「我以為你愛我」。小柯拉多的嘴唇顫抖著，說不出話來；也可能是《廣告狂人》裡的唐德雷柏，經過一番考慮決定回家與家人共度感恩節，腦海裡想著他們快樂的神情，到家卻只發現人去樓空。在《法庭女王》的試播集裡，你會跟著女主角亞莉莎陷入某個瞬間，裡頭亞莉莎站在她那四處獵豔的老公身旁，凝視著他外套上某個線頭，彷彿只要拿掉它就可以讓她的生活恢復原狀；在《怪醫豪斯》裡，你陷入了醫生的兩難，不知是該救眼前這個準備進行種族清洗的暴君，還是乾脆殺了他；當你來到卡崔娜風災過後也不過幾個月的《劫後餘生》場景，你會支持酋長披上他那鑲滿金黃色羽毛的狂歡節服裝，發自內心唱歌跳舞，彷彿能喚回紐奧良與那些已逝的居民。以最接近也最私密的距離，體驗那些快樂與淚水。

想一想以上所描述的衝擊。當你能夠理解觀眾對他們所鍾愛的影集那份感同身受的心情，便能體悟到哪些故事是可行的，以及你要如何運用這種神奇力量。

電視影集的三個特質

對一位編劇來說，比起其他形式的劇本，電視影集（包含劇情類與喜劇類）有三個最不一樣的特質：無止境的角色**弧線**（**Arcs**），連續劇的所謂**長劇情**（**Long Narrative**，**又譯長篇敘事**），以及整個團隊合作的過程。

分集的角色塑造

當你在寫電影劇本的時候，可能會被要求幫你的**主角**（**Protagonist**）創造一個跨越兩種狀態的改變弧線：主角掙扎著向一個目標邁進，等他達成目標，故事便宣告結束。某個人可能原本沒有愛的能力，但當某個伴侶／小孩／朋友出現，他會為這段關係努力，最後終於學會去愛。又或者，某人可能希望復仇並洗刷冤屈，最後要不大仇得報，要不含冤而死。對最後會劃下句點的電影來說，這一點問題也沒有。但問題是，影集是沒有句點的。

所以，你要怎樣推動一個沒有弧線的敘事？想當然，你得去創造一個不一樣的弧線。還記得之前我說的，影集裡的角色比起**情節**（**Plot**）的人物，更像是你認識的人嗎？就像是你的朋友經歷了一個重大的事件，在那之後你繼續這段友誼。你參與的是整個過程，而不只是事情的結果。

但要注意，這並不表示角色本身是扁平的。那些**固定班底**（**Continuing Cast**）的存在絕不僅只旁觀當週的挑戰而已。正好相反。如果一個角色沒有因為劇情而有所轉變，他便需要其他東西：增加面向。這樣說好了，你的角色或許沒有水平地一路朝目標前進，但垂直地探索內在的衝突，這就製造了張力。角色可能會隨著影集一集集經過，漸漸展現出更多的面向，但觀眾必須要相信，這週《法庭女王》的亞莉莎或《絕命毒師》的華特懷特，與他們上星期看到的還是同一個人。難道這代表這些角色缺乏廣度或變化嗎？你的朋友不是，這些角色當然也不是。

所謂的「長劇情」

影集有三種形式：**獨立影集**（**Anthology**，**又譯獨立單元劇**），最後會**收尾**（**Closure**）的影集，以及所謂的**連續劇**（**Serial**）。

獨立影集就像是比較短的電影，各集之間的故事彼此獨立，除了同屬某個框架外彼此毫無關聯。《陰陽魔界》（*The Twilight Zone*）可能有固定的主持人、風格屬於同一個類別，但演員陣容每週都不同。作為今日電視影集的前身，獨立影集於一九五〇年代大行其道，其中作品如《閣樓九十》（*Playhouse 90*）會以類似舞台劇的形式呈現文學創作給觀眾。但獨立影集今天已經相當少見，也不是我們學習創作的重點。

最後會收尾的影集本身有固定的演員陣容，但無論某一集裡頭發生什麼新情況，都會在該集結束時劃下句點，故事有頭有尾。這在所謂的**辦案劇**（**procedurals**）如《CSI犯罪現場》、《重返犯罪現場》（NCIS）[1]、任何一個版本的《法網遊龍》（*Law & Order*）[2]，甚至絕大多數於傳統無線台所播出的影集來說都是如此。**廣播聯賣商**（**Syndicators**）或有線頻道偏好此型的影集，他

1 唐麥克吉爾（Don McGill）所創作的長青辦案影集。

2 迪克沃爾夫（Dick Wolf）所創作的辦案影集。史上最長壽的影集之一，有多部相關衍生作品。

們會一次買一大包（一般會買最少前四季，換算下來大概八十八集），轉賣給地方性或海外電視台，對方則用任何順序播出皆可。如果集與集之間沒有重要發展或持續性的人物關係，即所謂的沒有「記憶」，則播出順序其實不應該有差別。至少，概念上是這樣沒錯。

即使影集本身有持續下去的故事線，它們絕大多數時候仍會有一定程度的收尾。但如果一部影集開發得宜，角色本身的歷史會隨時間累積，對編劇或粉絲來說皆是件難以抗拒的事情。《X檔案》（*The X-Files*）[3]早期每週都會有新的外星人或靈異事件，男女主角穆德與史卡利雖然有點曖昧，但也僅只於此。兩人的關係卻在觀眾的期待下不斷增溫，在影集最後從搭檔變成愛侶。《X檔案》大多數的集數不管用什麼順序看都可以，只是連續性的敘事就是有其魅力。

今天絕大多數的優質影集，既會在每集最後做出收尾，也會維持連續下去的劇情。舉例來說，就編劇的角度而言，《怪醫豪斯》和《法庭女王》的建構方式就像是辦案劇，但兩部劇皆是透過持續出現的角色來累積人氣。

連續劇：一講到連續劇，很多人立刻會想到「肥皂劇」（Soap Opera），然後把連續劇當成一個髒字。過去，日間連續劇如《不安分的青春》（*The Young and the Restless*）或《杏林春暖》（*General Hospital*）曾經一度擄獲觀眾的心，同時也享有影集本身所要追求的成功。但過於灑狗血的特質（為了讓影集在一週播出五天的前提下，推動故事前進的必要之惡）往往讓黃金檔的編劇或製作人不願與其扯上關係，更別說影集倉促產出之下，總伴隨著刻板的角色、過於粗糙的**對白**

（**Dialogue**），以及讓人難以置信的情境。

今天，青少年戀愛影集繼承了肥皂劇的衣缽，CW頻道便是這個領域的專門科。但在未來，肥皂劇的真正傳人或許會出現在網路上，任何人只要有數位攝影機和剪接軟體，都能快速產出沒有明星也沒有高製作水平的內容，同時影集還可以一集接著一集，不分日夜地播下去。

不過，那些在**付費有線台（Premium Cable）**、**一般有線台（Basic Cable）**或無線台播出的夜間連續劇又怎麼說？幾十年前，影集如《朱門恩怨》（*Dallas*）或《解開心結》（*Knots Landing*）有著「夜間肥皂劇」的稱號，裡頭也少不了其日間表親滿滿的浪漫情懷與浮誇。但絕大多數的黃金檔連續劇已不再如此。現在的連續劇包含了《廣告狂人》、《夢魘殺魔》、《絕命毒師》、《噬血真愛》（*True Blood*）[4]、《火線重案組》、《劫後餘生》、《黑道家族》、《三棲大丈夫》（*Big Love*）[5]、《都鐸王朝》（*The Tudors*）[6]、《海濱帝國》（*Boardwalk Empire*）[7]、《陰屍

3 九〇年代由克里斯卡特（Chris Carter）所創作的科幻影集，主角為專門負責調查神祕難解現象的聯邦調查局探員，影集播出時廣受歡迎，至今仍有著巨大影響力。
4 艾倫鮑爾（Alan Ball）所創作的影集，刻劃一個吸血鬼與人類共存的世界，深受觀眾喜愛。
5 馬克歐森（Mark V. Olsen）與威爾薛佛（Will Scheffer）所創作的影集，主角是一個一夫多妻的摩門教家庭，曾拿下編劇公會最佳劇情類影集。
6 麥可赫斯特（Michael Hirst）所創作的影集，描述英國國王亨利八世的事蹟。
7 泰倫斯溫特（Terence Winter）所創作的影集，環繞在禁酒令時期大西洋城的黑白兩道，曾拿下金球獎最佳劇情類影集。

《黑道家族》

路》（*The Walking Dead*）[8]等在HBO、Showtime、AMC或其他頻道播出的得獎力作。無論是有線台或無線台，多數口碑不俗的影集往往會用連續性的敘事，與每集最後做收尾的故事做搭配。

任何影集只要裡頭有故事線會橫跨多集，同時主角們會隨時間有所發展，都算得上是一部連續劇。這就是所謂的長劇情，也是最能代表電視影集的特質：說的不是某個一、兩小時內能夠完結的故事，而是花上幾百個小時娓娓道來的人生。試想，作為一名編劇，你得到機會述說一個如此豐富，得花上好幾年才說得完的故事。在《紐約重案組》劃下句點的時候，這部劇已經播了十二年，共計播出兩百五十集。換算下來不是兩百五十個警方案件（事實上，因為一集裡頭就有好幾個案子，實際案件數可能是上述的二到三倍），而是花兩百五十個小時與這些警探及他們所在乎的人事物相處，花上兩百五十個小時，處理十二年經歷所帶來的因果。

當你看電視的時候，留意長劇情與單集收尾故事的搭配。這不僅能幫助你洞悉影集的建構方式，也能對怎樣才算一個故事，有著更寬廣的認知。

8 描述人類在殭屍肆虐的世界裡頭掙扎求生的故事，開播至今維持極高收視率，並曾獲編劇公會最佳新影集提名，幕後團隊幾經更換。

團隊合作過程

如果你寫的是電視劇本，你永遠不會一個人單打獨鬥。影集就像是一個大家庭，縱使一集影集僅由一位編劇負責撰寫，整個創作過程的每個步驟還是需要眾人合作。編劇團隊會一起坐在桌邊，一起「破解」（break）每個故事，再一起審核每個分場大綱，以及不同劇本的不同版本。有些時候，一位編劇不會寫下單一一集影集，而是想辦法置入一個橫跨數集的大型故事弧線。有些影集如《怪醫豪斯》或《護士當家》（*Nurse Jackie*）[9]的醫療顧問（其中可能有些本身也是編劇）會負責提供關鍵的場次。有些時候，一名編劇會重寫另一位的劇本，或幫忙修整對白。那種「孤高藝術家偷偷在夜深人靜的時候寫下自己寶貴劇本」的畫面，不會存在於影集工作的日常（倒不是說寫手們就不會私下寫自己的劇本，或他們這樣就不是藝術家——有些其實甚至滿天才的）。

你可能聽過「幸福的家庭都相似，不幸的家庭卻各有各的不幸」這個說法。電視劇團隊裡頭有一堆編劇，能正常到哪裡去？失能的編劇大家庭到處都是，但彼此交融之下，能夠激發並鼓勵創作能量的亦所在多有。作為一位新手編劇，你可以從團隊裡學到太多太多。第六章會教你編劇團隊的運作方式，如何在裡頭與人相處，甚至脫穎而出。但在那之前，想要成為一名電視編劇，你得先拋下一些錯誤的想法。

五個關於電視的迷思

迷思一：電視等於小型電影

雖然表面上看起來有點道理，實際上卻絕非如此。電視影集和電影皆是拍下演員說故事的內容，然後在螢幕上播放。許多電影人（編劇、導演、演員、攝影師、剪接師等等）也同時有大小螢幕的作品。事實上，當初創作《急診室的春天》的除了資深電視人約翰威爾斯，還有小說家兼電影編劇麥可克萊頓，以及大導史蒂芬史匹柏（Steven Spielberg）。以動作片聞名的製片傑瑞布洛克海默（Jerry Bruckheimer）也參與製作《CSI犯罪現場》。電影《美國心玫瑰情》的編劇艾倫鮑爾（Alan Ball）後來成了《六呎風雲》（*Six Feet Under*）與《噬血真愛》等劇的監製。《夢魘殺魔》監製之一梅麗莎羅森堡（Melissa Rosenberg）寫了賣座鉅片《暮光之城》（*Twilight*）的劇本。曾經三度榮獲奧斯卡獎提名（其中一座是以《刺激1995》提名最佳改編劇本）的法蘭克戴拉邦（Frank Darabont）也是AMC頻道影集《陰屍路》的製作人。

9 麗茲布里席爾斯（Liz Brixius）和琳達華倫（Linda Wallem）等人共同創作的影集，描述急診室護士賈姬混亂的日常。曾為女主角艾迪法柯（Edie Falco）拿下艾美獎喜劇類最佳女主角后座。

在此分享一個讓人深深體驗到電影與電視寫作之間，關係究竟有多緊密的有趣經驗。某天，我的經紀公司突然告訴我，某部我很喜歡的影集有好幾個編劇要離開團隊了，問我有沒有興趣。我想不通為什麼——影集本身得了很多獎，已經獲得續約，很多角色有相當大的潛力，編劇們更是賺得荷包鼓鼓。或許節目統籌是個惡魔？但是我與他碰了面，相當聰明的一個人，也沒比別人有病多少。我就把工作接下來了。

上班第一天，我坐在我的新位子上，等著去開編劇會議，或被指派任務，或重寫劇本，但……啥事也沒有。最後我把接待區的每一本雜誌都看完了。第二天，我發現每個人都在用辦公室電腦拚了命地不知道寫什麼。為什麼我被忽略了？我得罪了誰嗎？我的腦子裡閃過各式各樣的負面想法。

最後，我把頭探進一旁的隔間問：「你在寫什

《夢魘殺魔》

麼？」對方抬起頭，目光如炬：妳難道不知道嗎？大家都在寫自己的電影啊。我的同儕向我解釋，「監製想要自己寫所有的東西。他留我們好跟他腦力激盪，順便讀他的本，但他覺得自己寫整部劇比較快。」搞了老半天，我加入了一個電視影集編劇團隊，但每個人都在寫電影。沒過多久，製作公司結束了這份工作，大家的電影創作獎學金也隨之告吹。但這個故事闡明了一個公理：寫作就是寫作，不管今天是電視、電影或任何新媒體都一樣。

不過，你對電影和電視懂得愈多，兩者愈有著天壤之別。人們之所以看電影，是為了逃進某個有著驚人特技、特效、場景的不切實際幻想裡頭。一張票如果要花上十美金，電影就勢必得要值回票價。作為電影的重點觀眾之一，男性青少年更是對大銀幕特別擅長的身歷其境動作場面情有獨鍾。如果你在電視上看過重播的《阿凡達》，或是租過某部暑期賣座鉅片回家看，你會覺得潘朵拉星球上的巨人看起來彷彿是玩具，千萬大軍跟螻蟻沒什麼兩樣。有些泡泡還是不要戳破比較好。

打從一開始，電影就是為從眾娛樂而生——試想群眾聚在一起看雜耍就懂了。電視追求的體驗則非如此。事實上，電視的前身比較有可能是廣播。在電視誕生前的上一代，一家人會聚在收音機旁，聆聽農作或戰爭要聞等重大資訊。同時，廣播劇也是以角色為導向，聆聽熟悉的角色們每天彼此爭吵，彼此扶持，讓聽眾（以女性為主，青少年少之又少）忍不住大笑或流下淚來。既親密，又私密，而且是在自家裡。

更別說句句屬實。在收音機問世之前，人們得透過報紙才能得知世事，而這也延續到我們對電視的期待。電視變得與人們所知道的，以及人們所深信不疑的事情密不可分。電視不是出口，不是幻想，而是日常生活的一部分。

你會問，那《星艦迷航記》（*Star Trek*）[10]或《超人前傳》（*Smallville*）[11]呢？這哪裡逼真了？嗯，我曾經短暫待過《銀河飛龍》（*Star Trek: The Next Generation*）[12]的劇組，我可以告訴你，製作人感興趣的，還是關於人的故事——的確，這些人可能住在遙遠的世界，有著高科技設備，但影集故事的核心，仍是組員之間的關係，以及彼此的界限，甚至當它做到極致的時候，該劇所探索的不是遙遠的銀河系，而是身而為人的意義。至於《超人前傳》，年輕的克拉克肯特其實是每個與眾不同的青少年的化身，試圖理解自己是誰，如何跟自己的朋友相處。影集追求的不是視覺奇觀，而是內心世界。

這倒不表示你寫出來的東西就不能有電影感。《LOST檔案》的試播集從一開始便有著許多讓觀眾進入影集本身使命與情緒的迷人畫面。只是即便在此，影集重視的還是個人險境：試播集從傑克的眼球開始，轉到樹上某隻孤零零的鞋子，再轉到一條不知道從哪裡冒出來的狗，慢慢讓觀眾知道自己置身於某個叢林裡，然後讓傑克意識到自己究竟在哪，再一語不發地移動到海灘上。到了之後，影集還是緊跟著傑克的視角，慢慢看見墜毀的飛機，然後聽見遠方傳來的第一個聲音：「救命啊——」直接，緊密，充滿急迫感。

電影編劇學生所學到的教誨向來是能用視覺呈現的東西愈多愈好，對白愈少愈好——「多用眼睛，少動嘴巴」。一般而言，這是個好建議，所以我剛開始寫電視影集的時候，便是依此創作劇本。然後有個編劇指著我寫的一大段**場景描繪**（**Description**）（我以為這是個取代掉背景敘述台詞的好方法），對我說：「這邊加句話，不然觀眾可能沒在看。」什麼叫他們沒在看？我的畫面超棒的啊。

但回到這個媒介的現實。觀眾身在家裡，不是什麼燈光昏暗的電影院。沒有人會特別認真，觀眾可能在吃東西，塗指甲油，做功課……你懂人在家裡的情景。作為一名創作者，你會希望電視螢幕是如此有魅力，讓觀眾完全無法把視線從上面移開，但如果你想要讓「觀眾」搞懂什麼事情，透過對白講可能比較簡單。大家聽電視的時候可能比看電視的時候多。這倒不是件壞事。電影觀眾可能離畫面上的世界有段距離，像在窺視他人的故事；電視影集則像是有人在對你說話，或至少在你家裡與你交談，兩者皆有其迷人之處。

如果我的學生在我建議他們寫電影也寫電視後，問我比較推薦他們嘗試哪個，我會問他們覺

10 金羅登貝瑞（Gene Roddenberry）所創作的影集，描述星艦企業號的宇宙冒險。公認史上最具影響力的科幻影集之一，衍生作品橫跨各種媒介平台。

11 阿弗雷德高夫（Alfred Gough）與邁爾斯米勒（Miles Millar）所創作的影集，描述超人克拉克肯特青少年時期的冒險。

12 《星艦迷航記》衍生作之一，接在前作組員時代之後的故事。

得自己的才華是什麼？他們擅長捕捉人自然的說話方式嗎？他們能寫下充滿意義的緊湊對白，然後假裝成日常對話嗎？他們能為截然不同的角色，寫出各自不同的聲音嗎？假如他們缺乏寫出有效對白的能力，寫動作可能會比較簡單，我便會引導他們離電視遠點。

當你思考適合巨型影廳娛樂的素材，以及什麼適合家庭號電視或個人電腦螢幕的素材，與兩者之間差異時，你甚至可以進一步想，什麼樣的故事或拍攝手法，能在一個只有手機大小的螢幕上獲得成功？

由此可知，電視不是小型電影，絕非如此。電視不但是不一樣的媒介，而且是更大的媒介。你沒看錯，更大的媒介。一部極度成功的電影會有幾百萬名觀眾在戲院收看，如果加上從網路上下載的、租ＤＶＤ回家的，甚至在電視上看重播的，這個數字會更高。但今天即使一部影集只能勉強算是成功，如果它能撐過好幾年並進入廣播聯賣階段，觀眾會是數以千萬計，出現在全球各地大大小小閃爍的螢幕前。

迷思二：影集是廉價的

我不認為花五百到兩千萬美金拍一小時電視影集，或者花上超過一億美金拍一整季，算便宜到哪裡去。沒錯，如果你把一小時影集的成本，跟某些預算高於許多小國的國民生產毛額的兩小時電影相比，影集的成本的確不算高，但至少就高端影集來說，沒有人會吃到苦，對編劇而言，參與電視影集也是賺大錢的一種方式（關於參與編劇團隊的部分我們第六章再談）。而就算不是每部影集都那麼高端，電視影集的商業面也更像穩定的製造業，而非有風險的新創產業。各公會會訂下薪資級距（Pay Scales）——至少會訂出最低門檻，每季的預算則由影集的監製控管。錢雖然多，但要花在哪裡卻是條理分明。也因此，有些影集在接近季末的時候得要稍微勒緊褲帶。某名節目統籌曾在我剛加入影集團隊的時候，給了我一個再簡單也不過的指示：「劇裡的小鎮絕不會下雨。」——在他把錢花在大牌**客座演員**（**Guest Casts**）、超時拍攝，以及普查週（Sweeps Week）[13]特別集之後，他那一季已經沒有在拍攝現場造雨的預算了。另一個超支的跡象，則是所謂的回首集（“Wrap-around” Episode）：如果主角在某一集影集裡，回首他過去幾集的所作所為，那些回憶與其說是來自感傷，更有可能是影集得靠著過往片段取代實際製作費的情勢所逼。

話雖如此，但就你在影集世界裡的劇情需求而言，影集的預算已經算是綽綽有餘。身為一名編劇，你在意的應該是故事的品質，以及你能在觀眾心中喚起的情感，而非製作上的聲光效果，所以除非這本來就是你影集的一部分，以下請盡量避免：遙遠或拍攝不易的場地、特效、高難度

13 美國慣例會在每年的十一月、二月、五月、七月進行系統性收視普查，期間內所有影集皆會卯足勁爭取更高收視率，往往會把所有能夠吸引觀眾的元素集中至此時播出。

特技、為數眾多的客座演員陣容、多人場景，以及電腦動畫等。就算你真的寫了，最後可能還是會被刪掉。而當劇本緊縮的時候，你反而會聚焦在主角上頭，這也正是電視影集的強項所在。

迷思三：電視劇本綁手綁腳

別逗了，舉凡髒話、裸體、具爭議性的題材或生活方式，乃至實驗各種說故事的方式，你在有線台要做什麼都可以。不過，由於無線台需要由聯邦通信委員會（Federal Communications Commission, FCC）[14]發給營運執照，其經營上仍必須以大眾利益為依歸。

也因此，地方性電視台有可能會為了避免外界在其更新執照的時候加以抵制，因而屈服於來自民間團體的壓力，本身擁有地方性電視台的無線台則可能對於社會風俗更加敏感。不過，文化上的公序良俗會隨時間有所改變。可想而知，從一九五〇年代時影集裡的已婚夫妻仍必須衣冠楚楚並分床入睡，到現在就算是主打安全牌的影集都相對接近現實人生，公眾標準已有了長足的改變。以上標準對於ＨＢＯ、Showtime等付費有線台則是完全沒有影響。

電檢的日子已經過去了，只是還陰魂未散。二〇〇四年，《急診室的春天》原創者便面臨了電檢的為難。在劇中某一集，一名八十一歲的老太太正在接受醫療檢查。老太太剛獲悉自己患有癌症的噩耗，戲本身相當具有情緒張力，但觀眾可以看到老太太露出了部分的胸部。影集的製作人堅持這是為了該場戲的戲劇性衝擊，但電視台仍逼著他們重剪，乳房露不得。

當HBO將其前瞻大膽的影集《黑道家族》，透過廣播聯賣方式讓一般有線台A&E頻道播出，所謂的讓步也隨之達到全新高度。在實際製作過程中，相當懂得未雨綢繆的HBO另外加拍了尺度不同的場次與台詞以供替換。絕大多數的「清新」版集數還是能夠維持原版的力道，但偶爾還是會出現如保利（角色本身是名鐵桿黑道）一邊與同夥準備上路殺人，一邊抱怨雪「好討厭喔」的詭異橋段。類似這種情況逼得某些認真的編劇轉往有線台發展，好讓自己在創作藝術的同時不會受到干預。不過即便到了有線台，Syfy頻道的《星際大爭霸》（*Battlestar Galactica*）[15]也只能自創「Frack」一詞，取代F開頭的髒字。

所以沒錯，無線台仍存有一些侷限。但我的建議如下：當你寫下初稿的時候，不要自我審查。保持真誠，讓你的角色一言一行都與真人無異。如果某句話或某個畫面得要修改，你可以之後再修，但盡量讓你的作品能夠傳達人們最真實的樣子，因為這才是劇力萬鈞的來源。

14 管理無線電和電視廣播在內，所有非聯邦政府機構無線電頻譜使用的機構。
15 羅納德摩爾（Ronald D. Moore）所創作的影集，開播第一年即拿下皮博迪獎（Peabody Award）。

迷思四：電視影集都差不多

我曾聽過某個製作人說這句話。當年他成功的時候，觀眾還沒有無窮無盡的頻道和網站任君挑選。但現在大家是拚了命地要做出讓人耳目一新的內容，任何影集只要依賴公式或老哏，都有可能落得無人聞問的下場，播個四集便草草收攤。

但電視影集仍是有特定規則的，本章最後便會一一列出。

迷思五：電視是一片荒原

一九六一年，聯邦通信委員會委員紐頓明諾（Newton Minnow）稱呼電視為一片「巨大的荒原」，這個說法從此揮之不去。在當時的美國，電視只有三台無線台，每一台的規模都較現在來得小，共用在當時被視為珍稀資源的廣播頻道，用於教化社會大眾。明諾的發言乃是針對《牧野風雲》（*Bonanza*）、《摩登原始人》（*The Flintstones*）與《靈馬艾德》（*Mr. Ed*）等劇。只能說，會說話的馬[16]實在不是他的菜。

然後，過了半個世紀，這片荒原的一部分變成了垃圾場，散發著假分手怨侶在所謂「無劇本節目」上互毆的臭不可聞。其他部分則涵蓋了電視佈道家和情色片、政論名嘴和賣假藥的、體育節目和科學新發現、想紅的歌手和會唱歌的動物，以及各式各樣或有趣，或獵奇，或耳目一新，或似曾相識的創作。這裡頭有些是出神入化的傑作，比起你在其他地方看到的最傑出劇本與拍攝毫不遜色。

這些影集便是我教學的重心，因為我相信，假如你跟著良師學習，你自己也可以成為高徒。至於所謂的荒原，當你有一千個頻道或網站、來自古今中外的節目可以選擇的時候，你看什麼內容，電視對你來說就是什麼。

即便在美國的黃金檔，電視也不會是一成不變。我有聽過有人批評電視是給十二歲小朋友看的。我的回答則是沒錯，如果你晚上八點收看特定頻道，上面的節目的確是給十二歲小孩看的。頻道如ＣＷ、福斯或特定有線台會在傍晚排滿兒童與青少年節目，只因廣告主相信他們更容易受廣告影響，不僅可以推銷青春痘軟膏或化妝品，有些節目甚至會附上網站連結，讓觀眾可以前往購買演員身上穿的衣服款式。

在學習寫作的時候，我不建議你模仿上述影集，不過我也可以理解對某些年紀較輕的編劇來說，創作與他們年紀相仿的角色可能會比較自在。如果一名學生誠心誠意地告訴我，她想學習編劇技巧，但缺乏足夠的人生歷練來處理成人主題或關係，我會推薦她選擇某部劇本出色且演員陣

16《靈馬艾德》的主角是匹會說話的馬。

容年輕的影集。《勝利之光》便是部創作上觀察入微、忠實呈現高中生活的完美案例。所以，如果你想要創作青少年影集也無妨，只要你以真實為依歸，不管對幾歲的人來說，你的劇本都會是真實的。

傳統上，從晚上八點到十一點的所謂夜間黃金檔，大概分成以下部分：

- 晚上八點——裡頭有小孩的家庭情境喜劇、「無劇本」綜藝節目或競賽、青少年肥皂劇。
- 晚上八點三十分——更多情境喜劇，不過裡頭不見得會有小孩、「無劇本」綜藝或實境節目、青少年影集繼續播下去。
- 晚上九點——有深度的喜劇、引人深省、浪漫深情或振奮人心的一小時劇情類影集、青少年影集。
- 晚上十點——針對成年觀眾，最具深度的劇情類影集、有線台可能會播出風格嚴肅的**劇情喜劇**（**Dramedies**）、歷史相關的迷你影集。

不過，這只是過去習慣的排列方式。現在你當然也可以透過隨點即播（on demand）或錄影的方式，在你想要的時間看你想要的影集，有線台會在週間重播先前播出過的內容，多數無線台也會將影集放到網路串流上提供觀眾收看。如果這樣你還是沒辦法看到影集，你也可以租或買DVD觀賞。

這可能會讓你覺得傳統的播出時間已經不具意義。有趣的是，縱使現在有各式各樣的多元選項，多數觀眾還是選擇在影集播出當下收看。各頻道的排程還是會希望能針對對手影集達到「逆向選擇」（counter-program）[17]的效果，目標也依舊是所謂的「預約收看」（appointment viewing）——讓人們覺得看到最新一集的《噬血真愛》是如此重要，而預先排定要在週日晚上九點，在螢幕前面坐定，就算他們其實可以幾天後再看重播。

絕大多數才華洋溢的編劇都會希望參與晚間九點或十點所播出的影集，事實是這些也是我會建議學習的作品。不過，當你剛入行的時候，你可能會比較容易在相對不具威名的頻道，找到晚間八點影集的工作。別擔心，英雄不怕出身低，你也可以在第六章找到如何打入這一行的方法。

電視影集的定律

定律一：影集既然是每集一小時，劇本換算成片長就必須要剛好一小時

事實上，無線台或一般有線台每集影集比較接近四十五分鐘，其他時候是廣告時間，付費

17 針對同時段熱門影集，播出內容往往截然不同、希望能吸引其他種類觀眾收看的作品。

有線台就可能是一小時整。劇情類影集的劇本一般大約是五十到六十頁（編按：本書所提之劇本頁數、格式，皆指英文劇本。），《白宮風雲》之類對白連珠炮的影集劇本有些時候會長達七十頁。當頻道將一集影集拆成五**幕**（Acts），加上一段**序場**（Teaser），編劇實際上能運用的時間也隨之縮短，通常大概是一幕八頁，一集大約四十八頁。每個劇本會在拍攝前換算成片長，假如頁數沒問題但時間太長，編劇就必須考慮縮減對白，或讓事件更加緊湊；假如片長太短，編劇則必須找適合的段落加入一個戲劇節拍，讓故事更有深度或多一層轉折，而非只是胡亂填塞時間。所有的修改必須在一夜之間完成，這也關係到下一條定律。

《噬血真愛》

定律二：截稿期限如假包換

你的影集每週都會準時播出，這意味著你沒有時間等待靈感來臨，沒有機會鍛鍊惜字如金的藝術，也不能因為內心小劇場便延誤交稿時間。如果你趕不上期限，節目統籌也只能讓另一名編劇接手你的工作。

從接到你負責的那一集開始，你大概會有一週提出分場大綱，幾天的時間調整，兩週後交出劇本初稿，等修改意見等個幾天，再花一週寫出二稿。整體來說，從提案到二稿，前後大約只有六週時間（不過微調和拍攝現場修改還會再花個兩週左右）。或許這聽起來相當有挑戰性，但當你是編劇團隊的一分子，影集是你的生命，這樣的步調卻是其樂無窮。你會聽見演員念出你的對白，看見影集從無到有的過程，然後在短時間內，在螢幕上看見自己的作品。

創作的樂趣總在惡夢降臨的瞬間戛然而止。對一部影集來說，惡夢便是某劇本在最後一刻「人間蒸發」（falls out）。它可能是這樣發生的：提案的時候，故事聽起來很合理；創作出來的大綱漏洞百出，但編劇團隊認為故事本身調整之後是可行的：編劇團隊讀了初稿，發現問題沒辦法解決；劇本交給另一名編劇修改。與此同時，既然劇本下週即將開拍，包含布景、拍攝場地、選角等前製作業勢在必行，時間一分一秒流逝；另一稿出爐，但此時裡頭的問題（可能是某個故事主角怎樣都不會做的行為，可能是某個情節與前一集或下一集互相矛盾，可能是某個勉為其難的解決方式缺乏可信度）卻讓整個團隊無法視而不見；劇本交給監製，重新寫下一稿，時間繼續流逝。甚至，問題可能與編劇無關：影集裡頭所刻劃的危機，在現實生活中上演，迫使整個故事必須放棄，「人間蒸發」。與此同時，製片主任等著開始前製作業，廣宣已經露出。

我曾經在某次座談會上，聽見一名廣受尊崇的節目統籌聊到上述惡夢：影集一定要如期播出，演員與劇組來到現場，當天無論如何都要開鏡，但製作單位卻交不出劇本。情急之下，這位本身也是一流編劇的節目統籌開始口述劇本，一名秘書負責把內容繕打下來，跑腿小弟則把劇本一頁接著一頁送到現場。一名仰慕者舉手發問：「這是你這輩子寫過最好的作品嗎？」這名節目統籌笑答：「當然不是，寫出來的東西一點都不合理。」

定律三：劇情類影集確有其分幕結構

請放下你手邊關於三幕劇結構的書籍。數十年來，無線台的劇情類影集都是採用四幕的結構，近年許多影集則改為五幕，某些甚至有六幕。關於這部分，本書第四章主題是電視劇本分析，屆時會談到更多。就現階段而言，試想在每部傳統無線台的劇情類影集裡，每過十三到十五分鐘會發生什麼事？答案你肯定知道：進廣告。這些破口（Breaks）絕非毫無意義，它是建構影集的框架，將劇情發展引導至某個**懸念**（**Cliffhanger**）或出現扭轉（若用電影話術來說，也就是所謂的劇情**轉折點**〔**Plot Point**〕）。就如同一部舞台劇有四幕，每集影集的四個段落也像是四「幕」，而非像分析電影結構談的幕只是用於譬喻。還記得去劇場看戲時，每當一幕結束，布幕會降下，燈光會亮起，觀眾會去上洗手間或買點心嗎？電視幕與幕之間的切分也是如此絕對，一名編劇必須以此規劃故事，並利用破口來製造緊張感。

當你漸漸上手之後，你會發現這些破口不但不會打壓你的創造力，反而能讓你在特定的節奏框架下，擁有創意無限的發揮空間。而當你操作過此類十至十五分鐘的區塊，你或許可以將其運用在有線電視與電影裡頭。甚至，下次你進電影院的時候，每十五分鐘觀察一下身旁觀眾。你可能會發現他們在椅子上坐立不安。我不知道這樣十五分鐘一個段落的概念，究竟是媒體烙進現代觀眾腦海裡的，還是某種與人類一同演進的心理狀態，但是在電視誕生之前，這樣十五分鐘的段落已經存在。在二十世紀初期，電影放映師每過十五分鐘，便必須起身更換一盤膠卷。某些編劇理論學家則根據過去此一做法，將電影詮釋為八個十五分鐘的片段。但不管起因為何，四幕式結構已經成為無線台劇情類影集的原始樣板。

但隨著傳統無線台廣告橋段價值逐漸降低，影集也開始改成五幕，裡頭可能還另外包含了一段序場（這部分留待第三章解釋），以便靠著更多的廣告時段彌補上述損失。某些時候，開場幾乎和各幕一樣長，給人一集有六幕的印象，每幕換算下來則大約是八到十頁劇本的長度。在天平的另一端，付費有線台如HBO或Showtime的影集則沒有幕與幕之間的破口，結構上或許也更像是一部電影。

即便製作方試圖在影集裡塞入更多廣告，這樣的努力注定要失敗。透過「替您錄」（TiVo）或其他裝置錄下影集以便日後收看的觀眾能輕而易舉地跳過廣告。下載版本的影集固然有廣告，卻不會打斷故事。也因此，即便在二〇〇六至二〇一一年間，製作方將結構從四幕調整為五幕或六幕，同時付費有線台不再使用幕作為切分的結構，情況仍有了出人意料的轉折。假如你去檢視許多片長一小時的劇情類影集初稿，你會發現今天不管是《怪醫豪斯》（以五幕搭配一段序場的形式播出）、《絕命毒師》或《火線重案組》，都可以看到四幕式結構重出江湖。從一個建構故事的角度來看，即便在最終版劇本有所調整，四幕式結構就是比較對。

定律四：每部影集都屬於某個類別

所謂影集**類別**（Franchise），一般常見的包含了警探、律政、醫療、科幻、動作／冒險，以及家庭等。各個類別背後皆帶有觀眾的某種預期心理，就算你試圖想要挑戰觀眾的期待，首先你還是得對其知之甚詳。對影集的原創者來說，類別既是限制，也是契機。第二章、第五章，以及「焦點討論：寫下你的試播集劇本」單元，會討論更多關於創作影集的來龍去脈，但如果你試問自己，要如何透過單一一個**前提**（Premise），創作出數百個故事，你便能一窺類別的妙用何在。

解決上述問題的方法，在於找到能夠在每一集裡頭推動衝突或冒險的**觸媒**（Springboards）。在多數的類別裡頭，這些故事催化劑皆會自然出現：某個犯行讓警察開始尋找犯人、某個遇到麻煩的傢伙懇求律師幫忙打官司、某個病人需要醫師救治……每一集的**鉤引**（Hook）皆在一個設定明確的世界裡，逼得觀眾能夠感同身受的主角們必須採取行動。在其他類別，好比家庭、職場、高中、浪漫等劇，觸媒則較不明顯，靠的主要是角色之間的衝突而非外界力量。在這些劇裡頭，某個人需要興風作浪（也可能只是內心的波濤洶湧）好讓每一集得以開展。

幾十年前，一如現在多數的辦案劇，觀眾會預期類別影集提供好預測的故事，所有問題皆會在該集結束時劃下句點。拿西部劇來說好了，每集的藍圖皆是邊疆小鎮有（戴黑帽子的）匪徒為非作歹，（戴白帽子的）好人特警必須面對軟弱無能或貪贓枉法的鎮民，成功贏得其中幾位的支持（順便讓大牌客座演出有發揮空間），協助小鎮抵禦黑帽惡棍，最後騎著馬消失在夕陽裡。

現在既然你對過去的公式有印象，你也可以想想ＨＢＯ的《枯木城》。沒錯，裡頭有個惡名昭彰的邊疆小鎮，鎮民龍蛇混雜。鎮上有名前任法警，這位主角在蒙大拿州結束了自己的執法生涯，好在這人性深淵的邊陲地帶撈一桶金。但同類劇的相似之處僅只於表面。在這樣一個沒有外來救星的世界裡，每位枯木城的居民為求生不擇手段，努力在這片道德荒野裡，尋找生命的意義。

影集如《怪醫豪斯》、《實習醫生》或《護士當家》皆屬於醫療劇，醫生們（與護士們）每週必須要面對新的病情。但如果你將其與過往的例子如《醫門滄桑》（*Marcus Welby, M.D.*）相比，你會發現《怪醫豪斯》等劇是如何延展才得以反映出現代生活的樣貌。《醫門滄桑》主角威爾比是名善良的醫生，獨自在他那窗明几淨的小辦公室裡工作，不須有什麼深沉的內省。但當真正的醫生護士同時治療開槍者與槍擊案被害人的時候，他們則必須面對道德與法律的難題。他們也必須面對自己的人性——罪惡感、疲勞、野心，甚至是工作與生活其他部分的拉扯，這可能是

《實習醫生》裡頭的愛情與自我懷疑，可能是《護士當家》的藥物成癮，甚至可能是《怪醫豪斯》裡醫生本身的深層心理問題。為了呈現當代醫療體系的忙亂，說故事的形式本身也必須有所改變。《急診室的春天》發展出所謂的「剪影」（vignette）敘事，每集裡頭會有數個小故事匆匆飛過，有的時候甚至是一個接著一個，手法日後由《實習醫生》延續下去。

自ABC電視台將《實習醫生》排在《慾望師奶》（*Desparate Housewives*）[18]後頭播出那一刻開始，電視台便訂下了影集的調性：「床戲加手術戲」。對此，監製珊達萊梅斯在洛杉磯雜誌的說法則是「我不認為這是一部醫療劇。我一直把這部劇看成感情劇，只是裡頭加了幾場手術而已。」

與此同時，家庭劇則靠著《三棲大丈夫》、《黑道家族》、《絕命毒師》等影集欣欣向榮，還真是家家有本難念的經。我想你也可以把《噬血真愛》視為家庭劇，畢竟每一集的故事一半時候從某個外來狀況開始，一半則從常設角色（有些有親戚關係，有些則「生活」在一起）之間的關係出發，跟若干年前的《天才小麻煩》（*Leave It To Beaver*）好像哪裡不太一樣。多看幾眼，看看你能不能在你喜歡的影集裡頭，找到那些讓類別與時俱進的元素。想一想，都是以角色為出發，追憶某個一去不復返的時代，你會怎樣比較《廣告狂人》與《兩小無猜》（*The Wonder Years*）？是什麼改變了？

在偵探劇方面，相對輕鬆愉快的影集如USA頻道的《神經妙探》（*Monk*）[19]走的是傳統路線：一名偵探每週會接到新的疑案，調查一連串似是而非的障眼法（red herrings），每次出現都差不多準備進廣告，然後在一集結束的時候巧妙破案。雖然阿蒙本身個性上的強迫症是個有趣且讓人耳目一新的設定，但就結構來說，這還是個很基本的「A故事」影集（所謂的A－B－C故事留待第三章討論），君不見《神經妙探》完結之後，一般有線台推出了一系列類似的作品，古怪的主角配好猜的情節，試圖搭該劇的順風車。

這種模仿實在稱不上有創意，但從節目部人員的角度來說，卻是相當保險。如果你莫名混進了某個類似的公式化影集，我的建議如下：雖然套用公式，但在裡頭加入誠摯的社會關懷，寫出有血有肉的人物，以及他們的真感情。如果你能達到基本要求，老闆可能不會管你另外多做了些什麼，你也為自己多準備了份還不賴的作品範例（更別說這也對你的靈魂有益）。

不管今天是無線台或有線台，上面那些高知名度警探劇往往有著龐大的演員陣容，以及受新聞事件或社會議題啟發的錯綜複雜故事。某些影集如《CSI犯罪現場》或《危機邊緣》（*Fringe*）[20]等也會用上最先進的鑑識工具，裡頭真正的明星其實是能夠刺激思想的科技。沒

18 馬克徹瑞（Marc Cherry）所創作的影集，描繪四位郊區家庭主婦的生活，曾拿下金球獎最佳喜劇類影集以及艾美獎最佳女主角等大小獎座。

19 安迪布萊克曼（Andy Breckman）和大衛郝伯曼（David Hoberman）所創作的影集，描述患有強迫症的偵探阿蒙辦案的故事，創下收視率紀錄同時曾為男主角東尼沙霍柏（Tony Shalhoub）拿下多座艾美獎喜劇類影帝。

20 亞伯拉罕所創作，傑夫皮克納（Jeff Pinkner）等人擔任節目統籌的影集。主角會透過另類或冷門的科學工具，調查神祕難解事件。

錯，偵探們永遠會解開謎團，但影集觀眾似乎對於挑戰人類能力極限的前瞻性工具更感興趣。

如果影集本身的故事是仰賴辦案調查解決，這樣的影集便稱為辦案劇，裡頭不管今天是透過鑑識工作（《CSI犯罪現場》）、警方辦案（《法網遊龍》）或醫療診斷（《怪醫豪斯》），都會在每週影集結束的時候，透過找到的線索解決案件。第三章與第四章之間的焦點討論單元會針對辦案劇進行深度討論，裡頭也會包含混合式的辦案劇如《法庭女王》等。

除了能隨意收看的辦案劇，觀眾還會以頻道高層所渴望的那份熱情，殷切期待那些情節小說化（novelized）千迴百轉的影集。二〇〇六年，二十世紀福斯電視公司總裁黛娜華登（Dana Walden）便向《紐約時報》表示，「每個人都說要拍話題劇（Event Drama），而話題劇便是連續性影集（Serialized Drama）。」

但人們每週會花多少時間收看具有高度連續性的影集？此外，如果你錯過了前幾集，感覺就會像是從中段開始讀一本小說。觀眾會不會為此便不願意投入？

解決方法有幾種：補進度馬拉松（每個有線台的影集都會有）、眾多網站上的重播或串流，以及DVD。事實上，在整季影集的DVD剛出現的時候，《LOST檔案》第一季DVD銷售量便證明了這門

《CSI 犯罪現場》

生意的確可行。Showtime頻道強調角色導向的心理驚悚劇《夢魘殺魔》則透過在頻道網站上提供互動式解謎遊戲經營粉絲。網路集現在已是常態，影集如《LOST檔案》或《星際大爭霸》甚至會在電視劇本身之外，另外提供針對網路創作的影集。

不管今天只是有限影集（Limited Series，過去稱為迷你影集〔Miniseries〕）[21]的短篇幅，抑或橫跨數季、接近一般影集的規模，巨型歷史劇如《羅馬的榮耀》（*Rome*）[22]和《都鐸王朝》皆透過縝密的故事，讓觀眾流連忘返。就算角色的一生往往也是歷史的開始與終結（馬克安東尼與埃及豔后皆過世了，亨利八世亦然，遑論那些皇后們），他們的長劇情也稱不上是永無止境，這些影集仍可作為特定社會環境下，發展角色深度的探討案例。在這之外，《劫後餘生》則是另一部距離現在時間較近，但同樣透過極具歷史性的時間地點說故事的優秀案例。

不過保險起見，電視台還是會在播出時段裡塞滿可靠的辦案劇類別。但即便是辦案劇也會演進。例如，在那個壞人很壞的時代，動作冒險劇如《天龍特攻隊》（*The A-Team*）或《警網雙雄》（*Starsky & Hutch*）蓬勃發展，今天卻轉變成類似《結案高手》（*The Closer*）[23]之類的影集，

21 某一作品在開始前即有明確規模及結局，與強調延續性的一般故事有著明顯差異。
22 布魯諾海勒（Bruno Heller）和電影導演約翰米利厄斯（John Milius）所創作的影集，講述從凱薩以降羅馬帝國的故事。
23 詹姆斯朵夫（James Duff）所創作的影集，女主角是名擅長突破罪犯心防的審訊專家，凱拉塞吉薇克（Kyra Sedgwick）以此劇摘下艾美獎劇情類后座。

裡頭角色會說出「我來到美國好觀察一個行將就木的帝國，以遊客身分在毒蟲與性變態之間做著慈善工作」這樣的台詞。就同樣的背景而言，Showtime的《危機四伏》（*Sleeper Cell*）[24]則相當有野心地試圖透過影集方式，呈現絕大多數美國人都會感到陌生的角色與動機。類似這些影集的動作與冒險來自其所在環境，而非讓類別本身控制故事。

而就算裡頭有官兵和強盜，傑作如《火線重案組》也無法透過其類別加以定義。在影集龐大的演員陣容裡，的確有著建構在個人關係之上的家庭劇，也的確有著就算身處地獄，仍要面對生死、奮力求生的心靈旅程。以上描述的皆是《火線重案組》，但該劇談的卻遠不止於此，某種程度上也見證了創作潛力得以發揮時所帶來的成果。

上述成果在科幻劇的題材廣度上更為明顯，比起以前，科幻劇才是名副其實地「勇踏前劇未至之境」（boldly gone where science fiction hadn't gone before）[25]。雖然ＮＢＣ環球集團（NBC-Universal）旗下的Syfy頻道依舊專注於服務本身小眾市場而沒有拓展它的打算，毫無意外地推出《星際奇兵：SG-1》（*Stargate SG-1*）[26]與《未來迷城》（*Eureka*）等冒險影集，搭配族繁不及備載的廉價恐怖片（在座有人看過《人蚊》〔*Mansquito*〕嗎？），頻道本身卻也不小心矇中了廣受好評的《星際大爭霸》，該劇討論起政治有些時候比《白宮風雲》更尖銳，探討現代人際關係有付費有線台的水準。與此同時，《危機邊緣》在傳統的科幻類型下，不僅收視長紅，也吸引到非傳統科幻愛好者的觀眾。勇於冒險的ＡＭＣ頻道則除了《廣告狂人》與《絕命毒師》之外，還推出了一部有殭屍的優質劇《陰屍路》。

如果要我猜測科幻影集寫作最具開拓性的部分，我會回答是角色。在二十世紀的科幻影集裡，作品的優勢往往是某種科技，一般而言接近「完人」的主角會以加入某場充滿動作戲的善惡大對決，擄獲兒童與青少年觀眾的心。雖然現代科幻／奇幻影集，如《LOST檔案》、《危機邊緣》、《星際大爭霸》到《陰屍路》，彼此之間截然不同，但這些劇的角色充滿著人性缺陷，探討人際關係或「身為這個星球上的一分子意義為何」等嚴肅議題，並有形形色色的觀眾。科幻類別的廣度是如此無遠弗屆，如果你有興趣嘗試創作，我會建議向上提升，以真正充滿張力的寫作為目標，卡通式的思考還是留給電影就好。

二十一世紀影集的蓬勃朝氣重新詮釋了傳統類別，但不代表它們從此便會消失得無影無蹤。當我還是一名新手編劇，在各個願意賞飯吃的影集之間擔任自由編劇的時候，我拿到了某個來自無線台的案子，偵探影集《鐵骨遊龍》（*Mike Hammer*）。第一次開會的時候，製作人給了我兩頁創作守則，第一頁的標題是「《鐵骨遊龍》創作公式」，第二頁則是創作主角時的規則，裡頭

24 講述FBI滲透恐怖分子的故事，曾獲艾美獎最佳劇情類影集提名。
25 改寫自《星艦迷航記》經典台詞「勇踏前人未至之境」（To boldly go where no man has gone before）。
26 根據電影《星際奇兵》衍生出的影集。

《陰屍路》

包含「主角只能使用宣述句」等範例：你要知道，身為一個男子漢，他是絕對不能問問題的。

公式大概長這樣：在每集一開始的時候，某個讓人同情的角色會請主角幫忙。第一幕破口，這個角色被發現已遇害。第二幕主角會追查兇手，破口前卻發現兇手已死，但同時還有另外一樁謀殺案（證明兇手另有其人）。真正的反派會在第三幕找上主角，然後在第三幕破口處，主角會有生命危險。第四幕則一切真相大白，主角一對一迎戰兇手。你可以猜猜看最後誰贏。剛上工的時候，我以為如此死板的格式會漸漸讓我麻痺，但我卻發現這還滿好玩的。當我不需要針對結構做決定的時候，我反而能夠自由地在客座角色或故事轉折之類的地方大做文章。

多年後，某位兒童電視工作室（Children's Television Workshop）[27]的主管請我開發並寫下某部兒童影集（日後名為《幽靈偵探》〔Ghostwriter〕）的試播集，結構上要像是黃金檔電視劇，裡頭會有長期的角色弧線、多線敘事、複雜人際關係、多元演員陣容，甚至碰觸一些爭議性議題。我從來沒有以兒童為對象寫作過，但我對此相當感興趣。在與兒童電視工作室一同塑造影集的過程中，我們首先從找出影集類別的大方向開始。我們最後選了偵探劇，因為這樣才能讓整個演員陣容一同參與解謎，同時也可以納入每集不同的客座演員。在這之外，我們不限制年齡，盡量去貼近人心，去找出人們真正在意什麼、如何表露自己，什麼可以讓人哭，讓人笑，讓人感到

27 現在芝麻街（Sesame Street）製作公司的前身。

害怕，讓人陷入愛河。

《幽靈偵探》原本只是為了鼓勵八歲左右的兒童閱讀而拍，但兒童電視工作室卻驚訝地發現，研究指出該劇的收視觀眾從四歲到十六歲不等，甚至稱不上一個特定的年齡層。我認為該劇之所以能夠遠遠超出任何人的預期，是因為有了寫實的角色和潛力無窮的類別，不僅能夠支撐一個相當年輕的演員陣容以及劇中的教育成分，還能以緊湊的步調推動故事前進。

但有些時候，類別不再只是類別而已。《法網遊龍》相關影集的原創者迪克沃爾夫曾經向《娛樂週刊》（*Entertainment Weekly*）這樣表示，「《法網遊龍》是一個品牌，不是一個類別。它就像是影集界的賓士：每款車都非常不一樣，但只要你買的是賓士，你就等於買了一輛好車；《CSI犯罪現場》則像是某些連鎖餐廳，屬於特定一個類別。《CSI犯罪現場》是設定在不同城市的同一部影集，《法網遊龍》相關影集則各異其趣。」可以想像，至今仍與無限重播中的《法網遊龍》直接競爭的《CSI犯罪現場》，有機會肯定會把自己形容成更大台也更高貴的名車。

但不管《CSI犯罪現場》或《法網遊龍》多豪華，突破類別限制這方面的加長型禮車還是隸屬於HBO旗下。二〇一一年，當設定於某個類中古世紀的奇幻影集《冰與火之歌》（*Game of Thrones*）[28]與觀眾見面時，許多人想知道本劇之於奇幻劇，是否能達到《枯木城》之於西部劇，或《黑道家族》之於黑幫劇那樣的高度。一如《枯木城》、《黑道家族》、《羅馬的榮耀》與《海濱帝國》等劇，《冰與火之歌》以歷史與螢幕傳統作為起點，在真實到超越原型的觀察中，發展出絲毫不矯揉造作的人物關係。在影集裡，反派仍須面對良心掙扎，英雄必須做出妥協，堅守道德只會為你招來殺身之禍。《冰與火之歌》是寫實到如此不加掩飾，本劇甚至可以視為對於善惡絕對等奇幻類型沉痾的反動，其複雜的敘事持續拓展電視劇本創作的可能。

當你準備好寫下針對某部影集所創作的展示用劇本，先問問自己，這部影集所屬的類別是什麼。就算影集本身十分創新，並已發展到超越類別傳統，類別本身仍能提供給你創作大綱時的訣竅（這部分留待第四章細談）。

預備，起！

創作黃金檔電視影集就像是前往某個不斷擴張的宇宙冒險。如果你能夠擺脫關於電視的過時想法，擇善固執只因你以自己的才華為傲，你將能夠為全世界最有力的媒介創作作品。你可以在接下來幾章找到所需的工具，現在便準備好，一起飛向無垠宇宙吧。

28 大衛貝尼奧夫（David Beinoff）和魏斯（D. B. Weiss）所創作的影集，描述虛構世界維斯特洛裡頭，七大王國之間的鬥爭。開播至今屢屢刷下收視紀錄，並拿下艾美獎最佳劇情類影集等無數獎項。

重點整理 ▶▶▶▶▶

電視影集有著以下的特性：

- 強調延續多集的角色，而非像電影一樣，劇情弧線在兩小時後結束；強調角色深度，而非一味改變角色。
- 故事線可能隨著集數經過有所變化，連續劇更是如此。重點並非將某段劇情劃下句點，而是一點一滴訴說某個橫跨整部影集的使命。不過，許多影集同時並行著單集「收尾」（圓滿結束）的故事，以及延續下去的劇情弧線。
- 無線台和一般有線台的影集在創作時會分幕，幕與幕之間以廣告前的懸念做切分，但付費有線台則不一定有正式的分幕破口。
- 某些類別所提供的觸媒能在影集的設定下，創造出數以百計的故事。

新鮮事

大膽冒險的有線台節目，加上新興市場和新播出平台的出現，為電視帶來了成長與改變，也為編劇帶來了嶄新契機，現今播出的影集內容，以及電視類別的新詮釋，皆示範著這些可能性。

焦點討論：創作「劇情喜劇」

關於「劇情喜劇」的英文Dramedy（將Drama〔劇情類〕與Comedy〔喜劇類〕二詞融合為一），我最多只能說，它至少優於前後對調的組合Coma（英文「昏迷」之意）。不過考慮到劇情喜劇這個標籤已經在不經意下幾乎貼滿了電視上所有影集，或許後者會比較貼近現實。

打從人類開始說故事以來，就一直存在著平衡嚴肅議題與幽默的技巧。我可以想像某個山頂洞人坐在火邊，向其他山頂洞人講述一名勇者繞著樹追兔子，結果頭暈腦脹跌坐在地的故事。我看見這位睿智的說書人先停頓片刻，饒富興味地等待他的聽眾大笑，再讓聽眾知道，當勇者跌坐在地，兔子轉過身，跳到勇者脖子旁邊咬死他。笑料讓聽眾更容易對嚴肅的轉折大吃一驚。我聽說莎士比亞便是箇中好手，往往在最悲劇的場景到來前一刻，先讓一名甘草人物出場。所有偉大的莎士比亞悲劇都有著喜劇成分，但你難道會想用「劇情喜劇」這個標籤貶低它們嗎？

古希臘哲學家是最早為故事進行分類的人，他們將文學分成悲劇與喜劇，在悲劇的結尾，英雄要不身亡，要不被摧毀；喜劇則以凡夫俗子為重心，在結尾終獲勝利。在接下來的幾個世紀裡，這個分類被簡化為「悲劇就是最後角色死了」，「喜劇就是沒死」。「劇情」指的是在中間發生的事情，無關好笑與否。

但當美國出現營利導向的電視節目，會需要推廣用的分類。到了一九六〇年代，電視台建立以下系統：半小時的影集是情境喜劇（Situation Comedy，一般縮寫為Sitcom），一小時的則是劇情類。情境喜劇通常會有現場觀眾或罐頭笑聲，這樣觀眾才能注意到它好笑。劇情類則是各種不好笑的類型，題材可能包含了警察、醫生或西部神槍手，之後還有連續性的肥皂劇。直至今日，假如你造訪某個無線台總部，甚至諸多製作公司以及某些經紀公司，你會看到辦公室一分為二，通常在接待處的一邊是喜劇類辦公室，有自己的主管和員工，另一邊則是劇情類人員。你提案的對象可能是劇情類影集開發副總，也可能是喜劇類影集開發副總，但不會兩者同時。

問題是，現在這樣根本不合理，而且為時已久。最傑出的半小時喜劇往往有著情緒豐沛的故事線，有些時候也會一針見血地對時下議題作出批判，裡頭僅極少數有現場觀眾，而且死都不會使用一九七〇年代式的罐頭笑聲。與此同時，艾美獎與編劇公會獎皆把許多長達一小時的劇情類影集歸到喜劇類，只因它們非常輕快，或原本的創作意圖即是為了搞笑，無論喜劇類或劇情類都有點定義搖擺。

即使原創者試圖要拓展定義，半小時影集必須要好笑這個念頭已經深深烙在大眾腦海裡。一九八〇年代晚期，我還是名年輕編劇的時候，參與了影集《尋根紐奧良》（*Frank's Place*）的編劇團隊，每集長度雖是半小時，但節目統籌希望能夠處理嚴肅議題。影集設定在紐奧良的某個葬儀社，角色主要以非裔美人為主（不管當時或現在都相當罕見），處理的故事包含了生死、種族、階級、地方要聞等議題，從設定就沒打算輕快。

該劇的創作者是才華洋溢的編劇製作人休伊威森（Hugh Wilson），本身來自喜劇背景，發跡於爆笑影集《辛辛那提的WKRP》（*WKRP In Cincinnati*）[29]和《金牌警校軍》（*Police Academy*）系列電影。在評論家眼裡，這種人碰觸劇情類簡直是向天借膽。然後，觀眾寫信告訴我們（那是二十世紀，寫的是貨真價實的信），這部影集不夠好笑。這……有老人過世的那集本來就不是用來搞笑的。它可以讓人心碎，碰觸內在，處處驚奇，懸疑緊張，不管怎樣就是不該好笑。最後，我們輸了，影集變成了一部半小時喜劇。我本身不是喜劇編劇，影集結束的時候我也早就離開了。但對我而言，還是上了關於觀眾期待的寶貴一課。

所以，二十一世紀應該不會有上面這些問題了對嗎？嗯……在現階段的半小時電視影集裡，《護士當家》、《大器晚成》（*Hung*）[30]、《倒錯人生》（*United States of Tara*）[31]、《如果還有明天》（*The Big C*）[32]、《單身毒媽》（*Weeds*）[33]、《應召女郎的祕密日記》（*Secret Diary of a Call*

29 描述辛辛那提某個頻頻出包的電台日常趣事，曾多次獲得艾美獎最佳喜劇類影集提名。

30 柯萊特伯森（Colette Burson）與迪米崔利普金（Dmitry Lipkin）所創作的影集，描述一名中年男性教師決定賣淫的故事，曾多次獲得艾美獎與金球獎提名。

31 迪亞布羅科蒂（Diablo Cody）所創作的影集，主角是一名患有多重人格的郊區主婦，東妮克莉蒂（Toni Collette）以此劇獲得艾美獎喜劇類最佳女主角。

32 達琳杭特（Darlene Hunt）所創作的影集，描述罹患皮膚癌的女主角如何活出真我的故事，曾獲得艾美獎最佳喜劇類影集與最佳女主角。

Girl）[34]、《我家也有大明星》（*Entourage*）[35]，以及之前的《慾望城市》（*Sex and the City*）[36]皆遊走於喜劇和劇情類之間；而在一小時影集裡，《慾望師奶》、《實習醫生》、《歡樂合唱團》（*Glee*）[37]，以及先前的《醜女貝蒂》（*Ugly Betty*）[38]、《波士頓法律風雲》（*Boston Legal*）[39]、《艾莉的異想世界》（*Ally McBeal*）[40]、《奇異果女孩》（*Gilmore Girls*）[41]則被**電視藝術與科學學院（Academy of Television Arts & Sciences）**和編劇公會視為喜劇。不管是哪個名單，上面很少有影集可以用爆笑形容。

一般來說，「劇情喜劇」的特性有下：延續性的角色和故事線、具連續性的集數、深厚的背景故事，並以發展劇情弧線，取代過去每隔一段時間就被預期要來點笑聲的鋪哏／笑點慣例。「劇情喜劇」或許輕鬆，但就算裡頭有笑料，也比較接近苦笑或嘲諷。另一方面，它們之所以不能算是純粹的劇情類影集，是因為角色可能較不具深度（更像是樣板），甚至像《單身毒媽》或《如果還有明天》那樣有些瘋瘋癲癲，或者影集會像《奇異果女孩》一樣，更強調聰明或搞笑的對話機鋒。

但，那又如何？分析這些定義之所以對你有意義，是因為你正踏入一個界線日漸模糊的領域。「劇情喜劇」這樣的名詞會讓你想起各種搞笑和嚴肅攪和在一起的影集，讓你在影集寫作上更為困難。不管今天是從歷史的角度、過去影集的角度，或是期望的角度來看，能夠有某種依據都會比較有幫助。

如果你寫的是一小時的劇情類影集，你可以不時帶出一點笑料，在你準備把故事帶向悲劇的集數更是如此。如果你寫作內容目的是要搞笑，你必須要抓緊裡頭的劇情元素，因為除非今天寫的是三分鐘的網路集，沒有人能夠從頭搞笑到尾。同時除非你創作的是兒童冒險，要充滿「劇情張力」的行為一直持續下去卻又少了幽默成分就是行不通。在創作當今電視影集的時候，你必須要兩者兼具。但別忘了，莎士比亞就幹得還不錯。

33 珍姬可汗（Jenji Kohan）所創作的影集，講述單身母親為支持家計販賣大麻的故事，瑪莉露易斯帕克（Mary-Louise Parker）以此劇獲得金球獎喜劇類最佳女主角。

34 露西博堡（Lucy Prebble）所創作的影集，以幽默態度探討一名高級應召女郎的日常。

35 道格埃林（Doug Ellin）所創作的影集，根據電影明星馬克華伯格（Mark Wahlberg）自身經歷改編，描述一名明星與其兒時玩伴在洛杉磯的冒險。

36 達倫史塔（Darren Star）所創作的影集，描述四名紐約女子關於性和愛情的生活，影集本身深具影響力，並曾獲得艾美獎最佳喜劇類影集。

37 萊恩墨菲（Ryan Murphy）與布萊德佛查克（Brad Falchuk）所創作的影集，劇中某個高中合唱團成員必須面對種種外在與內在問題，深受觀眾喜愛並得獎無數。

38 席爾維奧霍塔（Silvio Horta）所創作的影集，女主角是名在時裝雜誌工作的平凡女性，深受觀眾喜愛，曾拿下多項艾美獎與金球獎大獎。

39 大衛．凱利（David E. Kelley）所創作的影集，講述兩名律師的日常工作，曾拿下金球獎與艾美獎最佳男主角。

40 大衛．凱利所創作的影集，講述女律師艾莉的日常工作，曾拿下多項金球獎與艾美獎大獎。

41 艾米謝曼帕拉迪諾（Amy Sherman-Palladino）所創作的影集，講述一位單親母親與女兒的關係，深受觀眾喜愛。

客座講者：大衛伊薩克

大衛伊薩克曾以《外科醫師》和《廣告狂人》等劇劇本多次獲得艾美獎提名。出於他在寫作劇情類影集前，曾寫過各式各樣的情境喜劇，我請他針對兩者之間的差別為我解惑。

潘蜜拉道格拉斯（以下簡稱潘）：構成喜劇的條件是什麼？構成劇情類的又是什麼？

大衛伊薩克（以下簡稱伊）：倒不是要咬文嚼字，不過最簡單的定義是喜劇往往由情境而生。我們看的是一般人跌跌撞撞過活，其中一時半刻的糗事。喜劇通常有著容易認同的設定，就像《大家都愛雷蒙》（*Everybody Loves Raymond*）[42]，講的是某個人試圖在他的原生家庭，以及結婚後建立的家庭之間取得平衡。我們會笑是因為我們在裡頭看到自己——若不是我的家庭，就是某個我認識的人的家庭。傳統上是這樣。

現在的喜劇往往比較諷刺或尖銳，就像《超級製作人》（*30 Rock*）[43]或《辦公室瘋雲》（*The Office*）[44]會修理某個特定的機構單位。它會去找出人脆弱的地方，或者保持一定距離，嘲笑彼此犯的錯誤或痛苦。

至少對我而言，劇情類處理的是更深層的人類衝突。生、死、病、痛，個人或家庭的失能，有著重大的後果。也難怪劇情類作品拍的往往是警察工作、醫院或司法體系：它們面對的是人性。

潘：但我們也可以舉出一些兩者兼具的影集，有些不過半小時長卻非常戲劇性，有些則是一小時但不至於沉重。

伊：我認為這很大一部分是電視台增生的結果，帶來了更大的實驗和混合空間。舉例來說，USA頻道有著各式各樣的影集，《火線警告》（*Burn Notice*）[45]和《上流名醫》（*Royal Pains*）[46]便都是帶點嘲諷的劇情類影集。ABC頻道的《慾望師奶》是一部諷刺戲劇性本身的劇情類影集。HBO的半小時喜劇看似比較情境導向，但影集如《大器晚成》、《我家也有大明星》或《職棒鮮師》（*Eastbound & Down*）[47]的主角皆不甚檢點。Showtime的半小時劇看起來比較黑暗，碰觸到傳統上比較戲劇性的議題：《單身毒媽》、《護士當家》、《倒錯人生》、《如

42 菲力普羅森塔爾（Philip Rosenthal）所創作的影集，曾拿下包含最佳喜劇與最佳男主角在內等十座艾美獎。
43 蒂娜費（Tina Fey）所創作並擔任女主角的影集，主要根據蒂娜費自身經驗改編，講述某部喜劇節目背後祕辛，深受觀眾喜愛並得獎無數。
44 格雷格丹尼爾斯（Greg Daniels）所創作的影集，講述某間紙業公司小辦公室的種種荒唐故事，曾拿下艾美獎最佳喜劇類影集，並為史蒂夫卡爾（Steve Carrell）拿下金球獎影帝。
45 麥特尼克斯（Matt Nix）所創作的影集。
46 播出期間收視率亮眼的劇情類影集，主角是名被迫為有錢人家治療的前急診室醫生。
47 喬迪希爾（Jody Hill）與丹尼麥克布萊德（Danny McBride）所創作的影集，主角是名極度自戀的前職棒球星，以幼稚的行為舉止為人所知。

果還有明天》都是。

潘：這些影集都非常的角色導向，而非情境導向，也會處理嚴肅議題。它們怎麼還能算是喜劇？

伊：嗯，我會給它們自成一類：黑暗喜劇（Dark Comedies）。在思考這些影集的時候，我會想用《外科醫師》加以比較。我不認為你可以找到比戰爭更具戲劇性或充滿人性的事情了：有什麼比年輕人為了一個怎麼說都很薄弱的理由而被摧毀更糟糕？但《外科醫師》完全屬於它所處的時代。你會在一九七五年說《外科醫師》很尖銳，但放到現代你肯定不會這麼說了。手法上你得更強烈更直接才行。

這些有線台的半小時劇走的也是這路傳統。在我看來，《護士當家》彷彿是《外科醫師》的後裔，只是《護士當家》可以在刻劃一些非常灰暗的東西時走得更遠。《護士當家》女主角賈姬面對日常生活裡那些瘋狂的方式，與《外科醫師》裡頭的角色有點類似：眼前死傷不斷，工作本身會毀掉你的靈魂，最為健康的角色鷹眼皮爾斯和麥金泰意識到，如果你不能嘲弄這一切，你不能大笑，你將會失去理智，陷入瘋狂。賈姬並非遠在韓國，她有丈夫有家庭，但她也同樣致力於拯救生命。然而不管在任何一間醫院，當你不斷目睹悲劇，那還是會對你造成負擔。所以她的內心開始崩壞，開始嗑藥，開始外遇。三十年前你不可能這樣做，所以現在尺度是更大了。

潘：你寫了好幾年的喜劇，然後開始參與《廣告狂人》的編劇工作。對一名編劇來說，從喜劇轉成劇情類有什麼不同？

伊：如果你寫的是像《歡樂酒店》（*Cheers*）[48]或《歡樂一家親》（*Frasier*）[49]這種有現場觀眾的電視喜劇，關鍵還是態度上的衝突。身為一名喜劇編劇，你創作的世界裡沒有任何不被表露出來的想法。

到了寫作《廣告狂人》，重點突然一下變成潛台詞，變成內在的行為，幾乎像是小說。這是個相當巨大的調整。我寫過電影，我了解我們說故事的方式不一樣。但在我一路走來創作的傳統電視喜劇裡，我們寫的內容就是連續不斷的爭論，直到矛盾的火花迸出來，然後希望那裡有笑點。《廣告狂人》幾乎沒有遇到那個燃點的時候。

我舉個例子。《廣告狂人》第二季裡頭，我們正在處理養尊處優的廣告業務彼特這個角色。隨著故事經過，彼特和老婆想生小孩，但在無法懷孕下考慮領養，他老婆不停對他施加壓力。另外一個衝突是彼特愛著同事佩姬。雖然我們沒有明說，但觀眾肯定能夠明確感受到彼特的心情，以及他帶給自己的壓力。某一場戲是彼特回到家，他老婆準備要逼他繼續進行領養一事，氣氛是

48 得獎無數的經典喜劇影集，由詹姆士伯洛斯（James Burrows）、葛倫查爾斯（Glen Charles）與雷斯查爾斯（Les Charles）合製。

49 《歡樂酒店》衍生作，得獎無數的經典喜劇影集，由戴維安琪爾（David Angell）、彼得凱西（Peter Casey）與大衛李（David Lee）合製。

衝突一觸即發。我們都掙扎著該發生什麼事，然後我想起父親在我小時候做過的一件事。有一晚他回到家，為了工作上的事心情惡劣，然後母親煮了他不想吃的東西。我們住在一間公寓二樓，他把食物拿起來扔出窗外。這件事本身讓人很震驚。在這前面沒有任何爭執，但當這對拘謹的上流夫妻做出如此工人階級的舉動，所有無聲的背景故事卻在這個不當的動作裡一湧而出。馬修（維納）說這太棒了，我們就這麼做。

潘：如果剛起步的編劇認為自己是喜劇編劇，但他們想要寫作劇情類，他們該怎樣運用自己的才華？你能在一小時的影集裡同時兼顧兩者嗎？很明顯地，有些一小時的劇情類影集會被歸到喜劇類。電視藝術與科學學院和編劇公會都不知道怎樣看待《波士頓法律風雲》，艾美獎一半的時候把它放到喜劇類，一半的時候把它放到劇情類。現在有很多類似的混合式影集。

伊：簡單來說可以同時。在轉換跑道，寫下《廣告狂人》的試播集作為潛力劇本前，《廣告狂人》的原創者馬修維納只寫過半小時喜劇。這個潛力劇本讓他拿到《黑道家族》的工作，跟著節目統籌大衛柴斯學習完全不一樣的創作路線。在《黑道家族》完結後，馬修得以將他當初寫下的內容，拍成《廣告狂人》這部影集。

一切的關鍵還是角色。不管今天是劇情類或喜劇類，甚至兩者皆是，角色還是重點。是角色帶著你走過一個故事。就算今天是《CSI犯罪現場》之類的辦案劇，你還是會希望寫出立體的、會因為私慾或個人瑕疵而影響他們工作的角色。不管今天想法本身有多天馬行空，不管一部喜劇有多高概念（High Concept）[50]，你還是必須從角色切入劇本。就算今天是一部瘋狂喜劇如《歪星撞地球》（*3rd Rock from the Sun*），編劇們還是創造出一群非常明確的角色。他們可能來自另一顆星球，但他們之間仍有著真實的家庭關係。

這跟我看過可能是有史以來最偉大的電視影集《火線重案組》沒什麼不同。這部劇裡頭有一群警察，合力要阻止一群人犯下人所能做出最低賤最可恥的行為，但這群人又被另一群邪惡到骨子裡的人剝削。這些警察被迫聚在一起，各有各的問題。但不知為何，對觀眾來說他們就像家人一樣。你會煩惱他們對抗的勢力會怎樣影響他們的人生。他們的命運究竟為何？裡頭也會發生一些好笑的事情。這裡的幽默感可能很黑暗，但你還是會笑，因為這能解除緊張，讓這個片刻稍微輕鬆一點。

新手編劇必須理解如何創造角色，以及這如何帶領你訴說一個故事。真正的劇情以及真正的喜劇講的是會對人造成影響的狀況，或者他們生命中的某個阻礙，而你最終要找到某個讓他們得以面對難題的方法。

50 泛指概念本身能夠輕易描述並淺顯易懂的作品，與強調角色、劇情不易簡述的低概念成對比。

影集的電視之路，以及電視季這回事

Chapter 2

繫好你的安全帶。以下這趟為期兩年的旅程，將會帶著你從影集誕生的第一道曙光，到掙扎著度過一整年開發階段，再全速飆過播出完整的一個電視**季度（Season）**的甘苦。我們這趟旅程的參訪目的地，正是無線台的電視循環（Network Cycle）。不過，你已從第一章發現電視正日漸改變，現在許多有線台（一般有線台與付費有線台皆包含在內）會讓影集在冬季與春季首播，不與無線台電視季產生競爭，許多無線台則會嘗試全年度製作行程，以便在必要時（特別是夏季）與有線台一較高下。這些變化容我留到章末再討論，現在先讓我們看看這張表（表2.1）。

這裡的「第一年」，指的是打造並售出一部新影集所經過的月份。看到五月前面那條分隔線了嗎？那便是一部新影集首次獲得電視台預定的

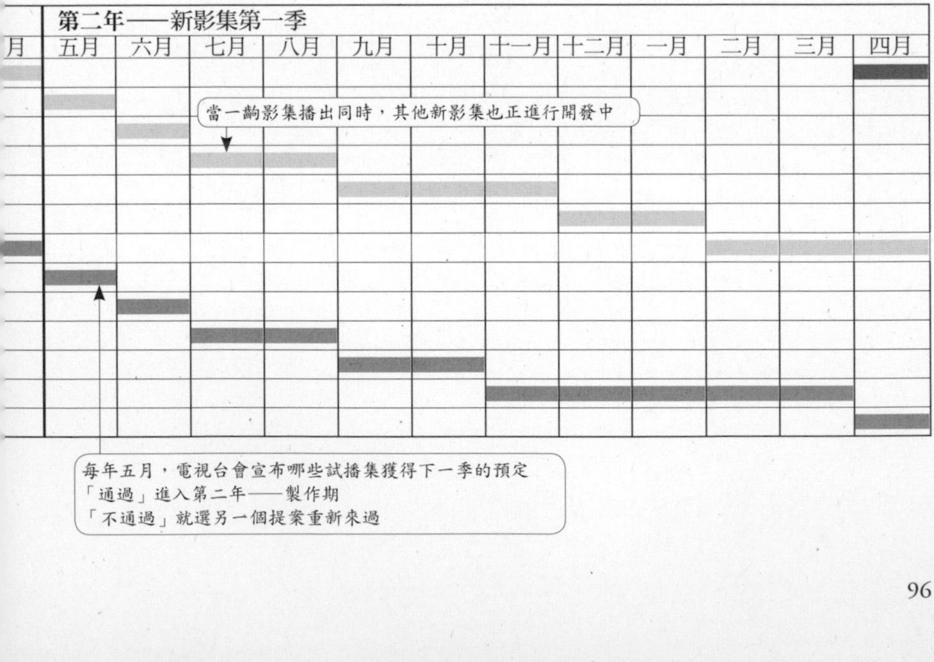

時刻。進入「第二年」，我們開始觀察一部影集的製作過程，隨著月份經過體驗整個過程，就彷彿看著自己的企畫成長茁壯一樣。

一開始，我們先假定你有一個想拍成電視影集的好點子。吱——這是踩煞車的聲音。如果你是一名新手，你不太可能擁有自己的原創影集，至少，你不太可能獨立進行。幾十年來，這個產業的習俗便是步步為營：你先加入某個編劇團隊，一步步往上爬，直到某天電視台邀請你針對自己的電視影集進行提案。這樣做背後的邏輯是當這一天來臨時，你對事物的運作方式已有所理解，有能力可靠地每週提供一集影集。簡單說，沒有任何菜鳥擁有足夠的經驗，所以不管你的點子多有趣，都沒人會理你。

所以，讓我們先倒退一步，試著理解為什麼新手不能創造自己的影集（我們連第一個月都還

表2.1 傳統上開發並製作一齣新影集的兩年期程

	第一年——開發一齣新影集										
	四月	五月	六月	七月	八月	九月	十月	十一月	十二月	一月	二月
打造出提案	■										
製作公司		■									
製片廠			■								
找上電視台				■	■						
試播集劇本						■	■	■			
放行									■	■	
試播季											■
預定											
籌組編劇團隊											
拚了命地寫											
影集粉墨登場											
一季結束											
休季											

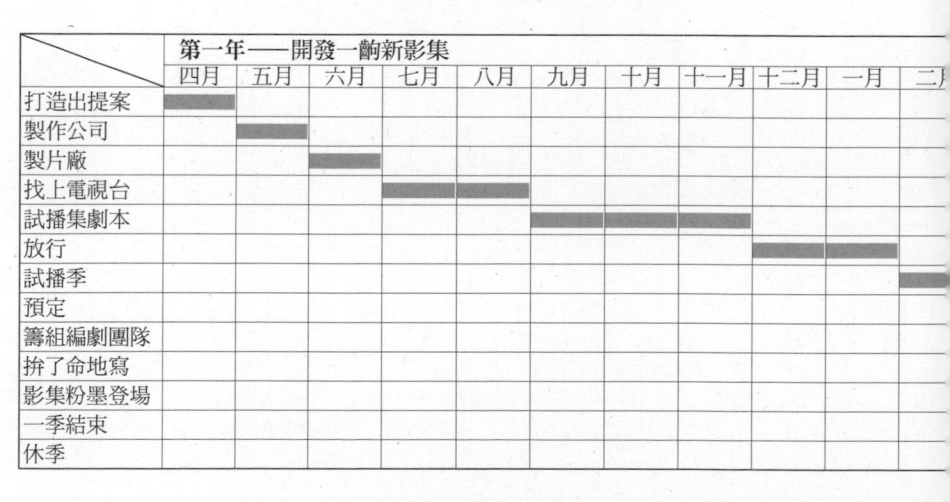

沒開始我知道。不過別著急，等等就上軌道了）。想一想，一部劇情類影集的工作是什麼：年復一年地（至少製作人是這樣希望的）製造出一小時長、每週播出的影片。你能夠寫出試播集（第一集），不代表你能寫下第七集、第二十集，或四年後影集準備進入尾聲的第八十八集，也不代表影集有著讓人可以發展出一整季影集的**延展性**（**Legs**，指的是一部劇擁有長時間不斷生出故事的潛力），更不代表你就知道怎麼經營這門價值上百萬美金，且擁有數百名能力各異員工（演員、搭景、剪接、行政人員、導演、貨運、攝影大助、電工、配樂家……編劇還不算在內）的生意。

電視影集的售出與否，靠的不是概念本身，而是將概念加以落實的能力。

現在先別喪志，還是有方法的。那個**編劇寫手**（**Staff Writer**）有朝一日成為節目統籌，然後雇用下一批編劇寫手，然後下一批編劇寫手又成為節目統籌的閉鎖循環正逐漸鬆綁中。有些時候，電視圈老手會搭配舉足輕重但沒有電視經驗的電影導演，另一個外人加入戰局的情況則是二十歲出頭的製作人，過去的成功經歷通常來自網路影集、獨立電影、新聞媒體，或包含繪本小說（漫畫）在內的出版業等。某些電視台會偏好三十歲以下的編劇，藉以爭取青少年觀眾。但他們會有統籌一部影集的能力嗎？以下便是《玩酷世代》（*The O.C.*）[1]的運作方式。

二十七歲那年，喬許施瓦茨（Josh Schwartz）製作了自己的一小時影集《玩酷世代》，成為無線電視台史上最年輕的節目原創。大三時，就讀於南加大電影藝術學院的他曾以五十萬美金的價碼賣出一個電影長片劇本。幾個月後，他賣出了自己的第一個試播集劇本。而即便他從未參與過任何影集編劇團隊，一轉眼他已經是名製作人。福斯電視台請《慾望城市》的編劇艾倫海恩柏格（Allan Heinberg）幫他建構出前十三集的故事，並請統籌管理影集長達二十載的鮑伯迪勞倫提斯（Bob DeLaurentiis）從旁協助。迪勞倫提斯負責管理所有製作面的工作，海恩柏格負責管理編劇團隊。至於施瓦茨自己則負責撰寫或重寫各集影集。在一篇紐約時報的文章裡，施瓦茨提到「這很不同於寫電影，你得學著如何規劃出整季影集，如何追蹤你的角色。這肯定不是第一次做就能上手的事情，你會需要已經經歷過這一切的人，能夠讓影集為普查週做好準備，或知道序場該如何運作。我得跟著他們好好學學。」

以上便帶我們來到一切的起點：

1 廣受歡迎的人氣影集，描述加州橘郡地區四名衣食無虞青少年的生活大小事。

打造出你的提案

所以，你和你的新點子來到了這裡。雖說不論你過去是否曾在電視圈工作過，我都希望你的賣點不只是點子而已。新影集的起源從神妙到荒謬皆有可能，舉個高端的案例，一名記者根據十五年報導巴爾的摩警務工作的新聞生涯，淬鍊出根據事實所寫的《凶殺》（*Homicide*）一書，再被經驗老到的電視製作人買下改編權，創作出影集《凶殺：街頭生涯》（*Homicide: Life on the Street*）[2]。十年後，該名記者大衛西蒙成為《火線重案組》與《劫後餘生》等劇的原創。而在天平的另一端，喜劇影集《我的老爸鬼話連篇》（*$#*! My Father Says*）[3]則起緣於一系列的推特（Twitter）發文。你可能沒有多年記者生涯或眾人追蹤的推特帳號，但可以的話，至少擁有諸如電影編劇方面成就的武器。

我過去的一名學生（第七章會提到他）將自己在搞怪獨立電影《戀戀模範生》（*But I'm a Cheerleader*）的編劇資歷當作籌碼，經過一系列討價還價後取得（與自己的編劇搭檔一起）為華納兄弟電視公司寫作試播集的機會，兩人之後加入了《超人前傳》的編劇團隊，九年後他們成了節目統籌。務必將你所有的特點都加以運用。

在這個初始階段，你的目標不是要促成某部影集開拍，而僅是要先取得與有實績的製作公司開會的機會，所以第一要務便是讓自己能夠被「收編」。要做到這件事，一切都得從起點開始，你得擁有能夠支持你從單打獨鬥，一路朝向電視台邁進的同一套工具。讓我們假設這個點子已經在你腦海裡翻來覆去一整個冬天，現在到了四月你準備將它打造成某種提案。但是是怎樣的提案？實際上針對這個階段，這裡無法提供你類似其他步驟那樣明確的指引，你得自己找出傳達你獨特概念最有趣的方式。話雖如此，以下還是羅列六種可能：

建議一：訂出影集形式

考慮到**形式**（**Format**）一詞在影視上有著多種意義，此處的「形式」兩字可能會讓人有些混淆。「形式」指的可能是電影底片或攝影鏡頭、某頁劇本的排版，甚至是某個類型或類別。在這裡，形式指的是一個影集提案（Series Proposal）。雖說形式本身不算是一個明確步驟，但考慮到你在會議上一定會被問到某些關鍵點，某些內容還是先準備為上策。實務上，除了前往電視台提案所做的筆記外，多數時候形式甚至不會以文字呈現。但現階段我建議你把一切都寫下來，好

2 保羅艾登納西歐（Paul Attanasio）所創作的影集，獲獎無數並被視為史上經典之一。

3 大衛可汗（David Kohan）等人所創作的影集，講述一名部落客與他特愛發表意見的父親之間的關係。

幫助你和製作公司釐清你的影集。鋪陳方式如下：

封面找出一個能夠引人矚目，同時點出影集調性（好笑、恐怖、挑釁、張力十足、溫暖人心云云）的標題。標題有可能會改，現在先把它想成敲門磚的一小角。在這底下標示出影集類別或大致分類（例如青少年影集、喜劇－劇情類、政治驚悚劇、科幻劇……）。如果影集是改編作品（書、劇作、電影、卡通）你最好先說清楚，且確保你擁有原作的改編權。另一行則寫著你的職稱，「編劇」（Written By）或「原創」（Created By）。頁面最下端留下你的聯絡方式。當然，如果你有**經紀人**（**Agent**）或**經理人**（**Manager**），他們辦公室會負責製作封面，同時聯絡人則會留下經紀代理人的資料。

記得將你完成的形式向編劇公會進行登記（編按：此為美國的做法），但不要在封面附上編劇公會登記號碼，那有點礙眼。記得也不要附上日期或第幾稿。每份你送出去的稿件都是初稿，從未有人看過或校正過——至少你會希望製作人這樣想（沒有人想要被退回過或已經積灰的東西）。

在第一頁上面寫下一個**題旨**（**Log Line**）。你可能已經在電影編劇課程聽過這個詞，但你知道這個詞來自電視嗎？數十年來，在聯邦通信委員會規定下，電視台擁有者必須在一句話以內，記錄他們播出的所有內容，例如「萊西找到了失蹤的孩子」。日後《電視指南》（*TV Guide*）雜誌與報紙開始會印上這些簡短的影集摘要，如以下這個來自《天國的女兒》（*Joan of Arcadia*）的題旨：「當神要她上美妝課，瓊恩學會了虛榮的缺點」。

很快地，這種推廣用題旨開始出現在電影海報上，如「湯姆克魯斯飾演歐格仁上尉，一名英勇的美軍軍官，在日本天皇的雇用下訓練日本第一支軍隊。但當他被敵對的日本武士捕獲，歐格仁出乎意料地受對方的生活方式啟發，開始捍衛他所愛的一切。」或者像以下這個更簡單的例子：「史坦佛鎮的女人們有個祕密」。沒過多久，不管長版（來自《末代武士》〔*The Last Samurai*〕）或「鉤引」版（來自《超完美嬌妻》〔*The Stepford Wives*〕）皆成為電影、影集，甚至特定單集影集提案的必需品，不再只是用於記錄或廣宣而已。

一部影集的題旨可能不會像你針對個別集數所寫下的劇情摘要那麼詳盡，目的是希望將聽者（沒錯，聽者，不是讀者）導向你的企畫，或是抓住某位高層的注意力。在那個ＭＴＶ頻道又新又火熱的年代，「ＭＴＶ款的警察」便成為《邁阿密風雲》的著名題旨。在《慾望城市》取得成功後，《實習醫生》被形容為「慾望手術室」（Sex and the Surgery）。在第一次提案《玩酷世代》時，喬許施瓦茨知道福斯電視台正在尋找新版的九〇年代青春校園喜劇《飛越比佛利》（*Beverly Hills 90210*），於是他將《玩酷世代》說成是「飛越橘郡海灘」（90210 on the beach in Orange County）。日後施瓦茨承認他只是借用這個說法，來創作出一部遠較前者更有層次的影集。

等你有了句火熱發燙的題旨後，用你的形式前幾頁寫下一個概觀（Overview）。但別寫成試播集的概要（這是常見錯誤），而是介紹整部影集的世界與任務，裡頭包含地點、風格、調性、因果，以及最重要的——角色。雖然完整角色塑造是之後的事情，主要角色們必須要在一開始便載明。記得用短句如「一名單身的中年假釋官收養了她一名個案的小孩」（來自艾利森安德斯〔Allison Anders〕的《迴聲之中》〔*In the Echo*〕影集提案）或「一名二十九歲的國會助理與她老闆打對台參選」（來自洛路瑞〔Rod Lurie〕的《黑心之都》〔*The Capital City*〕提案）。

在這份概觀裡，提出能讓決策者相信影集會有延展性的未來集數觸媒。換句話說，載明未來集數的故事緣起。舉例說明：每個星期，角色必須試著平衡她婚姻裡頭的危機，以及某個法律案件所帶來的難題與政治權謀；每週警探必須遊走於工作與私刑制裁之間的模糊地帶，處理大小三個案件；每週我們會愛上吸血鬼，但發現我們又被咬了一口。一如創作所有的虛構故事，讓讀者笑，讓讀者哭，讓他們感到害怕或憤怒或陷入愛河。你的提案可能僅到概觀便宣布結束，記得讓它威震八方。

接在概觀後面的則是每部影集的核心：角色。如果觀眾不會去支持你的主角們，如果他們沒興趣知道這些角色每週將如何調適或示愛或反擊，你便一無所有了。記得，就像第一章裡頭提到的，電視劇的重點不是概念，而是靠著無止境角色弧線所帶來的情感燃料向前推進。

為少數幾位主角，分別寫下一整頁的內容。我說的是少數。沒錯，你看過一些演員人數高達二位數的優秀大堆頭影集，但在提案時，等到你講完第三或第四個角色，聽者的眼神也會開始放空，所以專注於一個有意思的、選角聯想空間甚大的角色身上，用她的精神與目標牢牢抓住聽者注意。另外你也可以將上述做法用在敵手或搭檔身上，前提是他們與主角的關係要能夠扣人心弦。在少數主角外，即便日後次要角色戲分會增加，現階段還是只用短句總結即可。

在角色之後，你會需要準備幾個故事。你可以透過幾頁篇幅概述某個試播集（試播集寫作這件事等會再談），但電視台真正想知道的是季中某集長什麼樣子，這樣才知道這部劇週復一週的運作方式。有些提案會專注於第七集，有些會列出五到十個可能集數的題旨，有些會描述影集的長期弧線，以及播出五年後，影集任務劃下句點時會長什麼樣子。不管今天你選用哪個方法，記得要呈現出一個內容豐富的舞台，裡頭彷彿有著無限可能。

以上僅是提案的標準元件，絕非一切。人們常把影集提案想成選美大賽，而截至目前為止我還沒提到其他諸如才藝表演之類的加分項。你可以加入精美照片、精美視覺、剪報摘錄、名人背書、個人傳記等，想點好玩的東西。但不要搞什麼「送蛋糕附提案」，以前有人試過，只讓收件人相當不爽。你知道，把提案藏在蛋糕裡，主管肯定會注意到，但如果你真正想要脫穎而出，你得比別人更有料才行。

建議二：寫下試播集

開發過程中，試播集的劇本乃是由電視台提供，這部分的運作方式等我們來到表上的九月時我再解釋（我們現在還在四月）。一般而言，想針對新影集提案的製作人不會帶著已經寫好的試播集上陣，純粹因為以一個高失敗的東西來說（絕大多數的提案都會陣亡，試播集也是），這樣做的成本實在太過昂貴。此外，影集可能會因為電視台的反應而有所改變：如果今天劇本講的是某位雙性人參加選美比賽，但電視台購買條件是參賽者得改成貴賓犬，那有何必要花上三萬美金甚至更多買這個劇本？不過，如果別人對你過往的寫作並不熟悉，你也衷心相信你能透過一份寫作範例來說服讀者，則試著寫下一部試播集作為潛力劇本，會是一個相當聰明的策略。

《廣告狂人》原創馬修維納當年一面為各式各樣的情境喜劇賣命，一面寫下該劇的試播集劇本。當時沒有人有意願買下這個作品，但他靠著寫作本身品質成為《黑道家族》編劇團隊的一員。歷經這部偉大影集多年磨練，以及大小獎項的肯定，他終於有機會將許久之前的構思完整落實，拍出《廣告狂人》的試播集。

據說《巴比倫五號》（*Babylon 5*）[4]原創約瑟夫麥可斯特拉日恩斯基（J. Michael Straczynski）當初一面在《星艦迷航記》的編劇團隊服務，一面寫下《巴比倫五號》前後五季的所有劇本，所以該劇在提案前便已全數完成。各位鄉親父老別在自家隨便嘗試就是。

不需要寫個一百集，先寫下試播集的最大風險，至多只是另一個賣不出去的劇本。只要本身寫得好，試播集同樣可以與其他電影或特定集劇本一起當作作品範例，而一旦你有了影響力（或認識有力人士），你便可以自己實現它。

關於更多創作試播集劇本的部分，請見第四與第五章中間的「焦點討論：寫下你的試播集劇本」。

建議三：寫下後門試播集

所謂**後門試播集**（**Backdoor Pilot**）既是一部兩小時長的電影，也可以是一個展開影集的好方法。這個遊戲的重點是寫下一個佯裝成電影的試播集，事實上故事若就此打住也說得通，但片中會有某個能夠輕易產出無數集影集的情境，裡頭埋著日後情節的種子，以及潛力無窮的角色發展。

視情況而定，你可以把它當作一個電影劇本，然後在其他人指出這或許可以發展成影集時佯裝靈光一閃，或在一開始便將自己的意圖表露無遺，不過你肯定該對經紀人講清楚你的企圖。另一個折衷的辦法則是所謂有限影集（過去稱為迷你影集），一般會將六到八小時的內容在幾週內播出，這樣子作品長度比電影長，但還不到一整季影集的投入程度，而如果電影（或有限影集）表現亮眼，你會有很大的機會進展到影集。不管今天是後門試播集或「部分下訂」（Partial Order）都給了電視台分散風險的機會，而如果最後作品沒能發展成影集，你至少還多了部電影劇本。

4 描述未來世界中，發生在太空站巴比倫五號的種種冒險，被譽為史上最偉大的科幻影集之一。

建議四：製作提案帶

某位節目統籌曾找我去他辦公室研究一部莫名落到他頭上的影集。「完全不知道這到底是什麼。」他語帶不安地說。我們看的內容大體上改編自一部賣座電影，電影的一位製片試圖透過一支十五分鐘的提案帶（Presentation Reel）出售這部影集，但他自己沒空參與影集的製作。

於是這位剛剛走馬上任的監製急忙地想透過面試編劇的過程，找出這部影集的方向，問題是在這十五分鐘的提案帶裡，製片的演員朋友們（同樣不會出現在實際影集裡頭）所演出的「可能場景」不太像樣。倒不是說這十五分鐘沒有電影感，裡頭的氣氛其實相當迷人，只是辦公室裡頭坐著一群電視編劇，試圖在這十五分鐘裡頭找出我先前向你們提過的元素：一、讓人大概知道故事會從何而生的觸媒；二、擁有長時間敘事弧線可能的角色；三、主角的某種任務或動力來源。這個提案帶最後變成某種墨跡測驗（Rorschach Test）：每個編劇都看到一部不一樣的影集，最後就等於這部影集不存在。

就算你不是個憑幾幕戲就可以售出一部影集的好萊塢電影製片，只要使用得宜，提案帶或許會有所幫助。想想我們先前提過的選美大賽，然後想像一名主管坐在他辦公室裡，從早上八點的晨會開始，每二十分鐘聽一個提案，一路到現在下午四點。你走進辦公室，手裡拿著DVD，他搞不好會為此稍微清醒些。

如果你想試試看，以下是一些小技巧：

注意讓你的提案帶不要看起來像是學生電影。你知道的：鏡頭緩緩拉近某個門把，在美妙的打光下閃閃發亮，以及那些充滿了象徵符號的反思片刻。學生電影一般會希望得到那些懂得欣賞他們藝術成就的影展青睞，但對於步調明快許多的電視來說，同樣的特質可能就會顯得自溺。記得確保你的提案帶不僅專業，而且也符合其針對的媒介。

提案帶要夠短，這樣你才可以在放映前或放映後實際做提案。你的會議總共可能只有十五分鐘，開場也包含在內。

提案帶只是讓對方感到賞心悅目，你還是要針對影集提案。你跟那位電影製片不同，不知道影集怎樣才能運作下去是說不過去的。

祝玩得開心。只要影集本身跟得上你的手法，充滿原創性的拍攝也可以成為你打出名號的精采助力。

建議五：附上配套

一個所謂的**配套**（**Package**）裡頭會有著能夠提高其他人對你提案注意力的**亮點**（**Element**）。

在未來，你的配套裡頭可能有比你資歷更豐富的編劇、導演、主角陣容，或一些比較特別的加分項目（舉例來說，拍攝地點、動畫，或者某個相關的原著作品），甚至某個贊助商。某些

「配套專門經紀公司」對於他們能夠在自家湊齊所有相關創作團隊感到相當自豪。但對現階段的你來說，重點還是找到一個觀眾感興趣的明星：某個會讓他們想要準時收看的人。煩惱這些一般是片商或電視台的事情而非編劇，但如果你想要增加自己的贏面，你可以看看有沒有辦法拿到誰的**意向表示**（**Attach**）。

哦，這裡還有另一個業界說法。當某名編劇、導演或演員做出了「意向表示」，這就意味著他承諾要參與你的企畫，且不只是表現出感興趣而已，必須要透過書信甚至合約做出確認。小心選擇你找的人就是。假設你努力遊說你的偶像，終於說服他加入，但這時你得知電視台正為他們的明日新秀尋找作品演出，而且只會在這位新星參與的情況下才願意**放行**（**Greenlight**）你的影集，但你卻和你的偶像綁在一起……以上便是為什麼很少人會在這階段就準備配套的原因之一。

建議六：經營網路人氣

這天，我的一位朋友為了一家大型片商想要買下她的原創影集感到相當興奮。他們讀了她的試播集劇本，以及她附上的某個短版**影集聖經**（**Bible**），她的經紀人頗具人望，在此之前她甚至已經累積了一些經歷。在前往她心中的創作新家園時，她深信這將是她的大好機會。但他們突然問她：「妳的YouTube流量是多少？」什麼？他們是對她的企畫感興趣，但他們也想確保會有觀眾感興趣。所以他們預期她（一位編劇）能夠不知怎地湊齊一支拍攝團隊，將她提案的內容拍成範例放上網，好在他們往下走之前能先累積足夠的「聲量」。

我朋友最後沒這樣做，但這個做法可能對其他人有效。如果你有所需要的器材和技術，同時你的影集本質適合套用網路的敘事手法（較偏向喜劇，同時能夠拆成一小段一小段），則你能透過網路取得的成果，示範影集未來的樣子。這方面的著名範例《青年危機》（*Quarterlife*）[5]來自資歷豐富的電影與電視製作人馬歇爾赫斯科維茲（Marshall Herskovitz）與愛德華茲維克（Edward Zwick），他們將十到十五分鐘的片段放上網，每段都做得像是電視影集的一幕，而當電視台找上門時，他們再將個別幕次綁成完美的一小時影集。雖然影集本身沒能成功，但那比較是作品本身的問題，而非對其未來發展性有所疑慮。

去吧，去試試看以上所有的做法（建議一到建議六）。假如你有錢也有閒的話，只是這會花上另外一整年。所以為了讓我們的循環繼續下去，假定你已經創造出了一個出色的形式，同時有出色的作品範例作為佐證，你現在會移動到第二步：

5 講述一群出生於數位時代的二十餘歲藝術家日常生活。

五月

製作公司

你開始透過你的新影集吸引製作公司上鉤。五月時，由於前一個電視季已經結束，新一季的工作還沒正式開始，你會有機會抓到製作人的注意。如果你在更早之前已經備妥提案，你甚至可以在四月**休季**（**Hiatus**，你會在第二年讀到關於休季的部分）時，先開始投石問路。現在呢，你會需要一間能把你帶到製片廠以及電視台那端的公司，更好的情況則是找到與電視台有著「開放性承諾」（Open Commitment）或「無差別統包合約」（Blind Overall Deal）的節目統籌——這意味著電視台有義務向他購買影集。誰知道，搞不好他剛好也在找新東西。

至於你要怎麼找到他？靠你的經紀人了。無論你喜歡與否，這個產業的運作方式就是這樣。任何一位能幹的經紀人都知道誰會有意願接受影集提案、誰剛好手邊沒有影集、誰會對你的想法感興趣、誰會願意和新手打交道，以及誰跟適合你影集的電視台有著良好關係。經紀人可以送你登堂入室，所以如果你已經有經紀人了，你可以跳過這個段落……才怪。永遠不要蹺起二郎腿，想著你的經紀人可以幫你完成所有的事情。套句俗諺，人助自助者；如果你沒有經紀人，參見第六章「如何入行」。

但如果你已經下定決心要自立自強呢？找上製作公司並非不可能，有些時候他們可能還比經紀人好接近。認真爬網站並詳讀《每日綜藝報》（*Daily Variety*）以找出誰有興趣開發新影集。如果你有著能幫助某間公司跟上時代並重返榮耀的神奇武器，或者你既年輕也有才華，以前拿過獎或有過一些作品，同時個性比較具侵略性，你很有機會通過前檯人員這一關。這裡的技巧一半是找到最符合你美學與企畫的拍檔，另一半坦白說是年齡。

關於這點我想誠實以對。我相信你聽過好萊塢的年齡歧視。有些無線台傾向於吸引年輕族群（並非想一竿子打翻一船人，一流的有線台或精緻的無線台劇情類影集更傾向經過琢磨後的人才），對年輕人的偏好為年輕編劇帶來工作機會，多年輕都可以。我聽過電視台一度認真考慮某個高中生的自製試播集，雖然最後沒有成交。

在南加大，我的編劇研究所學生年紀介於二十五歲至三十五歲上下，有一年我和班上開玩笑說，他們最好不要邁入三十大關，永遠二十九歲就好。結果那年秋天，我接到學生珍妮佛的來電。珍妮佛是一名稍早於春季畢業的出色編劇，她對於去應徵編劇工作但秘書詢問她年齡感到不悅（順帶一提，那也是違法的）。剛慶祝完三十歲生日的珍妮佛想起我的戲言，很快地回答「二十九」。秘書嬌滴滴地說：「啊，真抱歉，我們的年齡上限是二十六歲」。

你可能聽過某編劇靠著芳齡十八拿到《大學生費莉希蒂》（*Felicity*）的工作，卻在別人發現她已經三十出頭（什麼！）後被開除的故事。重點只是你或許可以靠著年紀尚輕這點取得會面的機會。在這之後，你得努力確保自己的企畫不會被更有經驗的編劇搶走，不過我們現在談的還只是初期而已。

不管你的做法為何，第一步是先研究作品與你企畫類似的電視製作公司。在每一集影集最後，你會看到一個製作單位列表，有些時候一部影集可能會因為製作費用高昂，成本得由數個單位共同負擔，所以會有好幾個商標出現在畫面上，此時你可以藉由去電劇組或電視台，找出哪個才是實際上開發這部影集的單位。其他資源還包含了影集網站、好萊塢電話簿（The Hollywood Creative Directory）、美國編劇公會圖書館，以及電視藝術與科學學院等。

一旦你找到目標單位，先寫信給他們，然後去電要求前往做影集提案。不要寄給對方你的影集形式，不過如果你可以寫下幾個誘惑人心的句子，或許可以勾起對方足夠的好奇心，願意跟你開個短會。你無須等待首選回應便可繼續聯繫第二選擇，一次把所有人選聯絡完。

開會時，你得很快地抓住你的聽眾。當然，你會希望對方是名監製，或是製作公司大老闆，但如果你被扔去跟某位助理見面，一樣好好進行。幫自己結交一位盟友，這樣哪天你才有機會向決策者重複你的提案。

他們找的是什麼？動能。我知道這聽起來很模糊，但這指的是影集讓人感覺有可能性。要記得，影集提案跟講述電影故事時得講劇情節拍不一樣。這只是漫長開發過程的第一步，假如這間公司有興趣參與，他們會要你進行修改，好讓影集容易售出，或符合某個特定時段，或讓你的影集能夠跟其他即將到來的影集競爭；他們會看你是否夠有彈性，思考有沒有辦法跟你合作愉快多年——有點像是盲目約會。如果你防衛心強，或對於修改你的寶貴資產顯得心不甘情不願，他們會祝福你（去其他地方）能夠靠自己取得成功；他們會確認概念本身是否可行，也就是說他們能不能在一個合理的預算下，每週實際製作出影集。但他們不會問你這個問題，除非你已滿足另外兩個條件：一、這部影集不僅新，而且獨特；以及二、這部影集跟過去成功的某部一模一樣。是的，這很矛盾。解決方法便是像第一章裡頭說的，在某個影集類別裡尋找原創性，就算類別本身已經有了新的詮釋也一樣。

而當然，你知道每部電視影集最需要的是什麼。別這樣，你知道答案的：角色。你的提案核心仍是靠著你所創造的角色來牢牢抓住買家的注意力，如果準備得宜，你在寫影集形式的時候就已經知道這點了。

好，讓我們想像你前後分別向幾位監製提案，最後選了某間滿足所有條件的公司：與製片廠有合約關係、夠有料能送你到無線台、有能力將影集做出來、即便你是新人仍願意讓你參與過程，最重要的是，他們「懂」你。你找到了創作新家園。

或許。

六月

製片廠

由於無線台影集採用所謂的「赤字財政」（Deficit Financed）[6]模式，絕大多數製作公司無法獨立找上無線台。每播出一集節目，電視台會支付約等於製作成本百分之七十五的費用。如果一集一小時影集成本是五百萬，製作公司一週就短少了一百萬，每個星期皆是如此。製作公司可沒這種本錢。

但製片廠有。你可以把製片廠想成銀行，從「經理人」的角度來看，每當製片廠願意幫底下某間製作公司的影集背書，他們就接下了一個評估後的風險。可能四年過去，他們仍未從投資上取得任何收益，甚至自始至終都不會有，絕大多數的影集在這之前也已經被砍。但是呢，一旦某部影集播完第八十八集，他們就中了「頭彩」，「大獎」，來到「天堂」。現在他們可以將影集賣給有線頻道、廣播聯賣商或海外市場以大賺一筆。一部熱門影集便足以抵銷多年來的失敗。你的會是那部熱門影集嗎？

主題又回到你身上。很可能你跟製作公司之間沒有任何書面協議，他們正等著看會不會有製片廠願意加入這個企畫。趁你不在的時候，製作人聯絡了和他有合約關係的製片廠裡頭的劇情類影集開發副總。如果製作人愛上了你的影集，他可能已經針對其搶先提案，甚至把你講成下一個不世出的天才……

或沒這回事。他想看看你拿不拿得到同意票，在他自己跳進來前先試試水溫，這可能包含把你的作品範例寄給某位製片廠主管，甚至低調地傳給電視台某位聯絡人。他或許也會在不直接提案的情況下，先行評估影集大致的戰場：「你會對關於多肉植物的影集感興趣嗎？我有一棵很漂亮的仙人掌。」做好準備，因為假如製片廠那邊開始出現不甚理想的回音，他可能會放掉這個企畫，或留住企畫，但把你緩緩推出門外。假如對話間出現「參與」（Participating）這個詞，或他開始提到你以外的其他編劇的名字，以及他端出了「副製作人」（Associate Producer）這個職銜，這就意味著你要被甩了。有些時候職銜是真有其事，只是那可能是榮譽性頭銜，藉此把你移出編劇團隊。謹記，你有權利說不，然後把企畫帶去其他地方。

讓我們想像遙遠的一方有人覺得你還算有意思，至少足以讓你過去試試。於是你再次走進片廠，只是這次你和製作人會先精鍊並演練好你的提案，然後你們會一起去見副總。

如果你的製作人夠有勢力，並享有開放性承諾或統包合約，製片廠可能會願意單靠他一面之詞便與電視台約時間。假如他沒那麼有勢力，或他對你的影集不夠有信心，他會要你卯足勁再提案一次。即便你最初的影集形式已經修改過，本質上你講的內容還是你四月時開發的東西，只是

6 政治學用詞，講述政府藉由發行公債等方式，形成支出大於收入的現象，藉此刺激經濟的做法。

這次製作人會坐在你旁邊，你是對著一大桌人說話。假設你通過了這一回，事情便來到下一格：

七至八月

無線台

傳統無線電視台運作方式就像是旅鼠：所有的小動物會一起往懸崖衝，然後大多數會墜崖。[7]絕大多數接下來的階段你都會看到這種行為模式。

所有的無線台會在夏季「開放」（Open）接受新影集提案。他們會將確切的開放日期提供給經紀公司，有些時候則會放在**產業報**（**Trades**）裡頭。某些無線台會從六月開始開會，有些則會到十月還在聽提案，端視於他們的需求而定——也就是說，有多少影集會回歸，他們就有多少個秋季時段需要填補。你會希望在時段被填滿前愈早擠進去愈好，雖然不管到哪，眼前都是擠破頭。大家的起跑點也不平等：早在你排好會面時間之前，巨頭們（有成功影集正在播出的公司）早已瓜分好熱門播出檔期了。

整個流程其實相當明確且有條有理，只不過在外人看來簡直像詐騙。開放期間每家無線台可能會聽五百個左右的提案，在其中選出五十到一百個發展成試播集劇本，再從中選出十到二十個拍試播集，最後會有幾個成為影集。以上的數字每年都會變動，但以下是四大無線台裡其中一個的簡化版範例：每個篩選階段只取百分之二十——五百個提案產出一百個試播集劇本，往下產出二十個試播集，再產出五部影集（見下頁表2.2）。也就是在一切機會均等下，售出的整體機率是百分之十，只是當然，機會並不均等。

與其拘泥於機率，讓我們先專注在你自己的機會上。首先，去理解你踏進某間無線台時，關於人的那一面。負責劇情類新創節目的副總經理、負責劇情類新創節目的處長（以及位階比較小的劇情類新創節目經理）已經連續三、四個月，日復一日地從早到晚開會，每隔二十分鐘左右就有節目統籌出入他們的辦公室，一個接一個。事實上，你自己的製作人可能除了你這部影集外還有其他作品，也就意味著他們與你是競爭關係。

開會那天，每個人皆精心打扮，你會在電視台大廳與你的監製，或許加上某個代表製片廠出席的人、來自某間大型配套經紀公司的經紀人（很有可能就是你製作人的經紀人）、以及你這部影集配套裡的其他成員一同會面。這可能包含了某位有著電視台認可，能夠負責試播集劇本的重量級編劇，或某位電視明星。

有一次，我準備去電視台提案一部影集，擔綱主角的演員則是其中不可或缺的一部

7 旅鼠（lemming）在群體數量過多時，會出現集體跳海溺斃的現象。近年科學家研究的結果，認為可能是體內導航系統的失調，導致在大遷移時將大海誤判為淺溪或小湖的狀況。

表2.2某間無線台的新影集開發過程（假設性範例）

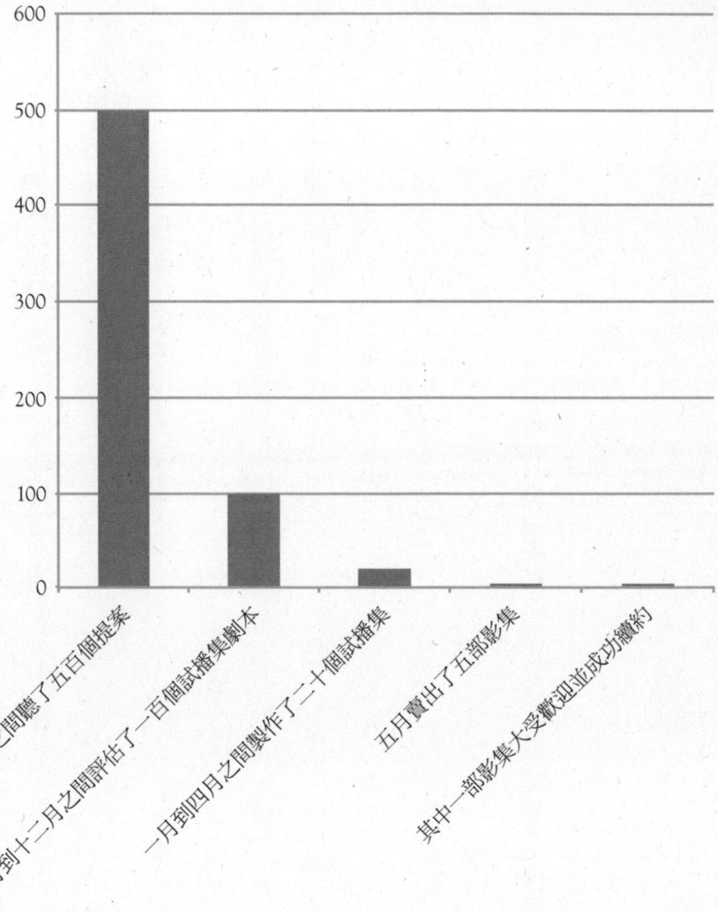
600
500
400
300
200
100
0
六月到十月之間聽了五百個提案
八月到十二月之間評估了一百個試播集劇本
一月到四月之間製作了二十個試播集
五月賣出了五部影集
其中一部影集大受歡迎並成功續約

分。提案那天，演員突然被配音工作支離，而我們無法更改會議時間。所以我們進去時帶了一個貼著他大頭照的充氣娃娃，放在一張椅子上。

會議會有個打氣的階段，剛開始的片刻也會像是大家在友善地問候彼此。然後製作人說「該你上了」的那一刻會來臨，房間內鴉雀無聲，所有的目光都集中在你身上。現在呢，向電視台高層提案本身便是一門藝術。有些人會點頭、微笑，表現出興趣，其他人不管你說什麼皆不動如山。無論如何，讓自己充滿活力。當遇到好人，你走出門時會覺得你賣出了一部影集；遇到不動如山的，你會相信你失敗了。兩者都不見得是對的。

如果你過一兩週還沒有收到消息，製片廠（或你的製作人，端視與電視台的關係而定）會打給電視台。他們通常會很快便表示沒興趣，此時製片廠會跟名單上的下一個電視台訂下會面時間。以上過程可能反覆好幾次，但經過四家無線台以及偷偷聯繫的一般有線台之後，如果還是毫無反應，他們可能就會放掉你的企畫。要記得，在此階段企畫還是屬於你的，也沒有人欠誰什麼。但假如你表現得風趣有意思新鮮又獨特（而且電視台覺得你的影集就像是另外一部大受歡迎的劇），你就通過了這一回合。當然，他們還沒放行你創作一部影集。你現在應該已經知道，你只是拿到寫下試播集的任務而已。這就來到下一階段：

不管寫下試播集劇本的人是誰，最少都可以拿到一個「影集開發」的職稱，甚至可能可以獲得影集的「原創」頭銜。每一集影集都會帶來權利金收益，同時就算寫作試播集的人早已離開，他的名字還是會永遠出現在螢幕上。先別設想那個人就會是你，除非你能藉由作品證明，沒有其他人能捕捉到你所提出的世界或風格。

還是你已經寫完試播集了？就算你當初賭了這一把，製作人也不確定這對你的前景是好是壞。這裡的狀況有點兩難：選別人的試播集劇本，叫你把你的放到一旁，情緒上會大受打擊；但如果最後丟了這份合約，只因為你寫的試播集不到出神入化的程度，同樣也是一大打擊。

有些專業編劇靠著幫別人的影集寫作試播集闖出一片天。他們對於試播集所需要的元素知之甚詳，頂著其他成功影集的光環，也知道怎樣贏得電視台讀本者的芳心。弔詭的是，這些寫一小時試播集劇本可以賺上五十萬美金的特殊編劇，通常不會是那些每週負責發展個別集數的人，所以電視台決策者評估的是一個炒作版的影集。這有點像掛羊頭賣狗肉，他們買的是一位編劇的聲音，但實際寫影集的則是另一位。

假設他們喜歡你的企畫，可能是因為喜歡關於你的某件事情——你特別新潮的寫作風格、你對某個次文化的洞見、你的幽默感、你的熱情等等。也可能純粹就是你比較便宜——你的試播集劇本可能只需三萬五千美金，而不是五十萬。現在電視台打給製片廠，製片廠打給製作人，製作人打給你的經紀人，你的經紀人打給你，給了你一紙試播集的寫作合約。

所以，你該怎麼做？試播集有兩種路線：「前提型」（primise）與「延續型」（ongoing）。所謂的前提型試播集又稱**轉換試播集（Premise Pilot）**，從「在此之前」開場，推動核心角色在整部影集的過程中需要面對的任務或情境。舉例來說，在《法庭女王》開始時，亞莉莎佛里克的檢察官丈夫被控告犯下某樁罪名，在試播集裡頭丟了他的飯碗，最後去坐牢。當亞莉莎需要自力更生並撫養小孩，她決定重拾律師的身分。在律師事務所裡頭，亞莉莎會遇到未來將與她發展出全新關係的角色，同時也在家庭裡扮演著新的角色，從前提試播集裡發展出影集辦案劇與連續劇的相關元素。

《北國風雲》（*Northern Exposure*）[8]的故事開始於紐約市，主角喬爾弗雷什曼剛得知他的醫學院獎學金條件之一，是他得要前往阿拉斯加州的西西利市擔任醫師。喬爾拚了命地想擺脫這項約定，但沒多久便只能在火車上凝視窗外，來到一片冰天雪地，與一頭麋鹿四目相望。當我們開始進入喬爾的新世界，我們也遇見了未來會與他建立新關係的角色，他們的故事弧線也開始前進。

8 約翰福爾賽（John Falsey）與約書亞布蘭德（Joshua Brand）所創作的影集，曾獲艾美獎最佳劇情類影集。

在所謂的延續型試播集裡頭，影集所處的世界已就定位，裡頭許多角色已開始了他們的劇情任務，這裡的挑戰則是在不借助外來者（如前面的亞莉莎與喬爾）的出現，就帶出這些角色與人物關係。延續試播集的範例之一便是《急診室的春天》：呈現芝加哥一間醫院急診室馬不停蹄的一天。新的角色會出現（卡蘿海瑟威護士出現在擔架上，約翰卡特醫生則是一名年輕的實習生），但影集的諸多元素已開始運作。同樣的概念也可以套用到《三棲大丈夫》、《火線重案組》、《廣告狂人》，以及其他眾多連續劇上頭。

《海濱帝國》開始於大西洋城的私酒釀造者在一九二〇年慶祝禁酒令正式生效的那一天，《絕命毒師》的開場則是主角被診斷出癌症末期。兩部劇皆混用了上述的兩種路線，一面透過外在事件推動角色前進，一面也擁有延續性的人物關係。

不管你選的試播集路線是哪一種，你需要的原料都一樣。除了一流的寫作（與你在任何一集影集裡做的沒什麼不同，在破口前堆疊出懸念，並創造出厚實且發人深省的角色〔更多關於此部分的討論見第三章〕），試播集也特別背負著詳述故事的重擔。在觀眾不會感覺你在指點他們的情形下，建立出你這個世界的規則，推動日後故事的引擎（觸媒），以及足夠的**背景故事**（**Backstory**，過往歷史）讓角色當下的處境能被理解。你會希望觀眾對角色產生興趣。簡單說，你的試播集必須讓觀眾會想收看第二集。

有些創作試播集的技巧有點像是開始一部電影。電影剛開場時，觀眾對角色也不熟悉。電影之所以比較簡單，是因為觀眾一旦買票進場，他們會給電影開展的時間，但電視必須要在觀眾按下遙控器的那一刻便抓住觀眾的注意力。所以，沒問題，你可以用上所有你在學習電影劇本創作時，有關呈現新角色的方法，只是記得讓故事快點展開。此外，使盡所有你所學過避免說明冗長的方法（把它埋在爭執裡、用演的而不是用解釋的、運用視覺佐證、一點一點講、讓它成為劇情一部分而非為說明而說明等等）。如果你不僅是玩弄你的文字，而是將它「活」出來，上述的某些問題或許能夠迎刃而解。同時，如果你的中心角色和想法就跟你提出的形式一樣充滿活力，試播集或許能夠自然誕生。

簡單也罷，困難也罷，你得在感恩節前後給電視台五十頁左右的劇本。對電視台而言這是初稿，但想當然這絕對不是。每一個階段你都會與你的製作人討論，製片廠可能也會讀你寫出來的稿子。沒有人願意承擔作品行不通的風險，所以如果你交出來的東西沒辦法傳達出一開始讓你拿到這個案子的理由，他們會再另外找人，你們得分享編劇頭銜。整個十月和十一月你都在拚了命地重寫——每個跟你一樣在創作試播集的人都是如此。而就像一開始說的旅鼠，每個人交試播集劇本到電視台的期限也一樣。城裡每個人都在期待一件事：

十二月至一月

放行

這裡有幾種可能：電視台可能提出一些針對試播集二稿的修改意見。如果是這樣的話，你可能會咬牙切齒：什麼叫他們不喜歡主角——我提的時候就是這樣，他們買單的也是這樣。他們怎麼能拖到現在才說有另一個試播集和我的太類似，然後我得把所有東西都改掉。明明是劇情類劇本，卻收到「不夠好笑」的修改意見，我能怎麼辦？它本來就不應該好笑。不行，我不能把這部關於獄中男囚的劇情影集改成適合女神卡卡演出，什麼鬼！

咬牙切齒完，你會與製作人一同坐下，現場或許還會有來自製片廠的開發人員，一同討論哪些東西你可以改，以及有沒有什麼是可以不用動，或可以向對方據理力爭的。如果製片廠認為你的狀況岌岌可危，他們可能會要你做大規模的重寫。無論如何，你的完稿得在聖誕節前送出，就跟其他人的一樣。

而也跟其他人一樣，你希望你的試播集能被選為那少數百分之二十至三十的「放行」劇本，意思是電視台同意製作公司拍攝試播集。被放行的作品通知時間從十二月到一月皆有可能，這讓我們來到：

二月至四月

試播季

冬天時，飄盪在洛杉磯豔陽高照天空裡的不是雪花，而是焦慮。伴隨著焦慮的則是一股巨大的吸力，將所有尚未進組的劇組人員，無論是場務或燈光師，所有的攝影棚，剛好有空的電視導演，以及年復一年演出一個又一個試播集、手握「綁定合約」（Holding Deals，限制演員僅能參與特定一部影集未來工作的合約）的演員，一個也不少地吸進裡頭。喬治克隆尼在《急診室的春天》前曾演出過十五個失敗的試播集，歡迎來到試播季。

雖然一切是從你的劇本開始，但實際拍攝的試播集會因所謂的「製作價值」（拍攝場地、拍攝方式、相關人員等）而比正常一集影集要來得昂貴。舉例來說，迪士尼為其二〇〇四年影集《LOST檔案》的兩小時試播集花了驚人的一千二百萬美金。待剪接完成後，一般一集試播集大約長四十四分鐘，大概就是無線台一小時影集去掉廣告後的長度。但有時候電視台會改要一個二十到二十五分鐘的「示範帶」（Presentation），有點像是唱片公司的試唱帶（Demo）。這對身為編劇的你來說是個壞消息，因為現在你精雕細琢的五十頁劇本得被砍到三十頁，去掉裡頭的支線與幽微層次，有些時候甚至賭上這部影集的奧義。電視台還是會先要示範帶，因為這只要花兩百萬，大概是一般試播集成本的一半而已。如果你遇到這種事，真的沒得選，坐下來開始砍就對了。

扣除製作時的修改（針對選角、地點、長度等），編劇的工作基本上到二月便宣告結束。但我還是會建議你盡量拉近與實際製作之間的距離，盡量待在現場，去看**節目工作帶**（Dailies），去參加會議（如果製作人同意的話）。當然，你不要傻到跑去對導演頤指氣使，或在鏡頭前面晃來晃去，只要在你寫下「淡出」二字之後不要真的從劇組淡出就好。

等到四月，各大無線台的各種類型試播集皆已剪接完成，並同時進行測試。無巧不巧地，測試本身也像是一種部落儀式。不知情的拉斯維加斯遊客（選擇賭城是因為這裡的遊客來自全國各地）會在觀看某部試播集後，透過電子儀器給出他們的反應，好換取價值十美金的禮券。如果一部劇得分不佳，它可能會被重剪——現階段重寫實在太遲。等試播集完成，是時候迎接下一個階段：

五月

預定

所有的旅鼠皆在同一時間來到懸崖邊集合，然後在五月一起上路去紐約。不覺得很奇怪嗎？影集（一般而言）皆在洛杉磯製作，電視台與片廠主管皆以此為根據地，整個試播集的創作過程皆在西岸，但最終決定卻在三千哩外揭曉？那是因為這是一個企業端的決定，關係到足以影響母公司的巨額投資，也關係到（希望能夠）分攤部分成本的廣告商。老大哥時段正式開始。

一旦試播集送出去，大家除了等之外什麼也不能做。但這可阻止不了製片廠高層住進紐約一線飯店，然後在辦公室樓上進行放映同時，自己在大廳徘徊。既然無法影響結果，也無法參加放映或討論，那他們希望得到什麼？答案是八卦——各種風聲，暗示，某個確認他們影集是生是死的眼神。

我曾經為某間公司寫過試播集，他們走廊上掛滿了紀念著過往光輝歲月的熱門影集海報，但走廊盡頭的房間卻空無一人。在這季之前，他們的每一部影集不是被腰斬，便是已劃下句點。他們推出了好幾個選項，但唯一進到試播集階段的只有我。時間是五月初，在所有的辦公室裡頭，只有我那部影集的監製辦公室燈還亮著。他每天會進辦公室，守在電話旁，連午餐也在電話旁吃，就這樣無止境地等待。等待著來自紐約的電話。他派他的秘書到紐約打聽消息，但她什麼也沒聽到。某天我幫他帶了午餐，但我們也無話可說，就只是一直盯著電話。

終於，五月中電話來了：「我們不打算**預定**（**Pick-Up**）你的影集。」這裡頭沒有任何解釋（向來都沒有），但賽後分析的猜想是電視台已經收到太多類似的影集，或太多競爭者較早之前已經取得承諾，或者開出的時段太少，或者以上皆非。

但讓我們假設你接到的電話內容大概是「收好行囊，我們紐約見」，電視台會以以下四種形式下訂：

• 全季預定

傳統的無線台一季是二十二集，不過有些影集會到二十四或二十六集。實務上，就算是全季預定也有著分散風險的成分在裡頭：預定（保證會播出）的會是「十三集加上**後九集**（**Back Nine**）」，這意味著保證會播出的只有十三集，最後的九集則以前面的收視表現而定。

• 部分預定

部分預定（**Short Order**）其實相當常見，但節目創作者可能會視為壞消息。這意味著電視台只願意播出六集——甚至四集。假如播出的集數能很快地抓住觀眾，電視台會下訂更多集。但有多少影集能在三週裡頭就找到觀眾？電視上的選項如此之多，觀眾可能直到第三週才會探訪新劇目。而且有些影集需要一段時間才能站穩腳步。從歷史的角度來看，經典影集如舊版《星艦迷航記》、《一家子》（*All in the Family*），以及其他名利雙收的影集，皆是經過數個月的口耳相傳才讓觀眾願意找機會收看。

現在，成堆在觀眾知道播出前便已被腰斬的陣亡影集屍體，讓無線台創作部門散發出惡臭。只顧著保障收益的無線台高層往往傾向於規避風險，但類似這種以恐懼為出發點的決策卻有了反效果，讓最具有創作力的製作人與編劇轉向有線台發展，那邊若不是提供較長的預定，就是一季可能只有十二集（某些「全季」甚至只有八集），但你相當有把握你會有第二季。這就有點像是拿到全季預定，只是中間有休季，有些創作者也比較喜歡這樣的步調。

• 季中預定

有些節目統籌會把季中預定視為大好消息。即便較晚登場會讓影集沒辦法在秋季節目表占有一席之地，第一年播出的集數可能也有限，但有些製作人反而喜歡這樣：他們的影集不需要跟別人一起在九月首播，也不需要在幾個月裡時時刻刻面對持續播出的壓力。電視台也喜歡季中播出的影集，因為這可以創造出一種全年度皆有新節目的錯覺，幫助無線台與全年度都可能有新劇的有線台競爭。由於總有某些影集勢必會被砍，季中備胎也可作為緩衝。假如電視台讓一部影集先動工，做個幾集同時一邊等檔期，你會有時間把這些集數的劇本寫得跟試播集一樣好。

話雖如此，但身為編劇，你還是不免感到失望。你得等到秋末或早冬才知道什麼時候會播出，你也很難不納悶，究竟會不會有播出的一天。

• 佐證劇本

佐證劇本（Back-up Scripts）是最短小的預定形式，往往伴隨著「有總比沒有好」的一聲嘆息。這意味著電視台不會讓你製作任何一集影集，但會想看到更多劇本。他們會因為對概念感興趣而抓著這部影集，但試播集的某個部分就是行不通。這可能是選角、調性、地點，甚至影集核心某個部分——諸如故事本身的走向等。這是你透過寫下多達五集的劇本，證明影集行得通的第二次機會，有些時候這也稱為佐證試播集（Back-up Pilots）。作為編劇，你是聚光燈的焦點，而如果他們持保留態度的原因不是因為劇本太弱，這也是你發光發熱的大好機會。假定你獲得了十三集的播出預定，看到表2.1邊緣，從五月向下延伸的連通道了嗎？抓緊了，因為你即將滑落到：

第二年

六月

籌組編劇團隊

現在你剛踏出從**開發**（**Development**）階段延伸過來的連通道，渾身顫抖地來到六月，距離每週有一小時影集在電視上播出只剩三個月。這裡說的可不只是製作第一集，而是手上要有五到七集的劇本，加上三集**播出帶**（**In the can**，已準備好可以播出），而你幾乎什麼都沒有。先前搭的景已經拆除需要重搭，你沒有工作人員，沒有辦公室，沒有製作場地，唯一有的是你的個人手機。而且你急需一個編劇團隊。

正在播出中或稍早已確認續約的影集不會有這種困境（有線台影集也不會有，不過這等到最後再討論）。樂觀的節目統籌可能早從二月便開始讀其他編劇的劇本範例並與經紀人溝通，假如他的試播集成功引起業界「聲量」（Buzz）的話更是如此，但在正式預定下來之前，他們還是不能雇人。對於有些製作人來說，能夠獲得預定則完全在意料之外。

我曾經在六月加入一個編劇團隊，但我們直到七月第一週才集合，而影集預定要在九月第一週首播。這名監製（本身是名備受尊崇的編劇／製作人）寫了一個較為個人、難以輕易歸入某個類別的試播集（有些時候稱為「圓夢計畫」），大家也認為機率不大。我記得影集獲得預定的時候，他人好像在其他地方度假，你就知道他多麼不抱希望。所以我們幾個人（四個載浮載沉的編劇，一個吃驚的節目統籌）坐在製片廠借給我們的臨時辦公室裡頭，他開口的第一句話是「有人有任何關於故事的點子嗎？」。

不過這樣的狀況是少之又少。多數節目統籌已經幻想中樂透幻想了幾個月，影集一放行的瞬間便開始與編劇協商。如果你從一開始就加入戰局（如果概念是你的或試播集是你寫的），你的合約現在已經談妥。如果你想加入某個團隊，這些缺會在六月很快地出現，很快地被補齊，你的經紀人應該在幾個月前就將你提為人選了。

下個章節講的是編劇團隊的運作方式，所以這部分我們現在先跳過。假設到了六月底，每個人都已就定位，編劇工作正式開始。這就接續到：

七至八月

拚了命地寫

假如你是無線台的影集編劇，拋下夏天是度假好時節的想法吧。每年七八月，編劇團隊會瘋了似的以最快速度產出劇本。雖然每部影集有自己的節奏，但不管你在任何一間編劇室，你們會在桌邊破解故事、分析剛出爐的分場大綱，並在每週你寫下你那集前面幾稿的時候，同時討論其他編劇的劇本（第四章我會解釋編劇工作的階段）。

你可能已經有第一集了：試播集。但觀眾可能在第一週，甚至第二週，都還沒注意到影集存在。所以某種程度上，前三集都得要扮演試播集的角色，第二與第三集一方面要重述整體「任務」並介紹演員陣容，以幫助首次收看的觀眾進入狀況，一方面將故事往前推進，以留住先前已經開始看的觀眾，並試著在上述兩者之間取得平衡。假如試播集介紹了某個前提，讓角色來到某個新環境或踏上新旅程，則第二集可能是一部影集最困難回報也最少的一集，因為它必須讓一切繼續向下發展。

試想，觀眾並不認識這些角色，所以看的同時沒有情感投入。你也無法利用觀眾的好奇心或特定事件讓整部影集開始移動，因為這第一集已經發生過了，但無論如何，眼前所謂的「發展集」（Development Episode）又必須充滿了試播集帶來的緊繃感與期待。也因此，這集往往會交給比較有經驗的編劇——肯定不是你。試團隊大小而定，你能拿到最早的任務可能會是第四或第五集。

當編劇團隊在寫作的時候，製作團隊正如火如荼地產出影集。你可能會受邀參與你那一集客座演員的選角工作。一旦拍攝開始，幾乎每天都會放映節目工作帶（未經剪接的場次）。不管你寫得多勤，一定要去參加放映。在你聽見自己的對白實際演出的效果後，你可能會想要修改正在寫的某場戲的節奏。工作帶也會顯現出演員優劣。如果演員之間的火花連螢幕另一邊都感受得到，你肯定會想要讓它派上用場。

但別被演員迷住了。你可能聽過那種「某個女星居然蠢到上了編劇的床」的笑話，但這在電視圈可是一點也不好笑，因為在這裡，編劇是有力量的。聰明的演員也知道這點，他們會想與你共進午餐，順便提出關於他們角色故事的想法。我曾參加過一部影集，裡頭的演員會先研究每位編劇的生日，然後送他們做工精緻的手工卡片，另一部影集的演員則會發給編劇上面印有個別名字的馬克杯。有些節目統籌會警告新手編劇不要跟演員混在一起，怕他們太容易受到影響。但我會說就去吧——有才華的演員會思考他們的角色，並給你一些啟發。

隨著一部影集漸漸成長，編劇主筆（Head Writer）必須決定是要讓角色往他先前沒預料到的方向發展，還是繼續照著原訂計畫走。有些節目統籌會在一開始先準備一個記錄著整季影集裡所有劇情弧線的圖表。事實上，許多成功影集會在六月初（或在新一季影集開始前的某個月），邀請他們的大型編劇團隊來到某個度假勝地。在眼前的白板上，他們會用不同顏色的馬克筆標示出不同角色，然後透過一系列橫線，追蹤可能五個主要角色從一至二十二集的發展。等所有的劇情弧線完成後，他們再把圖表用直線切分開來，好看出各個故事之間會如何交錯（見表2.3）。如果你是在這位監製底下工作，肯定沒人能把影集往不同方向拽走。

但也有其他節目統籌的做法比較隨興。當初負責《北國風雲》的團隊會在每一集劇本完成的時候，順便建構他們的影集「聖經」。假如編劇在這集幫一名角色加了一個哥哥，或某段不為人知的過去，或某個私密的恐懼，這些訊息會被標上「增修事實」，然後發送給編劇團隊。幾年下來，好幾位編劇所創造的內容漸漸累積成了一份概略（肯定與一般所謂的影集聖經截然不同）。雖然我用「聖經」一詞，但這裡頭沒有任何宗教意涵（除非你膜拜這部劇）。所謂電視聖經，指的是一份用於幫助新加入的編劇或導演理解這部影集規則的文件。一份完整聖經的內容與「形式」類似——會有一個題旨、類別、故事觸媒的概要、調性、風格、影集的任務，以及角色側寫與故事守則等。

《銀河飛龍》是所有影集聖經的王者，將近一百頁的篇幅包含了企業號的細部構圖、星艦艦橋如何運作的細節、技術名詞定義、不只包含個別組員簡歷，還分析角色彼此關係與人物歷史的人物塑造，以及影集什麼可以寫，什麼不能寫的告誡等，另外還有影集播出的每一集故事大綱，以及每一個大家提出來的點子。《銀河飛龍》之所以得這樣做，是因為影集本身也接受非專業編劇所提供的劇本。我想這也是面對影集眾多粉絲的重複提問時的因應之道。

表2.3 整季影集角色弧線圖範例

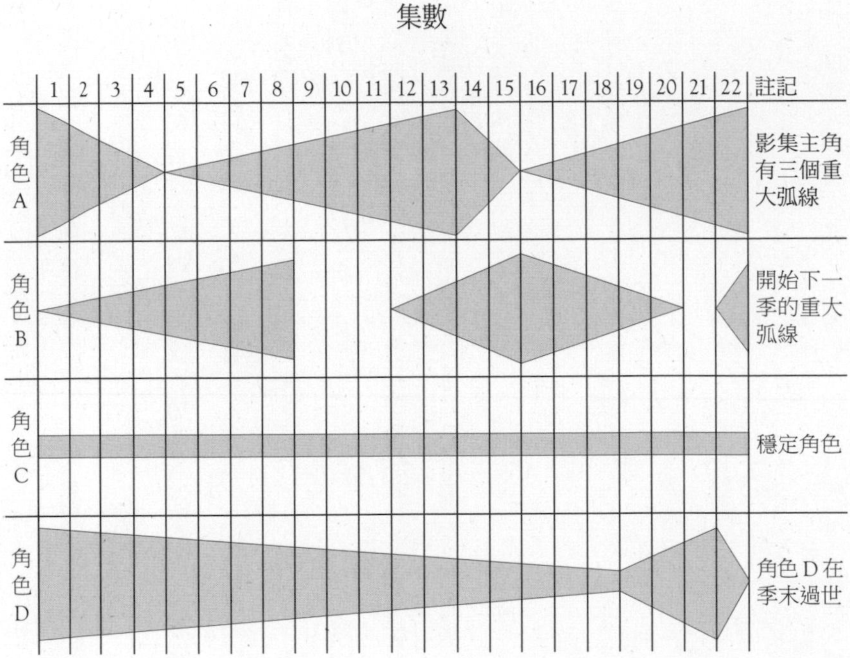

但這算很極端的例子。有些聖經就幾頁紙，裡頭包含影集前提、人物小傳，以及影集想說哪種故事等。其他像《北國風雲》那樣的則是隨時間累積，而非特別製作。

而且坦白說，絕大多數影集根本懶得弄聖經。當大家都忙著趕播出日期，聖經實在要花上太多時間。來自各方（電視台、節目統籌，有些時候影集的其他編劇，甚至粉絲頁）的網站甚至部落格已經取代正式聖經成為資訊來源。不過如果有人打算做一本，此階段正是大好時機。

當編劇團隊整個夏天寫了又寫，上頭也逐步傳來電視台的修改意見。除了負責你這部劇的高層之外，包含法務與條例及守則部門（Standards and Practices）[9]等電視台人士會讀過每一集劇本，這些修改意見會傳到節目統籌那邊，你老闆會選擇什麼時候要和電視台的老大們據理力爭，什麼時候要做出調整，無線台就是這樣。如果你只是名新手編劇，節目統籌會過濾修改意見並加以詮釋，你不會直接和電視台互動。

一切努力終於來到：

九至十月

粉墨登場

如果這是部舞台劇，開幕夜你會有花，有派對，但在電視圈，試播集播出時你應該正在忙著後面某集的後製工作（「後製」是指剪接與配樂等實際拍攝結束後的工作）。更何況試播集是一年前寫的，當時影集的後續發展對現在的編劇團隊來說還遙不可及。無論如何，你們還是可以表現得彷彿它是新的一般，看完之後去停車場放煙火慶祝。

在殭屍影集《陰屍路》首播前，AMC頻道先規劃了為期一週的慶祝活動，播出所有同類型最棒的電影，再讓影集於萬聖節盛大登場。同一時間，所有參與製作的人（從編劇兼導演法蘭克戴拉邦到工作人員皆包含在內）也舉辦了一場不折不扣的萬聖節派對，包含道具扮裝等一樣不缺。

或許影集對那些已經花了好幾個月在上頭的人來說實在稱不上新，但一旦在電視上播出，它便離開了創作的蠶繭，成為公眾資產的一部分，還是會給人煥然一新的感覺。隔天早上，即期全國收視率**整夜收視率**（**Overnights**）會出現在節目統籌桌上，他則會告訴團隊不要理數字，繼續寫就對了——事實上，低階編劇暫時也的確不須面對市場壓力，但你怎能不因影集受歡迎而感到興高采烈，或因其乏人問津而感到失望？只要記得，不管今天是怪罪電視台（我們的數字當然不好，也不看看電視台讓我們和誰對打）、怪觀眾（他們當然不喜歡我們，畢竟他們根本就是————，請自行填空）、怪你的製作人（他怎麼會不知道那個片頭／開場／音樂／演員／隨

9 負責確保電視台播出內容符合道德、法律與公序良俗等相關規範的部門。

便什麼東西行不通呢），甚至怪你自己（我根本沒有才華），全都於事無補。也或許以上皆非，畢竟影集需要一點時間才能引起注意。假設你真的有著播出十三集的保證，有幾位評論家寫劇評推薦這部影集，然後行銷人員派上了用場，然後觀眾從第二或第三集進場，開始關心這些角色，然後——

節目統籌會在萬聖節（十月底）接到電視台的電話：你拿到了後九集的預定。你會有一整季的時間讓影集成長，打下自己的一片江山。你現在可以喘口氣了。

十一月至三月

一季結束

過去當我還是名自由編劇的時候，我常在十月到二月間賺進我一整年的薪水。這段時間整季影集已經開始進入狀況，緩解了某些一開始的緊繃感。出於與編劇公會之間的約定，拿到全季預定的影集必須要開放兩個工作機會給自由編劇。這不僅能給新人和「保障類」（Protected Categories，舉例來說，處於弱勢的少數族裔或殘障人士等）編劇工作機會，自由編劇的劇本對全職編劇團隊也像試鏡一樣，為精疲力竭的編劇團隊帶來舒緩與新的視角。理論上是這樣。

現實中，絕大多數的影集皆會把整季交給編劇團隊，少數幾名外人通常不是朋友，就是剛離開已陣亡影集的編劇。無論如何，你還是可以在秋冬的時候以自由編劇身分提案一集，這會是與製作人見面的好方法，肯定也是打入這行的方法之一（這等第六章再細談）。在沒有成文影集聖經的情況下，假如你身為自由編劇需要知道影集的規則，我的建議是多看幾集，然後上影集的網站查詢。如果影集新到不管怎麼找都一無所獲，同時你又受邀前往提案，製作人會先把幾集劇本連著試播集一起送過來給你，或許也會給你十分鐘的電話時間以了解他們現階段的故事需求。我知道這很難，但如果他們喜歡你寫出來的東西，你也有影集能派上用場的地方，等你拿到工作之後會有人稍微給你一點指引。

編劇工作會穩定持續到二十二集影集都有最終稿為止。別在感恩節做家族晚餐之外的任何規劃。以前在學校你可能會有寒假，但今年你哪都別想去。你會在聖誕節和新年的時候放個幾天假，但你也可能會趁家裡拆禮物之前先把某一稿劇本趕完。

到了二月底，你會開始慢下來，慢多少則視這部影集的合作狀況而定（這部分與節目統籌的本事有絕大關係）。事實上，你自己的集數很可能已經寫完了，留下來純粹是為了修改、製作，或潤飾其他編劇的劇本。但就算你基本上已經收工，還是要一起走過後段，不僅因為影集在每週有新集數播出下顯得生氣蓬勃，你也會想為自己保住隔年的位置。

一如二〇一〇年的《法庭女王》，如果影集第一集獲得廣大成功，節目統籌很早就會接到影集獲得續約的通知。但就像試播集一樣，很多新影集得等到最後一分鐘才知道結果。從一名編劇的角度來看，這實在很痛苦，你既想為這季創造一個吸引觀眾秋季繼續收看的結局，但在還沒獲得第二季的預定時，你又會想著要死就死個痛快，然後為故事弧線劃上句點。

《廣告狂人》第一季季末便有過類似情況。我聽到的故事如下：先別忘了，這是一部在無線台管轄範圍以外的有線台影集，所以他們聽到消息的時間點可能不太一樣，故事的發展也可能不盡然相同。無論如何，《廣告狂人》的節目統籌（馬修維納）認為這部影集不會有第二季的機會。所以早在結果正式宣布之前，他便在規劃劇情弧線的時候，讓影集朝著唐德雷柏核心疑問（他能不能做一個愛家的男人，愛人並被愛，而不是陌生又孤獨）的完結走去。在原始劇本裡，唐回家過感恩節，發現他的家人等著他，整部影集的貫線（Through Line）[10] 至此告終。製作人寫完，拍完，送出，結束。

只是故事並沒有結束。上刑場途中，獎項提名開始如潮水般湧入，劇評一片叫好，大家都想看更多。更多什麼？業界傳說有某個編劇團隊的實習生（日後她自己也成為編劇／製作人）寫了一場新戲。跟先前的稿子一樣，唐回到家，家人等著他，但這一切只是他的想像。家裡人去樓空，唐獨自坐在空屋的樓梯上，觀眾要記得下一季繼續收看，因為唐的麻煩才剛開始而已。多數時候，製作人會押寶在他的影集上，最後選擇以懸念作結，編劇團隊則是實際面對命懸一線的情況。

四月

休季

放假——喔耶！對無線台影集編劇來說，春季就像暑假和寒假混成的一大段度假時光。休季可能長達三個月——三月至七月，也可能僅有一個半月——四月到五月底。假如團隊確定影集會回歸，當下的自由不過是一時的；假如大家都很擔心，經紀人會四處看看有沒有跳到另一部影集的機會。不管怎樣，這都是徹頭徹尾的休假時光。經過四十個星期不間斷地工作，許多影集劇組會鎖上辦公室，只留一台答錄機，連總機都不知去向。

這將我們重新帶回到起點，跟著循環周而復始，一輪又一輪，年復一年。

◀ ◀ ◀ ◀ ◀

10 由戲劇和表演理論大師史坦尼斯拉夫斯基（Konstantin Stanislavski）所提出，指劇中人物為了達到一個最高目標，所採取一連串環環相扣的戲劇行動。

前面介紹的傳統無線台模式大致上接近……好吧，傳統無線台就這樣。但在有線台這個平行宇宙裡，你將會遇上不同的模式。舉例來說，ＨＢＯ的《枯木城》一季是十二集而非二十二集，從冬天到春天寫完整季影集，所有劇本在製作還沒開始前便已完成。跟無線台一樣，他們會從大概七月底開始拍攝，但新一季《枯木城》要到隔年三月、多數無線台影集準備進入尾聲時才開始播出。

有些影集會先播出一季的部分集數（可能少至八集），經過幾個月的休季後再把剩下來的部分播完。最後一「季」的《LOST檔案》前前後後拖了兩年，中間中斷了很長一段時間。大家都知道影集會在最後這部分化解多年來的懸疑情節，真正的挑戰反而是時間該拉多長——長到讓人可以累積興奮感，但又不能長到讓大家想放棄。其他時候影集之所以要把一季分開來，是因為這樣可以在某部成功影集的時段試播新的影集，希望可以吸引過去同時段會收看該頻道的觀眾。

毫無疑問地，有些人正在絞盡腦汁，思索各種能在財務面說服製作人的方法，好讓一季影集能夠選擇網路作為播出管道。這部分新的典範，包含付費衛星電視平台Direct TV投資《勝利之光》部分製作費用，以換取新一季影集能在該平台搶先播出，日後再於ＮＢＣ電視台重播。在此之外還有著一片不受電視季影響的天地，充滿了來自各個年代的電視、經年累月累積出來的影集，觀眾下載（或購買）裡頭集數時，也造訪了影集本身無窮無盡的來世。

到頭來，一切還是取決於你想創造的究竟是什麼。二〇〇〇年，Showtime頻道買下了一部有著《同志亦凡人》（*Queer As Folk*）[11]這樣一個奇怪名字的英國影集改編權。畢竟美國過去從未拍過類似的作品，每個人都認為新的改編版會被稀釋到不成劇形，乃至於失去一開始購買的價值。然後，某個星期天，兩名掙扎著試圖在無線台標準下，創作有關同志生活電視電影的編劇羅納德克文（Ron Cowen）及丹尼爾李普曼（Daniel Lipman），無意間在報紙上讀到關於這項交易的新聞。兩人找上Showtime並表示，只要他們能享有毫無限制的創作自由（在無線台是想都不用想），他們願意負責這部影集的改編工作。Showtime不僅給了他們創作自由，還附上二十二集的全季預定。在編劇公會的會員雜誌《編劇人》（*Written By*）裡，克文與李普曼這樣說道：「我們卸下了身上的枷鎖，從無線台的囹圄中獲得釋放。而一如每個重獲新生的人，我們也遇到了同一個問題：『現在你既然自由了，你打算怎麼辦？』」

在未來，你踏入的這個產業所長年建立的系統，已不再像傳統模式那樣牢不可破。過往可預料的循環已開始起了變化，新的內容提供者正實驗著種種拍攝與提供故事的不同方法，以面對日漸增加的觀眾。所以，務必捫心自問克文與李普曼問的問題：現在你有了選擇，你打算怎麼辦？

11 刻劃同志日常生活的經典影集。

重點整理

- 從概念發想到出售給無線台，創造一部新影集的過程有其特定步驟。
- 一旦播出之後，影集從試播集，到編劇工作與拍攝，再到獲得續約，中間亦需依賴特定的發展步驟。
- 在最早的初始階段，影集原創可藉由創作影集形式或試播集劇本，爭取電視台放行拍攝試播集。試播集是影集的原型，會搭配另外的「配套」與其他新影集爭取播出檔期，稱為「預定」。
- 傳統一季二十二集的電視季會需要編劇團隊在休季前緊鑼密鼓地工作四十週，不過大多數的新影集僅會獲得「部分預定」。
- 有線台的電視季與時程可能會有所不同，但開發程序仍需要同樣的創作要件，對編劇來說也給予同樣的創作機會。

客座講者：查理柯利耶

查理柯利耶為有線台AMC頻道總裁。

潘蜜拉道格拉斯（以下簡稱潘）：很久很久以前，大家看一般有線台要不是為了電影重播，就是連看都不會看。然後一轉眼，AMC有了能夠和HBO與Showtime頻道並駕齊驅的頂級影集，我很想聽聽你從那時走到此刻的來龍去脈。另外，你在《廣告狂人》首播時也反其道而行，當時無線台在拚搏各式各樣的飛車追撞，試圖想要以各種節奏愈快愈好的東西抓住觀眾，《廣告狂人》卻反而慢到不能再慢。這是怎麼一回事？

查理柯利耶（以下簡稱查）：很幸運的，在我二〇〇六年上任時，AMC已經踏上了「與眾不同」的這條路。當時我的老闆艾德卡羅爾（Ed Carroll）與喬許薩潘（Josh Sapan），以及原創作品與發展部一群才華洋溢的品味領袖同仁，齊力推出了勞勃杜瓦（Robert Duvall）主演的AMC史詩迷你影集《荒野真情》（*Broken Trail*）[12]。該劇的成功給了我們信心，讓我們相信自己能在既有片庫之外，為頻道增添優質的原創作品，這些原創必須要能與電影並肩齊行，並吸引

12 華特希爾（Walter Hill）執導，描述十九世紀一名年邁美國牛仔的旅程，曾拿下艾美獎最佳迷你影集等四項大獎。

熱愛電影的觀眾。當然我們也和馬修維納合作推出《廣告狂人》，他為我們的第一部影集，寫下了電視史上一個真正有史詩地位的故事之一。

假如你細看我們推出《廣告狂人》的方式，這不僅印證了我們是如何藉由原創作品與電影做搭配，也是我們將使命轉為行動的絕佳案例。我們在《廣告狂人》之前先播出了我最愛的電影之一《四海好傢伙》（*Goodfellas*）。大致上來說，該片講的是一群自認凌駕於規則之上的人，電影主題完美地延伸至接在後面的《廣告狂人》，講一群不受規則拘束的男性。本劇用底片拍攝，充滿了電影感，無論從何角度而言都是最高品質的電視作品。

潘：但這不只《廣告狂人》，在那之後你還有《絕命毒師》及其他出色的影集。你是怎麼繼續往前走的？

查：《廣告狂人》讓我們在時代劇上頭取得了成功。人家說「模仿是電視最誠摯的形式」，也因此在

《絕命毒師》

本劇首播後，我們的發展部門收到了一堆時代劇的故事——各式各樣關於二〇年代飛來波女郎（Flappers）或五〇年代靈魂樂風潮或七〇年代的故事。但我們不想成為「時代劇」頻道。我們想找一個設定在當代的故事，裡頭某些特質就像那些我們播出並熱愛的電影。就像《廣告狂人》，創作出《絕命毒師》的也是一名「作者」（auteur）[13]：文斯吉利根。文斯給我們的故事裡頭有著關於華特懷特這個角色轉變的美妙刻劃，無論從何角度來看都是精緻幽微，讓我們所有人皆愛上了這個劇本。而正如當初《廣告狂人》與獅門娛樂（Lionsgate）的合作，我們也與第一流的夥伴索尼影業（Sony）一起打造了本劇的試播集。

在推出《絕命毒師》前，我們維持一貫策略，在整個月的時間裡播出了各種統稱為「三月硬漢」（March Badness）的電影，看演員如克林伊斯威特（Clint Eastwood）、查理士布朗遜（Charles Bronson）等人，演出許多史上最精彩的反英雄（Anti-Hero）故事。而再一次地，我們不僅整個月都在電影上取得了極佳收視率，這一切也幫助我們推廣自己的原創反英雄故事《絕命毒師》。

作為一間公司，彩虹媒體（Rainbow Media）[14]有著悠遠的電影傳統。我們是獨立電影頻道

13 常用於電影，意指掌控所有創作上相關合作層面的藝術家。

14 AMC頻道前身。

（Independent Film Channel）與日舞頻道（Sundance Channel）的擁有者，我們團隊裡頭好幾位看過《絕命毒師》試播集的成員也表示，如果我們再加個二十分鐘，就可以把試播集稱為當年度最優秀的獨立電影，這我絕對同意：那是個了不起的試播集，也隨時間經過發展成一部驚人的影集。

這些具有高度連續性的劇情類影集，背後皆有願景明確並堅實的作者帶領，每部影集也都是個別作者的圓夢計畫，能夠培育他們是一種快樂。每個人都很期待能讀到劇本，只要有機會我也熱愛與編劇們一同會談。我很欣賞他們的才華，他們的願景，以及他們在打造角色與其脈絡上貨真價實的技藝。

潘：你剛剛講了件不太尋常的事情。你身為堂堂頻道總裁，竟說有些時候會與編劇們會談。我無法想像有其他總裁會做這件事。

查：別誤會我的意思，那不是我的角色。原創節目團隊會做這部分的工作，日常上我也會識相地離「編劇室」裡的專業人士愈遠愈好。然而，我認為任何人如果進了這一行，卻無法充分欣賞內容，以及那些創造出最好內容的天才們，那他們肯定是入錯行了。這絕對是AMC與彩虹媒體的特點之一，整個組織從上到下，我們不僅是如此深深珍惜著創作人，也是創作內容不折不扣的粉絲。我們的早期目標（至今仍是AMC的目標）之一，便是打造出一個會讓業界最好的人才，願意帶著他們的圓夢計畫前來叩門的環境，只因他們相信，比起其他地方，AMC不僅會用更不一樣的方式栽培它，也會將它栽培得更好。我們給大部分好萊塢的第一印象便是一個聰明且才華洋溢的開發團隊，而在這之後我也希望我們所有的夥伴都會說，比起其他大部分的電視台，AMC從上到下給人的感覺就是比較不一樣。

潘：就比較新的企畫來說，你有著來自電影圈的法蘭克戴拉邦，以及他的《陰屍路》。

查：《刺激一九九五》幾乎占據了所有你想像得到的「最佳電影」排行前幾名，而我們眼前這位是該片的導演兼編劇。再一次的，來到我們手上的是名作者，法蘭克戴拉邦能為我們帶來他個人的聲音、願景與故事，監製蓋爾安妮赫德（Gale Ann Hurd）自己也曾做過諸如《魔鬼終結者》（*The Terminator*）、《異形2》（*Aliens*）等我們熱愛的大片。我們維持一貫策略，把影集放在萬聖節首播，這剛好也是我們第十四屆年度活動「驚嚇影展」（FearFest）的尾聲。在為期兩週的時間裡，我們讓恐怖片把持AMC頻道，並透過排片讓這感覺像是一個透過我們頻道進行的影展。當然，我們一方面能靠這個活動推廣一些該類型中最偉大的電影，但也能將影迷指往一部同類型的原創影集。《陰屍路》用底片拍攝，同時在法蘭克與蓋爾領導下相當有電影感。以上只是又一個案例，將一流人才與某類型的一流電影，以及想法一致的AMC原創影集做搭配。

潘：還有什麼是準備與觀眾見面的？

查：（編按：二〇一一）三月時，我們會與福斯電視製片公司（Fox Television Studios）合作推出我們第一部犯罪類型影集。這部劇稱為《謀殺》（*The Killing*），本身改編自一部在丹麥廣受好評的同名影集，講的是一起謀殺案，以及在破案過程中所出現的各個彼此重疊的故事線和錯綜複雜的謎團。從被害人的家庭，到負責這起案子的調查人員，到調查人員為了偵查罪案所必須放棄的事物，我們徹底淪陷在劇情裡。你也會看到一名準備連任的政治人物，他和他的生活又是如何與這起悲劇產生關聯。當我們看到原本的丹麥影集時，我們認為這部影集說了一個在犯罪類型裡頭最引人入勝的故事。我們對於能把這樣一個獨特又讓人上癮的故事帶到美國感到非常興奮。影集已經拍完試播集，我們也找來了不起的人才參與。在曾經參與過《鐵證懸案》（*Cold Case*）[15]的節目統籌魏娜莎德（Veena Sud）領導下，本劇劇本又是該體裁裡的最佳作品，我們真的是非常興奮。

潘：就作品開發來說，把《謀殺》一劇帶給你的福斯電視製片公司本身已經是該企畫的擁有者。洛杉磯的每個人都試著想創造出他們自己的內容，人們也會思考要怎樣接觸AMC。假設有人代表新的題材找上你，你會實際考慮嗎？你們會像無線台那樣，有特定的季度讓人上門嗎？

查：就跟大家一樣，我們的程序有我們自己的節奏，但大體上我們整年都在進行開發。AMC的進化過程相當快速，所以我們不會像妳說的其他人那樣，只有特定一季才接受新題材。不過正如妳所想，我們還是有一般的開發程序，我們才華洋溢（也嚴重過勞）的開發團隊手上有數以百計的正式提案。再一次地，無論類型為何，我們想要講的是電視上最棒的故事，那些獨特且有著電影感的故事。

潘：你會認為你們創作的這種品質優異、節奏較慢，充滿內省的劇情影集，是出於對當今忙亂生活的某種回應嗎？

查：可能是因為我們喜歡電影的說故事方式，我們喜歡的故事皆會把重點放在角色發展上頭。如果你跟馬修維納或其他啟發我們的人說上話，他們說的皆是把角色及根植於角色的戲劇性擺第一的故事。而就如你在現實生活裡所喜愛的「人物」，你也需要花一點時間才能理解他們真正的樣子。《廣告狂人》和《絕命毒師》皆在角色上表現出色，透過一些小細節讓角色本身的故事，遠不只是你在（舉例來說）那些一小時便會劃上句點的犯罪辦案劇所見到的而已。馬修維納曾說，就連一通一直響但沒人接聽的電話，本身也有戲劇性。從這些傑出的編劇身上，你會學到無論是生命本身或說故事或角色發展，重點都在細節裡。我們會願意投資在這些作者身上，是因為我們熱愛他們說這些需要耐心的故事的方式，以及他們如何培養那些細節。順帶一提，還是會有些我們喜歡的動作類故事。不過沒錯，《廣告狂人》和《絕命毒師》的節奏會遠比我們常見的一小時影集來得慢工細活。馬修曾經說過，雖然我們大多數人從未在急診室工作過、參與過飛車追逐，或在一小時內讓某起犯罪水落石出，但我們都經歷過那種猶豫要不要接電話、為了某個理由而不想接聽的戲劇性，《廣告狂人》便是絕佳的範例。

15 梅瑞狄斯施蒂姆（Meredith Stiehm）所創作的影集，背景是費城警局專門調查懸案的部門。

潘：這就電視來說並不尋常。你說得像你單純只是運氣好，但這似乎需要一定程度的願景。

查：我們一開始的目標便是為ＡＭＣ這個品牌創造出一定程度的品質。我們的願景曾經是、至今也仍是「播出頂級電視節目的一般有線台」，而為了要做到這點，我優秀的團隊會去尋找、並給出那些有時節奏跟你在其他地方看到非常不一樣的說故事方式。我們對於自己建構並支持的故事感到非常驕傲。

打造一個經典劇本

Chapter 3

剛開始的時候，建構你自己這集的劇本可能看似困難，但一小時的戲劇類影集（特別是黃金時段的無線台影集）有其大致模板，你對角色的洞見、寫作對白上的天賦、敘事上的創意，以及故事裡的深刻意義，皆為在所有既定系統之外的創作加分項。而且我發現，當你不用擔心劇本的敘事骨幹是否具有足夠支撐力之後，你反而可以利用基本規則，來釋放自己的藝術才能。

一開始的時候，我甚至會建議學生將他們右腦與左腦（創作與分析）的功能分開。我知道我們既然身為藝術家，都已經準備好要追隨心中的鑼鼓喧囂，或者某場情緒爆發。那些被熱情沖昏頭的瞬間是你給自己的禮物，而如果你被角色之間電光石火的交會深深感動，快去把它寫下來。不管怎樣，最出色的寫作就彷彿嘗試捕捉風一樣縹緲而困難。但接著請你把自己剛剛寫下的內容放到一邊，然後在左腦冷靜抽離的思考下，繼續針對你的劇本加工。

就算你莫名能創意無限地一口氣從第一頁衝到第五十頁（我不認為有任何人辦得到），電視影集不是這樣運作的。就如同你之後會在第五章學到的一樣，你將會跟編劇團隊一起工作，而你在寫下你的劇本前也得先交出分場大綱或**事件大綱（Beat Sheet）**（關於這些留待第四章討論）。

戲劇節拍

在我們繼續走下去之前，先想想你在電影編劇課或書上所學到的，關於劇本場次的本質。戲劇場次是畫面敘事上最根本的基石，本身也需要有完整的戲劇結構，這意味著在每一個場次裡，一名受驅使的主角會想要某個東西，為此在與另一方（通常是某個同樣受驅使的**敵手**〔**Antagonist**〕）的衝突中推動故事往下發展。以上只是關於設計故事情節的基本敘述，如果你卡在這個點，先休息一會，在你往電視發展之前，重新回憶一下電影劇本寫作。我認真的。寫電視影集不會比寫院線電影簡單，事實上寫影集反而更難，因為所有電影需要的元素電視也都需要，形式上還壓縮得更緊繃。

編劇軟體[1]在準備**拍攝腳本**（**Shooting Script**，意指拍攝時所使用的最終稿劇本）時會自動產生標記數字，但你得記得不要把數字放上提案劇本，我留著純粹是為了我們之後討論方便（另一方面則是這些範例實際上也來自於拍攝腳本）。這些數字指的是**場次標題**（**Slug Lines**，**又稱為Scene Headings**），但上面說的場次跟我這裡講的劇情場次不太一樣。舉例來說，今天

1 編劇軟體有不少選擇，然目前多半尚以英文為主要語言，中文使用有所限制，建議華文編劇依個人習慣需求摸索適合自己的寫作軟體。

拍攝某棟建築物外觀的空鏡並不是一個完整的戲劇場次，但這仍是一個實際拍攝上必須規劃進去的地點。就我們現在的討論來說，一個**戲劇節拍**（**Beat**）裡頭可能有著一個或多個場次標題，重點是找出故事的某個步驟，而非單一一個鏡頭。等我講到劇本摘錄時，你會看到更多範例。

A-B-C故事

我們現在準備來檢視會用到平行敘事的影集。在這個範例裡，三條故事線並非故事支線，而是各自有其客座角色的獨立故事。既然這些故事都發生在同一個背景裡（某個紐約警局分局），也有著同樣的主要角色，這些故事有時會彼此交錯，有時會融合為一，有些時候則會互相映照。故事裡頭的風格與調性明顯屬於同一部影集，你或許也能在一集裡頭，找到某個將個別故事連結在一起的主題。

占據最大篇幅（或最能引起共鳴）的故事稱為A，次重要的故事則稱為B，排第三的C故事有些時候是在一部嚴肅的影集中，負責提供額外的喜劇舒緩，有些時候則可能是某個「熟面孔」（Runner），諸如某個持續發生的事件，或某個角色的問題。而一如所有關於寫作手法的描述，上面說的區分也有一定的彈性。在各種變化裡頭，你可能會發現A和B故事占有一樣的分量，或在某些劇其中一集的C故事裡頭，可能埋下了未來數集一個大型弧線的種子，甚至一般有三個故事的影集可能變成兩個或四個。再一次的，我只是想讓你能抓到大致上的設計，絕非訂下不可撼動的法則。

有些影集通常每集都會有超過三個故事線，《火線重案組》便是一個例子。有些則可能像《夢魘殺魔》一樣，通常只有A故事。在你選擇一部影集來創作潛力劇本前，記得先仔細研究它的建構方式。

雖然每部影集都有各自的做法，但我還是發展出了一個符合多數無線台與一般有線台影集的一般框架。我會在課堂上用它來分析範例集數，這裡則先附上一份空白的圖表，以便讓你分析本章的劇本摘錄使用，你可以在看電視的時候使用看看，當作自我練習。這裡有個小提示：通常五幕不過是把第四幕一分為二，所以如果一集分為五幕，先找出最短的那兩幕（不過我知道某部動作影集分割的是第一幕就是了）。如果你會算頁數（或針對每一幕計時），你很容易便能看出影集是如何套用這個基本結構。而一旦你抓到要領了，你也可以在原創劇本的初期規劃階段，讓這個簡易圖表派上用場（見表3.1）。

表3.1　基本的四幕框架

	第一幕	第二幕	第三幕	第四幕
（序場）				
1				
2				
3				
4				
5				
6				
7				

表3.2　六幕框架範例

	第一幕	第二幕	第三幕	第四幕	第五幕	第六幕
1						
2						
3						
4						
	八到十分鐘（代替序場）	八分鐘有時不到	八分鐘有時不到	少於八分鐘	六至八分鐘可能僅有三個場次	大約五分鐘（代替尾聲）可能僅有二至三場戲或非常短的戲次

←注意：前三幕可能比較長

表3.3　七幕影集的概念

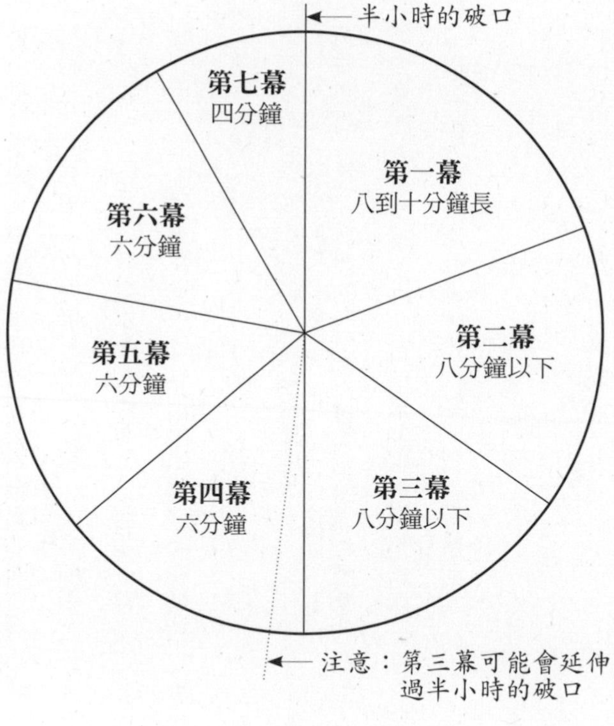
半小時的破口
第七幕
四分鐘
第一幕
八到十分鐘長
第六幕
六分鐘
第二幕
八分鐘以下
第五幕
六分鐘
第四幕
六分鐘
第三幕
八分鐘以下
注意：第三幕可能會延伸過半小時的破口

表格最上面的欄位會標出每集一小時影集的四幕戲。還記得第一章提到無線台（這不會出現在HBO等付費有線台）每隔十至十五分鐘會進一次廣告嗎？將六十分鐘以十五分鐘為單位劃分，你便能得到每集四幕。接下來呢，一集一小時的影集不會真的長達一小時，廣告後實際少於五十分鐘，而每一幕自然並非十五分鐘，會更接近十二分鐘，若將四十八分鐘分成十二分鐘的片段，也能得到你要的每集四幕。在規劃一個劇本的初稿時，可將第一幕設定在第十七頁結束，若影集有序場（序場我們等等再說）則結束在第十八頁；第二幕結束在大約三十頁；第三幕大約在四十五頁；第四幕則大約在六十頁（或介於五十至六十頁之間任何一頁）。

表格左方你會看到數字一至七，這些則是每一幕裡頭的場次。為什麼是七呢？事實上，一幕不會永遠剛好是七場，有些時候，扎扎實實的五場戲便足以填滿一整幕的篇幅，有些個別場次比較短的「剪影劇」則可能會多達九至十場。計算七場戲的根據是每場兩分鐘。回到一開始的計算題，如果一幕十四分鐘，每場戲大約是兩分鐘，十四除以二就等於七。

五幕與六幕結構

二〇〇六年，包含廣受歡迎的《實習醫生》與《LOST檔案》在內，某些無線台或一般有線台影集開始採用五幕的結構，無線台ＡＢＣ則強制要求所有新影集皆必須採用六幕的結構。你大該猜得出為什麼：這樣可以進比較多次廣告。在電視台廣告價格日漸下滑、觀眾已發現靜音鈕的存在、甚至有些人會預錄影集以便跳過廣告的情況下，這比較像是拉高收益的孤注一擲，我也不認識任何喜歡這項改變的編劇。

但不管你喜不喜歡，你還是得找出你在寫潛力劇本的影集，究竟是四幕、五幕、還是六幕，以及該如何去調整你的結構。我會建議你先從四幕的構想開始，再把前面序場的部分加長至十頁，好創造出新的第一幕。你必須從第一個瞬間便勾住你的觀眾（以及讀者），所以記得要讓故事一開始便切入危機或動作戲或某個引人矚目的話題。

接下來的每一幕都會比在四幕結構底下來得短，大概每幕十頁。在六幕的結構下，既然每幕僅有大概八頁長，就把第六幕想成某個尾聲、震撼彈或轉折。第六幕有可能短至只有五分鐘。若我們以《整形春秋》（*Nip/Tuck*）[2]作為六幕影集（或序場加上五幕）的案例，編劇會試圖在第五幕結束時，結束所有的劇情弧線（就像是一部序場加上四幕的影集），然後會利用較短的第六幕拋出某個意料之外的轉折。考慮到這個發展會指向某個新議題或挑戰，而非將眼前的故事線劃下句點，某種程度上這也可以當成下一集影集的短預告。

2 萊恩墨菲所創作的影集，故事環繞兩名整形醫師的日常，曾獲金球獎最佳劇情類影集。

面對劇本的臨場變更

萬變不離其宗。在各種關於一小時影集改為五幕、六幕、甚至七幕的聲音之後，到了二〇一〇年末情況已物極必反。我問了一圈之後發現以下兩個現象：第一，編劇會先用傳統的四幕結構規劃故事，之後的版本再調整成五幕或六幕；第二（這點讓我很震驚），在我沒聽過的影集裡頭，有我不認識的編劇會拿著本書提供的框架去開會。有些時候他們知道出處，有時可能只是某位同事塞了張上面附有框架的紙給他們。所以這個我為我自己（以及你）發明的小框架，現在居然有了自己的生命。別怕，用就對了。

我曾向兩位製作人問起關於分幕破口的相關事宜，她們都是我以前的學生，一位是現在在《超人前傳》擔任監製的凱莉蘇德斯（Kelly Souders），一位是《夢魘殺魔》的共同監製溫蒂魏斯特。她們兩位在第七章都提供了更詳盡的訪談，但她們對眼前這個主題的想法放在這裡應該會有不少助益。

凱莉解釋道：「以前《超人前傳》會有四幕，然後第一幕特別長。所以我們把第一幕分成兩部分，一部分三場戲，另一部分四場戲。以前大概是六至七場戲，現在則是序場加上兩個比較短的幕次，能這麼做是因為我們在第一幕最後會有一場動作戲。」

我問溫蒂，既然《夢魘殺魔》播出時沒有分幕破口，編劇要如何著手去規劃一集影集。先記得，大家討論電影時都會說電影有三幕（開頭，中段，結束），裡頭第二幕會是第一或第三幕的兩倍長，所以用老派一點的說法，一部電影的第一幕會是三十分鐘，第二幕六十分鐘，第三幕三十分鐘。而當你在第二幕中間加入一個分隔點（通常在這裡會出現劇情轉折），你便有了常見的四幕式結構。有了上述概念後，以下再附上溫蒂對於《夢魘殺魔》如何在沒有正式分幕破口下規劃劇本的答案：

「影集參考的是三幕式結構。我們會先找出每個角色的戲劇節拍，再將它們穿插在一起。我們會把所有的內容寫到白板上，上面每個角色都有開頭、中段、結束，這也就是為什麼我說這有點像是一個三幕式結構，不過事實是我們不會依照分幕來破解故事，而是依角色。一般來說，男主角德克斯特在每集的故事裡都會有一個重大轉折，所以我們會先破解這個部分，其他角色除非也在裡頭插上一腳，否則我們不會去煩惱要如何納入他們的故事。重大轉折是德克斯特在每集裡頭所進行旅程的一部分，通常也會出現在你預期的地方——一本五十五頁劇本中的第四十至四十五頁。」

當《怪醫豪斯》編劇團隊其中一員彼得布萊克（Peter Blake）前來我在南加大的課堂當來賓時，我也問了他同樣的問題。他告訴我們「我自己的做法是先用四幕式結構寫作，然後再加兩個分幕破口，我也是這樣建議其他《怪醫豪斯》的編劇。醫生們會走上一個歷程——這是什麼疾病？然後會下某個診斷。他們會有一個理論，過一段時間會針對這個理論提出治療方法，然後在這一幕的尾聲會發現治療無效。這是一個破解分幕再簡單不過的方法。情節必須確保能讓觀眾足夠投入，好讓他們不會在破口之後就關了電視。大致上，我會先做出一個非常簡單的醫療故事，接著我會做個人故事。我會用把內容寫在小卡上然後移來移去，看後半段哪一幕最長，然後將之分成兩半。」

兩頁場次

我之所以會用所謂的兩頁場次（Two-Page Scene）來作為學生的學習目標，是因為對經驗不足的編劇來說，在更少的頁數下要做出一個完整的戲劇節拍有困難，而當他們寫超過兩頁的時候，場次則往往會失焦或顯得重複。

在歷史上，大銀幕一場戲的長度曾經長如劇場。如果你去看那些四〇年代的經典電影，如一代男星亨弗萊鮑嘉（Humphrey Bogart）所主演的作品，你會發現某些場次可能長達五至七頁。這反映的是個不一樣的年代，作為生活步調的一部分，當時的戲劇性時刻會緩慢發展，讓人逐步體驗。現階段某些電視台，如根植於經典電影的ＡＭＣ頻道，會播出《廣告狂人》之類的影集，裡頭場次的步調讓人得以發掘那些微小的細節，有些時候也可能長達好幾分鐘。

但我們這裡討論重心是現階段的電視影集常態。不管今天的改變是來自於《芝麻街》那短短十五秒的知識時間，一分鐘被嫌長、半分鐘很正常的電視廣告，甚至是只要某個功能得花上兩秒便會讓人對著螢幕大吼大叫的高速電腦，總之對電子產品早已習以為常的大眾很容易感到無聊。而如果觀眾的注意力開始飄散，或早已摸透你的故事走向，眼前這一刻便不再屬於你了。在當今的影集上，一分鐘的戲劇節拍會比三分鐘的場次更受歡迎，而如果一場戲你要拖到第四頁，這肯定是一大警訊。

注意到我會交互使用「分鐘」和「頁」嗎？這純粹是速寫方便。每頁一分鐘可能是平均值，但並不總是精確。一頁接一頁的對白速度會比較快，動作則會占去很多時間。正如所有我在建構劇本上的建議，我純粹只是想指出通則，並沒有要大家拘泥格式墨守成規之意。

使用影集框架

如果你打算利用前面所提供的框架來幫助自己了解一集影集的樣貌，我會建議你先把影集錄下來，一口氣看完後再找出A、B、C故事（視一集裡頭有多少故事而定），把個別故事與特定主角做搭配，然後用一句話概述該劇情弧線。接著繼續往下做，為每個故事寫下其「題旨」。

一旦你找出故事之後，再重播一次這集影集，這次在框架裡頭的各個格子裡寫下字母。舉例來說，如果第一幕第一場講的是B故事，你便在那格裡寫下B。當你開始把框架填滿，這看起來會像是個A、B、C（及其他）故事一個接一個隨機出現的棋盤。

你會發現，在某一幕結尾的懸念不見得總是A故事的某個緊張時刻，舉例來說也可能是B故事的某個轉折。你也會發現，有些時候某個故事可能會連續占去好幾個劇情節拍，假如其內容是編劇不願意干預的「命題」（Line of Interest）時更是如此。其他時候你會發現某個故事闖入另一個故事的戲劇節拍中間，這有時是為了表達前者在各個節拍之間的時間流逝（這種手法也稱為「橢圓敘事」〔Ellipse〕）。

基本上並沒有任何關於這個「棋盤」究竟該長什麼樣子的規定，所以不要在場次排列順序上鑽牛角尖。你追求的是故事的劇情張力，不是什麼外在系統，目標還是讓各個平行故事能彼此互補。

這個框架也可以幫你追蹤各個劇情弧線，特別是假如你挑的影集屬於連續劇，你可能會驚訝地發現其中一條故事線在第三幕便已結束，C故事則直到第二幕才開始，或整個第四幕都專注在解決A故事上頭，以上都不成問題。再一次的強調，這個結構主要用於一集四幕並有懸念這個範疇下的故事，所以你可以向其他影集學習，但千萬不要照抄。

如果你想利用框架來創作原創劇本，你打開框架的第一步便是在格子裡記下故事重點：這集會怎樣開始、第三幕最末尾的「最糟情況」懸念、以及這集會怎樣結束。你可以只做A故事，或同時做A和B故事，但要預留之後思考C故事的空間。你也可以借助逆向工程，把故事從懸念回推到前一個故事節拍，一步步找出指向危機或衝突的各個動作，這在分幕破口處格外有用。這種逆向手法或許能幫助你想出你的分場大綱（我會在第四章解釋創作分場大綱的部分）。

序場

你即將於本章讀到的劇本摘錄來自一部會以「序場」開始的影集，但不是每齣劇都會這樣開始一集影集。序場，亦稱為**冷開場**（**Cold Opening**），指的是在片頭（包含劇名以及演職員名單）之前播出的戲劇性內容。這可能是只有一分鐘的「鉤引」，也可能長達十分鐘並有好幾場短戲，幾乎和傳統的一幕一樣長。不管是何種形式，序場之所以存在，便是希望在影集大敵（遙控器）得逞前，先抓住觀眾的注意，概念是在一小時影集開始時，透過某個動作、畫面、情境或角色營造出足夠的期待感，好讓觀眾留下來看完片頭進入第一幕。

然而，近年電視台開始希望靠不受干預的戲劇內容抓住觀眾，因此有愈來愈多影集選擇放棄片頭和主題音樂，將故事本身視為吸引人的部分，演職員名單則伴隨著第一幕一起播出。

一般來說，序場會用來開啟本集的難題。舉例而言，在一齣警探劇裡，該集偵辦的案件會在序幕發生或被發現。但每部影集皆獨一無二。若我們回顧經典影集《邁阿密風雲》，裡頭多采多姿的序場乃在呈現邁阿密的日常，某項引人矚目的罪案（通常與毒品有關）則正於某個風光明媚的環境進行中，主要演員從不會出現在序場裡頭。同樣的，在《怪醫豪斯》裡，某個與該集客座演員有關的生活剪影，會在序場最後帶來出乎意料的醫療相關轉折，但無論豪斯或其他醫師皆不會在第一幕前得知此事。相對的，不管是《法網遊龍》（任何一個系列皆是）或絕大多數的犯罪辦案劇，皆會以主角群來到某個罪案已發生的犯罪現場做開始。

在多數律政與醫療劇裡頭，案件的出現帶動了該集的事件。但在強調演員陣容的影集如《法庭女王》或《實習醫生》裡，有些時候序場則會呈現長期角色起床、準備出門上班或上班途中的過程，由此開啟他們在該集裡不斷發展的個人故事。

HBO影集《六呎風雲》的開場永遠是某個人過世（死法能多離奇就多離奇），然後在第一幕來到主角費雪一家的葬儀社，藉此強調影集所秉持的生命無常論點。但這裡的序場鮮少成為該集戲劇的一部分，兩者乃是以主題相連。曾經在HBO播出的監獄影集《監獄風雲》（Oz）[3]同樣是以主題而非延續性故事開始——實際上會是一段充滿哲思的獨白。《夢魘殺魔》也是採用類似版本，來提醒觀眾影集的心理世界，而非開啟某段劇情。

不過，如果你是名新手編劇，我會建議採用故事而非訊息做開始。進展快速的劇情張力能吸引讀者往下讀，也會讓觀眾想看接下來的發展。真正的說故事技藝有其難度，我也遇過太多學生自欺欺人地認為他們可以藉由沉重的主題或難解的哲學開場博得掌聲，但事實上他們只是在逃避推動劇情弧線的挑戰。最好的序場往往就是最好的戲劇。

劇本摘錄評析一

非常感謝《紐約重案組》等偉大戲劇影集的監製史蒂芬布奇柯，在此欣然同意提供《紐約重案組》艾美獎得獎影集劇本兩集（此兩集中間相隔四年），裡頭的序場與第一幕。之所以選擇這些個別歷史範本，一方面是因為你可以在這些筆鋒清晰的段落裡頭輕易抓到劇本結構，一方面則是因為它們面對時間的考驗依然屹立不搖。

第一個範例來自「席蒙說」這集，播出時間為一九九五年初。故事原創為史蒂芬布奇柯、大衛米爾希、沃倫格林（Walon Green），編劇為大衛米爾希與沃倫格林。本集在第二季中段向

3 湯姆方塔納（Tom Fontana）所創作的影集，故事環繞監獄鐵窗兩邊的生活，被視為電視黃金時代的開始，近年廣受喜愛之演員西蒙斯（J.K. Simmons）亦在此劇嶄露頭角。

觀眾介紹巴比席蒙（由吉米史密茲〔Jimmy Smits〕飾演）這個角色。其他包含安迪賽波維茨（由丹尼斯弗朗茲〔Dennis Franz〕飾演）、范希小隊長，萊斯尼亞克、馬丁尼茲、麥德沃伊三名警探，助理地方檢察官席薇亞柯斯塔以及接待人員唐娜等主要角色皆已在影集登場。其他人則為客座角色。閱讀同時，請試著找出各條故事線，並且思考影集形式。在劇本頁之後，我則會分析其中的戲劇元素，在那之後將有另一集的摘錄及討論。

編按：由於英文劇本為橫排，考量中文直排格式及書籍版面需求，以下以兩欄呈現，（P1）（P2）……為原劇本頁碼，用以搭配作者之評析說明。

《紐約重案組》

「席蒙說」

（P1）

淡入（Fade In）：

1　**外（Ext.）／分局—白天**

空鏡—

2　**內（Int.）／洗手間—衣帽間—白天**

賽波維茨穿著夾克從走廊走進來，手裡拿著一個藥局的小紙袋。他走到自己的置物櫃前，將櫃子打開，脫下夾克掛起來，關起門。他拿著紙袋朝洗手台走去，一面四處張望，一面站到鏡子前，從紙袋裡拿出一副藥局買的老花眼鏡戴上。他一臉不滿地打量鏡中的自己，眼鏡上掛了個巨大標籤，在他的臉頰旁搖晃。有人走進來的瞬間，賽波維茨趕緊摘下眼鏡，塞回紙袋裡。

他轉過身，看見巴比席蒙走向大門左邊的置物櫃，研究著手裡寫有置物櫃編號的小紙條。

席蒙：早。

賽波維茨：過得如何？

賽波維茨朝他走去。

賽波維茨（繼續）：安迪賽波維茨。

席蒙打量了一下他，微笑著伸出手—

席蒙：巴比席蒙，很高興認識你，安迪。

賽波維茨：嗯。

賽波維茨清了清喉嚨，走到門邊離開。鏡頭停留在席蒙身上，他將置物櫃上凱利的名字劃掉，寫上自己的名字，接著—

切至—

（P2）

3　**內／辦公區—白天**

賽波維茨穿過辦公區，直接朝范希的辦公室走去。

4　**內／范希辦公室—白天**

范希抬頭，看見賽波維茨。

范希：早，安迪。

賽波維茨：這行不通，不適合。

范希：什麼不適合？

賽波維茨：我剛遇到那個新人。

范希：你說席蒙？

賽波維茨：嗯，行不通的。

范希：發生什麼事？

賽波維茨：（手一揮）別提了。

范希看著賽波維茨踱步。背景辦公區裡，我們可以看到席蒙與麥德沃伊及馬丁尼茲打招呼。

賽波維茨（繼續）：整個態度都有問題，「過得如何」之類的鬼話。

范希的電話響起，他拿起話筒—

范希：你說他問你，過得如何？

（對著話筒）小隊長范希。

（停頓）

知道了。

（掛電話）我們接到了一起兇殺案。

（P3）

范希（繼續）：

（停頓）

你是隊上的老鳥，我希望他跟著你，至少跟到他熟悉管區為止。

賽波維茨搖頭，對一切深感不滿。

賽波維茨：對，我需要眼鏡，需要這些鳥事！

隨著賽波維茨走出范希的辦公室，范希畫面結束—

5 內／唐娜的辦公桌—白天

唐娜抬起頭，看見詹姆斯阿布佐。

阿布佐：喂，我來找亞德理安。

唐娜：請問你是……

阿布佐不理會她的詢問，朝萊斯尼亞克的位子走去。萊斯尼亞克剛到，正在把東西放到一旁。她看到他，臉上露出疲憊的絕望感—

萊斯尼亞克：吉米……

阿布佐：怎樣？妳給了我其他選擇嗎？

萊斯尼亞克在自己的座位上面對他—

萊斯尼亞克：別在這裡說，拜託。

他在她面前的椅子上坐下—

阿布佐：不然要在哪？我沒辦法在工作以外的場合和妳說話，因為我已經不知道妳住哪了，我也不能打電話來這裡，因為妳叫櫃檯那個賤人別幫我轉接……

（更大聲）不然我應該要去哪找妳談？

（P4）

萊斯尼亞克：我們之間沒什麼好說的了。

阿布佐注意到唐娜正盯著他。

阿布佐：妳看什麼看？

唐娜將注意力轉回桌前，拿起話筒。

阿布佐靠近萊斯尼亞克，抓住她的手腕。

阿布佐（繼續）：妳不知道我多愛妳，妳不知道我願意為妳做什麼。

萊斯尼亞克：你喝醉了，放手。

她試圖將自己手腕拉回來的同時，范希走到阿布佐背後。

范希：夠了，你給我起來，然後離萊斯尼亞克警探遠點。

阿布佐緩緩地轉過頭看著范希。

阿布佐：不，你給我退後。我手裡有把點三八手槍指著她的肚子。

萊斯尼亞克：吉米……

阿布佐：我們走吧。妳不想讓別人知道這件事，我們就私下談。

他將她拉起身。

房裡的人一動也不敢動，直到范希突然跨出一步，抓住阿布佐持槍的手，將槍指向天花板。

一聲槍響，范希抓緊槍，避免轉盤轉向下一發子彈。阿布佐開始揍兩手緊握住槍的范希。

賽波維茨向他撲過去，但阿布佐一腳踢中他的肚子，賽波維茨向後倒下，下背撞上桌子。

（P5）

阿布佐不停左右擺動想把槍搶回來，范希繼續緊緊抓著。

席蒙隔了張桌子跳進空中，將阿布佐撞到地上擒抱住。范希將槍搶過來，席蒙將阿布佐轉過身，雙手拉到背後。

賽波維茨帶著明顯的下背疼痛向前走來，同時席蒙用手銬銬住阿布佐。阿布佐在眾人環繞下被拉起身。

萊斯尼亞克：（語氣悲慘並語帶保留）小隊長，他是二十七分局過來的，他也是警察。

范希：他現在被捕了。

（轉向唐娜）找地方檢察官過來。

（對新人）你就是席蒙？

席蒙：還好嗎小隊長？

范希：這我處理就好。你們去處理謀殺案，在十三街與第三街口。

阿布佐：（對萊斯尼亞克）妳高興了吧？看看妳對我做了什麼。

范希：給我閉嘴！

席蒙：（對賽波維茨）你受傷了嗎？

賽波維茨：死不了。

（停頓）

走吧，我們搭同一台車。

結束於此—

跳剪至—

（P6）

片頭

6 **外／警局外—白天**

席蒙與賽波維茨走向賽波維茨的車，背景裡麥德沃伊與馬丁尼茲也同樣準備離開。

席蒙：萊斯尼亞克和阿布佐之前交往過？

賽波維茨：（點頭）她向他提了分手，請調離開，他有點發神經。

席蒙：我怎麼覺得他根本瘋了。

賽波維茨：

（停頓）

你前一次是被分派到哪？

席蒙：情報處，我幫局長開車。

兩人走到賽波維茨的車，準備上車—

賽波維茨：你也是剛被升職的那一批？

席蒙：沒錯。

賽波維茨：（語氣平板）真不賴。

畫面結束於席蒙，他上了車，車發動離開。

7 **外／十三街與第三街口—白天**

賽波維茨的貨車來到了犯罪現場，停在麥德沃伊的車旁邊，我們可以看到麥德沃伊與馬丁尼茲正從車上下來。賽波維茨與席蒙下了車。

在一棟改建完成的公寓前，街上染血的布半掩著一具屍體。

（P7）

兩名鑑識人員正在拍照，醫療人員的車停在路邊。賽波維茨與席蒙走向屍體。

死者是一名三十來歲的男性，身上的麻料西裝染滿了血。

席蒙：有人查過死者身分了嗎？

制服警員：等著你們呢。

馬丁尼茲：（對賽波維茨）要我先開始盤查附近的人嗎？

賽波維茨：好啊，順便找個制服警員查一下旁邊停的車的車牌。

過程中，席蒙戴上手套，開始翻找死者口袋尋找證件。賽波維茨則也費勁地伏蹲在死者身側。

賽波維茨（繼續）：胸口中了兩槍。你那邊還有看到其他傷口嗎？

席蒙：沒有。

（檢視身分文件）小雷蒙阿方斯馬塔拉諾，布魯克林班森赫區。

賽波維茨：（抬起頭）那個黑幫老大的兒子嗎？要不就是有人蠢到不知道要改名字。

（對麥德沃伊）葛瑞格，確認一下驗屍官那邊的回應，順便告訴范希我們的死者是黑幫分子。

麥德沃伊：嗯，好。

麥德沃伊正要離開的時候—

制服警官：（對賽波維茨）我們在人行道旁發現了一枚彈殼。

（P8）

席蒙：我去看。

席蒙轉身去察看彈殼，一邊向制服警官示意一旁的圍觀群眾—

席蒙：可不可以幫忙把封鎖線向外擴大二十呎，順便給我一個交通錐，把子彈罩住。

制服警官：好的。

與此同時，馬丁尼茲走向賽波維茨，向他指出人群中的某個人。

馬丁尼茲：那位是大樓管理員，他說死者認識其中一名住戶。

賽波維茨走向高曼，一名穿著藍色棒球外套的中年男子。

馬丁尼茲（繼續）：高曼先生，這位是賽波維茨警探。

高曼：哦，嗨……

賽波維茨：（指向死者）你認識他嗎？

高曼：大人物小雷蒙馬塔拉諾嗎？如果旁邊沒人，他也會向檯燈炫耀身分吧。

賽波維茨：他認識大樓裡的誰？

高曼：安德森小姐，住在2C。

賽波維茨：我們上哪可以找到她？

高曼：她是模特兒，如果有緊急狀況，我應該會打去她的經紀公司。

賽波維茨：給我電話號碼。

（P9）

畫面外突然傳來大喊。賽波維茨轉過身，對街一位女子在門口大叫—

薩維諾小姐：幫幫我……救命！我媽中槍了……

席蒙朝對街的大樓飛奔過去。一名年約三十的女子站在公寓門口，雙手滿是鮮血。

席蒙：妳媽在哪裡？

薩維諾小姐：在裡面、在裡面……

8　**內／一樓公寓—白天**

席蒙衝進一樓公寓。在房間的窗邊，一名年邁婦人坐在椅子上，頭倒向一邊。席蒙衝向婦人時，薩維諾小姐站在門邊。

薩維諾小姐：我剛剛去雜貨店。

席蒙看著眼前明顯已死去的婦女。

薩維諾小姐（繼續）：她死了，對吧？

席蒙：（將手放在婦人肩上）是的，我很遺憾。

薩維諾小姐：就在我們自己的公寓裡，在自家窗邊……

席蒙：妳何不坐下來。

薩維諾小姐：那是我媽。

席蒙：我知道。我很遺憾。

（P10）

薩維諾小姐舉起雙手，摀住臉開始啜泣，賽波維茨喘著氣踏入門內，身後的急救人員直接走向屍體。

賽波維茨：發生什麼事？

席蒙將窗簾拉開，玻璃上有個彈孔，子彈由此飛進屋內射死了老婦人。

席蒙：街上飛來的流彈。

9　**外／分局—白天**

空鏡—

10　**內／警局辦公區—白天**

范希從樓梯上走下來，走進辦公區，來到萊斯尼亞克的座位前。他把聲音壓低。

范希：現在感覺怎麼樣？

萊斯尼亞克的手勢顯得精疲力竭——不願多說以免自己哭出來。

萊斯尼亞克：很糟。

范希點點頭。

范希：政風處剛把他送到貝爾維爾醫院，準備進行七十二小時的精神狀態評估。

萊斯尼亞克：他們會把他當罪犯逮捕吧？

范希：我已經通知地方檢察官和矯正署了。他一進入系統，我們就會接到通知。

停頓一下，接著——

（P11）

萊斯尼亞克：我之前就已經想過會發生這種事。我一直怕會出事。

范希：亞德理安，妳要不要先請個假，明天再談這件事？

她搖頭拒絕。

萊斯尼亞克：我想要今天處理。

范希：那……別忘了注意一下自己的情緒。

萊斯尼亞克：我知道，謝了。

范希點頭，離開，走向剛回到分局的賽波維茨，畫面從萊斯尼亞克身上帶開—

11 **鏡頭轉到范希與賽波維茨身上**

范希：我聽說出現了第二名死者？

賽波維茨：一位不巧坐在窗邊的八十二歲老婦人。

范希：死者是馬塔拉諾的兒子，這下全世界都來了，組織犯罪處、情報處……

賽波維茨：（語帶諷刺）現在我確定這個案子會水落石出了。

范希：附近的盤查有收穫嗎？

賽波維茨：沒有目擊者，他搞上了某個住在大樓裡的模特兒，席蒙正在查我們要去哪把女的帶過來。

（P12）

兩人的目光轉向凱利過去的座位—

范希：你們處得怎樣？

賽波維茨：（看著席蒙）你知道他之前是幫局長開車的嗎？

范希：（點頭）我看到了，那是他上一份工作。

賽波維茨：（擺出不悅的神情，但並非真的不滿）我花了二十二年才爬到警探二級，他只不過趕趕擾民的遊民就混到了。

范希不予理會，向自己的辦公室走去。賽波維茨走向席蒙的位子。

席蒙：（用手蓋住話筒）經紀公司告訴我她的工作地點了，給我三十秒。

賽波維茨點頭，發現柯斯塔剛出現，便走向她──

賽波維茨：如何？

柯斯塔：剛剛在處理阿布佐的事。

賽波維茨：（指向席蒙）那位是新來的警探嗎？

柯斯塔：席蒙是名還是姓？

賽波維茨：（點頭）席蒙，什麼鬼名字。

賽波維茨：如果是名字，那他不就是個女的了。

柯斯塔：席蒙聽起來像法國姓氏。

賽波維茨：嗯，或許吧。

（P13）

兩人看著席蒙，因為他的突然提高音量而有所反應──

席蒙：我可是花了一番工夫才弄到那隻紅石的，我可不想牠褪色。

（停頓）

你跟比利說，他想都別想帶他的藍條紋到我那。好，謝了。

席蒙掛上電話，發現兩人正看著他。

席蒙（**繼續**）：我養鳥。賽鴿。

柯斯塔點頭，然後低聲向賽波維茨說──

柯斯塔：你可以告訴他你養魚。

賽波維茨搖頭表示拒絕，席蒙整理好手邊文件，向兩人走來──

賽波維茨：（指著柯斯塔）這位是地方檢察官柯斯塔。

席蒙：妳好。

柯斯塔：你好。

賽波維茨：（對著席蒙）他們給你地址了嗎？

席蒙：有了，她在第七大道工作。

一陣停頓，之後──

柯斯塔：養鴿子感覺很有趣。

（P14）

席蒙：滿好玩的，會讓你往戶外跑。

柯斯塔：你們這些人的嗜好真是……

賽波維茨：（對著席蒙）我們走吧。

結束於此──

跳剪至──

12 **內／某間時裝展示間──第七大道──白天**

整個地方亂成一團，伸展台上的模特兒正在展示春裝，一旁的買家在賣家與掮客間遊走，雪茄煙霧滿室瀰漫。賽波維茨與席蒙跟在五十來歲、衣著考究而一臉正經的塞爾瑪李維背後，推擠著向前進。

李維：你們需要和她談多久？

賽波維茨：我們和她談過之前也不能確定。

李維：不能等她工作完嗎？

賽波維茨：不行。

她將兩人帶至—

13　**內／更衣間—白天**

賽波維茨與席蒙忍不住東張西望，因為他們突然身處滿室衣不蔽體的妙齡女子當中，服裝師就站在她們身前急著幫忙穿脫。李維女士打斷兩人。

李維：在這等著，我去找她。

絕大多數赤裸的模特兒皆在全神貫注而忙亂地工作著，一大群穿著入時的服裝師與幾名女性試裝師在旁協助，完全沒注意到賽波維茨與席蒙兩人。

（P 15）

現場的交談音量很大。賽波維茨看得滿頭冒汗，席蒙卻饒富興味—

席蒙：還真是個好地方，對吧？

李維女士帶著寶拉安德森出現在兩人面前。安德森外貌姣好，濃妝豔抹，曲線苗條。

李維：兩位麻煩速戰速決。

李維離開—

賽波維茨：我是賽波維茨警探，這位是席蒙警探。

寶拉：發生什麼事了嗎？

賽波維茨：妳認識小雷蒙馬塔拉諾嗎？

寶拉：認識。

席蒙：妳最後一次見到他是什麼時候？

寶拉：我們是昨晚分開的，之後我就來工作了。

席蒙：妳留他在妳公寓裡嗎？

寶拉：怎麼了？

賽波維茨：他今天早上在你們大樓外被殺了，妳樓下的一位鄰居死於流彈。

寶拉聽著這一切。

寶拉：哪位樓下鄰居？

賽波維茨：薩維諾太太。

（P 16）

寶拉努力表現出不動聲色的樣子。

寶拉：我什麼都不知道。

賽波維茨：妳何不隨我們回分局一趟，提供我們一些來龍去脈。

寶拉：我在工作。

賽波維茨：啥，妳現在已經沒工作了，準備跟我們一起回分局吧。

席蒙遞了件袍子讓寶拉蔽體——

席蒙：穿上衣服吧，寶拉。

席蒙的語調讓她不再抵抗。在寶拉穿上袍子時——

淡出。

第一幕終

劇本分析

在我們討論內容前，可以先留意劇情類影集劇本格式與電影劇本間的相似性。長度僅半小時的喜劇劇本有自己獨特的格式，所以如果你寫過情境喜劇，這對你來說可能會是新知。多數編劇軟體會給你不同的格式選擇，記得選用於電影的「標準」或「大銀幕劇本」就對了，相信你也不會傻到用分割頁面或任何標註為「影片」的選項。

接下來，我提過這部劇在第一幕之前還有序場，但你卻沒有讀到任何標註。有些影集會在一開始寫上「序場」，然後在序場末寫「淡出」，接到標題為「第一幕」的新一頁。其他影集則不管有沒有序場，皆會在第一頁頂端寫上「第一幕」。如果想知道影集的實際寫法，只能參考其範例劇本。不管怎樣，第二、三、四幕分別會從新一頁開始，上面置中從「第二幕」接著下去。[4]

（編按：全書劇本分析單元，為避免混淆，以數字1 2 3……標示區隔拍攝場景用的「場次標題」，以國字一二三……標示結構上作為戲劇節拍的「場次」）

4 作者此處描述為英文橫排劇本的常見格式，與中文劇本格式略有不同。

先看到場1，裡頭只有分局外觀的空鏡。這算是一個場次嗎？當然不算！記得我說過的，場次指的是戲劇節拍，不是某個拍攝地點。類似的鏡頭只是用於告訴觀眾我們現在在哪。

場2**場景示意**（**action**）從角色個人細節開始，一句台詞都不用說便把一切說得一清二楚。試想看看，當一個男人第一次嘗試戴老花眼鏡，這告訴我們什麼？你覺得角色腦海裡在想什麼？注意他在席蒙走進來的瞬間，馬上把眼鏡藏起來。我在第一章曾提過影集最根本的私密性，這便是一個案例：賽波維茨私下對於年老這件事情有所自覺，他對視力惡化的不安，讓觀眾窺見他在本集裡頭，對於證明自己狀態尚佳這件事的渴望。

演出席蒙這個角色的是名年輕人，高大英俊的吉米史密茨。對比肥胖、禿頭且現在還需要老花眼鏡的賽波維茨，彼此之間的對立從第一次見面便已開始。劇本本身不用提到兩人的長相，每個在劇組工作的人都知道演員是誰，讓類似描述在影集劇本上顯得多此一舉。事實上，比起電影常見的角色註記，影集不是輕輕帶過，便是乾脆整個省略。無論如何，所有你需要的情緒，從這短短的一刻便已躍然紙上。

另外也可以注意到，你可能看過電影劇本（特別是老一點的電影）前幾頁都是畫面描述、建立氣氛，沒有對白的動作等等，這裡的對白則是從第一頁便已開始，而這在影集上很常見。不過，你可以留意他們在第一頁的對話。看起來他們好像除了打招呼之外什麼都沒說，但實際情況並非如此，不是嗎？你會想要讓你筆下的對白感覺自然但又有所保留：換句話說，盡你所能地不要把話說開，但仍要讓觀眾能夠感受到檯面下的意義。

你可以分析出，這段序場的第一場戲結束於席蒙劃掉賽波維茨前搭檔的名字，改寫上自己姓名。在一個把重心放在相對力量的戲劇節拍裡，這個動作完全就是力量的彰顯。但如果我們要理解劇情走向，我會翻到下一頁，看見劍拔弩張的氣氛在其他房間延續下去。在他與席蒙無言交手然後「鎩羽而歸」之後（純粹在他的想像裡），賽波維茨在場4衝去找他上司小隊長范希，向他抱怨新同事。從戲劇角度來看，這整頁其實也可以視為自成一個完整的場次，裡頭還是有著角色的衝突，不管多隱微。賽波維茨想要藉由把席蒙趕走，好重拾自己的力量，但范希沒有讓步。到了最後，當范希要賽波維茨跟席蒙一起工作好指導他，反而讓問題變得更糟，也讓賽波維茨重述他在第一頁便開啟的主題：「對，我需要戴眼鏡，需要這些鳥事。」

雖然你可以爭辯這一集的開始其實是兩場各自獨立的戲，但為了幫助你把故事視覺化，我會把前面場1至場4歸成單一個戲劇節拍。考慮到其與整個影集之間的呼應，且讓我們把它當作A故事（雖然就這集的完整劇本來說，它所占的篇幅並不是最多的）。在本集劇本最後的第六十二頁（這裡沒有附），賽波維茨允許席蒙看見他戴上新眼鏡，並以「我現在得戴眼鏡了。」一句話，展現出自己脆弱的一面，也讓上面這個開場有了回報。兩人之間的劇情弧線要到四年後才劃下句點，但本集成功踏出了完整的一步。

如果你正在進行框架填空，你可以在序場旁邊的空格寫上A。A故事的題旨可能會像是「面對新搭檔席蒙的出現，賽波維茨備感威脅」。當然，你也可以自由選用其他字眼，重點不是你怎麼稱呼一個故事，而是你如何用它來推動某個連續性角色。

但序場還沒完，隨之而來的是我會標為「C故事」的萊斯尼亞克故事線。在沒有整集劇本的情況下，你無從得知這個故事要怎麼發展，或它與劇本其他部分相比的高下優劣，所以我想我就直接說了：亞德里安萊斯尼亞克警探是本劇的連續性角色之一，她與前男友（阿布佐）之間的問題出現在影集前頭，本集的戲劇節拍則是她試圖擺脫男方過程中的部分遭遇。但這個故事在本集還有其他功能：主題上，C故事會自第二幕開始，與某個客座演員的故事線做出連結。在裡頭，萊斯尼亞克會需要與遭到一名男子施暴的多位女性互動。當女性角色們使勁找出對抗施暴者的勇氣，萊斯尼亞克個人的心路歷程也能讓觀眾在案件中找出更深層的意義。

場5裡頭，萊斯尼亞克／阿布佐互動長達將近三頁，但你能輕易地在裡頭看出幾個小段落，先是萊斯尼亞克與阿布佐之間的爭執，然後是把賽波維茨與席蒙也捲進去的衝突，最後再以范希小隊長作結。當這場戲劃下句點，除了萊斯尼亞克本身有了轉變，席蒙也能以鮮明生動的方式出現在小隊前，衝突也讓賽波維茨與席蒙之間的平衡有了些許改變。

如果你正在進行框架填空，這個開場共有兩個劇情節拍，你可以在序場這格裡頭的A旁邊加上C。

得知這場戲為序場劃下句點的唯一方法，便是用於銜接的「跳剪至」（劇本裡第五頁最下方／場5末尾）和「片頭」（第六頁最上方／場6上方）。雖然本劇不會在劇本頁面上載明，但第一幕會緊接在片頭後面開始。

場次一

雖然還不到一整頁，場6本身便是一個完整的場次。重新讀一次，試著找出裡頭的戲劇元素：誰是主角？誰是敵手？有什麼是主角想要，但敵手不希望他得到的？他們的衝突在哪進入高潮？如何做結？沒有喔，我沒有要告訴你答案，這是讓你練習把場次寫得更緊湊，並理解角色弧線該如何前進的好時機。每當你寫下一個場次，你也可以問自己同樣的問題。要注意，沒有任何場次是單純為了探索角色而存在的，這個節拍發生的當下，席蒙與賽波維茨也同時在追查某樁謀殺案。

這很明顯是我們說的A故事，所以如果你在進行框架填空，在第一幕的第一格填入A。

場次二

B故事於場7正式展開，表面上這只是警方於犯罪現場的例行公事，只不過在這裡我們會把它拉到另一個層次——賽波維茨與席蒙暗地裡的角力。這個場次很明顯由三個部分組成：第一，當警方發現馬塔拉諾這名死者是「黑幫分子」所帶來的張力；第二，一名客座演員將警探們的辦案過程帶往下一個節拍。這部分在建構上可能有些平板，但場景的最後面則有第三個節拍，隨著薩維諾小姐出乎意料的求救聲，將劇情帶往新的方向（在框架裡頭第二格填上B）。

場次三

場8是B故事另外的場次。如你所見，重點並非各個故事的排列組合順序，而是要跟著觀眾感興趣的故事線走。這不僅為這場戲直接帶來轉折，也讓犯行本身出現意想不到的問題。一如所有的懸疑推理劇，觀眾不確定哪些是重要線索，哪些是障眼法，角色本身也不知道，這正是此類型的樂趣之一（第三格填入B）。

場次四

在我告訴你答案前，先想想為什麼要在場9塞一個分局的空鏡。好，以下有幾個可能：這能在幾個發生在外的戲劇節拍後，重新把觀眾帶回「大本營」；這代表著某個新橋段的開始；這還能創造出縮時感（讓觀眾感覺時間經過），可使用於角色出現在連續兩個戲劇節拍裡頭，他們本身也無法瞬間移動時。

為什麼要在場10回到C故事呢？這個不到一分鐘長的節拍又不能為劇情帶來任何重要發展，何必這麼麻煩？雖然我聽不見你的答案，我還是會建議你試著自問自答類似的問題，這能幫助你鍛鍊寫作實力。以下是幾個答案：在C故事直到第二幕才會重新出現的情況下，這能幫助維持觀眾的記憶；這樣能為萊斯尼亞克的狀態帶來張力，並讓我們關心她情感面的挑戰；這也為一些序場裡未解決的狀況提供了解答。關於以上的最後一點，不要寫任何純粹為了提供資訊而存在的戲。如果你有訊息要傳達，把它像你在這裡看到的一樣，用情緒做包裝（第四格填入C）。

場次五

注意到下一場戲發生在同一時間同一地點，也沒有新的場次標題如「內／辦公區－白天」，兩者純粹是以鏡頭角度做區分。不管怎樣，「內／辦公區」屬於場次四，你在這裡無法使用，只能透過「鏡頭角度」（並不是想告訴導演要用什麼角度拍攝，純粹是寫作上的工具）來註明這是一個新的故事節拍。

場11有將近三頁長，在畫面上沒有外在行為時似乎顯得有點太長。這邊實際上發生什麼事？嗯，你首先要知道的是助理地方檢察官席薇亞柯斯塔是賽波維茨的女友（之後並成為他的妻子）。柯斯塔不但外型亮麗，而且品味出眾、聰明伶俐——完全比安迪賽波維茨高了一個檔次。不過，她還是愛著他，即便他太過驕傲以致於聽不進勸，她還是試圖幫忙。現在試想一下把初來乍到、能言善道且外型亮眼的巴比席蒙加到同一個房間裡的情景。等你抓到他們之間的關係了，重新讀一次這場戲。

試著找出賽波維茨無謂地試圖貶低席蒙背後的動機，並留意柯斯塔對席蒙的好奇，以及她的興趣對賽波維茨帶來的威脅，這些都讓這段對話表面上雖然看起來言不及義，我們卻幾乎可以感覺到賽波維茨的熊熊怒火。這很明顯是A故事，所以在第五格填上A。

場次六

場12和場13湊在一起就形成場次六，裡頭透過可能知道謀殺案祕密的寶拉登場，將劇情帶回到B故事。隨著警察要進入後台所面對的抗拒，以及寶拉百般不願向警察透露自己所知道的實情，這場戲裡頭的衝突也開始累積。

隨著第一幕正式告終，這裡也該出現個懸念。觀眾可能會期待馬塔拉諾案出現更多意料之外的轉折，藉此創造出所需要的劇情張力，讓他們在廣告後繼續收看，但即便B故事肯定有所進展，這幕的結尾實在稱不上是驚天動地。我認為觀眾會想繼續看完這集的動力，還是來自巴比席蒙的登場，以及對他會為整部影集帶來什麼樣影響的好奇。

等你在場次六的空格填上B，你會發現第一幕的場次數還不到七場。這其實不要緊。況且，如果你把序場的兩場戲加上這六場，前十四分鐘其實已經有八場戲。在原始劇本裡，加上序場後第一幕有十六頁，並讓三個故事開始往下走，就說故事而言肯定算很有建樹。

劇本摘錄評析二

四年後，賽波維茨與席蒙之間多面向關係的這段「長劇情」，隨著席蒙的死劃下句點。這集是「全心全意」，故事原創為史蒂芬布奇柯、大衛米爾希與比爾克拉克（Bill Clark），編劇為尼可拉斯渥頓（Nicholas Wootton），它拓展了電視影集的極限，故事隨著席蒙一同從萬千回憶踏進來世，並展現出鮮少在畫面上看到的情感與心靈層面。

在序場與第一幕裡頭，我們可以看到喜劇與悲劇交錯出現，並在該集第二、三、四幕的意外轉折之前緩慢累積緊張氣氛。先讀完然後再進到分析的部分。

《紐約重案組》

「全心全意」

（P1）

淡入：

1 **外／醫院—白天**

空鏡—

2 **內／醫院等候區—白天**

賽波維茨、克肯岱爾與馬丁尼茲人都在。從房間配置和心臟科病房出口來看，馬丁尼茲占走了席蒙出來時能夠第一時間看見並揮手致意的最佳位置，這讓賽波維茨的火氣緩緩上升。停頓一會—

賽波維茨：你打算賴在那裡不走嗎？

馬丁尼茲：（語帶防衛）我什麼都還沒看到。

克肯岱爾：（對賽波維茨）他想向巴比打招呼。

賽波維茨：就是因為這樣，所以我們大家才會在這，馬丁尼茲。

馬丁尼茲：安迪，我是不會走開的。

克肯岱爾：我帶了吊繩來，這樣我可以從天花板垂降下來。

賽波維茨：是，還真幽默。

麥德沃伊開心地帶著滿心期待出現在畫面裡。

麥德沃伊：我看盛大出關的時刻應該還沒到吧？

克肯岱爾：哈囉，葛瑞格。

（P2）

賽波維茨別過頭，面色不善。麥德沃伊打量了一下房間。

麥德沃伊：詹姆斯你卡到好位置啊？和巴比打招呼的時候，可別把細菌傳給他。

賽波維茨：對啊，他凌晨兩點就跑來紮營了。

馬丁尼茲向賽波維茨哼了一聲。麥德沃伊依舊心情大好—

麥德沃伊：有位置就是好位置。

賽波維茨在原地踱步，結束於此—

跳剪至—

3 **內／席蒙的病房—晨間**

席蒙穿好褲子和鞋子坐在椅子上，因病消瘦的他襯衫明顯過大，羅素正小心翼翼地幫他扣釦子。在羅素身心疲憊的外表下，我們可以看出她流露出的興奮感，但又帶著掛慮看著她丈夫。

席蒙：好了沒？

羅素：我弄痛你了嗎？

席蒙：沒事沒事。

羅素：最後一顆。（完成手上的工作）你的傷口還有點濕，繃帶這邊的釦子我得慢慢來。

席蒙：我現在想躺一下。

羅素：巴比，你說了算。

他試著擠出一抹安慰的微笑。

（P3）

席蒙：不太習慣這麼大的工程。

她勉強擠出微笑回應，看著他自己試著控制逐漸升高的不適感。停頓一會——

羅素：史旺醫生說你縫線的地方可能會滲液。

席蒙：我的繃帶濕了嗎？

羅素：沒，只是有點黃。

席蒙點點頭。停頓一會—

羅素（繼續）：不知道史旺醫生在哪。

席蒙：我們有的是時間。

羅素（繼續）：但他二十分鐘前就該讓你出院了。

席蒙閉上眼睛。羅素試著讓自己聽起來只是微微感到不悅，但實際上她開始感受到一股非理性的、逐漸升高的恐懼感，害怕萬一他們不趕快離開，就再也走不了了。

跳剪至—

4 **內／醫院等候區—晨間**

賽波維茨想出了一個可以幫自己換到更好位置的點子。

賽波維茨：我得打個電話。

克肯岱爾：你需要手機嗎？

賽波維茨：（搖搖頭）私人電話。我用公共電話吧。

他離開房間，眾人看著他。

（P4）

麥德沃伊：（興味盎然）你知道安迪在幹麼嗎，詹姆斯？他想卡更好的位置。

馬丁尼茲：（點頭）用那麼爛的理由，年資都倒退五年了。

賽波維茨走到電話旁。史旺醫生走出電梯，從他身邊經過。賽波維茨佯裝出意識到自己沒有零錢的不悅，低著頭一邊思索眼前狀況，一邊往護士站走去。

跳剪至—

5 內／席蒙的病房—晨間

史旺醫生走進病房，席蒙與羅素有所反應。史旺醫生嘮叨著他處理出院的慣常說詞。

史旺醫生：我聽說你想要今天早上離開啊。

席蒙：非常想。

羅素：巴比的繃帶上有一點滲液。

史旺醫生：（點點頭，不甚擔心）你的某些縫線可能吸收得比較慢。

席蒙：黛安只是說說。

羅素模仿史旺醫生不甚擔心的口吻—

羅素：他只是有一點點黃色滲液。

史旺醫生：我來瞧瞧。

（P5）

史旺醫生讓語調保持自然，但在他的辭典裡，「黃色滲液」的意思是「大麻煩」。他開始解開席蒙襯衫的鈕子，席蒙說話破除安靜的氣氛—

席蒙：黛安的意思是她想自己從醫了。

史旺醫生：很好，我剛好需要助手。

史旺醫生解開席蒙的襯衫，在發現席蒙繃帶上頭，傷口滲出黃膿髒污不斷擴大時盡量不動聲色。

史旺醫生（繼續）：你的確有一點體液流出。

羅素：是縫線溶解的關係嗎？

史旺醫生保持語氣自然，彷彿在討論某個有趣的棋局—

史旺醫生（繼續）：我不太確定，讓我用小棉花棒確認一下巴比的傷口。

史旺醫生取下席蒙繃帶同時，鏡頭維持準備揭曉席蒙傷口的角度。結束於此——

跳剪至—

6 內／席蒙病房外的走廊—晨間

賽波維茨躡手躡腳地走向護士站，回頭做最後確認同事沒有在跟監他，然後踏出最後幾步好能看進席蒙的病房，卻因目睹羅素和史旺醫生扶席蒙回床上而感到震驚且不適。

兩名搭檔四目交會，賽波維茨向席蒙輕揮手，在席蒙向他點頭致意後移動回等候區。

跳剪至—

（P6）

7 **內／醫院等候區—晨間**

麥德沃伊看見賽波維茨從心臟科病房緊閉的大門後走出來。

麥德沃伊：（似笑非笑）對安迪來說，守規矩還真是個陌生的概念。竟然跑去走廊揮手。

馬丁尼茲不願接受自己位置被超越的事實。

馬丁尼茲：我來這裡就是為了看安迪進電梯啊。

賽波維茨回到等候區。

麥德沃伊：你是不是跑去向巴比揮手啦，安迪？

賽波維茨：醫生要他躺回床上了。

克肯岱爾靜靜地流露出沮喪。

馬丁尼茲：是暫時為了保險起見嗎？

賽波維茨：他看起來不太好。

麥德沃伊：安迪，他十天前才動了大手術。

克肯岱爾看見羅素向他們走來。

克肯岱爾：嘿，黛安。

羅素：我們要再多待一陣子了。

麥德沃伊：（語氣空洞）這樣啊？

（P7）

羅素：他們得確認一下巴比傷口的感染狀況。他們會先幫他做斷層掃描，然後再清傷口。

馬丁尼茲：安迪說他剛剛躺回床上。

羅素點頭—

羅素：去上班吧，有消息我會打給你們。

克肯岱爾：好的，一有消息就打給我們。

警探們在羅素離開時擺出最樂觀的表情。走出門前，羅素給了賽波維茨一個禮貌性的笑容。停頓一會。賽波維茨咬著牙—

賽波維茨：（對馬丁尼茲）你是要回局裡上班？還是要繼續霸著位置？

眾人皆顯得大受打擊，魚貫離開。結束於此—

跳剪至—

片頭

8 **外／分局—晨間**

空鏡—

9 **內／辦公區—晨間**

賽波維茨是第一位從醫院回到分局的警探。他移動時彷彿背負著重擔，表情凝重而酸苦。范希在桃樂絲位子上討論著什麼，他們明顯知道席蒙病情惡化的消息。在賽波維茨把外套掛起來的時候—

范希：安迪，你前妻來了。她在洗手間。

賽波維茨：她還好嗎？

（P8）

范希：（語氣不確定）呃，看起來還好。

賽波維茨點點頭，就連方才這意料之外的消息也無法讓他集中注意力。

范希（繼續）：你見著他了嗎？

賽波維茨：（點頭）我在走廊上遠遠地看到他幾秒。

范希：他看起來又惡化了嗎？

賽波維茨：我不知道。

賽波維茨看見他前妻、兒子小安迪賽波維茨的母親凱蒂賽波維茨踏進走廊。她緊緊抓著手提包，神情緊繃。

凱蒂：嗨，安迪。

賽波維茨往走廊迎向她。

賽波維茨：凱蒂，妳還好嗎？

凱蒂：我還好，只是上個洗手間。

賽波維茨：我是說，妳來幹麼？

凱蒂：現在不方便嗎？我也可以改天再找你。

這時賽波維茨肯定他在凱蒂的吐息裡聞到酒味。

賽波維茨：走吧，我們去茶水間說。

（P9）

考慮到她喝了酒，賽波維茨決定帶凱蒂從後面繞到茶水間。正當他護著她往這個方向移動，我們也同時看到麥德沃伊與馬丁尼茲爬上階梯。

10 內／走廊—延續

鏡頭跟著賽波維茨和凱蒂—

凱蒂：這應該不是最糟的情形吧，安迪？畢竟最糟的已經發生了。

由於賽波維茨對凱蒂的狀態感到尷尬，他沒留意她在說什麼。

賽波維茨：妳說什麼？

凱蒂：我有點狀況，不過反正再慘也不會慘過小安迪的死了。

賽波維茨：凱蒂，妳他媽是什麼時候開始喝酒的？

凱蒂：什麼？

賽波維茨：給我進來。

他們進入茶水間。

11 **內／茶水間—延續**

他把她帶到椅子上坐下。

凱蒂：我只喝了一小杯。我是為了進城來見你，喝了一小杯。

他倒了點咖啡給她，放到她面前，下一秒卻突然露出硬漢難為情的一面—

賽波維茨：妳喝咖啡還是一樣加牛奶嗎？

（P10）

凱蒂：麻煩你。

凱蒂（繼續）：（聲音低到幾乎聽不見）安迪，我

賽波維茨倒些牛奶給了她，看著她。

惹上麻煩了。我在錫考克斯因為酒駕被抓。

賽波維茨：在剛剛來的路上嗎？

她搖頭否定。

賽波維茨（繼續）：所以妳不是只有今天喝一小杯嘛。

她用手摀住嘴，開始哭泣—

凱蒂：拜託不要找我麻煩。

賽波維茨：好啦好啦。

凱蒂試著鎮定下來。

凱蒂：我喝了杯紅酒，只喝一杯，然後警察說我闖紅燈，但我明明沒有，闖紅燈的是我前一輛車。

賽波維茨：妳沒通過呼氣檢測嗎？妳做了酒測嗎？

凱蒂：（搖頭表示否定）我總是聽你說要拒絕受測。

賽波維茨：然後妳向這位紐澤西的警察說了妳前夫也是員警嗎？

凱蒂：這沒什麼用。

（P11）

賽波維茨：小安迪的事呢？妳有向他提到……小安迪之前在哈肯薩克當差嗎？

凱蒂：我沒辦法提起安迪。

賽波維茨：把那名警察的名字給我。這是什麼時候的事情？

凱蒂：九週前。

賽波維茨：（大感震驚）九週前？該死的妳出庭日是什麼時候，凱蒂？

凱蒂：今天下午。

他帶著憤怒與困惑的眼神看著她。

凱蒂（繼續）：我羞愧到沒辦法來找你。

賽波維茨：妳也羞愧到不敢去找律師嗎？

凱蒂：我想說你或許可以幫幫忙，讓事情不用搞到這樣。

他重重地拍了桌子——

賽波維茨：如果妳都不跟我說，凱蒂，我他媽的到底要怎麼幫妳！

他舊時那些因為她的膽怯、畏懼、防衛心所帶來的挫折感一湧而上。她則瑟縮在位子上，就像過去他大吼大叫或拍桌時一樣。

凱蒂：噢，安迪……

（P12）

看著她畏縮的模樣，他手撫上額頭，視線轉到一旁——

賽波維茨：妳文件帶在身上嗎？

她不敢看他，將傳票與法庭通知從皮包裡拿出來。他停頓了一下，看看文件，接著——

賽波維茨（繼續）：把咖啡喝了，我看看有什麼我可以做的。

凱蒂：我待在這會讓你丟臉嗎？

賽波維茨：凱蒂，把咖啡喝了吧。

賽波維茨踏出門外，畫面離開凱蒂——

12 **內／茶水間—延續**

麥德沃伊與馬丁尼茲一同待在馬丁尼茲的位子上，兩人懵然未覺賽波維茨離開茶水間，直接走向自己的座位。停頓——

麥德沃伊：詹姆斯，我得說我從來沒有過這麼挫敗的感覺。

馬丁尼茲：我現在對工作的幹勁大概跟對赤腳踩釘子差不多。

賽波維茨看了看凱蒂給的文件，拿起話筒。

同一時間，二十八歲的麥可沃夫身著運動外套與便褲走進了辦公區，手上帶著一個文書檔案夾。

沃夫：（對著桃樂絲）我的名字是麥可沃夫，我有事需要找警探。

桃樂絲：請稍等。

桃樂絲看了一下輪值表，走向麥德沃伊的位子。

（P13）

桃樂絲（繼續）：賽波維茨警探在輪值中，但他和他前妻……

麥德沃伊：那傢伙有啥事？

桃樂絲：他沒說。

麥德沃伊：我的意思是，他的問題看起來急嗎？

就跟其他人一樣，桃樂絲也對席蒙病情的發展感到憂心忡忡，所以容許自己流露一點不悅。

桃樂絲：他沒說。但他眼睛上方有道瘀青，我不確定兩者有沒有關聯。

麥德沃伊：唉，好吧。

麥德沃伊打起精神走向接待區，馬丁尼茲對他的搭檔投以同情的眼神。

13 **新的鏡頭視角—賽波維茨**

對著話筒—

賽波維茨：我叫賽波維茨，是曼哈頓第十五分局的警探。九月八號你給我前妻開了張紅燈未停的罰單……

麥德沃伊來到了接待區—

麥德沃伊：（對沃夫）有什麼我可以幫忙的嗎？

沃夫：我被人攻擊了。

麥德沃伊：嗯哼。

沃夫指著自己的眼睛—

（P14）

沃夫：我叫麥可沃夫。這是我其中一名房客的兒子幹的，我真的是受夠了。

麥德沃伊：你要提告嗎？

沃夫：對，我要提告。

麥德沃伊：就為了那半個黑眼圈？

沃夫：對。

麥德沃伊放棄了他對於沃夫可能會打退堂鼓的渺茫希望—

麥德沃伊：好吧，過來吧。

麥德沃伊帶著沃夫走向他的位子時，畫面焦點定在賽波維茨身上—

賽波維茨：（對著話筒，語帶懷疑）她一直到你回分局把文件都交出去了才告訴你？（聆聽，點頭）不，我可以……我沒有懷疑你剛剛說的。（傾訴）我只是想告訴你，我們有個在紐澤西值勤的兒子被殺了——如果她狀況不佳，她喝酒我想是與這件事情有關（揉脖子）。不管怎樣，你會介意我與檢方那邊連絡嗎？

（停頓）感謝你。好的，非常謝謝。

賽波維茨掛上電話，改撥柯斯塔的號碼—

賽波維茨（繼續）：（突如其來）妳認識任何錫考

克斯地檢署的人嗎？

（接下頁）

（P15）

（聆聽，開始動怒）我知道的都跟你說了—他們沒讓他出院，因為他出現併發症。

（聆聽）因為我前妻酒駕被抓好嗎，席薇亞？她拖到開庭前三小時才告訴我，然後在妳念我口氣不好的時候，我還得想辦法讓她不要倒大楣。現在妳到底認不認識任何一位錫考克斯的檢察官？

（停頓）

好，謝了。

他掛上電話。在通話過程中，我們可以從中庭窗戶看到凱蒂自茶水間後門離開，從後方與側邊走廊走到樓梯口，接著走下樓梯。

此時賽波維茨起身，開始走向茶水間。他移動的同時，畫面焦點在麥德沃伊與沃夫身上—

麥德沃伊：沃夫先生，在我們正式立案前，你想過你向房客兒子提告，可能會影響她付房租的意願嗎？

沃夫：我今年要從史登（Stern）畢業，也就是紐約大學的商學院—

麥德沃伊：（關我屁事？）我了解。

沃夫：我只是在我叔叔考慮要不要搬到佛羅里達的期間，幫忙管理他的房子，誰在乎我告這個類固醇打太多的傢伙，會影響他媽媽付房租。

賽波維茨發現茶水間空無一人，走回辦公區—

賽波維茨：混帳東西！

（P16）

賽波維茨咒罵時正好在沃夫附近，然後他走進范希的辦公室—

14 **內／范希的辦公室—延續**

范希坐在辦公桌後頭，賽波維茨走進房內。

賽波維茨：我得離開一會。

范希：好的。

賽波維茨：我得去找我那酒鬼前妻。

賽波維茨走向門邊，停住腳步—

賽波維茨（繼續）：我需要手機。

范希點頭，賽波維茨拿了手機離開—

15 **內／辦公區—延續**

賽波維茨向門外走，在桃樂絲桌邊停步。

賽波維茨：手機在我這。

桃樂絲：好的。

賽波維茨：如果我老婆打來，或另外一邊有消息……

桃樂絲點頭，賽波維茨走出門外。

16

新的鏡頭視角—麥德沃伊與沃夫

麥德沃伊開始填六十一號表，沃夫糾正麥德沃伊筆下的房客拼音。

沃夫：他的名字拼法是U不是O，然後有兩個L——布林傑（Bullinger）。

麥德沃伊抬起頭，看了一下沃夫，搖搖頭笑起來。

（P17）

沃夫（繼續）：有什麼好笑的？

麥德沃伊：沒事，沃夫先生。

沃夫：我想我們倆的幽默感不太一樣。

麥德沃伊：我想我一點也不在乎，好嗎？就讓我們把表填完，你可以提出告訴，告這傢伙是如何在你不斷騷擾他媽媽追討租金後，終於忍不住出手揍你。

結束於此—淡出。

第一幕終

劇本分析

讓我們從找出故事開始。「A」是席蒙的死；「B」是賽波維茨與他的前妻凱蒂；「C」是麥德沃伊與沃夫。我用的題旨比較簡單，這在辨別故事時也不成問題，但當規劃你自己的劇本時，我會建議你用上真正的戲劇題旨。這樣一來，你能確保你的故事裡頭有衝突——你寫的是真正的故事，而不只是單純的情境。若以本集摘錄為例，你可以寫出類似以下的題旨：

A：隨著席蒙的死近在咫尺，他將奮戰到自己終於與回憶和解的一刻為止。在此一範疇下，羅素、賽波維茨與其他人有著從抗拒到憤怒再到接受的故事弧線。

B：面對凱蒂的酗酒與絕望，賽波維茨必須克服自己的憤怒、罪惡感、自身的酗酒史，好能提供凱蒂幫助。

C：隨著一名報案人的傲慢指控節節升高，麥德沃伊努力維持專業。

請注意，雖然客座演員（凱蒂與沃夫）才是帶來事件導火線的角色，但在個別題旨裡頭，我將故事歸為主要演員所面對的議題，而非客座演員的。

雖然裡頭包含了數個戲劇節拍，但此一序場從頭到尾處理的都是A故事（場次標題1至7）。在規劃如此一個重要的開場時，我會先寫一個迷你分場，藉由規劃每一個節拍來營造張力。你可以試著列出直至表示序場結束的「跳剪至」前，前頭數頁的各個轉折。你找出了以下戲劇節拍嗎？

- 警探們一面等待一面彼此鬥嘴
- 首次揭露：羅素發現傷口有體液滲出
- 賽波維茨試圖查探局勢
- 隨著史旺醫生確認問題，緊張氣氛節節升高
- 賽波維茨發現問題；觀眾看見其個人的投入
- 賽波維茨與羅素將危機轉達讓眾人知道。警探們憂心忡忡地離開

上述六個戲劇節拍運用基本的故事發展：預想─期待─意外，在最短時間內拉高戲劇性。也就是說，透過引導，觀眾會預想某個事件，並在其建立過程中屏息以待。隨著動作接連出現，我們會期待某種結果，但故事反而轉了個彎（轉折），意外之感由之而生，從中創造出新的懸疑片段。你可以藉此在畫面上輕易地製造出張力，這個序場便出色地詮釋了以上手法。

除此之外，試想笑料是如何在這樣沉重的一集裡頭被運用。以下是另一個行之有年的做法：利用甘草人物，強化悲劇衝擊。莎士比亞會在他最具悲劇色彩的劇作裡，讓愚人愚行派上用場，有些時候是為了讓當時的觀眾捧腹大笑。在這集裡頭，影集是以一個輕鬆到接近傻氣的片刻開始，一群人在爭搶窗邊位置。接著，當劇情踏入第一幕，沃夫先生則以誇張的傻子形象登場。在理解上述內容後，讓我們進入第一幕。

第一幕

正當賽波維茨得知他的搭檔病情並未好轉這樣一個讓人心碎的消息時，賽波維茨與凱蒂的B故事（場8至12）隨著幾個對其而言充滿情感負荷的節拍逐步展開。我剛剛提到喜劇調劑的重要性，這裡有的卻只是更多壓力。你覺得編劇為什麼要在片頭之後，選擇以此作為第一幕開場？

以下有幾個可能：雖然席蒙的病情有其懸疑性，但故事裡頭未包含主要演員的所作所為——當然，席蒙與羅素是例外，但即便對他們而言，衝突還是以內在的部分，其決策的後果主要得透過映照來表現。當處理的是凱蒂的有形危難，之後還接續她的不告而別後，賽波維茨才得以一吐在醫院壓抑的怨氣。

凱蒂的故事也讓賽波維茨得以將他對席蒙的情緒宣洩出來（包含憤怒），否則他只能繼續陷在苦悶中不可自拔。在整部《紐約重案組》裡頭，賽波維茨作為角色的重要特質之一，便是他即使面對社會敗類，抑或眼前的死亡，也不願向無助感屈服。但在這裡，當他無法拯救席蒙時，凱蒂對他有所求一事，仍給了他扮演拯救者的機會。

試著找出在本集裡頭選擇此一B故事，以及這為何會是有效第一幕的其他理由。

在這整幕裡，留意辦公區裡的各個場次是如何靈巧地混在一起。在第一個劇本範例裡，個別場次大多能夠輕易地分隔開來，但在這裡，你會看到有好幾個發生在同一時間地點的場次，彼此之間僅用執導順序作編排。舉例來說，在場9的末尾，賽波維茨帶著凱蒂走到走廊上的同時，我們也看見麥德沃伊與馬丁尼茲爬上階梯。這裡的重點是讓我們不會失去對其他角色或難題的關注。個別動作可能會指導鏡頭「跟著」它們走，讓我們的注意力隨場次移動，但我們也能意識到在我們離開的房間同一時間裡，所發生的其他內容。

同樣地，在場12裡頭，沃夫的C故事開始時，賽波維茨也正走向他的位子。事實上，也可以注意到場13裡頭，B故事實際上與C故事交錯出現。接近場13尾端，你會看到好幾個視覺層次：當麥德沃伊與沃夫走向麥德沃伊的位子，他們會經過待在自己位子上的賽波維茨，而當賽波維茨說話時，我們可以看到凱蒂在背景躡手躡腳地離開，接著賽波維茨走過房間，讓我們停留在麥德沃伊與沃夫身上，成為一個複雜但能優雅地在畫面上創造出深度（多層次）的方式。

這種重疊效果（同一時間地點裡頭出現一場接一場的戲）也會出現在其他許多敘事縝密的影

集裡頭，所以看的時候要特別留意。但在寫下你自己的劇本時，我會建議你一開始在規劃時先把個別故事分開來，僅在將分場大綱發展為劇本的階段才合在一起（更多關於此一手法的部分參見第四章）。

▶ ▶ ▶ ▶ ▶

下一步該做什麼

盡量閱讀並分析你從各個不同影集所能找到的一流電視劇本。是的沒錯，你已經看電視看了一輩子，但觀察一集影集書面上的創作，才能幫助身為編劇的你在工作上有所準備。如果你想知道以上兩集範例的後續發展，編劇公會的圖書館或廣播電視博物館（Museum of Television and Radio）皆將得獎影集提供給大眾，你可以上這兩個組織閱讀與收看。一旦你能明確掌握第一流戲劇如何打造之後，你也準備進入寫下你自己作品的階段，這部分我會在下一章分曉。

重點整理

- 大多數（但不是全部）的劇情類影集，會有彼此平行且不照順序排列的個別故事線，以字母A、B、C等加以表示。一般而言一集影集會有三個故事，但某些影集則有更多。個別故事一般而言皆以主要演員裡的某一角色「推動」。

- 一個場次通常時間長度約兩分鐘或以下。在典型的無線台影集裡，一幕會有五到七個場次。考慮到每集有四幕，一小時影集大約會有二十八個場次。然而，某些影集有著步調明快、對白為主的場次，每一幕也會有比較多戲劇節拍；有動作戲的影集則可能會有較少的場次段落。影集若有五至六幕，場次數則可能會只剩下二十左右。
- 所謂「序場」指的是某集影集的**序幕**（Prologue），並可能會引起裡頭一個以上的故事。
- 藉由使用「框架」分析優質影集，你能對其結構一目了然。
- 最好的電視影集也會運用所有一流電影編劇在劇情藝術上所概括的準則。

客座講者：史蒂芬布奇柯

史蒂芬布奇柯曾多次拿下艾美獎，並為《紐約重案組》之共同創作人與監製，其作品亦包含《霹靂警探》和《洛城法網》等影集。我曾為本書分別於二〇〇四年和二〇一〇年與他進行訪談，兩次對話的重點節錄如下。

潘蜜拉道格拉斯（以下簡稱潘）：從《霹靂警探》至今，你往往被視為一名創作上的先驅。在你看來，你透過影集所做到的事情是否有跡可循的？

史蒂芬布奇柯（以下簡稱史）：是也不是，我不認為《霹靂警探》剛開始的時候，我們有任何改變媒介之類的遠大想法。我是說，我們先把影集創造出來，然後在過程中的某個時間點，影集自己開始創造影集。會這樣說的意思是，某些我們做的事情，概念上逼我們得在最初那些事情之外，再多做其他事情好與其互補。

當你最後創造出一部有著七、八個，甚至九個主要角色的影集時，在這個狀況下，你得問自己，你要怎樣在一小時電視影集的框架下，去提供這麼多的角色劇情故事？所以你會說，好，我們要做的事情便是說一個多線交錯，且更具連續性的故事，讓影集內容自然滿溢到後續的集數。雖然一個角色一集可能不過三個場次，但這三個場次仍會構成某個延續好幾集、總共十五場戲的故事線。這其實就只是去嘗試回應我們一開始做的事情。我和麥可（科索爾）（Michael

Kozoll）[5]做過最聰明的事情，可能就是在影集開始讓我們知道它需要成為的樣子時，讓影集本身帶著我們走，而不是砍這砍那地好把它塞回盒子裡。我們單純就讓它從旁滿溢出去。

潘：所以你一開始沒想過你會有十四個角色？

史：沒有，我們不過是在開始的時候，知道我們「不想做什麼」。我們不想做那些我們已經參與編劇和製作多年的一般警察影集，因為我們不覺得我們還有什麼可以幫它加分的地方。所以把影集一定程度聚焦在這些警察個人生活的這個想法，對我們而言是有吸引力的。但這就是我們最初全部的想法，接著就是看它自然發展下去。

潘：本劇廣泛地被視為一整波影集的前輩，而且影響的影集不見得與警察劇有關。

史：下一個採用我們風格的影集是《波城杏話》（*St. Elsewhere*）[6]。該劇在隔年出現，我朋友布魯斯派特洛（Bruce Paltrow）也參與了。他們就在樓下辦公室，我們在樓上。許多人直至今日仍誤將《波城杏話》歸功於我的原因之一，便是兩者有太多風格與形式上的相似之處。但那時也到了該往前走的時候。在我們開始思考《紐約重案組》的當下，除非可以在形式上做出什麼改變，否則我實在對於再去做另一部警察劇沒多大興趣。這是我唯一一次真正有意識地在想，這會是在電視這個媒介裡做些事情來改變它的大好機會。

潘：有哪些特定事情是你想改變的？

史：也不是什麼奇特的事情。我只是非常想要拓展語言和視覺樣貌，而看起來警察劇比家庭劇或律政劇更適合拿來做嘗試。警察劇寫實和藍領的部分讓髒話能夠顯得自然。所以我想，如果你決定要打這場仗，你得要給它走踏實風格的理由，不這麼做便會顯得毫不真實的設定。

潘：我想這也是你的影集能夠打動我的地方。到頭來，裡頭的角色總是誠懇且真實，就和現實裡的人一模一樣。

史：這裡頭有些人有種族歧視，有些則是懦夫，有些膽小受怕，有些心懷惡意，且你也知道，有些人就是莫名討厭彼此。這就像職場政治，這些東西你會一再碰觸到。然後你知道，大衛（米爾希）和我一直都想要再次合作。他想做一部警察劇，我則對那比較不感興趣，但我想要藉此來改變電視。我不想要在真空裡做改變，但當時是一九九一年，上次一小時影集真正大受歡迎已經是一九八六年的《洛城法網》了。劇情類影集當時適逢谷底，這又是我所在的行業，等於我的行業在谷底。

我認為我們能夠幫助形式再起的唯一方式，便是要能與有線台競爭。所以當ABC電視台想向我要警察劇的時候，這就是我的提案。我對他們說：「我會給你你要的警察劇，但人許願的時

5 《霹靂警探》共同創作人之一。

6 約書亞布蘭德等人所共同創作的影集，以波士頓某所虛構醫院醫生日常工作為主題，曾獲艾美獎最佳男主角與最佳劇本等獎項。

候要小心，因為代價就是不當語言和裸體。」同意以上理論是一回事，實際看到劇本又是一回事，畢竟你手上拿的可是至今從未在電視上看過或聽過的東西。原本影集應該要在一九九二年秋季問世，但最後因為我們無法在用語和性上頭取得共識而未播出。我拒絕將它加以稀釋。我對他們說你們要不照單全收，要不謝謝再連絡，最後影集延後一年播出。

在影集播出前幾個月，我們收到了數以千計的信，每週一個個麻袋裡裝滿了來自右派宗教分子的信，他們花了百萬美金買下全美各大報紙的全版廣告，先發制人，訓斥我們傷風敗俗。但當然，影集本身還沒有人看過，這對我而言才是真的冒犯人之處。如果他們看過之後有意見就另當別論。但這些廣告是如此的尖酸刻薄又挑撥人心，而且與影集實際內容完全不符，我是說，與我想做的、想達成的事情完全不符。

有趣的是，我們之所以成功，靠的不是影集本身，而正是那些驚惶失措的右派宗教人士，他們所引起的騷動是世界上任何公關手法都做不到的。大家已經對影集本身充滿焦慮，如果開出來的收視率一時半刻不如預期，我想我們可能三週之內就得關門大吉。然而多虧了他們，讓我們一炮而紅。

潘：你覺得如果今天有人想處理同樣會引起右派宗教人士高度抗議的主題，事情還會像當年那樣成功嗎？

史：不，我不這麼認為，至少不是現在。或許明年有可能，或許五年後會，因為這一切都是循環的，很大層面與選舉週期綁在一起。眼下最大的問題，是企業恐懼所造成的影響。隨著電視產業益發朝向垂直整合，今天所有的無線台都分別成了某個大企業集團的一部分，在這樣的環境下他們會忌憚政府，忌憚廣告主，忌憚自己的股東，所以最怕興起波瀾，重點只想放在爭取收視率，爭取廣告播出時間，爭取收益。到頭來，這是一種畫地自限的態度。我從一九八一年開始便持續有影集在黃金時段播出，你知道，這是一種真正的責任和信任。

潘：你覺得你欠觀眾什麼？

史：一個好故事。

潘：你所謂的好故事指的是？

史：對我來說，好故事指的是五花八門的事情。首先，一個好故事有前段、有中段、有節外生枝、有化險為夷。在某種根本的層面上，觀眾花上他們一個小時的時間，來做一件值回票價的事情，並為此感到快樂與滿足，如果在此之外，故事能引起觀眾思考，或能讓他們對事情產生不一樣的觀點，就太棒了。如果故事能以觀眾意料之外的方式，刺激他們的感官，再好也不過。這些都是源自於好故事的額外好處。

潘：我在《紐約重案組》最好的幾集裡得到的甚至更多。

史：你知道為什麼嗎？因為好的集數有好的故事，一流的集數有一流的故事。而當你在說一個一流的故事的時候，一流故事裡頭內建的元素便包含了複雜的人倫主題與道德模糊地帶，以及對人的處境與重要人性元素的種種探討。這些都是你在說一個一流故事時，所包含在內的重量級議題。

但一切永遠都要從故事開始。如果你說「我得做一集關於言論自由的影集」，那你就迷失了，你起點就錯了。你好好說一個一流的故事，主題自然會浮現，一切就只是「編劇基礎」而已。我是故事狂熱分子，一切都是故事、故事、故事。

潘：你在某個時間點同時開發三部影集。你是怎樣做到同時貼近它們的？

史：首先呢，我做這行已經超過三十年，所以我已學會要怎樣才能把事情做到好。這同時也是時間管理的問題，我很會管理自己的時間。剛剛提到的每部影集都處於不同的發展階段，像《紐約重案組》這樣的影集，因為大家都已經有了共同語言，所需時間比起新影集是小巫見大巫。影集已經有著如此悠遠複雜的背景可以參考，你不需要另外去發明本身就已經存在的東西。我在《紐約重案組》最後一季所面對的唯一重任，只是確保影集能以觀眾滿意的方式劃下句點，並讓他們不會覺得自己被敷衍了而已。

所以，再一次的，工作還是說故事，只是思考故事的角度不太一樣。雖然你得要思考故事裡頭的個別事件，但你同時也得檢視角色弧線。你要怎樣讓這些角色踏上一段長達整季的旅程，好讓他們自然地步入下一段人生？要怎樣才能讓觀眾覺得，啊，這樣的感覺很好，雖然我很難過，但我能理解，我會想念這些角色。但這是另外一種思考方式，也在我腦海裡醞釀了很長一段時間。如果今天是一部新影集，我和編劇花的時間幾乎全是在角色弧線上頭，因為它們會帶出故事，而我們有大量從真的警察那收集來的故事，所以案子的部分可說無須擔心。

開發一部新影集需要花上很多力氣，裡頭有新的角色，新的概念，但因為你能夠逐步向觀眾亮牌，所以做一部好的新影集總是相當有樂趣。你會需要大概兩年，或許三年的時間，才能把一部新影集裡頭主要的牌（劇裡重大的角色真相）都攤在觀眾面前——哦，原來他是個酒鬼；啊，她是同性戀。三年過後，工作變了，維持一部舊影集已是不一樣的任務。所以在一開始的時候，當一切順利，你會因為能夠開創而感覺樂趣無窮。

潘：你正在為一般有線台和付費有線台開發好幾部新影集。你能帶我們走一遍流程嗎？當你決定，喲，這部影集感覺很有意思的時候，你會做什麼？拿起電話打給某人嗎？

史：點子可能在各種情況下乍現。做我們這行，你會變成一台點子產生器。我有位音樂界的好友，我們之前開玩笑，說音樂產業快要崩盤了。現在已經沒有所謂的音樂產業，CD一文不值，只為了推銷演唱會存在。我們抱怨著這些事情。就連電視產業也是天翻地覆，試著摸索出未來。然後我說，如果你真的想撈一筆，我們應該來成立一個宗教，他則說如果你要成立宗教，應該要效法麥可傑克森。你也知道，我們只是在開玩笑。但我接著說，你當然不能效法麥可傑克森，可是這裡頭似乎有個可以拍成電視影集的想法。我們就這點戲謔了一番。然後我打給克里斯格羅爾莫（Chris Gerolmo），他除了本身是編劇也是配樂家和樂手，我說我想找你聊一個企畫。

然後他跑來我這，我把剛剛的內容提案給他。我對他說，我們來花一兩個星期把這事想透。所以我們兩個和另外一個人花了兩個星期時間聚在一起，想出拿它提案的方法。

潘：你後來想出角色了嗎？故事背景？試播集的故事？你實際想到了什麼？

史：我們想出了一個主要角色，我們的這位主角：他是誰，他的背景是什麼。我們想出幾個主題，以及主題的基本呈現方式。我得知道這部影集本質上講的是什麼。然後我們開始寫，不是一場接一場的大綱，純粹是一個大概的樣貌。我們想出前段、中段、結尾。一旦這個完成，我們把它修到含鉤引在內十頁，然後我想這是一部Showtime頻道的劇，這部劇應該要往那邊送。

潘：你想過像選角、拍攝場地或後續集數這些嗎？

史：我們想了幾集，但如果Showtime基本上沒興趣，我們不想浪費自己或他們的時間，所以我請我的經紀人先打個電話，評估一下他們的想法，而他們有表示興趣。

潘：這裡面有多少成分是因為掛了你的名字，有多少是因為點子本身？

史：點子本身。如果他們沒興趣，我也不想讓他們或我自己尷尬。所以我們沒帶任何書面內容便登門拜訪，純粹去提案，他們當場在會議室就買單了。

潘：你說他們買單是指什麼？

史：他們要試播集劇本。接下來，我們把先前寫的內容擴充成一份真的大綱，寄過去給他們。那不算是一個常見的影集，所以他們想先感覺一下影集的樣子，這相當合理。等我們把文件寄給他們的時候，我們已經覺得這部影集沒什麼問題了，他們則給了一些相當好的修改意見，我們做了調整，他們便說可以開工了。克里斯格羅爾莫把它實際寫了出來。

有線台世界的真正有趣之處，是你賣東西給他們要難上許多。他們不像無線台會一次開發三十個試播集，有線台開發一個案子的時候，除非他們非常感興趣，否則他們不會輕易動工。也因此，雖然要讓他們上鉤難度很高，但一旦他們上鉤了，你有很大的機會能拍出試播集，甚至拍出整部影集。

潘：這與你在電視圈的其他經驗比起來如何？

史：一九六九年，我開始在生涯的第一部電視影集服務，我在這行的時間已經橫跨了六個「幾〇年代」。如果你實際檢視整個電視史……我一九六六年還在念大學的時候就開始在環球工作。諷刺的是，我剛開始工作的環境日後分崩離析，又重新再起，今天以新的版本重新出現在我們眼前。六〇年代的電視圈掌控在幾個製片廠手裡，他們是所謂「三大無線台」的唯一供應商，這對當時的人來說簡直就像是印鈔機，而如果你在製片廠工作，你基本上就是個負責接案的奴才，我們全部都只是有合約在身的受薪雇員。這種情況一直維持到一九七〇年代末期，當時受益於投資稅收抵免的規定，開始出現了一堆諸如洛尼馬（Lorimar）之類了不起的娛樂公司，這也是獨立公司出產電視影集黃金時代的開始，也是在這段時間裡，編劇開始獲得權力。

但之後《財務利益與辛迪加規定》（Syn-Fin）[7]宣告終止，這五間媒體巨人開始垂直整合，成為當初我剛出道時大環境的現代版：五個巨型商業體控制了整個產業由上到下的每個環節，把所有的獨立廠商給趕盡殺絕。他們消滅了比較創新的作品，因為公司裡頭全是吝嗇鬼，對他們來說唯一重要的事情只有營收。作品的同質性愈來愈高，電視台高層則成為整個環節裡頭最有力的人。

潘：你覺得五年後電視會是什麼樣子？

史：作為一個營運模式……電視是不會消失的，這還是門好生意。電視與手機和電腦之間將能無縫接軌，今天每個人在網路上花費大量的時間，試圖將它發展成一個創作媒介……但我不認為網路是媒介，我認為它是個平台、是座橋樑。未來會發生的事情是，網路會變成另一種型態的電視。當一切都互相連接了，這就只是另一種資源而已。

我花了大概一年半的時間在想網路相關的點子，倒不是原創作品，而是類似Metacafe[8]之類的互動式網站。我會對這領域感興趣，是因為這比較不一樣。有些網路公司的聰明人會說，我們跟你五五分帳，但我們不會是製作人，也不會出錢製作。那這就只是一攤爛帳，誰想做這種事？這些公司是否願意投資成為製作公司還是遙不可及的事情，沒人知道要怎樣將網路化為收入。

大致上來說，產業裡最有趣的發展還是串流與有線台雙管齊下的模式。我們同時會有一般有線台和訂閱內容，很多有趣的影集都是從這來的。

潘：你不將網路的出現視為一種商業模式的變革嗎？

史：我會將網路最終視為一種播送系統……我傾向認為我們不太可能回到一個小型獨立公司能夠蓬勃發展的環境。

潘：那你為什麼要做電視而不是電影呢？

史：這個簡單、簡單、簡單到不能再簡單。電視是比較好的媒介。即便裡頭有各種鳥事，電視依舊是比電影更能引人入勝的媒介。電影產業吸引的基本上是小朋友和蠢不堪言的青少年。這基本上就是電影產業的模樣。非常少人會願意認真致力營造一個發人深省、引人入勝的媒介，好讓低成本電影能夠以滿足觀影經驗作為利基點。大家要的是蜘蛛人或蝙蝠俠之類的各種超能英雄，或是遠大的高概念。這些都很有趣，暑期的時候孩子們趨之若鶩，但我的工作不是這些。

相信我，對任何一名編劇來說，寫電視會比寫電影更有趣、學到更多，也更有生產力。你不用和另外十五個白癡共享職銜，你也不用被十五個時間太多、衣冠楚楚、整天只想著吃午餐的混帳折磨和羞辱。電視是份工作——你會上班，你會下班，編劇會寫他們的劇本，劇本會出現在螢幕上。這很棒。如果你有幸加入了一部成功的影集，兩年內掛你名字的作品會比絕大多數電影編

7 美國七〇年代由聯邦通信委員會所制定的廣播電視規定，旨在避免三大無線台獨占廣播電視內容，廣被認為對美國電視圈生態有重大影響。

8 metacafe.com是比youtube更早成立的影音分享網站，創立於以色列，後來將總部移至美國經營。

劇寫一輩子還要多。對編劇而言，這實在是一個更讓人滿足的媒介。

潘：你可以給正在念電影學校，但想過寫電視劇的學生們一點建議嗎？

史：去念醫學院。不是叫你去當醫生，而是當你回到電視圈的時候，你會有東西可以寫。好好過活。這是我給大多數年輕編劇唯一的祕訣。如果你想當導演或製片，那是一回事，那些技能你可以學得到。但如果要當寫手，你得要有素材可以寫。這不是說別人就不算好好過活，我們都活過，但你知道，當你才二十一歲，除非你有什麼了不起的經驗，你尚未活出什麼可以寫的東西。不幸的是，多數真的很年輕的編劇，他們對人生的理解都來自看電視，所以你最後只會活出這種「燒錄版」的人生，完全不能與真的經驗相提並論。所以我總是對學生說，盡情逐夢，但與此同時，找份真格的工作，好好體會人生。

焦點討論：創作「辦案劇」

客座講者為來自《CSI犯罪現場：邁阿密》的安唐納修（Ann Donahue），以及《法庭女王》的勞勃金恩（Robert King）與蜜雪兒金恩（Michelle king）。

據播出《CSI犯罪現場》的CBS頻道總裁萊斯利莫文維斯（Les Moonves）所述，該劇是「電視史上最成功的系列影集」。除了原始影集一季接著一季欣欣向榮，後續作品如《CSI犯罪現場：邁阿密》、《CSI犯罪現場：紐約》、《CSI犯罪現場：網路犯罪》等收視率皆名列前茅，再加上無線台以外的重播，整個系列是想躲也躲不掉——數千萬觀眾倒也沒有想躲的意思。若我們把其他類型的「辦案劇」影集也算進來的話，這個廣義類型幾乎可以用來形容大多數無線台播出的一小時影集（但不包含有線台）。

為什麼呢？

根據《CSI犯罪現場：邁阿密》共同創作人兼節目統籌安唐納修的說法，這是因為就某方面來說，辦案劇很單純。人們想要看到故事圓滿落幕，得到真實人生給不了的解答，能夠確信每集最後，壞人會落入法網。

這並不意味著《CSI犯罪現場：邁阿密》本身很單純——裡頭的辦案過程往往有好幾個轉折，科學的部分頗為複雜，鑑識部分的視覺也相當驚人。只是就劇情建構以及影集意圖的角度而言，形式本身算是相當容易預期。這將會帶我們來到所謂「辦案劇」的大致定義：每集最後能夠破案、重點擺在謎團勝於主要角色戲劇弧線的影集。「調查—破案」是《CSI犯罪現場》以及其他警探辦案劇的核心，《怪醫豪斯》也是利用一連串線索找出元凶（指某種疾病）的醫療辦案劇實例，律政辦案劇（諸如《律師本色》〔*The Practice*〕[9]、《波士頓法律風雲》、《法庭女王》等）則是用新證據和審判所帶來的轉折取得案件勝利。

辦案劇早在電視僅有三個無線台的時代便已出現，當時每個電視台皆要求影集要在每週最後做出收尾。一九九〇年代，《法網遊龍》為此類型帶來嚴肅議題，也就是所謂的「抄自報紙頭條」（Ripped from the headlines），二〇〇〇年出現的《CSI犯罪現場》則在娛樂效果上技高一籌。當時沒有任何電視影集經驗的編劇安東尼佐克（Anthony Zuiker）為創作試播集進行了驚人的研究，甚至與拉斯維加斯的犯罪現場鑑識員一同出勤。電視台幫他請來老經驗製作人——編劇卡蘿孟德爾頌（Carol Mendelsohn），後者則找來曾以《警戒圍欄》（*Picket Fences*）[10]拿過艾美獎、與孟德爾頌同時在史蒂芬坎內爾製作公司（Steven J. Cannell Television）服務的安唐納修。

打從一開始，《CSI犯罪現場》便是一部相當複雜的辦案劇，裡頭科學的部分編劇是一竅不通，劇中還有血肉被子彈射穿後的剖面畫面（日後被暱稱為「鮮肉鏡頭」）。他們有五位技術顧問，並且得想出如何寫下說明並且藏得不留痕跡。

據孟德爾頌在《編劇人》雜誌裡頭所說，隨著影集日漸成長，三位監製忠於事實的程度亦與日俱增，不僅會以報紙上找到關於謀殺的記述作為劇情靈感來源，也竭力擴充鑑識知識。之後她們創造出了所謂的《CSI犯罪現場》風格，運用微證據超級特寫、特殊畫面、音效技法，來強化視角、時間經過、甚至情緒的改變。孟德爾頌提到：「細微之處才是《CSI犯罪現場》的精髓，不折不扣的真實才是真正有趣的東西。」

寫辦案劇的一大挑戰，便是如何從技術層面踏入內心世界。唐納修說道：「包含我和所有編劇在內，我們所有人在初稿階段所犯的錯誤，便是我們塞了一大堆線索和劇情。問題是：沒人在乎劇情。從來沒有。但故事……故事說的不是同一件事。你四處看看，故事講的往往是那些不服輸，或想要做更多的傢伙。這才是人們真正在乎的部分。一般來說，那會是A故事。B故事講的則是他的愛情——他到底得到芳心了沒？

9 由大衛凱利所創作的影集，故事環繞一所波士頓法律事務所，曾獲艾美獎最佳劇情類影集，《波士頓法律風雲》為其衍生作。

10 由大衛凱利所創作的影集，描述小鎮警長調查各種罪案的故事，曾獲艾美獎最佳劇情類影集與最佳女主角等大小獎座。

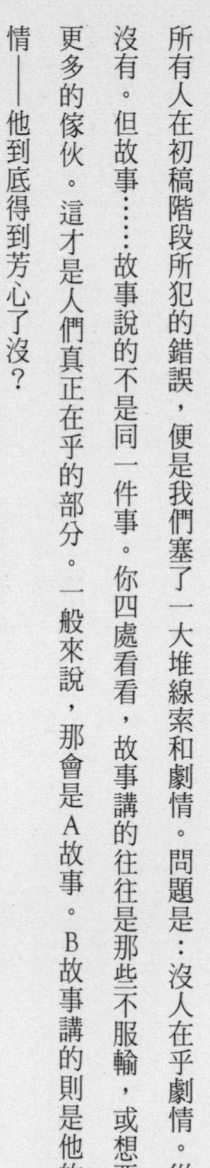

就我們的影集來說，A故事是調查工作，B故事則是情感線：某位鑑識人員角色對案件的感受，以及這對他們個人有什麼影響；某位被害者家屬被捲入案件裡頭，我們要怎樣幫他們度過難關？我們會持續在關於調查的A故事，以及關於情感的B故事之間切換，如果你的第一幕什麼都沒有，就只有某個線索引導你到這個角色，另一個線索帶你到那個角色，而我們的角色只會用證據面對其他人，你就失敗了。

我們現在在處理的故事裡頭有名保母，她上班的地方發生了一起謀殺案。屋裡採集到附近鄰居的指紋，對方說：『我只是去偷東西。』是這樣嗎？你為什麼在那閒晃？為什麼你會把鼻子貼在玻璃上？『為什麼？因為我在和保母交往啊。』突然間，故事講的不再是某人偷東西，反而是他告訴我們的訊息，讓我們對於在此之前怎麼看都覺得天真無邪的嫌犯有了新想法。然後我們發現，她之所以對謀殺有所隱瞞是為了掩護男朋友，之後更發現他們在互相掩護。重點是，你該做的事情不是去質問鄰居，然後對方說，對啊，我去搶劫過，我是個壞人。重點是要能做到我們所謂的加碼升溫。某個看起來純真無邪的人會找人過來做愛，之後故事甚至往《畢業生》路線發展，我們會發現保母的母親也在跟這位男友上床。

你角色所調查的人物（調查建立在鑑識證據之上），不一定都有罪，但他們得給你一些東西來讓故事不斷不斷地發展下去。另一個規則則是在第一幕末，前十七頁裡，得要有嫌疑人登場。你得有一名真正的嫌犯，好讓觀眾知道他們在看什麼。

影集的工作是提供娛樂。其本身由情節推動，編劇應全力以赴，好好說故事，不要讓任何事情成為阻礙——不管是教育觀眾、政治正確，或『唱高調』都一樣。英雄得要有欲望，他得遭遇挫敗，裡頭得出現阻礙。

《CSI犯罪現場》這個系列真正與眾不同的地方，來自我們的製作水平。如果我們能把每部影集做好，它在視覺上永遠能引人入勝，最終也會讓人心滿意足。拍攝方法會改變，但拍攝永遠無法取代說故事。對我來說迷人的地方永遠是故事，以及執行故事的方式。當一集影集結束的時候，好的結尾既出人意料，卻又合情合理。這正是人們所期待的。

不管今天是醫療劇、警察劇或肥皂劇，每個故事都是一個謎團，裡頭有祕密將被揭曉。其他人什麼時候才會發現？某個罪有應得的角色會怎樣得到懲罰？我不認為這會改變。我們要的東西從未變過，我們要我們自己成長時得不到的結局。」

在電視上的諸多辦案劇裡頭，《CSI犯罪現場》特別具有代表性，可能是類型最純粹的範例。其他以辦案作為主要動力的影集，同時也會有著由常態角色出發的連續性故事。如果沒有休羅利飾演的把人生弄擰的醫生，以及他團隊成員之間的關係，《怪醫豪斯》會是部很不一樣的影集。

當彼得布萊克，《怪醫豪斯》編劇團隊的其中一位成員，前來我南加大的課堂當嘉賓時，他讓我們一窺他自己的寫作流程。在討論他寫的「暴君」（The Tyrant）這一集時，他告訴我們：

「我問我自己，為什麼醫生會殺掉自己的病人？嗯，答案是為了避免更糟的事情發生。寫作時，你永遠要把自己逼進你能想到最艱難的處境，這樣才能把答案逼出來。你得讓客座角色愈黑暗愈好。眼前的情況是一名準備要進行種族清洗的獨裁者，殺了他可以阻止這一切發生。劇本裡的一切皆為了這個片刻存在。

我們之前已經畫好角色關係的弧線——這集在柴斯與卡梅倫的關係裡頭占了怎樣的位置。我們會在編劇室討論怎樣用上兩人的關係，最後我們得到的答案是，因為柴斯選擇讓獨裁者死，導致兩人的婚姻告吹。

你得先鋪好辦案劇的骨架，然後再另外加添血肉。影集裡頭會有角色得要面對的某個問題，或某個兩難。我曾經寫過一集《律師本色》（法律辦案劇）裡頭問到『如果你幫一名不停嗑藥的孕婦辯護，你該怎麼辦？』如果你讓她去坐牢，這會是救她一命的大好機會，但萬一人家雇你就是為了讓她不用去坐牢呢？影集常會讓律師們面對各種道德兩難。

在《怪醫豪斯》裡，我們會去找各種醫師與醫師間、醫師與病患間、以及病患與家屬間的衝突——多數時候甚至以上皆是。」

《怪醫豪斯》

如果想知道要如何有技巧地平衡辦案劇與連續劇的強項，看《法庭女王》就對了。在這裡，女主角亞莉莎佛里克一開始便面對了一個我們更常在電視新聞看到的兩難——整天拈花惹草的丈夫得公開道歉，妻子一臉悲苦地站在他旁邊面對鏡頭。在此之後，一部影集除了她私下的掙扎以及家庭問題外還能講什麼？一部每週都會結案的法律辦案劇，怎麼會出現在這種極度個人的框架裡？是兩部影集為了讓電視台放心所以疊成一部，還是這其實是一部不斷向觀眾展現出更多層次的影集？

二〇一〇年，劇評人莫林萊恩在她登於芝加哥論壇報的評論裡寫到她的觀察：「從前從前，有線台影集與無線台的一般影集有著相當大的不同。現在情況多半還是如此，但《法庭女王》可能是兩種風格至今最成功的組合……」

然而，即便裡頭有著種種呼應有線台風格的朦朧美與格調，《法庭女王》的原創和監製勞勃與蜜雪兒金恩，仍留意到他們影集播出的頻道是最傳統的無線台CBS，所以就跟警探劇一樣，壞人總是會在一集結束時被繩之以法。

我問金恩夫婦，他們怎樣讓這個組合行得通。

勞勃金恩由此開始：「讓我先說吸引我們做這部劇的原因。我們不是那種會抗拒影集比較辦案劇層面的人。辦案劇表現一流的時候我們會很享受，我們也享受電影裡的辦案成分。一些非常有趣的電影裡頭就有各種轉折，希區考克的作品不過就是執行出眾的辦案劇。所以這部分我們喜歡。但我們也知道，電視上已經因為為數過多的作品把這個類型耗盡了，裡頭有些其實非常不錯，遠比電影更好，但整體數量仍然過多。

當我們在寫試播集的時候，我們會思考今天最好的辦案劇裡頭，角色往往得要面對後果，但能做出這種效果的手法屈指可數。通常電視的做法是讓某位主角的舊識對他們的生活產生影響。這位主角（不管是警察、律師或醫生）得努力幫助深陷危機的人。考慮到你讓觀眾在乎的唯一方法，是讓他們在乎需要幫助的那個人，這其實有點作弊。

我們想要找方法讓那份在乎、那份個人層面，是在於人的生活。我們想要讓人們的家庭生活以及職場生活較為個人化，這也就意味著我們得創造一個關於角色、也只和角色有關的實際結構。你很明顯不能直接就這麼寫，然後說觀眾會對這感興趣，你得在個人生活裡找到議題，甚至辦案劇的色彩，好讓故事能有劇情轉折和真相大白。我們相當享受人性層面，也想要把這變成影集不可或缺的一部分。

也因此，有別於《CSI犯罪現場》，《法庭女王》從一開始便是由角色出發。但許多以角色為主的影集討論的是婚姻與背叛，本劇卻從試播集以降就採用以議題為本的說故事手法。當然，《法網遊龍》系列（本身就是一個辦案劇帝國）向來都會透過包含醜聞在內的各種新聞事件來推動個別集數，但那是與角色辦的案子有關，在《法庭女王》裡頭，主要角色處理的戲劇性衝突甚至直接來自當今競選活動。」

我問他們是怎樣做出這個決定的。

蜜雪兒金恩開始解釋：「在我們思考下一部影集要做什麼的時候，出現了一系列的醜聞：柯芮克（Larry Craig）、桑福德（Mark Sanford）、哈格（Ted Haggard）、愛德華茲（John Edwards）、史必哲（Eliot Spitzer）等。雖然沒有人會去說她的故事，但我們開始對那位在男人醜聞纏身時，站在他旁邊的女人產生興趣。當我們開始研究這件事情，我們發現這裡頭有一個模式：第一，這裡頭多數女性會留在丈夫身邊——一個相當有意思的決定。第二，這裡頭的女性多數是律師。」

蜜雪兒金恩向BitterLawyer.com網站提到：「我認為這部影集始於『她們在想什麼？』這個問題。勞勃與我由此開始討論……我們意識到她得回去工作，然後我們有無數的女性律師可以作為靈感來源。」

雖然在過去，創作法律辦案劇的編劇一般來說本身也有法律背景，如《律師本色》、《波士頓法律風雲》、《艾莉的異想世界》等劇的原創大衛凱利，金恩夫婦本身卻不是律師。BitterLawyer.com直接向他們問起這個問題：「兩位都不是律師，你們覺得這是否對你們不被法律層面所累，而能專注於劇情元素上頭有所幫助？」

蜜雪兒回答：「我不認為這有影響。我們永遠會先從故事概念開始，但我們會找技術顧問來讓它更逼真可信。」勞勃補充：「在創造好的故事，與讓它不會有錯誤之間總存在著角力。很多時候我們會有某個想法，然後律師會告訴我們，我們想像會發生的事情，在現實裡不見得也會如此。」蜜雪兒開玩笑承認：「為了戲劇性而在法律上做微調，向來是個源遠流長的優良傳統。」

事實上，本劇不只有兩個主軸，而是三個——家庭劇、法律辦案劇，以及至關重要、透過各種關於法官以及勝選幕後操作鉅細靡遺的刻劃，所呈現的政治諷刺劇。偶爾用一些黑色幽默點綴審判戲，舉例來說，在某場戲裡頭，當一名作風強硬的女性軍事法庭法官踏入畫面時，手裡拿著一杯暗色液體。旁人警告亞莉莎要小心，因為「法官又在做清腸排毒了」。

第二季其中一集有場複雜得很迷人的晚餐戲。在這裡，佛里克一家人試圖以慶祝猶太教贖罪日（Yom Kippur）的方式，討好某位潛在的選戰金主，但就當這家人希望證明他們支持同志平權、支持以色列時，大錯小錯卻接踵而來。先是聰慧的年輕女兒質問捐款人關於封鎖加薩地帶一事，接著亞莉莎的同志弟弟試著說服她離開丈夫，然後亞莉莎的岳母莫名地提到她也有猶太朋友，亞莉莎還以猶太教義裡的「贖罪」（atone）為名向客人敬酒，過程中競選經理伊萊戈德（以前白宮幕僚長拉姆伊曼紐爾〔Rahm Emanuel〕為人物原型）則拚命試圖贏得訪客的背書。整場戲成功做到既緊張又好笑，充滿人味與哲思，同時有著豐富的角色刻劃或劇情。

在特定集數裡，《法庭女王》比起CBS排在它前面播出的《重返犯罪現場》，會更接近《白宮風雲》，這要讓傳統無線台願意買單似乎有其困難。在本劇之前，金恩夫婦已經有九年的時間擔任試播集編劇和製作。但就像我在前面章節告訴你的，即便有優秀的實績背書，能獲得大型製作公司或製片廠支持還是無比重要。也因此，在找上電視台之前，兩人先將開頭畫面提案給雷利史考特（Ridley Scott）與東尼史考特（Tony Scott）所經營的Scott Free製作公司。雷利史考特的電影資歷可以追溯回《異形》（*Alien*）和《末路狂花》（*Thelma and Louise*），他和胞弟東尼也有著一長串的電視製作經驗。之後實際開始製作時，兩夫妻也為團隊找來寫過《急診室的春天》、《三棲大丈夫》、《律師本色》、《波士頓法律風雲》等影集的編劇。

勞勃金恩這樣形容他的提案：「醜聞記者會正在進行中，攝影機鏡頭集中在男人身上，但我們的攝影機卻開始往電視畫面角落看，找到了站在男人身旁的妻子，也就是我們跟隨的角色。接著，視角進入她的腦海裡，從她這邊看見男人袖子上的一小段線頭。我們希望透過這樣一個開場抓住聽者注意力。」

上述這種讓觀眾聚焦於角色生活之中、往往有著明確場域或視角的通用手法，日後成為了影集的模板。「每一集我們都得先知道開頭的畫面是什麼，這有點像是產生故事的ＤＮＡ。」勞勃金恩如此解釋。

但一旦他們通過試播集，開始規劃接下來的集數，他們該怎麼引導方向？很多傳統辦案劇的節目統籌根本不會用到編劇室。當每集影集各自獨立，以一集裡頭能偵破的案件為重，連續性角色沒有重要記憶的時候，這實在沒有必要。當這些影集的連續性角色有戲劇弧線時，這也是交給節目統籌處理，有時就只是在該集編劇交出完稿之後，在裡頭加個幾場戲而已。

但由於《法庭女王》屬於混種，所以勞勃金恩這樣解釋：「第一年的時候，我們先找出我們位在亞莉莎人生的哪個地方……我們不像有線台只有十二集，我們有二十三集，所以我們得找出能夠推動整季的劇情引擎。已有太多影集裡有灑狗血的老哏，所以今天不管是利用時事或典範移轉，只要任何事情能讓我們避免老哏，我們就會去做。」

蜜雪兒告訴莫林萊恩：「探索亞莉莎這個角色有趣之處，便是看她究竟走了多遠。剛開始時，她在專業上顯得跌跌撞撞，而隨時間過去，她對自己做的事情開始感到踏實。而同時，她雖然沒有做出不道德的行為，但我認為她遠比自己一開始預期的更活在灰色地帶……

雖然本劇講的是一場政治醜聞的後遺症，以及一位夾在兩個男人中間的女性……但《法庭女王》的手法非常隱微，不會讓人感覺老套或誇張。然而亞莉莎與她生命中兩個男人的強烈吸引力卻也並未因此被縮減……一開始，我們會寫半頁的對白來解釋現在發生什麼事，然後我們發現其實沒必要。（演員們）表演是如此精湛，觀眾看了便一目了然。」

「我們一直對於柯林頓夫婦是怎樣運作，以及他們是如何兩個人都能大權在握相當感興趣。」勞勃金恩如此告訴萊恩。「我們有點想知道，現在亞莉莎在職場上找到安全感了，這會如何威脅到她的丈夫？她還需要她丈夫嗎？」

金恩夫婦解釋，在編劇室裡頭，團隊會先找出他們在角色弧線上的位置，然後再找案件來做搭配。這跟從案件開始的《CSI犯罪現場》，或裡頭有著A、B、C故事，同時結合醫療謎團

（A故事）、豪斯在本集的掙扎（B故事），以及醫生之間與案件同時出現的問題（C故事）的《怪醫豪斯》，有很大的不同。在《法庭女王》裡，影集的骨幹（影集本身的叩問）可能會以類似「女人是否能在支持不忠丈夫的同時，保有自己的身分與尊嚴？」或甚至「好人要如何在一個吃人的世界裡求生存」的方式呈現。每集影集則會透過家庭戲，以及與女主角個人問題相呼應的律師事務所戲分，以某種方式回答這個核心問題。

最後，我問他們找編劇時會想在編劇身上看到什麼，或對於有興趣創作潛力劇本的學生，能給予什麼樣的建議。他們毫不意外地完全沒有提到法律背景——他們雇有負責相關工作的研究員和律師，也沒有提到對於規劃辦案劇劇情的專長。他們說他們在找的，是看完所有集數並做過功課（各大網站上便能輕易找到），對影集有深刻了解的人。最重要的是，能夠為這些角色的奮鬥帶來一些個人連結，以及能與角色相符的生命知識。不管今天影集是不是辦案劇，最後這點建議都受用無窮。

就在這本書即將出版的時候，另一部辦案劇為此類型帶來了嶄新可能。AMC頻道的《謀殺》拓展了警察劇這個類別，並擁抱了電視跨足全球的本質，以一整季的深度真相抓

《法庭女王》

住觀眾。有些評論者會質疑，當破案沒有角色發展來得重要，《謀殺》是否還算是一部辦案劇？事實上，該劇既由劇情推動，也同時從角色推動。

我們討論過《法庭女王》同樣兩者皆是。但在該劇裡，法律（以及政治）辦案劇與家庭劇有著明確分隔。兩種類別在《法庭女王》有所交會，但各自可以獨立規劃。《謀殺》之所以走得更遠，是因為要把蘿西謀殺案的線索，與她父母的悲痛及婚姻如何受到影響分開，根本是不可能的事情。而對於尋找真相乃其情感現實的林登警探來說，要把工作與生活分開也同樣不可能。包含政治人物在內，不同的嫌疑犯不只是障眼法而已——每個人皆與自己的天使和魔鬼掙扎，我們關心內在衝突的程度，也與我們在乎案情的程度一樣多。

《謀殺》根據丹麥影集改編，與許多步調飛快、善於利用讓人不快的畫面、點到為止、一集裡先呈現可怕的暴力再順利偵破的美國犯罪影集差了十萬八千里。《謀殺》的編劇／製作人魏娜莎德，本身也是無線台辦案劇老鳥，之前曾擔任《鐵證懸案》的節目統籌。若拿這兩部影集做比較，不難看出這個類型已經走得多遠了。

寫下你自己的一集劇本

Chapter 4

聽見聲音

（以下印象派散文摘自美國編劇公會期刊）

「……小號貼在唇邊，他聽著音符自屋頂的磚瓦朝下一個屋頂彈去，直到最後，他對於回音的節奏了然於心。人們稱他為天才，但他只是知道人們所不懂的事情——他做的不過就是聆聽罷了。」

這段文字來自我在大學寫的短篇小說，當時我相信，如同大理石裡頭藏著一座雕像，雕刻家做的事情只是刨除雕像以外的部分，音樂亦在演奏之前便已存在，而對編劇來說（現在我們講到重點了）角色不只存在於筆下而已，還有著影片無法全然承載的生命。他們會對你說話，你只要負責聽就好。

你捕捉角色的方式就像是衝浪的人捕捉浪頭，先在寧靜的水中等待，直到一股力量讓它升起，無形而有力。

——不然你要怎樣？那就是屁孩的說話方式啊。

好啦好啦，我們都知道事實是怎樣。在某些劇本裡，捕捉角色的難度就跟要在飛行途中捕捉玻璃窗上的小蟲沒什麼兩樣。

工作中的編劇也會聽到其他聲音。「你希望劇本很好，還是希望劇本星期五交？」是啊，是啊，我知道，最好是寫得好而且星期五交……最好星期五能交。

我第一位電影圈老闆的聲音循環播放著。當時我是名來自東岸的菜鳥，剛拿到製片廠的開發工作。我給了老闆一份紐約朋友寫的劇本，並且天真地給了它致命的一擊。我說這個劇本很美。我現在還能聽見老闆嘴裡呼著大支雪茄的聲音，「別給我這種垃圾！」他當時正跟藝文傳奇諾曼梅勒（Norman Mailer）一樣在拍拳擊電影。「單挑、動作、動作，懂嗎？一對一！」他在我面前彈手指。「這會賺一億嗎？會嗎、會嗎？妳告訴我啊。」這就是所謂蠢人的賭注。沒人能證明任何一部電影可以賣錢，只是當時的我不知道。

——他才沒在妳眼前彈手指，妳太誇張了。然後角色在亂跑，快阻止他！

好啦好啦，他沒有彈手指，但其他部分都是真的。不久之後我離開了製片廠的工作，想要以編劇為生，被蔑視的紐約作者後來拿了座普立茲獎，然後那位高層退休時比我們兩位都還要荷包鼓鼓。

——這跟聲音有啥關係？

聲音得來不易。有些時候你得要引誘它們現身。

我的狩獵範圍是劇情類影集。我曾有幸在幾位偉大的編劇製作人底下學習，他們會刺激底下的團隊去思考，有血有肉的人會被什麼驅使，而不只是什麼可以博君一笑，或讓劇情更複雜。你還能在哪找到長達二十二小時的故事，裡頭的角色還會不斷演變？當然是急迫性、親密感、力量。這就像一條奔流向前的長河，只是我們都知道河道兩岸有什麼：一窪接著一窪臭水坑般的影集。

我初出茅廬的時候，曾去其中一窪接過案子。也不算是臭水坑，比較像是一潭死水。影集的角色會像玩具一樣被移過來又移過去，好塞進類別裡，當製作人開始描述他要我寫的各種情節設計時，我腦海裡的角色在哭喊「可以行行好，放過我們嗎？」等你練就了功夫，你就可以接類似這樣的案子。做個樣子就好，有點像應付一段已經千瘡百孔的愛情，兩者一樣讓人想死。

然後呢，在劇本寫到一半的時候，某個角色出其不意地說了句只可能從她嘴裡冒出來的台詞。逮到妳了！擁有她的聲音就像是擁有她的地址，一旦我知道怎樣找到她，她會逼使角色回應同等真實，然後一起讓她們的世界變得完整。一旦你嚐到甜頭，你除了甜頭什麼都不想要。

——是，好像這種事天天有似的。

想得美。當你滿肚子咖啡因和恐懼感盯著電腦螢幕看，我懂那種萬事俱備，只欠角色的感覺。你具備所有的事實，那些轉折破口該發生的事，卻只聽到空無一人的岸邊風聲在呼嘯。但我學到了一件事：技藝就像是一艘拖船，能把你拉到聽得見聲音的地方。

——所以，你到底要不要請仙女下凡？

沒有仙女，但這裡頭還是有所關連。那種場次彷彿自有生命般接連出現的狂喜，當下你所感受到的高潮，會讓你願意忍受各種批評與干擾。這就有點像是你和角色在整夜交心，雙方怎樣都離不開對方，希望永遠再不要睡去。這種感覺已經在那……你只是得聆聽而已。

* * *

之所以引用那段文字作為本章開頭，當作幫助你寫下自己劇本的開始，是因為如此一來當我們討論技藝的細枝末節時，才不會忽略了源頭——那才是作品真正的出處。

找出你的故事

不管你今天想要寫的是潛力劇本，或在團隊裡爭取單集的編劇工作，你所選的主題都得要：一、符合媒介。二、能與影集做搭配。三、有著適合用畫面播出的事件，以及四、表露出你個人獨特的經驗和新鮮洞見。是的，你可以四者兼具。

電視上行得通的概念會有我在第一章討論過的格局與私密感，所以要盡量找到從角色出發，並能靠對話場次加分的主題。

如果要融入某部現有的劇，你必須要拚命看影集，直到可以在腦海裡聽見角色的聲音。然後你得找出影集用來推動故事的觸媒，以及影集的步調與風格。

如你所知，外在事件是所有編劇工作的基本。就跟電影劇本一樣，你透過實際發生的事件來規劃劇本的結構。這聽起來很簡單，但我會特別提出，就是因為我遇過一些平常非常聰明的學生，整個人陷在影集角色心理之中，以致於他們忘了角色乃是由一系列畫面上所發生的事件所塑造。

最後，你能帶來什麼？當然，你會考慮到角色之間持續的關係，這種基本故事性的延續我們稱之為「一致性」。只要這樣寫下去，大致沒什麼問題，只是要注意：在一季影集裡，會由節目統籌來規劃劇情弧線的重大轉折點。不要傻到在你寫的潛力劇本裡，《廣告狂人》的唐德雷柏會跑去變性，或《怪醫豪斯》的主角對大家都很友善，或《勝利之光》裡的教練突然發現自己討厭美式足球，或《火線重案組》的主角們開始學寶萊塢跳舞。不要在你寫的那集劇本裡改變中心角色或影集走向。

反之，去想你知道（或聽過）的事情，然後讓它發生在影集的世界裡。如果這聽起來很嚇人，別擔心，你不孤單。就連曾經創作過《白宮風雲》、《體育之夜》、《六十號攝影棚直播秀》，以及電影如《軍官與魔鬼》等的艾倫索金，有時也會在起點遇到困難。他在二〇〇四年編劇公會基金會的講座上便坦承：「光有想法就很困難。當你努力想開始的時候，你會試著找出某個想法。我每天都在翻找第一時間就可以扔掉的想法，乃至於我的腦海會像是你有史以來看過最爛的電影，充斥各種爛透、一無可取的想法，簡直像是被自己的缺點圍毆。」

研究是幫助疏通思緒堵塞的方法之一。有些編劇會收集一堆來自莫名雜誌或地方報紙的剪報，其他人則會上網或找書。舉例來說，如果你在規劃《CSI犯罪現場》的劇本，研究能透過顯微鏡看得到的科學線索，這就會是個好選擇，能揭露個人祕密的話更好。如果你在研究《三棲大丈夫》，就去找發生在猶他州鮮為人知的事件，或找經營家得寶（Home Depot）之類店家的新思維。如果是《法網遊龍》，你可能會在某頁社論上找到一個熱門議題，但是是透過意想不到的法律詮釋做切入點。此時，這些都不表示你得靠奇技淫巧。有趣小資訊不能當成故事，只不過試著讓你的創意之輪開始轉動。

以下則是讓創意之輪實際轉動的方法：透過主要角色的過往經驗，來賦予你的主題生命。這才是關鍵。最常見的錯誤之一就是透過客座角色說故事。這實在非常重要，所以我換句話說再強調一次：不要寫就算少了你的主要角色也可以說的故事。如果你寫的情節在沒有影集脈絡的情況下，也能以電影的形式運作，那麼你就沒能讓情節為你的影集服務。

以下這個範例會分別呈現處理故事時，錯誤以及正確的方法。現在假設你在寫一集影集，主角是珍和莎莉兩位警探，然後你讀到某篇文章，裡頭有一位女賊爬上高樓，好去偷一批Manolo

Blahnik的高價名牌女鞋。

錯誤的題旨會長這樣：前任攀岩冠軍波夏派蒂試圖趁著夜色爬上川普大樓，以竊取全世界最貴的細高跟鞋。然而她聰明絕頂的計畫卻在珍和莎莉逮到她時宣告結束。

好一點的題旨則比較像這樣：當莎莉被女賊挾持為人質，珍必須在夜色籠罩的川普大樓屋簷邊面對自己的懼高症，試圖拯救莎莉，並阻止女賊竊取全世界最昂貴細高跟鞋的計畫。

看出差別了嗎？在錯誤的版本裡，影集會由客座演員推動劇中的事件，主要角色淪為客座演員的旁觀者或傀儡；在第二個版本裡頭，影集裡的挑戰、危機與視角則屬於主要角色，其決定創造出故事裡的轉折。

等到你決定你潛力劇本準備寫的主題，把它先寫成題旨（討論題旨的段落在第二章，如果你需要重溫一下的話）。這件事說來容易做來難，原因是當你想把故事用一句話說清楚，你得先知道整個戲劇弧線。這很困難我懂，但我會建議你在往下走之前不要跳過這一步。一旦你弄清楚你的故事了，你才能確定你有的不只是一個前提，而是實際的劇情。

如果你正在寫的影集只有A故事，那你只要有單一一句題旨就可以進行到下一步，不過你還是得確定，這個單一故事有足夠內容能發展成二十八場戲。如果你在寫的影集有三條故事線甚至更多，你會需要分別為B故事、C故事或其他故事寫下各自的題旨。想當然耳，你也得想出個別故事的內容為何。等你完成了，現在就準備好上工了。

破解你的故事

破解故事（Breaking a Story）指的是找出故事裡頭主要的轉折。就無線台影集來說，這包含了提供影集扎實穩固的結構，好讓懸念在分幕破口處出現，並且將故事從序幕（或第一幕剛開始）裡頭的導火線，一路推向第四或第五幕的故事完結為止。

這不是一個能夠草率面對的步驟。就算是最有經驗的寫手，也得花上數小時、甚至數天的時間與故事拉扯。除了找出破口出現的位置，你還得用上以下兩個基本戲劇性測試：

- **可信度**：今天現實裡的人或正常人，在這樣的情況下會怎麼做？你是藉由人們很難相信的行為逼出劇情轉折，還是角色所作所為是在面對危機或衝突下，自然產生的動作或反應？這裡頭的東西是否真誠？
- **支持度**：你在意角色是否能成功嗎？如果要讓觀眾支持你的主角，他眼前的風險夠不夠險峻，夠不夠明確？人們會不會願意投入情感？

等你有了基本的故事，你可以先定下大概的定錨點，然後默默地把結構找出來。最簡單的或許是開場，畢竟讓一集影集開始的事件，可能也是一開始吸引你的點。但就算是最單純的故事，你也會有幾個選項：你想用帶來挑戰的客座演員做開場？還是其中一位主角的內心問題？還是其中一位主角立下目標，卻在客座演員登場時受到阻礙？

艾倫索金在編劇公會基金會的講座上曾講起他如何開始一個劇本：「我在寫《白宮風雲》時有了一個關於開頭一頁半的想法——順帶一提，關於這部分，不開玩笑，如果我知道開頭一頁半要講什麼，不提好的開始是成功的一半，至少我已經可以看得到終點線了。」

不管今天你需要什麼來幫助你看到終點線（可以是某個角色的聲音，可能是想像某個地方，可能是抵達某個犯罪現場，接到某個案子，或面對某個人際衝突），閉上眼睛，賦予它生命，這樣一來，你可以在自己影集的世界裡找到方向，這也會讓你比較能夠誠實面對接下來的部分。

第二簡單的定錨點大概是結尾。當你選擇了眼前的主題，最後的結果也可能會隨之而來。如果剛開始的時候發現了一具屍體，真兇可能是通報這件事的人，或是那位友善的證人，或是祕密情人，或是這人那人。你真正的挑戰不是破案或治病或存活下來，而是透過主角探索或成長的過程，得到這個結局。所以就算你知道結局在哪，抵達結局的過程才是說故事技藝所在。

第三個定錨點會出現在第三幕最後，也就是所謂的「最壞情況」。要記得，在劇情類影集裡，所謂的「最壞情況」不見得真的有什麼壞事發生，而是出現與主角目標相反的情況（或者是敵手的勝利）。舉例來說，在我們之前提到有關於珍和莎莉兩位警探，以及女鞋大盜波夏的假設性影集裡，最糟的情況可能是有懼高症的珍，被迫得爬到大樓邊緣以拯救莎莉。危機不只是來自於莎莉被擄為人質，而是當珍在爬到外面的同時，她得面對自己最黑暗的心魔，並且因為害怕自己會搞砸唯一一個營救的機會而全身顫抖。這就會是在第三幕破口之前的懸念。

以下則是另一個範例：一名醫生害怕妻子不再愛他，為此掙扎著是否前去贏回芳心。在這集裡，他有一名病人需要動手術，同時外頭下著傾盆大雨。從戲劇性的角度來看，最壞的情況不是病患過世，或大雨氾濫成災，而是妻子不要他，即便前兩者都有可能讓角色的任務受到影響。

當你知道第三幕的「最壞情況」是什麼，你就可以從角色遇到這個危機的點，一步步向前反推回去，至此整集影集的基本結構已呼之欲出，就算你頂多只能填入破口前的一兩個節拍，你還是可以開始掌握到進展。

接下來，你要抓出第一幕以及第二幕末尾的懸念。你可以透過發展敵手找到一些想法。通常（但當然不是永遠如此）在第二幕，第一幕所出現的敵方會開始增強，而既然你知道在第三幕最後敵方似乎已經獲得勝利，你可以藉此試著想出兩個驚喜：你可能會發現主角在第一幕低估了敵手，並在第一幕最後發現真相後被迫反擊。而在第二幕裡頭，或許敵手與預期的不太一樣，或許主角追查的只是對方設下的障眼法，甚至可能主角相信自己已經贏了，但敵手（或問題）卻在第二幕破口處重新站穩腳步。

回到我們自創的珍與莎莉影集，你可以在第一幕創造出有人在偷名牌鞋的這個難題，然後在第一幕破口處揭露犯人是名能爬上高樓大廈的女賊；同時，向來勇敢的珍卻因為懼高症，在這個案子上什麼都做不了。也因此，當波夏在第二幕變得更加大膽，大批名牌鞋被盜在即，莎莉必須要獨自一人進行追緝。事實上，正是因為珍沒辦法參與偵辦，才讓莎莉在第二幕破口處被挾持。

當危機在第三幕愈演愈烈，情況嚴重到只有珍才能拯救莎莉，同時在第三幕破口處，如果她無法爬到大樓邊緣，情況就沒救了。第四幕則完全是主角如何化險為夷，並會自然地接續在「最壞情況」後出現。

當然，這是個相當傻氣的故事，但我想讓你對於如何找到故事主要的骨架，有個大致上的概念。你寫出來的東西會比較細微，比較複雜，也不會依賴卡通般的動作戲，對吧？不管怎樣，這些「錨點」能幫助你規劃。

框架

是的，框架又來了，從上一章跑來加場。不過這次，你的工作不是記錄別人劇本裡的各個故事，現在你可以填入我剛剛提到的各個重要節拍——開場、結尾、最壞情況、第一幕破口、第二幕破口，然後把框架套在自己粗略的想法上。

這個框架是我幫自己創造出來的東西，好在想出一集影集的初始階段後，能夠一眼先看出整個大方向。如果這幫不到你，也不用擔心，框架只是規劃用的工具，畢竟每個人都得找地方開始，而只能盯著空白頁可能會很嚇人。你想要的話也可以多拷貝幾份拿來玩，或把它改成五幕或六幕版本，好配合你的影集。

分場大綱

寫作過程的第一步便是要列出你劇本裡頭的場次。這個過程有幾種名字，你可能在與結構角力的時候會想把它稱為「XX的XX的XX」。其他實際的名稱則包含了分場大綱、場景大綱（Step Outline）、節拍大綱（Beat Outline）、事件大綱、以及**長綱**（**Treatment**），但以上說的都是同一件事情，那就是找出影集劇本裡頭，事件的先後順序。

「長綱」本身有著很明確的定義，通常用法不太一樣，也不是一個你常會在電視圈看到的字眼。技術上來說，長綱的長度大概會是完整劇本二分之一甚至三分之二，以文章（而非劇本）的形式寫就，裡頭會寫出所有

表4.1　基本的四幕框架

	第一幕	第二幕	第三幕	第四幕
（序場）				
1				
2				
3				
4				
5				
6				
7				

的場次並以發生順序排列，另外還包含調性、風格與描述，基本上就是拿掉對白之後的整個劇本。相信我，沒有人會真的這樣寫長綱。如果有人向你要你故事的長綱，他們實際上就只是要你用幾頁篇幅幫故事做個概述。就算是長片，我也聽過有人把三頁長的提案文件稱為長綱。除非有人向你要，否則不用特地寫。

某些製作人會用的「事件大綱」則介於長綱與分場大綱之間。它會將你的影集以幕做區分，裡頭描述故事的重要元素，但不會細談個別場次。這裡的重點是找出劇情轉折，而非拿來當作劇本的平面圖。

「節拍大綱」有時和「分場大綱」講的是一樣的東西，這是因為它列出來的是實際寫在劇本裡的東西，而通常這些「節拍」也就是場次。我參與過一部影集，製作人要編劇交非常完整的分場大綱（有點像是有場次編號的長綱），但在團隊開會的時候，他們會把大綱裡的敘述，縮減成他們稱之為節拍大綱的簡便清單，以便用來分析劇本的建構。

舉例來說，分場大綱的場次描述可能像是「正當珍緊抓著屋簷、害怕得全身動彈不得時，她仍拚命試圖說服波夏放了莎莉，波夏則挑釁珍，如果有本事就爬到外頭來抓她」。簡化版的節拍大綱則可能會寫「珍在屋簷上─波夏：有本事就來啊」。這純粹是用於內部規劃的提示，對於外界讀者來說可能根本不知所云。

這就帶我們來到分場大綱。正如你從第二章所學到的，分場大綱是專業上開發階段的其中一個步驟，這個部分已經受合約保護，至少會為你帶來「故事原創」（Story By）的職稱，應支付的錢也幾乎跟整個劇本一樣多。如果你的合約裡頭設有「中斷點」（Cut-Offs），分場大綱行不通的話，你可能也沒辦法繼續往下走，但成功的分場大綱則意味著對方會「預訂」你的初稿（你已經可以開始寫完整劇本了）。

但如果不牽涉到製作人或金錢呢？儘管寫分場大綱這件事實在稱不上有趣，但就算你今天只是獨自寫著潛力劇本，我還是會強烈建議你寫一份大綱。就像你旅行的時候不能沒有地圖，寫作一集影集也是同樣複雜，你如果需要同時處理好幾條故事線時更是如此。不過，如果你真的只是自己要用，手寫筆記或許就夠了，一開始寫得比較模糊也沒關係，只需要記下在每個場次裡頭，你希望角色能做到什麼就好。就我個人而言，我發現花時間評估每個節拍，然後把整個大綱打出來，反而能幫我省下大把時間，因為這樣我就不用擔心自己迷失在劇本裡或場次功能性重複的問題，也能讓我不用寫了場次之後又刪，只因為我寫的東西沒辦法讓故事繼續往下走。對我來說，多花力氣比頭痛好。

如何寫下你的分場大綱

寫分場大綱的時候，沒有人會從場次一，一路順著往下寫到場次二十八。反之，先從我之前提過的定錨開始，並開始做框架填空，填到夠完整可以把個別場次以分場大綱形式寫出來為止。

或者，你也可以像許多編劇一樣，先從場次卡開始。小卡之所以是好東西，是因為它不會給人壓力。你如果不喜歡某個概念，直接把它扔掉就行。如果你的排列順序說不通，你可以重新將場次卡排序。你也可以用任何順序自由「下載」你的想法，而不用擔心場次在劇本裡的先後順序，創作上可以先從那些你比較享受的場次開始。

另外一個技巧則是用不同顏色的小卡，來代表不同的故事。如果你先處理好所有黃色故事線的戲劇節拍，然後是綠色的，然後是藍色的，然後再把它組合在一起，你一眼就可以看出你綠色故事線是不是在第二幕有所短少，或藍色故事線在第四幕會有所回報，還是在第三幕就走不下去（這其實搞不好沒關係，但至少你現在會有機會發現問題）。

請記得，在一部多線敘事的影集裡，個別故事占的比重可能會不一樣。所以，如果一集裡頭有二十八個場次，而A故事比重最重，則它可能會有多達十二至十六個節拍，B故事可能會有八至十二個節拍左右，C故事則會撿剩下來的部分，少至三、四個，也或許多至八個。如果你處理的是剪影式劇本，裡頭有七至八個彼此沒有交集的故事，即便這對多數影集來說並不尋常，但也有可能一個節拍就是一整個小故事。相信你可以理解，我不是在建議一個故事該要有幾場戲，我只是想給你一些規劃上的想法。

假設你從A故事開始，先把故事裡的個別場次做成卡片，然後算一下總數。如果你發現你有四十張小卡，這就有問題了。或許卡片上寫的只是場次的片段，不是一整場戲？如果是這樣的話，你可以試著把數張卡片濃縮在一起，直到你只剩下十至二十張卡片為止。又或許你的故事沒辦法一集說完，則這個故事有哪些部分屬於重點衝突，可以在一小時內說完的？又或許你只是太嘮叨，在裡頭加了太多沒辦法幫助故事往下走的背景故事或旁枝末節。不管你怎麼改，把A故事縮到合適的篇幅就對了。

萬一節拍太少呢？你可以透過反向思考剛剛的問題來找解方。或許你在一張卡片上寫了好幾場戲，這樣的話可以嘗試把它拆成幾個兩分鐘的區塊，看看故事修改之後的大小對不對。又或許你有的素材不夠支撐主要故事。如果故事血肉怎樣就是不夠，你可以找個比較大的故事，然後把兩者「嫁接」在一起。又或許故事本身有足夠潛力，只不過你還沒有找到能用畫面訴說的個別片刻。再一次的，試試看修改後能不能讓篇幅比較合用。

先處理完這個故事，然後一個接一個往下做。有些不同故事的場次會發生在同一時間同一地點，這樣一來，相較於個別故事都只是獨立存在的微電影，你能在片長不變下做更多事情。一旦你把故事線穿插在一起，你會在裡頭找到一些有意思的對比——或許一個故事可以為另一個帶來縮時效果，或許A故事的某個場次會與B故事在主題上產生有趣的共鳴。把故事放在一起往往可以帶來一些新發現，也因此你在這部分最好能有些彈性。

等你把個別故事填完，大致上也選好破口處的節拍，帶著你正在畫面上收看的心情，把卡片讀一遍。別自欺欺人。如果你看的時候感到無聊，觀眾也會感到無聊。這些畢竟只是場次卡，現階段你想改什麼就改什麼。

等你有了基本結構，接著就是把它完整地寫出來。以下是一份標準分場大綱大概樣子的小抄：

「本集名稱」

序場

用幾句話概述一下序場，內文通常描述或定調會多於實際戲劇節拍。如果影集的序場只有一場戲，那麼用一段話說完就好。

——不過，比較複雜的大堆頭影集可能會從序場展開好幾個故事，將其拆成個別的區塊。

——序場若有二至三個（或以上）明確的場次，則可能會有二至三個（或以上）上頭描述的段落。

第一幕

場一　外／地點—時間

分場大綱裡的每個節拍皆會加以編號，每一幕會從場一開始，並會像劇本一樣加上場次標題。把它想成場次的題旨，盡量保持簡短。

場二　內／地點—時間

每個步驟都應是一個有著戲劇結構的場次。每個場次必須要有一名主角（推動場次的角色）、一個目標、一名敵手或對目標持相反態度的人，即便今天場次僅有一分鐘長，或衝突較為隱微亦是如此。

場三　內／同一地點—稍後

分場大綱寫的是戲劇場次，不是製作場次。換句話說，場次是由內容，而非單純時間或地點所認定。如果你在同一個場地有新的衝突，則這就是一個新的大綱節拍。

——不過，若在影集裡，數個故事在同一個時間點交會，同時你會用上另一個劇情弧線的片段，或許將它加註在場次結束後會比較好理解。

場四　外／內　數個地點—日至夜

單一一個戲劇場次可能會從角色碰面開始，跟著他們上車下車，並在其他地方作結，過程中涵蓋了好幾個地點。若遇到此情況，雖然你不會在劇本裡這樣做，但這裡你可以使用上頭的涵蓋式場次標題。

場五　內／警局辦公區—日

範例：在珍碎念著她的懼高問題走進來時，莎莉接受了派蒂的挑戰，要珍和她一同到屋頂試穿被偷的高跟鞋。

場六、七　嘗試將每一幕的篇幅壓在一頁以內，這樣一集的分場大綱總共會是四頁左右，不過每部影集有自己的步調和風格就是。

如果你願意採用標明每個場次時間地點的分場大綱形式，這能幫你確認實際上會出現在畫面上的內容。以下便是前述範例裡頭，場五這個節拍的錯誤版本：

內／警局辦公區—日

開車上班的路上，珍對自己加油喊話，途中停下來餵鴿子。在她拍拍其中一隻，然後讓牠展翅高飛時，她不禁自問，如果她像鴿子一樣飛在空中，將是多麼可怕的一件事。同一時間，莎莉接到來自派蒂的電話。派蒂人在屋頂上試鞋，想邀請莎莉和珍加入她。我們可以看見派蒂穿著高跟鞋，在屋頂上面跳著舞。莎莉開始擔心，不知道珍是否也願意上到屋頂。當珍喃喃自語走進來，莎莉告訴她……

很爛對吧？上面這個範例有點像一種兒童遊戲，請小朋友試著找出所有不應該出現在畫面上的東西。在我告訴你答案前，先試著自己找出錯誤的地方。準備好了嗎？

- 每個場次盡量愈貼近裡頭的衝突或問題愈好。在這裡，隨著珍的四處遊蕩，在我們達成場次的目的之前，畫面時間已分秒流逝。
- 處理動物不僅昂貴，也會耗費製作時間，這便是一個除非戲劇上著實不可或缺，否則電視影集不會想要花錢的案例。
- 以上行為皆屬於外景（外）。如果你身在辦公區，你不會看到人在外頭的珍。在分場大綱裡頭可以使用涵蓋式場次標題，但如果你實際想把戲劇衝突置放在辦公區內，則開車的部分可以捨去。
- 觀眾無法在畫面上看到珍對飛行的恐懼。如果內容不能出現在劇本裡，就不應該出現在分場大綱裡。不過，如果你打算要將其放在劇本裡，請載明你呈現的方式。
- 同樣問題也出現於人在屋頂上面的派蒂這邊。是沒錯，劇本裡頭應該會有建立派蒂這個角色的時刻，但如果她的戲分也就這樣，在大綱裡頭標示清楚（並努力讓這成為一個故事上有意義的場地），否則將這個部分從場次中捨去，讓派蒂的賭注透過話筒傳出，或透過莎莉的對白傳達。

一旦你將可以用上的節拍排出個輪廓，你便能輕鬆地將場次卡轉化為製作人（或你自己）可以輕易追蹤發展的分場大綱。但也可能沒這麼簡單。當你將手寫筆記實際繕打成結構，你可能會發現自己漏了一些情況：你將某個場次註記為白天，但前後的戲都發生在晚上，這場戲不能是白天，偏偏角色晚上工作又一點道理也沒有。好，你是不是該把這場戲移到其他地方？還是其他場次可以發生在白天？如果可以的話，這會對劇情張力帶來什麼影響？然後這到底是故事發生的第幾天？

以上只是等著把你拉回現實的冰山一角。不過現在就先在分場大綱解決，總比你寫了五十頁之後再處理要來得好。

其他分場大綱格式

並不是每部影集，或每位編劇，在分場大綱上都會寫到如此細部或如此明確。有些會傾向於先規劃好角色的弧線，但把實際動作（地點、時間、角色如何呈現彼此的衝突等等）交給實際寫劇本的編劇。我曾經參與過《人生剪影》（*A Year in the Life*）的編劇工作，該劇原先僅是部動人的「有限影集」，刻劃某個西雅圖家庭面對母親過世的反應，但在短暫的播出期間卻引起廣大迴響，讓這部家庭劇影集獲得全季預定。該劇的兩位節目統籌約書亞布蘭德與約翰福爾賽（《北國風雲》和《親情深似海》（*I'll Fly Away*）等劇的原創）已經規劃好整季的角色弧線，同時影集既然有高度連續性，個別集數則像拼圖片一般，可以拼出一幅完整圖像。

布蘭德與福爾賽給我的第一份大綱與我過去看過的任何一份全然不同，內容講的是該集的心理與情緒發展，但關於一般所謂的「劇情」或事件卻是少之又少。更有甚者，該集出現於該季格外重要的時間點：在A故事裡頭，喪偶不到一年的家族大家長，決定向一名個性獨立的女性求婚，然而對方本身是一名樂在生活的醫生，並沒有結婚的需求；B故事處理的是正值青春期的孫女，因為無照駕駛遭到逮捕；C故事裡頭，新婚的媳婦試著為自己找到第一份工作，並與丈夫有了場爭吵。所以說，倒不是這集沒有內容，而是我拿到的大綱在關於如何訴說這些故事上，幾乎沒有任何指引可言。

舉例來說，其中一個節拍內容大致像是：「與妻子吵完架後，兒子來到廚房，想與父親吐苦水卻說不出口。同時，父親想跟兒子說，他的求婚剛被拒絕，卻同樣有口難言。在這場戲裡，兩個男人皆不願說出自己的心事，但仍給予彼此安慰。」就這樣。

我愛死了這個挑戰，但在我實際寫出場次前，我得先幫自己做一份迷你大綱。就眼前的情況來說，畫面設定在深夜，地點是家中的廚房，兩人對於撞見對方皆感到意外，同時不願顯露出自己脆弱的一面。我讓整段對白顯得「顧左右而言他」（保持間接），兩人一面透過食物撫慰內心，一面強調自己願意支持對方。場次裡沒有飛車，沒有追逐，不過就是兩個人坐在桌旁，但這樣一個細緻的片刻，仍因觀眾知道那些沒說出口的事情而有了張力。我得對你說，這是最難寫的場次類型，因為你沒有辦法依靠外在危難，衝突完全自角色而來，同時大多數的反對聲音也來自內心。

正因為這是如此的困難，即便場次本身微不足道，我仍在裡頭註記出各個轉折點——最適合出場的位置、什麼時候要從冰箱拿牛奶、兒子要在哪個瞬間問起求婚的結果、他將話鋒轉向足球賽門票好幫父親解套的時刻、父親重重嘆了口氣但什麼都沒透露的時間點等等。雖然沒有人實際讀到，但有這樣的地圖在手，對我自己仍相當有幫助。

許多編劇所使用的分場大綱會介於鉅細靡遺的「小抄」，以及《人生剪影》的簡略版情緒目標之間。舉例來說，《急診室的春天》的分場大綱不會有數字，但每個階段皆是一場深思熟慮、戲劇結構明確的戲。考慮到《急診室的春天》的場次可以短到什麼程度，這實在讓人肅然起敬。以下便是《急診室的春天》的實際大綱片段，出自蘭斯簡泰爾（Lance Gentile）所寫的艾美獎得獎集數「愛的徒勞」（Love's Labour's Lost）。特別感謝華納兄弟公司、監製約翰威爾斯、以及編劇兼製作人蘭斯簡泰爾，在此提供同意刊出。

「第十八集」

序場　早上七點

——羅斯與格林在救護車停車站外頭玩傳接球。一輛救護車呼嘯而過，窗邊出現一張熟悉的臉孔。「那是班頓嗎？」羅斯為了接球跑得較遠，此時一台車搖晃著從街上開過來，一名鮮血淋漓的幫派分子被推出車外，扔到街上。

——羅斯、格林、海瑟威火速將幫派分子往創傷部送，中途經過海莉。我們跟著海莉來到創傷一室，房間裡的班頓魂不守舍，髖部骨折的老太太則是他母親，梅伊班頓。

——創傷二室裡頭，卡特與賈維克加入了救活創傷病患的英勇工作。卡特對於火力全開的格林深感欽佩。

——梅伊對她兒子看見她赤身裸體並疼痛不堪感到害羞。海莉向他保證她會格外關注老太太。海莉堅持沒事的同時，班頓試圖想寫下醫囑。她安撫他：「別擔心，我會處理。去看看格林需不需要幫忙。」

——班頓走進創傷一室同時，格林正準備進行開胸手術。正當班頓換上創傷服準備動手術，格林說他不需要幫忙——去陪你媽媽就好。

——骨科住院醫師珍娜布萊兒出場，準備幫梅伊辦理住院手續，班頓堅持找來骨科主任。

——格林與海瑟威陪著手術團隊離開創傷二室。當海瑟威結束夜班準備回家，她與骨科主任葛雷哥萊尼爾森醫師擦身而過，後者快步踏入創傷一室。

——尼爾森原本在開部門會議，卻被班頓持續不斷的電話打斷，對此深感不滿，但仍願意接下此一病例。班頓試著要尼爾森承諾會親自處理病例，而不是交給住院醫生。尼爾森直接拒絕，並與布萊兒一同帶著梅伊前往手術室。就當班頓試圖踏入電梯時，尼爾森直接禁止他接近手術室。

以上所有事件皆發生在開場前幾分鐘裡，你可以藉此看出影集說故事的速度需要多快，裡頭塞了多少戲劇籌碼，以及如果要寫一部像《急診室的春天》這樣的劇本，你自己的技藝水平得有多高。你寫的集數或許不會如此激烈，但無論是劇情弧線的精采交錯，或者分場大綱如何讓各個故事如炮彈般自開場瞬間炸開，你都可以從《急診室的春天》上頭學到很多。

舉例來說，在第一個節拍裡，當班頓與救護車一同抵達，平靜的「現狀」（Status Quo）隨著進入A故事而瞬間被打破，但很快又將注意力轉到被丟到街上的幫派分子這個十萬火急的B故事上。這才叫捕捉注意力。

重讀一遍你自己的分場大綱，然後把分場大綱讀給朋友聽，直到你沒辦法讓大綱更有力或更清晰為止。

桑尼檢查表

我過去的一名碩士班學生桑尼卡德隆（Sonny Calderon）告訴我，他會把提醒事項貼在電腦旁邊，上頭的祕訣多半來自我在課堂上針對某個人作品的回應內容。他認為以下四點會在你的初稿開始動筆時有所幫助：

- 每個節拍都必須是一個動作，角色「意識到」某件事情不能當成一個場次。每個場次的內容都必須包含角色想要某樣東西，卻因此面對阻礙。
- 敵手必須與主角同樣強勢，並同樣有動力。雙方愈勢均力敵，愈能製造出張力。記得也要透過你的敵手的視角來觀看世界。
- 以主角必須在轉折處做出困難的抉擇為目標，抉擇兩邊有著幾乎同等的道德重量。
- 將影集經過四分之三時所出現的最壞情況當作定錨點。這裡主角看似即將失敗，必須克服內在問題以面對敵方。

你的初稿

你該忠於分場大綱到什麼程度？這取決於你的分場大綱與實際拍攝可行性之間的距離。假如你現在接了某部影集的案子，你會和編劇主筆（或許還有整個團隊）檢查過一遍你的分場大綱，乃至於當他們放你去寫初稿的時候，雙方無形中已經約定好，你會給出他們所期待的東西。有些時候，當一個分場大綱被視為**定稿（Locked）**，這意味著你接受了書面上所列出來的節拍，也最好能以此為根據進行創作。如果今天製作期程比較倉促或成本超級低，我知道有些公司甚至會以分場大綱的內容開始進行準備（前製作業），如勘景或粗略的拍攝排程等等。

但如果你遇到你想改的地方呢？譬如說在分場大綱裡，特定節拍會揭露某個角色的祕密，但在寫劇本的過程中，你意識到這個祕密已經在先前的場次裡呼之欲出，所以想把多餘的節拍刪掉；又或者你想做更大的調整：客座角色躍然紙上，說起話來比分場大綱裡頭看起來的樣子更有意思，角色的「聲音」讓特定場次需要用不一樣的角度切入。

如果你在寫的是潛力劇本，只要你確定這是你要的，改就對了：死纏著不合理的分場大綱不會幫你加分的。但如果劇本是要給製作人的，最好不要沒問過就進行大幅修改。我就曾經犯過這個錯。當時我在為某部影集寫劇本，先前並已和節目統籌鉅細靡遺地討論過分場大綱。但當我寫到第四幕時，我突然靈光一閃，想出了某個在我看來比較聰明的解決方式，於是我便直接寫了新的版本。

嗯，交出劇本的隔天，製作人打電話來，抱怨我沒有給他我們討論過的結局。我對他反應裡頭的情緒狀態感到驚訝，並無聲地聽著他持續抓著同一件事情不放，直到我開始理解他實際想說的事情：原始結局是他的想法。不管我的版本是不是比較好，今天我已經傷了他的感情——不只是因為我沒有採用他的建議，而是他認為我不把他放在眼裡。這裡的重點是尊重。啊哈！我在腦裡做了筆記：以後，拿起電話打去問就對了。如果你能讓老闆同意，他可能會說好，你認為哪個最好就寫哪個。

現在，劇本實際上要怎麼寫？你過去一定寫過劇本，不然不會有機會來到這個點，而眼前準備要進行的工作也沒有太大差別。一旦你通過了單集一小時在形式上的結構需求，也透過影集的長期角色說故事，下一個特殊要件就是速度了。在分場大綱獲得同意後，單集劇本通常得在兩週內交出，而如果你習慣花上幾個月時間思索電影劇本，這會讓人感覺快得出奇。當然，如果你只是在寫潛力劇本，沒人會知道你寫作花了多少時間，但如果你想在電視圈討生活，你就會需要建立起期程緊迫的習慣。

讓我示範給你看十四天交稿有多簡單。假設你的大綱有二十八個節拍（四幕，每幕七個場次），而我偏好照著分場大綱走，所以我每天只需要寫兩個場次就好。請看，十四乘以二等於二十八。如果我在家寫作（沒有在團隊裡），每天早上開始時我會先讀一遍前一天寫的內容，進行微調。然後我會喘口氣，準備開始寫當天的第一場戲。寫作時，我會抱持著接下來幾頁會是我此生寫過最重要作品的態度。我會希望為這個畫面上的瞬間帶來最豐富的人生經歷，充滿了潛在訊息與層次，同時以我能力所及，讓事件發生得愈緊湊愈好。我可能會在寫下隻字片語前先想像整場戲，或一邊散步一邊記下想法，或閉上眼睛等待角色的聲音，不計代價做到最好。然後我會寫下二至三頁，然後停筆。

我發現此時逼自己繼續寫下去會降低品質，而我也希望能讓自己在開始寫下一個場次的時候感覺有精神。所以我會休息喘口氣：吃午餐、辦事、上健身房、打電話——我會試著讓自己不要去想，這樣當我最放鬆、不費力的時候，我能對已經寫的內容，或如何切入下個場次，產生新的想法。等當天過了好一段時間後，下午或晚上我會重讀一遍早上寫的場次，進行修訂，然後我會為當天第二場戲重複一遍整個尋找、建構、撰寫的過程，然後停筆。

我發現，當我將劇本寫完的同時，因為我會每天修訂所寫的內容，當下初稿本身已完成編輯。當然，不是每個人工作方式都像這樣，也不是都該如此。我的一名編劇友人會從凌晨四點開始工作，在她精疲力竭之前幾乎是頭也不回地能拚完多少頁就拚多少頁。她告訴我，她絕對不會讓任何人讀那喋喋不休、反反覆覆、老是離題的「爛帳」，而是將其視為原始素材，等到她將整個劇本寫完後再進行編輯和刪節。你可以把這視為繪畫與雕刻的差別：畫家會注意每一道筆觸，一筆接一筆完成畫作；雕塑家則先從一大塊素材開始，然後（套句米開朗基羅的說法）刨除「雕像以外的部分」。兩種做法並無高下之分，適合你的做法就是對的做法。

如果你會因為頁面一片空白而感到害怕，那就在上頭放點什麼，什麼都好。上面這段話出自我的繪畫老師，他在某次我死盯著空白畫布時走到我身邊，將墨灑到我潔白無瑕的畫布表面上，而就算只是清理墨漬，至少這讓我開始有所動作。有些編劇會以無意識寫作，或角色可能會說的任何話打破空白，就算場次不應該這樣開始也一樣；有些人會手寫，只為了體驗文字從腦海進入紙面的深刻感受；有些人甚至會對著錄音機說話。

艾倫索金在編劇公會基金會的講座上這樣說道：「當我嘗試用錄音機的時候，我整個人會瞬間僵住，這就只是走來走去時自言自語，或開車時自言自語。到頭來，重點還是打字。我對這些華而不實的電腦的不滿來自於它們沒辦法發出對的聲音，在以前……打字機的聲音會讓你感覺到自己在工作。我喜歡那種喀喀聲。」

所以，看什麼能讓你動起來就用什麼，只是記得要在交出稿件的時候使用專業格式。你已經知道你會需要特殊的編劇軟體，也別忘了確定劇本格式應該要長什麼樣子。參考第三章《紐約重案組》的範例可能會對你有幫助。如果你需要很快地重溫一遍，以下這份是英文劇本標準格式的「小抄」。

第二幕

淡入：

外／地點—時間

動作會以段落形式撰寫，從左右邊緣開始橫跨整個頁面，並維持單行間距。

當你讓角色第一次登場的時候，要用大寫。舉例來說：角色一（CHARACTER ONE）踏入畫面內。但當角色一（Character One）再次提到的時候，名字就不會是大寫了（當然，講述對白的時候例外）。

角色一（CHARACTER ONE）

對白。盡量讓每一次發言維持在五行以下，並濃縮到愈精簡愈好。

角色二

回應裡頭可以有停頓，通常出現的方式會是……

（停頓〔beat〕）

然後對白在括號之後繼續。

角色一

（括號）

此括號應用於描述或調整念台詞的方式，而非要求做出明確動作。

如果你要角色一穿過房間去做什麼事情，這會以動作形式出現在這裡，而非括號。

角色一（繼續〔Cont'd〕）

當同一名角色在動作結束後繼續說話，透過名字後頭的（繼續）以進行標示。

內／地點—時間

描述句只要足以製造戲劇張力，或提供關於角色或劇情至關重要的觀察即可，不要陷在場景裝飾裡頭。

角色一

你會發現，接在新的場次標題後，雖然同一名角色仍在繼續講話，但不需要再寫「繼續」。

（更多〔more〕）

角色一（繼續）

當對白像現在這樣拉得特別長，以致於被不同頁面隔開，記得像上面這樣使用「更多」以及「繼續」。不過，最好別寫像這樣的長對白。

次要題旨

次要題旨可能會包含「著重於某個細節」（ANGLE ON A DETAIL）、特定房間、或場景裡某部分區域，如「衣櫃」（CLOSET）。

在潛力劇本以及所有的初稿裡頭，不要在場次前面加上數字，也不要在頁首或頁尾加上「接續」（continued），這只會在最終版拍攝劇本使用。

而當你來到每一幕以及整個劇本的最後——

淡出。

記得，你寫的是「出售用劇本」，不是「拍攝用劇本」。你會想要吸引讀者的注意，所以記得寫會讓人感興趣的東西，今天當你寫的是潛力劇本時更是如此。索金先生便在座談會上分享了以下洞見：

「眼下最重要的是出售用劇本。我不是在寫讓製片可以坐下來編預算，或讓攝影可以執行的劇本。我現在寫的是用來讓你閱讀，讓你晚上坐在那覺得這實在太有趣了，一頁接著一頁讀下去停不下來的劇本。即便到現在我寫的劇本裡，說實話，我也只會描述讓你能夠理解眼前片刻的重點。我可能會形容『然後鏡頭不斷靠近靠近再靠近……』，我可能會這樣寫是因為我想要為讀者製造那一刻的張力……多數時候我會強調對白，因為當你在讀劇本的時候，你讀最快的是對白的部分。描述句只會讓劇本慢下來。」

你的目標是在第十七頁結束第一幕（如果有序場的話也包含在內），第三十頁結束第二幕，第四十五頁結束第三幕，然後在第五十頁至六十頁之間結束第四幕。不過這只是大略的建議而非規則。隨著播出頻道不同，拍出來的一集影集長度會在四十四至五十二分鐘之間（不含廣告），但在來回好幾稿、演員一面讀拍攝劇本一面用馬表計時之前，你無法知道你的劇本實際有多長，我給你頁數只是讓你可以自己檢查。如果你差了太多（舉例來說，一集影集只有三十頁或長達九十頁），是解決問題的時候了。以下便是一些可能的快速診斷。

解決問題

如果你的劇本太長

- 讓對白更緊湊。對話是不是寫太長、解釋太多，或太多餘？
- 你是不是在場景裝飾上太過陶醉，在紙頁上當導演，或把描述句寫得太過？在這部分動刀。
- 劇本長度沒問題，但特定幾幕太長？透過強調不同的懸念來移動破口，或重排場次順序。

- 你是不是太著迷於背景故事或次要角色或離題了？回到原始分場大綱，用清晰明確的方式說故事。
- 你是否做到讓場次愈貼近衝突愈好？你的場次是否在高潮或目標後立刻結束？如果你還為場次寫了開場或尾聲，把它們去掉。
- 故事是不是太多了？如果你的大綱夠精確，這不應該會是個問題，但你有可能在寫分場大綱的時候自欺欺人，把數個場次段落當成同一個節拍。如果這樣的話，你得重新思考各個故事本身，或甚至刪掉整幕戲。這部分不是編輯，是大工程（見關於「二稿」的討論）。

如果你的劇本太短

- 你的場次寫得夠清楚嗎？劇本不只是有對白的分場大綱而已，它需要將每個戲劇化的時刻重新想像為一種體驗。確保你把故事完整說完了，除了動作之外也包含反應在內。
- 你的故事是否足夠？如果你的大綱看似完整，但實際內容多半只是前提或故事發生的情境，你得退回分場大綱階段，然後創造更多事件、更多實際的轉折，即更多劇情。在這個情況下，重寫劇本前，先重寫分場大綱。

修稿尾聲

抱歉，沒有所謂的尾聲，至少短時間內不會有。你能撐幾稿，這個過程就會持續幾稿。同時，如果你寫的集數實際被拍了出來，有些編劇會一路到後製都還在修改，直到影集播出才被迫停止。幸運的是，影集很快就會播出，所以在電視圈這種瘋狂微調的行徑較為受限。

如果你寫的是接案劇本，現在差不多是把劇本交給編劇主筆的時候了。但如果你比預期的早了一兩天，不要提早把劇本交出去。利用多出來的這天讓劇本「降溫」，然後以你所能保持的最遠距離重讀一遍，再將你能修的部分修得更好，只是記得準時將劇本交出。電視圈的期程沒有太多閒散空間，遊手好閒的人不會有太多電視圈的工作。

如果這是你自己的潛力劇本，沒有所謂的交稿期限，此時則是要求反饋的好時機。不要只局限在其他編劇，或你那覺得你做什麼都超完美的祖母身上，讓所有的人讀你的稿子。有些時候，某個外人讀了之後會問出你需要聽到的問題：「她為什麼要這樣做？」「我不懂他們幹麼不和好就算了。」或者你聽到的反應也可能會非常慘烈：「這是在惡搞《魔法奇兵》（*Buffy the Vampire Slayer*）嗎？」不要被單一的白痴讀者給擊倒。但另一方面，讀者或許也會說中些什麼。能夠有機會重新思考絕對是份大禮。

如果讀者太有禮貌，或不知道要怎樣給予反饋，問他們以下三個簡單的問題：

- 你會在乎故事裡的人物嗎？
- 你會期待哪件事情發生嗎？
- 你覺得這個劇本是在講什麼？

在大家提供完意見後，如果可以，我會建議把稿子放一兩個星期。當有了足夠的距離，你可能可以自己看到需要改的地方，你也可以看到那些不管你多認真檢查拼字與校對，還是出現的鬼遮眼錯字。我最喜歡的個案是某個學生交來的《高校風雲》（*Boston Public*）[1]潛力劇本，卻不小心在第一頁的標題少打了一個字母「L」[2]。

你的二稿

你必須理解修正跟重寫中間的差別。你日常會做的編輯工作（修正拼字和標點符號、讓台詞更緊湊、省略某段演說、讓某個動作更明確、刪去過長場次的頭或尾）只是正常寫作的一部分，重寫則是截然不同的工作。

重寫指的是重新思考結構，有些時候也包含重新思考角色在內。你處理的大致故事還是沒變，但你會想要找新的方式來述說。這沒辦法只刪刪台詞或換個字眼就解決，你必須回到起點。

先從把劇本放到一邊開始。我認真的。只要你依舊抓著你筆下的珍貴時刻不放，你會被自己的初稿綁死。喘口氣，把手放開。或許好幾頁你已經寫完的部分能派上用場，或許特定場次、甚至場次段落，能毫髮無傷存活下來。但當你開始重寫的時候，除非一切都可以改，否則你只會把自己扭成一團，試圖把不應該出現的場次硬塞進結構裡。

端視於你從製作人或讀者那邊得到的修改建議而定，你這集影集或許會需要新的分場大綱。你能把既有大綱當參考重新排列節拍嗎，還是你得重新開始？不管怎樣，勇敢地把行不通的部分捨去，然後加入新的元素吧。需要的話，甚至加入新的劇情弧線也行。

然後開始用新的分場大綱寫二稿，雖然再一次的，你或許能保留你絕大部分的初稿，我不是要你把劇組買下的故事扔到一旁（如果實際已被買下的話）。關於以上這點，被要求寫二稿是大好消息，畢竟另一個發展是到初稿為止，你的劇本被轉交給另一位編劇寫下去。千萬別有一刻以為有任何人寫下的初稿，能立刻變成拍出來的樣子，就算節目統籌自己寫的也不例外。同時，如果你在寫的是接案劇本，二稿也會為你帶來收入。

我有個關於重寫的有趣經驗。在我交出初稿（這實際上是電視電影）之後，電視台要我去他

1 大衛凱利所創作的校園影集，講述波士頓某所高中的教職員日常生活。
2 英文片名Public少一個L，變成Pubic，為「陰部的」之意。

們辦公室進行面對面會議。如果只是小型修改建議，一般會透過電話或備忘錄提供，所以這不是什麼好消息。於是，我們（製作人、製作公司高層、我）一起上路，預期得花上一番唇舌來拯救我們的企畫。結果，這位電視台高層自己沒什麼經驗，她就坐在那裡和我們一起一頁頁讀劇本，花了兩個小時。到最後，她要我們改五句台詞。五句台詞！製作人氣到要我的經紀人跟電視台索取寫完整二稿的費用，換算下來大概是每個字一千美金。不過，別在寫單集劇本的時候期待人家會浪費這種錢，節目統籌要求重寫的時候可是認真的。

如果你正在寫潛力劇本，則稿次沒有任何意義。每個出售用劇本都是「初稿」，就算同一個劇本你已經寫十一次了也一樣。如果只是為了你自己記錄方便，你可以把寫作稿件的日期放在標題頁的右下角，或者你也可以用標題顯示特定頁數的修改日期（有些編劇軟體有這個功能）。但稿件送出的時候不要附上稿次或日期，也不要有上顏色的頁數——那是在有了拍攝劇本後，為了製作上進行修改所使用的。記得，你寄給製作人的劇本永遠是剛從印表機拿出來的那份，閃閃發亮像新的一樣。

你的微調

技術上來說，「微調」的意思跟你想的一樣，就像表面拋光或調音，小小修正而已。這個詞常常會用在對話微調上頭，在此編劇會把劇本看過一遍，把對白修得更銳利一點。微調不會包含重新調整結構，或創造新角色與故事弧線。

有些時候，所謂的文化「刷色」（Wash）也會稱為對話微調。這種情況會發生在原始編劇對角色背景不熟悉的時候，此時會找第二名編劇來幫助讓角色說話方式顯得自然。通常這種微調不會有職銜。

對你來說，如果你在影集服務，微調可能會也可能不會出現在你的合約裡，會的話付的錢也不多。但這不應該有所影響。如果你運氣好到能在二稿之後仍保有一集影集的劇本，就算用咬的用掐的也要死命抓緊，人家要你微調什麼你就微調什麼，就算是老闆椅子的高度也一樣。

劇本會一直變，你願意做愈多，最終產品就愈多屬於你。當然，如果你是編劇團隊的一分子，你也會不時微調別人的劇本，有些時候純粹只是因為原始編劇在忙其他更大的東西，這本來就是準備好劇本以進入製作的正常階段。

至於你的潛力劇本：微調到劇本自己會發光為止。

◀ ◀ ◀ ◀ ◀

下一步該做什麼？

重新再來一次。如果你正在寫潛力劇本，挑另外一部劇寫，好證明你能寫不同的類型。如果你寫的是接案劇本，你會為了能在畫面上看到自己的作品感到刺激（真的）。如果評價不錯，你未來也會接到另外的案子。

不管劇本結果如何，讓自己能寫得更好的方式就是寫更多。如果這是你的第一集戲劇影集，你已經踏出了一大步。去想想你已經學了多少，然後下次會簡單一點。我開玩笑的。如果你覺得簡單，這是因為你逼自己不夠緊。所以不要期待事情會變容易，但一旦你熟悉了基本功，下次會更有趣些。

最後，當你的作品集裡頭有幾個劇本範例了，你就已經有了走到下一步的準備：加入編劇團隊。

重點整理

- 在寫作自己的潛力劇本的時候，一樣要從分場大綱到初稿、二稿、微調，把每個步驟走一遍。

- 分場大綱會將你劇本裡頭的場次或節拍以實際發生順序列表。這是專業工作的第一步，如果你在寫的是接案劇本，這也會帶來收入與「故事原創」的職銜。你可以分別創造出A、B、C故事，然後將它們合在一起，並確保懸念會出現在破口處。
- 所有電視劇本用的也是一般劇本格式，透過標準編劇軟體進行寫作，只是在格式上會選用投稿稿件而非拍攝劇本。
- 重寫劇本與編輯不同，裡頭包含了重新思考結構或角色。
- 微調是小規模重寫，用於呈現你的劇本前讓對白更洗鍊，場次更緊湊。
- 先詢問關於完稿的意見，並願意進行多次重寫，然後再將你的劇本交給製作人或經紀人作為劇本範例。

客座講者：大衛西蒙

大衛西蒙為麥克阿瑟獎（MacArthur Foundation Fellowship）得主，以《凶殺：街頭生涯》和《火線重案組》等劇拿下多座劇本獎，並為《殺戮一代》（*Generation Kill*）和《劫後餘生》等劇之共同原創。

潘蜜拉道格拉斯（以下簡稱潘）：可不可以分享一下你的創作流程，特別是寫作上可以幫助新手編劇的流程？

大衛西蒙（以下簡稱西）：如果你擁有的生命經歷不足以讓你能夠評論生命，創作會非常困難。我有幸以報社記者身分開始我的職業生涯，從我念大學到離開（巴爾的摩）《太陽報》（*Sun*），前後大概有十五年的時間。這十五年讓我除了對自己的人生以外，也能對他人的生命有基本認知。很多新手剛開始寫作的時候，對世界不過是一知半解，所以寫出來的東西往往語不驚人死不休或流於自爽。他們可能會成為技藝精湛的編劇，有些人因為聰明也可以從年輕就開始。他們會閱讀，會學習其他作者，也理解人際關係，但這不代表他們對世界能有什麼看法。

如果要認真說點什麼關於生命或社會的事情，多活一些歲月會有所幫助，讓你經歷過一點失去和悲劇，以及那些隨著年齡漸長會發生在你身上的事情。更別提，當你年紀大一點，你可以看見政治行為的循環，你也比較能夠抽絲剝繭找出事實真相，而不是人云亦云。

我想找的是四、五十歲的編劇，見過一點世面，如果他們以前經歷過的情況，或去過的地方，能為手邊的主題帶來一些東西，這當然更為重要。那種你會「老到不適合」處理悠遠主題的想法根本是屁。古希臘就在寫這些東西了。偉大的議題總是歷久彌新。政治議題總是歷久彌新。不管蘇格拉底（Socrates）的論點（他為此被迫服毒自盡）[3]，或古希臘悲劇作家埃斯庫羅斯（Aeschylus）與索福克勒斯（Sophocles）作品裡的主題，今天依然存在。當初雅典所爭論的政治生態今天依然存在。之所以玫瑰戰爭時期的權謀至今還可以製造出戲劇效果，正是因為這世界不像我們想的改變那麼多。人際關係是不會改變的。

不過如果你想要與時俱進，或許你得去研究對白，或做田野調查。如果我想要寫關於二〇〇七年紐奧良的作品，我是否用心、二〇〇七年當時人是不是在當地會有所差別。

潘：那時候《火線重案組》還在播，你當時已經有了之後要創作《劫後餘生》的想法嗎？

西：沒錯。我十一月的時候過去當地，十二月風災過後我也再去紐奧良待了幾個星期。二〇〇五年颶風剛走，我們就把試播集的概念賣給了HBO。我得在《火線重案組》和《殺戮一代》製作期間走訪當地，開始做田野工作。

3 蘇格拉底在當時的政治局勢中，被雅典法庭以不虔誠和腐蝕青年思想之罪名（指其不相信神）判處死刑，成為犧牲品。

潘：所以你做了記者的工作，早在很久很久之前，他們還沒走進劇本裡的時候就開始發展這些角色了。

西：我們試寫初稿之前已經花了兩年半的時間，我們也需要時間看看紐奧良會怎麼發展。如果你不知道自己想說什麼，你要怎麼寫弧線？

潘：我有幸看過《火線重案組》原始提案的草稿。然後發現它每分每秒都寫得非常滿，與我以前看過的影集長綱或提案完全不一樣。你可以分享一下你為什麼這樣做嗎？

西：試著想像你人在會議室裡，試圖解釋《火線重案組》給ＨＢＯ的高層聽。你問他們願不願意製作一部警察影集，但當時ＨＢＯ之所以成功就在於他們做了相反的事情。他們會針對無線台提供逆向選擇，製作那些無線台沒辦法碰的影集，像是講性生活活躍的紐約女性的影集，主角是黑道分子的影集，深入處理死亡這件事情核心的影集等等。無線台忙著每隔十三分鐘向觀眾推銷，這些影集他們沒辦法處理。如果你剛花了二十分鐘（以《黑道家族》或《六呎風雲》或《監獄風雲》為例）讓觀眾看到，或許這個社會的基礎不像我們想的如此完好無缺，你便無法說服人們，他們不知節制的消費行為既重要也行得通而且有價值。你不能說黑暗的故事，你無法誠實處理人類根本上就是悲劇的境況。我們都是凡人，我們都有殘缺，如果你想要誠實處理這件事情，你就不能過度主打救贖。如果要賣一個故事，你得先賣給廣告主，而這實在讓人無法接受。這是ＨＢＯ所理解的生態。所以雖然我帶了部警察影集走進會議室，但我的目的是希望我們的做法能證明無線台影集都是詐騙。然而，這不是這部影集的目的，目的還是說故事，但這算是額外福利。我得向他們推銷他們還是在針對無線台提供逆向選擇這個概念，麻煩的是，除非你把一切攤開來，讓他們看見到了第六集，整個好人壞人的概念不過就是鬧劇一場，影集重點還是經濟與社會學，以及權力和金錢是如何在現代美國城市裡頭移動；除非你能夠一個節拍一個節拍地證明你所說的事情，否則他們很難相信你。

我沒有在第一次會議上就對他們說我們每一季都會處理城市不同的面向，要不然他們會把我轟出房間。我當下爭取的只有一季而已。但就某方面來說，你得要做到我做的程度，才能對他們說，我知道這裡頭好像有各種你已經在電視上看過的老哏，但以下是為什麼你從沒有在電視上看過類似作品的原因。

潘：你的影集最讓我敬佩的地方莫過於角色深度，但我讀你過去的發言講說《火線重案組》討論的就只是巴爾的摩和社經議題。你不認為該劇的重點是角色嗎？

西：我不認為，但人們誤解了這一點。這不是指身為編劇，你沒有義務要寫出好的角色並維繫之。你的角色是你說故事的工具，而你得讓工具保持鋒利。你沒辦法用一組不好的工具來蓋房子。所有的東西——從角色，到演員，到導演，你會想擁有你所能擁有的最好工具組。但如果你做的事情只是寫角色，除了執行上比較出色外，你和肥皂劇做的事情沒什麼不同。關於這個世界，你想說些什麼？有什麼是你想說卻還沒有人說過的？

大多數的電視影集寫作（大概其中的八成）就只是試圖創造出熱門影集，然後不計代價維繫系列生命。重點在於留住觀眾，如果人們想看爆破，就找個什麼來炸。直到付費有限台出現之前，電視的一生就只停留在這個階段。現階段美國電視圈才剛走出青春期而已，當成年人不過短短時間。這是因為電視的廣告模式摧毀了說故事的誠信，你得要極大化觀眾才能極大化收入以維持廣告費率。在這種經濟模式下，你得讓內容笨一點，你不能讓故事太複雜，你不能讓它太黑暗，你得要灑狗血。過去十年發生的事情，則是有人想出了另一套經濟模式，在這裡你可以當一名說故事的成年人，做一些有意義的事情。在這裡，會看的人就會看，但至少你把人吸引過來了。很多人訂HBO是為了看《劫後餘生》和《火線重案組》，但不是每個人。有些人是為了《噬血真愛》之類的影集而來。但只要我能引人上門，我就還算是有價值。這是個非常不一樣的經濟模式，這裡我真的不需要看尼爾森的收視率數字。我會問的問題是，這玩意有長尾效應嗎？它最後能找到觀眾嗎？雖然《火線重案組》已經停播兩年半了，但影集的DVD從來沒像現在這麼暢銷過。我必須知道影集可以找到觀眾，否則我所做的事情便無足輕重，只是我不需要討好星期天晚上的觀眾罷了。

潘：你想過下一部影集要做什麼嗎？

西：有的。艾德柏恩斯（Ed Burns）、丹費斯普爾曼（Dan Fesperman）、我，我們三人正在籌備一部刻劃二次大戰後中情局歷史的影集。我也正在與我的恩師湯姆方塔納（《凶殺：街頭生涯》的製作人）合作，我們在規劃一部關於林肯遇刺案的影集。另外還有三到四個其他的企畫。

潘：還有什麼想跟讀者分享的智慧嗎？

西：在幫任何大眾媒體寫作前，先去體驗生命。體驗這個世界，體驗人們，踏出自己的生活圈。某方面來說，新聞和紀實寫作是劇作家絕佳的訓練場。我不會跟那種某天醒來突然夢想成為影集編劇的人合作。我合作的人會想成為技工。我不會雇用電視編劇寫《劫後餘生》。我雇的編劇要不深愛著紐奧良，要不理解美國傳統音樂，要不本身是來自紐奧良的記者與小說家。這些才是我想雇用的人。我發現電視編劇只會給我抄來抄去的電視劇本，他們對貧窮與種族議題的理解錯得可悲，他們甚至看不見美國的另一面，他們也不認為自己除了電視產業之外還需要懂些什麼，天殺的他們只會讀產業報。我不需要有人告訴我怎樣做電視影集，我最不想做的東西就是電視影集。我想要懂紐奧良的人，懂毒品戰爭的人，懂中情局的人。這才是我永遠在尋尋覓覓的寶貴聲音。所以，當有人寄給我他的履歷——我在這裡待了三季，我在那裡當編審……喂，你對這個世界知道多少？

焦點討論：創作試播集

太初有世界。當你在寫作試播集劇本時，你成了宇宙的創造者，裡頭將有各種地方、各種人物、翻騰而矛盾的欲望、充滿威脅的情境，甚至是日常工作。同時，在最核心處則是祕密：各種如此深不見底，如此複雜，乃至於需要八十八至一百集才能發掘的謎團。但絕大多數的編劇不會從特定謎底開始，起點甚至不會是角色。同時，跟電影不一樣的是，角色成長與改變的特定弧線，往往不會是原創者在剛開始時的目標。

創造出「世界」

在一開始，許多試播集編劇會讓自己的全副心靈沉浸於日後將神遊多年的地點。HBO澎湃且充滿洞見的都會劇情影集《火線重案組》原創大衛西蒙堅持其作品討論的是巴爾的摩這個城市。每一季影集會聚焦於城市的特定一個面向，如學校或媒體，但據其說法，最初給他靈感的並非觀察入微的毒販與警方，亦非詮釋上逼真得讓人心碎的青少年，單純就是……巴爾的摩。

對西蒙來說，本劇的試播集源自其本身的地緣關係與社經背景，但有些時候，「世界」不見得與場域有關，反而與某項使命或某位特殊角色緊密相連。沒有人會把《怪醫豪斯》視為一部討論芝加哥的影集。反之，《怪醫豪斯》的世界是同名主角在醫院的診療小組，其中透過豪斯必須克服（自身）「苦痛不堪的世界」這樣的內心風景來推動故事。而雖然兩者同樣設定在芝加哥，不會有人誤以為《怪醫豪斯》的醫院與《急診室的春天》是同一所。另外，《實習醫生》的西雅圖恩典醫院與《護士當家》的聖文生醫院（位於紐約）皆設定在美國大城市，但各自有專屬的世界。你可以自己試著做以下練習：《實習醫生》、《護士當家》、《怪醫豪斯》、《急診室的春天》的「世界」各自有什麼不同？

《LOST檔案》的共同原創戴蒙林道夫同樣以場域開始他的世界：某班飛機墜落在某座神祕小島上。但他也提醒，絕大多數影集的起點皆不會如此具有挑戰性：「當你在討論的是電視影集，影集裡頭會有類別成分，而類別本身就是世界。舉凡一間醫院、一間律師事務所、一間警局——這些都是電視影集最輕鬆的世界，你知道那些地方有著怎樣的故事。比較有難度的世界則是一艘在銀河各處被追著跑的太空船，或某個觀眾知道你無法離開的鳥不生蛋小島。

問題是，哪些人會與這個世界互動？這才是好警察劇與壞警察劇，或好醫療劇與壞醫療劇之間的分野。兩者都會處理同樣的病患，但問題在於：這些照顧病患的醫師是誰？讓人看完心情愉悅的影集如《實習醫生》對照起《急診室的春天》有著天壤之別，但主因還是角色，否則前者與《急診室的春天》基本上是一模一樣。」

林道夫曾在我的邀訪裡，講了很多關於《LOST檔案》試播集的創作點滴，以下摘錄他講述影集起源的部分內容：

「一般來說，試播季會從夏季開始，當時製片廠向編劇購買概念，編劇接著跑去寫分場大綱，然後寫初稿，接著通常在聖誕節前電視台與製片廠會收到初稿，聖誕節度假回來後的一月，電視台會開始宣布他們要預定哪些影集。

但一月底，當試播集預定已經告一段落，ＡＢＣ頻道總裁洛依德布勞恩（Lloyd Braun）突然說他想做一部有人受困在孤島上的影集。亞伯拉罕和我分別說（當時我們還不認識），嗯，這部走不下去。這不是一部具戲劇性的影集。你要怎麼拍真人實境節目《我要活下去》（*Survivors*）的劇情版？這明明是遊戲節目。即便如此，洛依德對此還是充滿熱忱，他想要一些不一樣的東西。當時ＡＢＣ在推出新影集上面遇到困難，他們已經連續好幾年在新影集上難產，在四大無線台裡頭排行老四。而諸如警察劇、醫療劇、律政劇，這些你每年都會有。但他說的是個截然不同的設定，內心的娛樂天王告訴他這會是電視上從沒見過的東西。

這讓我們得以去創作我們想要的東西。雖然我覺得這是史上最糟的點子（我不認為這是一部電視影

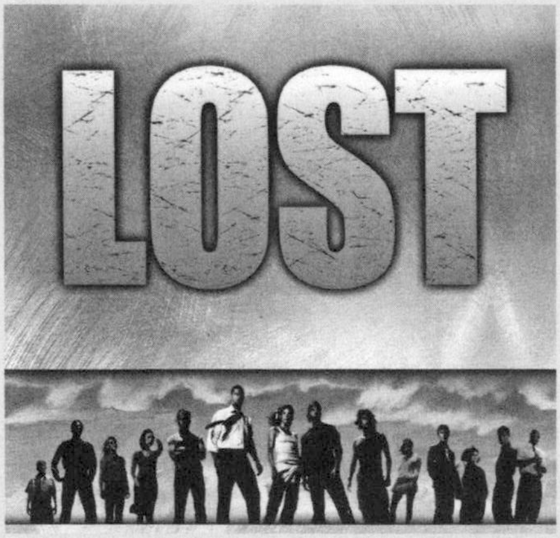

《LOST 檔案》

集），但我還是打給亞伯拉罕，我對他說如果你想把這拍成影集，你會需要超大型卡司之類的元素，這部劇得走大堆頭路線，而且所有的人必須要對他人一無所知。或許你可以透過他們在墜機前的回憶片段來戲劇化他們的過去，所以你等於是在做兩部影集——一部發生在墜機後，一部發生在墜機前，但我們還是想不出來要怎樣讓這行得通。然後我說這齣劇得要真的很獵奇，每個星期都得像是一集《陰陽魔界》，故事得要峰迴路轉，還有讓角色彼此對立的外在衝突來源。」

找出故事觸媒

好，假設你已經順利搬進你心靈的新家（你的影集世界）裡頭了。接下來呢？接下來不是寫作——還沒到這個階段，雖然你一路下來應該都有寫筆記。接下來，你得想清楚，是什麼讓故事在你的世界裡頭發生？這不只局限於試播集，而是得找出影集的「引擎」。人們會不會帶著需要解決的問題上門？就算會，也不代表問題必然與法律或犯罪或疾病相關。一定程度上，問題可以是人際問題，或面對來自外星或其他維度的問題（如《驚世》〔*The Event*〕[4]或《危機邊緣》），甚至你自己內在的魔鬼（如《夢魘殺魔》或《廣告狂人》）。只要角色有著能夠引發衝

4 尼克沃特斯（Nick Wauters）所創作的科幻影集，主題是與外星人相關的大型陰謀。

突的長程使命，並且他們的故事同時會有內在與外在危難，你就能找到你的世界裡頭故事的「觸媒」。試播集寫作與其他不同類型劇本最重要的差別，便在於是否擁有未來故事的潛力。

讓「世界」人來人往

一旦你知道影集怎樣在一個繁華的世界裡頭「運作」，你的下一步大概就是引出主要角色。之所以用「引出」而非「介紹」或甚至「創造」，是因為如果你的世界想得夠完整，這些人早已住在裡頭了。事實上，如果你對於理解你的影集裡頭環繞的這三個或四個或五個人有困難，你最好回到第一步，更深入地探究你的世界。這不意味著你就會認識大堆頭陣容裡的每個人，或你第一眼沒看到的角色不會在你寫的過程中走出來向你打招呼。事實上，身為編劇，有這樣的驚喜是很棒的事情。但新手本來就不應該處理大型陣容，把區區幾個人寫好已經夠難了。

有些編劇會在這個時間點寫下他們角色的完整傳記，有些會勾勒出那些讓角色「跳」出來的片刻、用語、畫面。我曾為了影集提案，在創作試播集時需要找到能夠抓到（表達）某個角色的方法。我看見她開著一台破舊的敞篷車，在破曉時分飆進洛杉磯邊陲，赤腳將油門踩到底，臀部跟著「野馬莎莉」（Mustang Sally）的樂聲在駕駛座上扭動。在我另一次極私密的驚鴻一瞥裡頭，她不疾不徐地將肯德基炸雞包裝紙上的碎屑舔乾淨，外頭旅館經理正大力拍著她的房門。上面兩個片刻僅有一個實際在劇本裡頭出現，但兩者皆幫助我在初期階段能夠看見她。

在我的一次邀訪裡，偉大戲劇寓言影集《星際大爭霸》（Syfy頻道所播出的二十一世紀版）的原創羅納德摩爾描述了他如何找到角色的過程。剛開始的時候，他對這個企畫不感興趣，原因是一九七〇年代的同名舊版影集沒有什麼深度。他說道：「然而，當我重新再看一次的時候，我被影集中心的黑暗前提（一次毀滅性的攻擊摧毀了人類）給震懾住了。影集講的是這群倖存者，以及賽隆人對他們永無止境的追殺。我覺得這是個非常有意思的格式，原因是就影集的核心來說，該劇講的是關於死亡這個讓人深感不安的想法，以及迷失在星際之中。於是我就想，如果你採用這個前提，好好做這部影集，然後問你自己，人如果真的處在這種情況下會發生什麼事？如果剛好活下來的是那些平凡的、生命一團亂的人們，影集會是什麼樣子？

我知道我想要維持原本的前提：影集講的是一群身在最後一艘星際戰艦上的倖存者的故事。接著我想，舊版影集講的是一個家庭，我看了看家族樹，然後決定做些變動。舊版影集的女兒一點功能也沒有，所以我就把她砍掉。然後我馬上把史巴克上尉改成女的，讓她成為父親形象角色的女兒替代品。阿達瑪准將這個父親形象角色則沒有任何對應角色，既沒有母親，也沒有任何文明世界裡的對應。同時我不想要這只是一部軍事影集。好，前提是僅存的人類文明存在於這些星艦上頭。他們要怎麼管理自己？他們會在往前走下去的時候維持民主制度嗎？總統是否會和舊版影集不同，在這裡成為一名實質角色？然後我決定總統應該是名女性，這樣整個家庭差不多就齊了，這些角色也才是影集真正想講的事情。

另一名讓我感興趣的角色則是科學家巴爾塔。舊版裡頭的人類不僅被攻擊和摧毀，他們還遭到背叛。巴爾塔將他們出賣給敵人。但接下來我試圖理解，他為什麼要這樣做？我想不出任何人會這樣做的理由，所以我的結論是他無意這麼做，這是他弱點的一環。就很多方面來說，他合理化問題且永遠在找方法幫自己開脫的能力，讓他成為所有角色裡頭最像人的一位。他沒有任何犯下惡行的意圖，但不知為何到頭來總是在做不道德甚至邪惡的事情。

上述是我認為舊版影集的大致範疇，也是我準備在新影集裡頭詮釋的部分。」

訂計畫

假設你世界有了、觸媒有了，主要角色也有了。是的，你已經逼近實際將它寫出來的時候了。要記得，在試播集找上觀眾之前，你得先抓住讀者，所以你的前十頁（以內）至關重要。別拖到第八十八集，拖到第二十二集都嫌晚，才透過答案讓觀眾上鉤，讓那份期待感立刻開始。

營造期待感需要什麼？先回答基本的戲劇性問題：我們會在乎你故事裡的主要人物嗎（或至少感到有意思）？角色如此急切地想要得到什麼？她為什麼會如此不擇手段地需要它？反對她的是誰或是什麼？成功與失敗的機率是否接近？接著，你讓動作節節升高，直到我們預期她會達到目標……在此你做出轉折，擺上一道，好讓我們發現這項使命會有遠比想像更多的影響，將在之後的集數裡說分曉。

當然，以上有些過度簡化。重點是在前面幾頁裡，你得讓觀眾對至少其中一位主要角色產生興趣，並建立影集類別，藉此讓影集實際動起來。至於你筆下的世界，我會建議你不要靠文字形容。即便創造出影集的世界無比重要（重要到我們以此作為開場），但它必須能隨著你的劇本自然「流露」，絕對不能感覺像是特別「訂做」。也就是說，你影集的世界便是影集本身，你的角色在裡頭居住。如果你還得加以解釋，則這裡肯定有某些部分不夠栩栩如生。

等這一切都塵埃落定，你也準備好要開始規劃你的試播集（一如在那之後的集數）了。試播集會有四幕還是五幕呢？有沒有序場？回憶一下第三章與第四章裡頭的框架，以及針對結構的討論。既然你是這部影集的原創，你有權做出以上決定（至少在電視台和你唱反調之前，但你得先幸運到有電視台要你），接著再往下走到分場大綱、初稿，以及之後所有的修改與微調。

很久很久以前，潛力試播集不過是寫作者沉溺於擁有自己影集的幻想，但現在經紀人與製作人會將其視作寫作範例來閱讀，並且是的，有些時候潛力試播集甚至會真的被拍出來。也因為這個契機，我邀請了我同事喬治婭傑佛瑞與你討論她試播集寫作的經驗。

客座講者：喬治婭傑佛瑞

喬治婭傑佛瑞（Georgia Jeffries）曾為影集《美國警花》（*Cagney & Lacey*）[5]之編劇與製作人，亦為《中國海灘》（*China Beach*）之編劇統籌，現為南加大電影學院教師。

喬治婭傑佛瑞（以下簡稱喬）：我寫過八個劇情類試播集劇——考慮到每個都讓我有了去定義並探索全新世界的機會，這也是寫電視劇本至今，最讓我享受的經驗。

當我在教試播集課程的時候，我會對學生說，創造一部影集像是短篇小說與電影劇本寫作的混種，最終像是用畫面創造一本小說。正如狄更斯週復一週、月復一月地在廉價雜誌裡寫下他小說的「集數」，試播集編劇也必須創造出複雜的角色，他們的故事會有著隨著時間逐漸改變的潛力。

現在是當一名試播集編劇「最好的時代，也是最壞的時代」（再度向狄更斯致敬），既有想像力驚人的試播集故事線為創作立下高標，但這也是一個競爭力驚人的就業市場。買家的確更多了（既有無線台，也有一般與付費有線台），但因為垂直整合的關係，數個買家往往隸屬同一企業集團旗下。無線台所下訂的試播集七至八成會交給他們其中一間協力公司進行開發：如果是ABC無線台，則試播集有很高的機率會由試金石影業（Touchstone）製作。也因此，如果試播集編劇與試金石沒有合約關係，ABC便可能不會預訂他（她）的劇本。

而隨著價值數百萬的製作費用加上無線台持續性的虧損，賭注也是前所未有的高。無線台之間會彼此競爭，試圖找回他們因為網路和電玩遊戲所失去的觀眾。我相信這意味著我們得透過更多「有限影集」，以新的方式吸引觀眾。這基本上就是ＨＢＯ與Showtime手邊幾部影集的現行做法，一次只下訂十至十六集（中間有著漫長的休季），而非無線台傳統的二十二或二十四集。換句話說，這能讓影集背後的創作者有著更多時間與自由度，從另個角度來看也能讓觀眾有更多時間，在如此多的選擇中找到影集。市場擴張得愈大，就愈會去重新定義影集是什麼，而試播集交給新人撰寫的機會自然也愈多。

潘蜜拉道格拉斯（以下簡稱潘）：當妳的學生嘗試寫試播集的時候，有什麼是妳會警告他們的？有沒有什麼陷阱是妳會提醒他們留心的？

喬：我最擔心的事情是他們來上課的時候，只會去試圖模仿他們已經在電視上看過的東西。我會鼓勵他們在創作上冒險。等他們看過現在在播出的東西，讀了幾個試播集劇本，他們得讓自己保持距離，從心中的峭壁一躍而下，去思考他會想看到什麼。寫作有效率的唯一方法，就只有停止對於什麼可能、什麼不可能進行自我審查。

潘：當妳在創作自己的試播集時，妳會從何開始？妳會從世界還是角色開始？妳的創作發展

5 以兩位女警為主角的經典辦案影集，曾創下連續六年拿下艾美獎劇情類最佳女主角的驚人成績。

過程是怎樣的？

喬：我一般來說得從世界開始。

潘：妳會這麼說還滿有趣的，畢竟妳是這麼「角色優先」的人。

喬：是沒錯，但對我來說場所本身就是角色。我寫的第一個廣播試播集劇本講的是一名在華盛頓特區的華特瑞德軍方醫學中心服務的年輕女外科醫師，這是一個非常特定的地點：一所充滿了歸國老兵的軍方醫院。日後另一個寫給付費有線台的劇本同樣設定在華盛頓特區，講的卻是首都環線（Beltway）以內，那個精緻考究、關於權力與懸疑的世界。

在我最新寫的試播集裡頭，在我將他們實際寫出來之前，角色已經於我腦海裡活靈活現好一段時間，只不過這要到我決定帶他們返回位於伊利諾州的家之後才真正發生。我自己最早來自中西部，但我從來沒有寫過設定在中西部的試播集，現在我終於有地方可以帶他們過去了。

潘：妳在寫試播集時，若有想要討論的特定主題或議題，妳會怎樣進行？妳會寫分場大綱嗎？妳會想清楚一整季的弧線，還是只會從前提開始？

喬：當然，我會寫故事長綱，但電視台從來不會要我針對日後的集數寫影集聖經。這部分我會自己來，幫自己收集大量的研究內容。隨著我創作每一個試播集，我也會有一個厚達三至四英寸（我沒有誇張）的檔案夾，裝滿了關於角色與故事的想法。我會一直從雜誌上收集文章，或錄下我從NPR廣播聽到的東西。我從來無法覺得自己能夠放輕鬆，覺得我有足夠的故事素材可以撐到那魔幻的第一百集。

我記得我試播集初稿最早收到的建議方向裡頭有「讓開頭故事帶我們走遠一點……讓我們早點進入戲劇性比較高的部分」。我一開始的直覺是先保留懸疑，好在日後為觀眾帶來驚喜，但我所學到的則是這種好事我負擔不起。我得先讓高層上鉤，同時自己還留個幾手。這也意味著有些時候我的創作筆觸會比我所偏好的更為直白（因為我認為最好的說故事手法應是幽微且隱於「字裡行間」的）。我以前一直收到針對我試播集的修改意見，叫我早點把故事做大做廣，好讓觀眾明確知道眼前的危難是什麼，所以我學會在第一集便把角色逼到情緒邊緣。

當我帶著我的班級走過試播集創作流程的時候，我會叫他們創造出至少十個會讓觀眾在第一集結束時心癢難耐的問題——這個故事線或那個角色會怎樣發展。如果觀眾認為他們知道答案，他們就會懶得回來看第二集。這也能幫助學生在構思日後集數時，想出十個簡短的劇情大綱。

潘：比起電影或影集特定集數，妳會比較偏好寫試播集嗎？

喬：是的，毫無疑問。因為我想的是長期。我想的是二十二小時，而不是兩小時。

潘：而且就算電影同樣具有原創性，影集格局就是比較大。

喬：也更有挑戰性。我們都知道日復一日與這些角色一天相處十四個小時，季與季當中就算你運氣好也只能休息個六週，是什麼樣的感受。我永遠無法心不在焉地面對試播集，創造一部成功影集必須要全心全意投入才行。

重點是人脈——參與編劇團隊

Chapter 5

最近有名畢業在即的學生問我，在擔任電視編劇期間，我學到最重要的一課是什麼？她的問題讓我開始思考：想當然，我在過程中習得了寫作技巧，對於怎樣的內容換成影像行得通有些概念，也累積了一些與體制談判的經驗。但她想知道的不是這個。她希望能藉由我做得不夠好的事情，給她一些職涯上的建議。

我開始回憶自己以前犯過的錯，譬如某次我拒絕了某部影集的編劇團隊職位，只因為有三個更好的機會近在咫尺。嗯，結果影集一號沒有獲得預定，另一部的製作人決定要自己寫試播集，影集三號則挑了另一名編劇，最後我有超過六個月的時間成了失業編劇。幸運的是，在我的整個編劇生涯裡頭，我還是保有在南加大教編劇課的「正職」，但編劇「待案」數月也不是多稀奇的事情。本章講的是編劇團隊的工作，工作上薪水穩定，你也可能會感覺彷彿有了某種安全感，但一開始說這些是想給你以下建議：要幫自己準備一些其他的生存資源，不管是其他的寫作管道（如新聞或網路內容）、非寫作的工作，甚至幫你負擔花費的夥伴皆可。但難道這就是我想傳達給學生，最重要的一課嗎？

我也回憶了一下我覺得自己可以寫得更好的劇本。當你看到自己的作品出現在畫面上，有些時候你會對於演員和導演能夠賦予某個片刻生命而銘感五內（真的），但三不五時你也會哀號，「那句卡到不行的台詞不是我寫的吧……不是吧？」或者，「你跟我一樣覺得這裡步調太慢嗎？我為什麼沒有把這個節拍寫得更緊湊一點？不，這是導演的錯……還是這是我的錯？」但這一切其實都是一閃而過。

當我進一步思考關於寫作發展生涯中，真正重要的事情是什麼，我得到了最重要的一課：多交朋友。毫無疑問你一定聽過「重點是你認識誰，而不是你懂什麼」這句話，或者換句話說，「在這裡講的是關係」，這種渾話可能與特定經紀人、經理人、製作人不謀而合，但身為編劇，我會建議你用不一樣的角度去思考它。

特別是在電視影集的編劇團隊裡，雖然你肯定會提供你個人獨一無二的才華，但創作行為本身不會是私密的。編劇往往會想和能夠幫助自己創作出最好作品的其他編劇一同工作，這通常指的是選擇能夠讓他們安心到願意在創作上冒險的合作夥伴，以及那些可以仰仗對方提供高品質對白或故事轉折或幽默感或生命故事的人。上述絕大多數的內容可以透過白紙黑字見分曉，但沒有製作人－編劇有那個時間爬過每一份寫作範例。製作人往往會直接雇用他們認識的人。

現在，這不代表你就得和有力人士交際，或拍他們家人的馬屁，這裡指的是要建立起職業上信任關係的網絡，而你能藉由良好的工作表現以及在其後保持聯絡來做到這件事。剛踏出電影學校的學生時常會組成在各自家裡集會的工作坊，這不僅是為了持續在寫作上收到反饋或支持打氣，也是為了人際網絡。我的其中一名編劇學生與一名想當經紀人的製片學生組成同盟。畢業時，菜鳥經紀拿到了一份，怎麼說呢……菜鳥經紀的工作，並把編劇接過去當他的第一位客戶。隨著時間經過，兩人一起做出成績。

如果你沒上電影學校，你也可以透過座談會、工作坊、學程、社群網絡或部落格建立類似的連結。又或者，你會在某部小型影集拿到初學者的工作，而坐你隔壁隔間的不會永遠都在原地，有些人會去到比較好的影集，有些會成為製作人，有些人會被問到能不能推薦編劇人選，條件可能與你相符。加入職業團體，然後一旦你獲得資格，就積極參與編劇公會。就算你生性害羞、喜離群索居（或注意力完全集中在你創造的人物上，不想與真人打交道），還是要把自己推到鎧甲外頭。這是唯一我希望我做得更多的一件事，在此提供給你作為我所學到的職涯教訓。

若非和某位電視台高層之間的情誼，我也沒辦法說這個對我而言特別有意義的故事。某天，我女兒的一位青少女友人來我家造訪，過程中輕描淡寫地提到她母親被診斷出乳癌。女孩將這事講得不值一提，彷彿對她毫無影響，但我意識到她正處於深刻的否定中，完全還沒有準備好面對現實以及即將到來的手術。當我想到她，我突然意識到過去雖有關於乳癌的影集（我肯定也不想要做一部關於「每週一病」的電影），卻未有人透過女兒的視角，處理這樣一個嚴肅的主題。讓我感興趣的不是疾病本身，而是類似事件會如何影響一名青少女對於身為女人這件事的觀感，以及失去母親對她會有怎麼樣的影響。

假如今天我的目標是先寫劇本、甚至長綱，或甚至提案，然後要我的經紀人安排我和潛在製作人會面，接著等他們的反應，接著安排與電視台會面，在會議延誤後重新安排時間，接著是不計其數的電視台提案，漫長地等待一個可能是否定的答案……可能在我實際寫劇本前，半年的時間就過去了，而且是如果我有機會實際寫劇本的話。

我當時做的反而是拿起話筒。我在CBS頻道過去累積了一些合作經驗（四次來自影集，其他有些來自單集戲劇），一年前還曾與其中一位副總裁同桌，當時我們在專門頒獎給電影和電視劇本的著名獎項人道獎頒獎典禮現場，而我以她所放行的某齣原創戲劇獲得提名。當我與獎座失之交臂，她靠到我旁邊，對我耳語「咱們再試一次」或「咱們來試點別的」之類的話。在獻給我競爭對手震耳欲聾的掌聲中，我不認為我聽清楚她實際上說了什麼。

但這樣的「關係」已經足以讓她接我的電話。我做了個簡單到不能再簡單的提案，類似於「我們要不要做點關於乳癌的東西，只是這次透過女兒的視角」，她說「好啊，妳要找誰負責製作？」我選了一間我以前合作過的公司，選他們的原因是我喜歡他們尊重劇本的態度，我確信我可以信任那邊某位製作人的品味，同時我也知道因為他們是電視台頻繁合作的協力廠商，選他們能獲得首肯。電視台副總說好後，再打通簡短的電話給製作人的辦公室，整個案子就成了。一年後，這個企畫「母女之間」的確拿了人道獎，但當然我的重點不是得獎與否，而是讓你看到關係是如何帶動企畫的滾輪前進——這並非私人關係，而是建構於彼此尊重之上。其他時候，我在競爭影集編劇團隊工作上，會因為不屬於某個社交圈而敗下陣來——節目統籌們單純不知道我是哪位。我懂你那種身在圈外往內看的挫敗感，所以基於我的前車之鑑，以下這段故事便是有關於……

地獄來的編劇團隊

（請下狼嚎聲與閃電）

編劇團隊的工作就像是戰時的壕溝，任何人只要參加過，都有戰時故事可講，你要不認識摯友，要不得提防暗箭，也可能兩者皆然。當年踏進我自己的編劇團隊地獄時，我已經參與了幾個被拍出來的作品，也曾經待過編劇團隊，只不過多屬於非主流，或因為影集很快便被腰斬而有些短命。也因此，那是我第一個參與大型電視台影集編劇團隊的經驗，而我也犯下了書中記載的每一個錯誤——只不過當時無書可循。我多麼希望自己當時有這本書，我就可以避免以下錯誤。

錯誤一：距離團隊太遠

由於這是齣新劇，影集分到了片廠園區裡的一整層空辦公室，節目統籌帶著整個團隊走一遍，讓我們自己挑想要的辦公室。我想寫作品質才是重點，所以挑了最安靜的位子，位於離眾人很遠很遠很遠的遠方角落；與此同時，聰明人則搶到節目統籌鄰近的位子，他每次只要踏出辦公室就可以看到他們，需要快速重寫時，後者也是近在咫尺——他們便成為節目統籌日後能夠依靠的編劇成員。同時他們也會率先偷聽到八卦（哪個演員紅哪個演員黑、來自電視台的壓力、製作或故事上的瑕疵等等），並藉此將自己的稿子往對的方向推。無論如何都要讓自己位居其間，這個準則適用於底下的所有階段，不過與新手編劇成員特別相關。雖然當位階比較高的時候，製作人－編劇得在拍攝現場或跟著出外景，沒辦法老是待在辦公室裡，許多影集的「創意顧問」除非有人特地找，否則也不會在附近，但這教訓你不可不知。

錯誤二：將個人與工作議題混為一談

不管失能或安泰，每個編劇團隊都會變成一個家庭。現在，想像你和你的家庭成員整天被關在同一個房間裡，日日皆然，長達六個月。懂了嗎？當團隊都在擷取自身經驗，以深入角色的情感與動機，一定程度上的親密感會出現在編劇桌前，這是不可避免的。「當某男放我鴿子的時候，我會做的是……」這種內在情緒可以幫助說故事時的真實感，算是好事。

但直言無諱可能很快便會來到「TMI」（too much information，講太多了）的程度。當房間內散發出不適感，或編劇統籌說出「讓我們往下走吧」，你便知道你踰越了故事節拍與集體諮商時開誠布公的界線。請記得，這只是在大家共同分享的角色弧線上通力合作，工作內容是「捕捉」既有角色的「聲音」。有朝一日當你是影集原創的時候，這或許可以是比較個人的想法表露，但現在，你只是團隊成員之一。

就算你能在編劇桌邊保持冷靜，還得要記得在午餐時間、在茶水間、在工作的每一個角落，都要保持「友善但專業的態度」，因為其他編劇或許與你會是競爭關係。在來自地獄的團隊成員裡，我在我「新朋友」（這裡容我叫他魔角先生）的辦公室駐足。他和我一樣，屬於低階的團隊成員，試圖在職涯階梯上占有一席之地。看到他的桌燈上掛了兩只來自他襁褓女兒的粉紅小鞋，我馬上感同身受，因為我自己也有年幼的小孩。他語氣悲慘地說，他在小孩早上醒來之前就得出門，在她入睡後才回得了家，週末忙著寫作沒時間陪她。「等六個月後休季我就能見她了。」他聳聳肩說。我對他感到同情，向他傾訴我要同時兼顧兩邊的行程的確是個難題。他搖搖頭，他老婆不用工作，所以她會負責家裡的大小事。「妳是沒辦法做這份工作的。」他語氣平板地對我說，與此同時，我注意到他頭頂兩邊的尖角開始突出。他毫不猶豫地將我的問題轉述給老闆知道。

錯誤三：做工作以外的計畫

不幸的是，魔角先生有一部分是對的。編劇團隊工作會耗費你絕大多數的時間與精力，對於沒有太多其他外務在身的人來說是大好消息，但如果還要平衡家庭生活便有點難度。的確我參加過某部影集，裡頭整個編劇團隊都有小孩，同時一切是如此井然有序，我們幾乎都是十點到，五點走，編劇統籌更利用聲望談了一紙合約好讓她八點半上班，這樣多數時候可以下午四點走，她的小孩放學回到家的時候她已經在等他們了。這非常少見就是。

這裡討論的不是女性議題或家庭與職涯之間的抉擇。當你同意加入編劇團隊時，你的生活便得跟著改變。你不會有什麼閒暇時間和朋友來個午間聚餐，有很高的機會你會在片廠食堂，或在自己座位吃午餐。在晨間團隊會議與午後試映之間、在選角與每日工作帶之間、在來得又快又急的劇本微調與破解下一集的故事之間，你可能只會有一個小時的自由時間，如果你開車離開園區吃午餐，你下午的會議就會遲到。至於你其他的電影劇本、拍你家貓咪的YouTube影片、約會、回長信——休季不就是用來做這些的嗎？

錯誤四：改為在家工作

每位團隊成員不僅要寫各自負責的集數，也要討論其他人的劇本，同時重寫別人的稿件。在全季預定的情況下，你至少可以拿到兩集，也可能會寫更多，視團隊大小、老闆有多喜歡你的作品、以及你在故事提案上有多機靈而定。

或許你已經習慣凌晨四點穿著臥室拖鞋工作，或在你的私人房間內把音樂放得震耳欲聾，或關上房門無聲無息地抱著電腦幾個小時，然後去趟健身房，再回到電腦前。真是抱歉啊各位，上述情況在編劇團隊裡都不太可能會發生。就我個人來說，我覺得身處於喧鬧走廊旁邊的公眾辦公室，每隔半小時還得面對干擾，放下手邊的事情去看放映或開會，要專心是相當困難的。但有些編劇轉移心思的功力是如此優異，他們甚至可以在辦公室裡頭寫一整天。耳機可能也有幫助。

關於來自地獄的團隊這部分，拿到指派給我的第一集影集後，我希望能藉由寫出一份美妙的稿子，證明自己的本事，同時還要提前交稿，至少得在兩週內完工，所以我問魔角先生，如果我在家寫作，他覺得可不可行。他咧嘴而笑：「當然沒問題，只要妳能寫出妳想寫的，做什麼都沒問題，就去吧。就算要花上三週也行，別浪費時間進辦公室了。」我徵求節目統籌的同意，但他只是聳聳肩，「可以啊。」不過他當時在忙其他的事情。

所以我就回家了。在家整整兩週。讓我告訴你，在這兩週的時間裡，排在我前面播出的劇本殺了我需要拿來製造故事轉折的角色，電視台否決了某個關鍵的拍攝地點，陣容裡頭的兩位演員有一腿，一名實習生甚至將我的辦公室占為己有，只因為「裡頭又沒人」。等到我交出我那剛印好熱騰騰的稿子，它瞬間已經跟影集格格不入了。我也是。

請從我的經驗裡學習：就算你整天什麼也寫不出來，得在家裡通宵趕工，也要與團隊保持連結。

錯誤五：把自己的劇本捧在手心

當然，你會迷上自己的劇本。你看這劇本有多棒：特定場次的樣貌逐漸營造出高潮，然後出現意想不到的轉折，即時讓故事急轉直下；某個精準無比的細節展現出看不見但又感受得到的激情；在層次分明的角色身上，背景故事呼之欲出；某句對白來得如此完美，彷彿寫作的是角色而不是你。這個劇本給了編劇他渴望的一切——至少你在打下「淡出」的當下是這樣相信的。也因此，不管團隊再會互相打氣，不管你多常經歷整個流程，要把劇本帶上編劇桌就是有困難。

但那天還是會到來，你的劇本會透過電子郵件分送給整個編劇團隊，每個人會帶著筆電踏進編劇室，集合起來針對它進行討論。我說的是討論，不是刪除，先別開始恐慌。不管怎麼做，現在你得與它保持一定的距離。不管你工作多勤奮，你是怎樣想出某句話或某個動作背後的理由，或你有多麼不願捨去某個特定片段都不重要，要試想怎樣才是對影集好，而不是怎樣才能滿足你的自我。

如果團隊的共識（或單純編劇主筆或節目統籌的意見）是某個地方不夠明確，或沒有把故事說好，或不合理，或會和其他集數的某個地方產生衝突，或任何其他批評，我會建議你不要爭辯。當然，你可以澄清你的意圖，但接著便是該放手的時候。如果你身為一名編劇，優秀到可以加入團隊，你就有足夠的技巧能夠重寫，並改出比這更好的稿子。

如果你做不到，別人會做。

錯誤六：「酸」團隊的文化

電視影集的編劇團隊是由技術出眾的專業編劇所組成，但這有點像說絕大多數的人類家庭是由人所組成——這只是基本條件，並不涉及太多實際情況。就像家庭一樣，每個團隊也會發展出某種文化，主要來自共同興趣、經驗、回憶，以及（在最好的情況下）共同目標。如果你覺得過了一段時間，你和你的狗都會開始長得有點像，不妨試想一下，當一整間的編劇為了講述關於同一批角色的故事將彼此心智融為一體後，會發生什麼事情。

通常節目統籌會負責定調——正式、輕鬆、陰森、藝術、知性、樸實、黃腔、泛政治、浪漫、嗑藥嗨茫、虔誠……調性不一而足。有些時候團隊文化會符合影集本質，但不總是如此。就地獄的編劇團隊來說，主要精神與影集主題一點關係都沒有，就是堂而皇之的沙文主義。

每次團隊開會一開始都一樣：半小時聊體育、美式足球、籃球或棒球，鉅細靡遺地討論某場比賽的每一個動作，哪位球員比較強。身為房間內唯一的一位女性，我就坐在那，因為不懂為何男人開口閉口都是球而被忽視。

就算聊體育轉成寫作，房間裡的氣氛依舊沒有改變。某天，當我們在處理某個特別重要集數的分場大綱，到了休息時間，整個團隊（除了我之外）集體走進男廁，在裡頭待了二十分鐘，出來時大綱已經完成了。

既然看比賽以及在停車場投籃比任何我寫出來的東西更重要，我絞盡腦汁思考要如何在這個團隊裡頭運作。這份挫折感不斷累積，直到某天我忍不住爆出「你們哥倆好到底有完沒完？」對於我終於自掘墳墓，魔角先生忍不住笑了。我未來的集數都會是他的了，他會得到升遷、加薪、職銜、好評——至少他是這樣算計的。如果我更聰明一點或有自信一點，我就不會想著用投其所好的方式試圖融入，而是在至少另一位編劇身上找到共通興趣，並幫自己創造出盟友。「酸」（貶低）一齣影集的文化反而讓我更顯孤立，也讓大家的彼此合作更加困難。

回憶一下高中時期，每個人都有自己的小圈圈，身為剛轉學過來的新生，你要怎樣開始融入大家？可能你會先從某個興趣開始，一旦有人感興趣，你就有新朋友了。這便是重要的一課。

錯誤七：在不適合你的影集工作

不管我怎麼做，我可能都跟來自地底深淵的團隊合不來。外頭多的是電視影集，就算你（可以理解）總得從某個地方開始，但感到悲慘並非生涯階梯的必然階段。如果要繼續走下去，你除了好的作品外也會需要好的經驗，而一齣你得從履歷上拿掉的影集，所造成的傷害可能比起零工作經驗來得更大。當你應徵下一個編劇團隊的工作時，新的製作人肯定會打電話給前一位，也可能會問其他編劇與你合作的感覺。

我依約在影集待了一整季，但後見之明是早點離開以繼續我的寫作與職涯或許比較好。我並不是要建議你情況一變得困難就辭職：如果影集本身品質值得你留下來，同時即便有種種不快你還是寫得不錯，那就留下來好多累積作品。但如果你的寫作品質受到影響，跟節目統籌講一聲，然後就閃人吧，如果你可以從他那邊拿到一份對你無害的評價更好。既然你學了這麼多，你可以去另一個更好的編劇團隊。你並不孤單，幾乎每位電視編劇都有至少一次艱難的經驗，每個人也會將他們過往的殘骸從履歷上隱去，你也可以活下來的。

好的編劇團隊

電視藝術與科學學院的出版品《艾美》（*Emmy*）雜誌問了幾位節目統籌：「怎樣才能讓集體創作運作無礙？」《雙面女間諜》（*Alias*）的監製亞伯拉罕這樣回答：「關鍵是要有願意互相合作且聰明的編劇來讓編劇室維持運轉。不管今天是正式的節目統籌，或某人跳出來說『我們不能一直卡在這裡得繼續往下走』，最重要的事情是以最快速度找到破口和結尾，這樣你才能反向思考並讓作品更好。你會需要享有共同願景、願意合作且彼此互相尊重的人。」

亞伯拉罕繼續說道：「你會想確保影集不會一直重複，但你也會想要維持特定揭露事情的方式。你要怎樣繼續做下去，好讓影集不會顯得太不自然？像《雙面女間諜》這樣的影集可能會顯得太過可笑，你要怎樣讓它保持真實性？身為一名觀眾，如果我關注一齣影集，它最後卻在原地踏步，我會非常生氣。」

對亞伯拉罕來說，參與編劇團隊工作最棒的事情就是「和你仰慕、尊敬並因其帶給團隊的想法而滿心喜悅的人並肩作戰。這實在太令人開心了。當事情行得通的時候，你會和他們一起慶祝，並在事情行不通的時候一起感到絕望。不管今天是苦是樂，你們都會一起面對。」

人生剪影

如果想知道運作得宜的編劇團隊是怎樣的，讓我們一窺曾經帶領過《急診室的春天》、《白宮風雲》、《南國警察》等劇的約翰威爾斯的編劇室。

想像在會議室裡，一張長型黑色木製辦公桌占據了大半空間，桌子旁邊有十張椅子，分別坐了四名資深編劇、四名編劇寫手、一名全職研究員，以及威爾斯先生本人。房間後方多的椅子和幾張沙發會留給團隊裡的全職醫師，或需要時留給製作人員。所有的椅子會面朝播放每日工作帶的螢幕，牆上掛有大型白板，寫滿本季尚未完成的十二集裡，種種劇情重點和破解的故事。在側邊的板子上，不同顏色的馬克筆在重大、嚴肅、風趣、其他這四個標題之下，記錄了潛在的場次構想。

團隊會從六月第一週開始規劃整季影集，等到大家一起工作六週後，他們會想出整季的所有集數（裡頭的構想與特定故事線），之後再把它給「敲出來」：這指的是團隊會想出各個故事的重大轉折、分幕破口出現在哪邊、一個弧線涵蓋多少集、個別集數的結構等等。

在此之後，個別編劇會被分派去寫故事長綱（我已經在第四章討論過分場大綱與長綱）。等那位編劇回來，他會收到來自團隊的意見。編劇會重寫一次，然後再來一次意見討論。之後編劇會去寫劇本，等劇本回來，會再來一次意見討論。他會據此寫下二稿，如果二稿沒問題，本集就可以拍了。整個算起來，一份劇本的完整流程大概會花費八週時間。

《編劇人》雜誌曾造訪過《急診室的春天》早期其中一季，並描繪了某個剛收到初稿的日子，也就是完稿後第一次意見討論。編劇們自他們的辦公室朝會議室魚貫走去，每個人手裡皆有一份劇本的拷貝。威爾斯坐在桌首，房裡坐滿人。雖然有咖啡上桌，但團隊直接開門見山地開始一頁接著一頁，討論劇本裡的每一個節拍。

在這集裡，一名青少年罹患了囊腫性纖維化，他母親擔心兒子會死。轉折則是兒子其實不想被拯救，讓羅斯醫生落入母親、兒子，以及他自己醫師誓詞之間的尷尬位置。有人問起這位少年的女友，另一個人則詢問關於羅斯該不該拯救少年的抉擇，大家開始爭辯編劇筆下關於羅斯的特質觀眾是否見過，編劇自己則忙著做筆記。

不過，我會建議你用上錄音機。這位經驗豐富的編劇或許能抓到他要的部分，但你可能沒辦法。這裡有三個問題：第一，你的速度可能沒辦法快到捕捉每一個重點，或在互相矛盾的評語中分出哪些才是值得記的；第二，當你處於壓力之下，你在筆記型電腦上記下來的無論層次或細節大概只和推特差不多；第三，當你把頭埋在電腦螢幕裡，你會從討論中缺席，也會一直落後眾人的進度。除非節目統籌反對，否則把討論過程錄下來，這樣你才能專注於房間裡的狀況，之後等你能專心的時候再處理大家講的內容。當然，如果你手邊有紙本拷貝，你也可以將針對特定台詞的建議直接寫在劇本上頭。

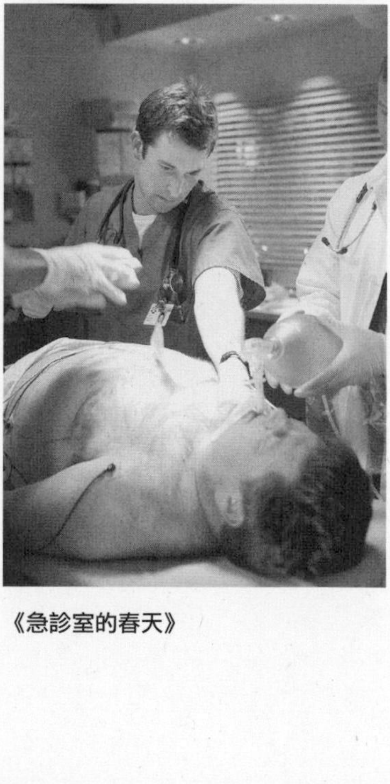

《急診室的春天》

回到會議上，威爾斯說故事幾乎已經到位，就只少了能夠定義整個段落情感韻律的決定性行為，這引起關於另一名角色發展中的憂鬱症的辯論，接著威爾斯帶出關於喜劇插曲場次的新討論，之後會議持續了四個小時，一個接一個場次討論，直到劇本結束為止。

這種會議每週一、三、五的下午會一再發生，但別誤會了，重點不是工作分派或集體思考，編劇團隊的創作還是來自於每一位編劇本身的技藝。正如同威爾斯告訴《編劇人》的：「編劇肩負著一種責任，有點像是所有藝術家都得承擔的一種特定責任。你得想方法讓自己回到你工作的園地，不能讓自己……飄開，飄到跟風流行的世界裡，變成只寫或只討論我們從電視與電影上看到或學到的東西。

我認為身為編劇的你要竭力抵抗這件事情，一旦你敗下陣來，你就會遇上大麻煩，你的作品也會因此大受打擊，之後如果還想要重新寫作，你就得找方法回去。這不只是面對成功或其他本身也會帶來問題的事情而已……你不會想要失去它，對此你肯定不會抱怨，只不過……藝術上來說，這對你在做的事情會有影響，而且兩者難以取得平衡。我同時將寫作視為一門技藝和一份贈禮，就技藝來說你得時時刻刻耕耘它，就贈禮來說你得守護它。你守護方式之一，便是確保你的世界不會變得太單一，特別是你參考的內容不會太單一，因為這樣一來，你會發現同一個主題你已沒有新的東西好說，寫來寫去只是舊瓶新酒，這便是影集開始讓人感覺無趣的時候。因為觀眾會覺得自己已經聽過你想說的，也沒興趣重聽一次。為此你需要持續不斷地探尋，不是為了看到自己的名字出現在另一部影集上頭，而是在創作上，保護你寫作的園地。」

編劇臺階

約翰威爾斯處於成功的巔峰，與他同享此高度的，僅有極少數一小時影集的原創，裡頭包含了迪克沃爾夫與他的《法網遊龍》品牌，一度同時管理《律師本色》、《波士頓法律風雲》、《艾莉的異想世界》三齣影集的大衛凱利，以及史蒂芬布奇柯，擁有從《霹靂警探》、《洛城法網》到《紐約重案組》再到《法庭內外》（*Raising the Bar*）[1]等諸多影集，持續有作品播出的時間比任何戲劇製作人都還要長。

每位節目統籌都是從編劇做起，且縱使頂層人士同時會需要管理技能和編劇技能，整個電視的臺階都是由編劇頭銜建構而成。這與院線電影大不相同，後者的創作權力屬於導演，投資人也可以花錢買職稱，甚至以電影製片的身分砸出一整個帝國。

從最底層開始，以下便是編劇臺階的每一階。

第一階：自由編劇

自由編劇（**Freelance Writer**）只需要寫劇本，並不屬於編劇團隊的一員。身為一名外部編劇，你不會參與故事會議或放映，或在影集端有自己的辦公室，不會有人跟你分享影集的內部運作，除了雇用你的製作人和監督你這集的編劇之外，你甚至連團隊都不見得會見到。

1 講述四名法學院同學畢業後在法庭重逢，但負責敵對客戶的法庭劇。

但你還是會有展現技藝與才華的機會，你的劇本可以為你帶來這個影集的編劇團隊工作，或為你打開其他影集的大門（當你是唯一一位掛名編劇時，更是如此）。如果作品獲得好評，你開始有了聲量，這個契機甚至可以為你換來整個職涯（更多關於打入這一行的方式見第六章）。

在編劇公會的基礎合約下，黃金檔無線台影集「故事加電視劇本」的最低報酬會大於三萬美金（考慮到編劇公會的金額下限會定期修改，這裡的數字皆為概估），相較起來約莫是寫一部預算低於五百萬的兩小時電影劇本的錢。既然電視台會購買同一集影集兩次的播出權，同時任何成功影集通常都會重播，你很快便會收到第二筆數字和前筆差不多的**重播分紅（Residuals）**。之後如果你這集在地方性有線台重播或達到廣播聯賣門檻，你還會再收到更多重播分紅。不過雖然重播分紅會持續多年，但金額過一陣子後就會掉到只剩蠅頭小利。除此之外，因為幾乎所有成功的美製影集都會賣到海外，所以你也會收到為數可觀的海外權利金。在一部能進到有線台或廣播聯賣的影集上，寫一集一小時的影集，便能為身為新手自由編劇的你，賺進遠超過六萬美金的收益。

但不是所有的接案工作都來自無線台影集，也不是所有的合約都保證能讓你一路賺到底。無線台合約適用於ＡＢＣ、ＣＢＳ、ＮＢＣ、ＦＢＣ（Fox），而ＨＢＯ、Showtime以及其他高品質有線台也會付無線台等級的金額。但如果你寫作的影集頻道比較小，「故事加電視劇本」的總金額可能會掉到兩萬美金左右，而有線台的重播分紅計算方式也有所差別。

同時你可能也沒辦法寫到該集影集的定稿。經驗不足的編劇通常會拿到有著「中斷點」的**階**

段式合約（Step Deal）。這裡的意思是你會有機會寫分場大綱（故事），但如果作品行不通，或你似乎沒辦法寫出有品質的電視劇本，合約就不會繼續走下去，而會到此中斷。其他人（通常是編劇寫手）會接手這個企畫，用你的分場大綱繼續寫劇本，甚至寫一個新的分場大綱。

在這種情況下，你的職銜將交由編劇公會仲裁；如果故事基本上跟你寫的一樣，你可能可以拿到故事掛名，假如你寫的東西有超過百分之五十出現在定稿裡，你也可以分到故事職銜，但假如新的編劇得從頭開始，改動超過百分之五十，你可能什麼職銜都不會有。當然，如果劇本是其他人寫的，就算裡頭用的是你的故事，你也不會有任何電視劇本編劇的職銜。

下一個中斷點出現在初稿送出後。如果編劇主筆／節目統籌認為你沒抓到角色的聲音，沒傳達出影集的感覺，或單純寫得不夠好（舉例來說，對白單調或解釋太多、場次鬆散、缺乏張力），劇本會交給編劇寫手或另一位自由編劇。一如「故事原創」的職銜，電視劇本的職銜也會交由仲裁，端視於第二名編劇更動的程度，他可能會拿到部分或全部的職銜。

在階段式合約裡，你的報酬會分別依不同階段支付。假如我們使用無線台費率，故事本身會帶來逾一萬兩千美金，初稿大約是兩萬美金，二稿則是你所談定費用的餘額。你會發現這加起來比「故事加電視劇本」合約的金額還多，但這其實是有目的的。雖然合約並沒有保障你能繼續下去，但這有點像是邀請編劇往企畫下一階段前進的獎勵（假如對方要「採納選擇權」）。

如同「故事加電視劇本」模式，階段式合約你也會依實際負責的內容比重，收到電視台重播和廣播聯賣的重播分紅（當你的工作在故事階段之後就已經中斷，你明顯就不會拿到整集的分紅）。

假如現在自由編劇的案子和過去電視圈一樣多，接案對編劇來說可以是種讓人心滿意足的生活型態，你可以一年靠接幾個案子賺不少錢，並探索你會感興趣的各種類型，同時有時間寫長片、小說，或享有自己的個人生活。但今天，多數影集都是交給編劇團隊撰寫。

在我繼續講述編劇臺階之前，以下是關於自由編劇接案的另一個要點：多數的工作來自重寫而非原創劇本。舉例來說，經紀人將你的劇本範例寄給製作人，他喜歡你寫的東西並邀你去聊聊。你去開會，提出集數想法（故事），但製作人會聽你說或許不是因為他想買東西，而是想聽你對影集的洞見，以及你能在創作上為大家帶來些什麼。如果你讓他眼睛一亮，他可能會給你一個他已開發完，但需要從分場大綱重新思考的故事，或某個雖然故事基本上行得通，但需要重寫的電視劇本，或甚至某個相當不錯、只是需要「對白微調」（指的是修改對白但不要動到結構）的電視劇本。把這想成入場費，說你願意。

當年我還在接案的時候，這就發生在一齣名為《仙境》（*Paradise*）的西部劇上頭。我對一九〇〇年前後的美國西北部一無所知，但我看過影集，對角色也有足夠的好感，可以讓我想出點子來。當時我有經紀公司，也有一些已經被拍出來的作品掛了我的名字，所以要安排會面並不困難，但我知道單靠故事是不夠的。我花了幾天的時間研究那個時代，好從他們的世界裡誘出各種奇譚。我時常能在研究中發掘出小故事和意想不到的人物，我也發現這種來自現實的珍寶能為故事帶來生命，於是，我帶著精雕細琢的提案和對歷史的知識，來到了會議上。

但我的提案一個接著一個失敗了。製作公司們不想冒險聽到與他們正在開發中概念類似的故事，有幾次我連題旨都沒能說完。最後，我講完帶來的所有內容，收一收筆記準備離開，此時製作人從他身後的架子拿了一部劇本下來。這是來自一位好編劇的完稿，但他沒辦法將某個客座角色處理得更為可信。既然他們喜歡我的作品，（拜研究所所賜）我也能帶來與影集相符的新層次，製作人認為我能理解這個劇本的潛力，交給我負責重寫。雖然我最後得和原始編劇共同分享職銜，但我幫該劇寫的下一集就是我個人獨當一面了。

第二階：編劇寫手

編劇寫手（Staff Writer）有些時候會被稱為「菜鳥寫手」，特指那些從未待過編劇團隊的人。你可以把這想成一年期的深造教育，只是這裡頭有幾個巨大的差別：有別於電影學校，你現在是收費而不是付費，別人會以職業標準衡量你的作品，現實世界會看到它，你也不會有義務教育的機會，季末你要不往上爬，要不就滾蛋。對一流電影學校的學生來說，接受過去有作品的業界專業人士教導不算什麼新鮮事，但對其他畢業生而言，這可能是第一次擁有在職編劇指導的機會。

將你的期待維持在學習、成長，以及建立關係上，接到寫作任務的時候也請完全遵照對方需求。如果人家要你把某個場次改得更緊湊些，不要以為重新調整整個劇本的結構可以讓你占得先機，除非老闆同意，否則也不要重寫前後的場次。整季裡頭你或許會拿到其中一集的劇本撰寫機會，這取決於編劇團隊大小而定，特別是有沒有資深編劇有空「監督」你——這指的是資深編劇會在每個階段給你建議，但他也會隨時待命，如果你應付不來，他會負責完成，畢竟沒人有時間等你慢慢想。如果團隊不大，同時你的功力一流，你甚至有可能可以寫到兩集並掛上你的名字。

編劇寫手會依編劇公會基礎合約收到固定薪資，黃金檔無線台影集的新手團隊編劇每週至少會拿到三千美金（每月一萬兩千美金），但你的合約可能僅限於二十週（或更短），並附有續約整季的「選擇權」。在無線台以外，某些新手的薪資會低至每週一千美金（每月四千美金），同時如果你寫了劇本，費用會與你的薪資相抵，所以你直至下一階層之前，都不會拿到任何額外的收入。

第三階：編審／執行編審

一旦你過了自由編劇和編劇寫手這兩個階段，頭銜可能只是榮譽性質，讓人很難判斷某個職稱在特定影集的意義為何。要知道，隨著編劇在影集裡往上爬，他的經紀人每年也會幫他談到新的頭銜。**編審（Story Editor）**指的是在編劇寫手上頭的人，但上到哪裡還得看團隊大小和節目統籌的風格而定。舉例來說，編審有可能是新加入團隊的成員，或團隊裡其中一名比較有經驗的編劇，但在這團隊裡除了監製之外，每個人都是編審，甚至有個讓人混淆的頭銜執行編審（Executive Story Eidtor）有可能指稱的是編劇主筆。

無論如何，編審指的不是某個人整天負責坐在那編輯故事。一如編劇臺階上的其他階段，這裡指的是一名能夠一路從破解故事做到分場大綱、初稿與重寫，負責一集影集劇本每個階段的編劇。一般來說，編審會被排定一季裡頭能寫到兩集，也可能會被要求微調或調整別人劇本裡個別場次的對白。

不過呢，如果你的首要目標是試圖打進這一行，然後被安排與編審進行提案會議，你可以試試看可不可以換成層級比較高的人。編審通常沒有雇人的權力，而且更糟的是，當他把你的提案內容轉達給節目統籌的時候，他也沒什麼個人誘因把提案潤飾得多可行；另一方面，假如推薦你的編審與你有私交，這可能會有點分量，假如老闆信任他的話。某種程度上，我們還是繞回了人脈這點上頭。

就跟編劇寫手一樣，編審也是受薪員工，合約上會載明受聘週數。不過，他們賺得比較多，大概週薪六千美金左右（依合約長度而定），並會因劇本寫作的費用而增加。「自由編劇」的最低標準同樣適用於編劇寫手以上的任何人，所以假如你每個月會拿到兩萬四千美金作為薪資，同一時間你又被分配到某一集的分場大綱（故事），你除了本薪外還會多賺一萬兩千美金，如此一來你那個月總共會賺進約三萬六千美金。

現在，在你滿腦子都是結清學貸的願景之前，我得先警告你：你只會拿到其中一小部分。你的經紀人會拿百分之十，聯邦稅、州政府稅、地方稅加起來大概百分之四十甚至更多，公會月費大概是百分之三，你也還會有其他必要支出（殘障保險、社會安全等等）。如果你有律師，他會拿百分之五，同時你如果有經理人（雖然以你現在的層級你還不需要同時請經紀人和經理人），這可能又是百分之十五。在你拿到一個子兒之前，這些都已經先從總收益（總數）裡頭扣除。事實上，你連原始的支票都看不到。支票會先寄到你的經紀公司，他們會抽掉佣金，然後才寄經紀公司的支票給你。同時也要記得，影集也可能會被砍，編劇常常會一次就失業好幾個月。就像過去警察影集常說的，「人在江湖，要小心」。

第四階：製作人

如果你注意過影集前後畫面上的職銜，你會看到很多職銜是**製作人（Producer）**或共同製作人（Co-Producer）的人名，但這並不表示他們每個人都做同一份工作。有些人比較像是院線電影的執行製片（Line Producer），專門處理器材、拍攝期程、預算、工作人員等；其他則是爬到製作人頭銜的編劇，但與實際製作一點關係都沒有。他們的工作與編審很像，就是負責撰寫和重寫劇本，但裡頭也有些屬於多功型的人物——以編劇工作為主，但會和製作面互動（特別是參與選角及與導演和剪接師的創作會議），並會出現在拍攝現場。

一般來說，製作人的主要工作是建構整季影集，並和節目統籌一起確保個別集數的品質。所以如果某一集隔天即將開拍，但劇本卻在最後一刻出了問題（誰寫的不重要），雖然劇本職銜還是會留給原本的編劇，但製作人才是負責通宵重寫的人。不去爭搶職銜，是出於團隊裡高階成員傳統上對低階成員或自由編劇的禮貌。

假如某場戲行不通，或者導演或演員對某段話或某個動作有意見，在現場的製作人會被預期得當場重寫，有些時候這可能意味著他們得跟劇組一起在冰冷的大雨中待到超過半夜。漫長工時的慰藉，除了對影集樣貌產生影響力所帶來的滿足感，坦白說就是收入頗豐。製作人一般不會像編審一樣受薪，他們會有「點數」（Points，透過收益百分比所表示的影集部分擁有權），以及實際播出集數的製作費，結果便是在記帳時出現的奇特現象：製作人可能為了讓影集能夠在秋天播出，忙了一整個夏天卻分文未得，然後在每週影集播出後賺進大把鈔票（大概三萬美金或更多）。

到了這個層級，片廠可能會想要你開創自己的原創影集，與此同時你繼續上爬至第五階。

第五階：編劇統籌

編審與製作人和**編劇統籌**（Supervising Producer）之間的距離，主要是以職責比重的程度來決定，三者本身都是編劇。有些編劇統籌會實際上統籌整個編劇團隊，甚至幾乎是統籌整齣影集，但也有人整季下來就跟其他人一樣，一樣是負責撰寫和重寫個別集數。如果你正試圖入行，你提案的對象可能就是擁有編劇統籌頭銜的人。雖然你的合約還會需要經過監製同意，但這個位置的人至少有權力可以給你案子，並且引導你的劇本。

第六階：創意顧問

眼前這是個神祕的頭銜。在院線長片上，**創意顧問**（Creative Consultant）指的可能是電影改編的對象，可能是劇本被改到面目全非的原始編劇，也可能是針對完稿微調的某位知名編劇、學者專家、投資人的外甥，或導演的瑜伽老師。就電視影集來說這是份特定工作，但地位則依情況而定。通常這個頭銜會留給某位備受尊崇的編劇，他會評論劇本稿件，但不被預期會頻繁進辦公室，同時這個人可能會、也可能不會負責寫任一集數或參加會議。

曾經有一次，我所服務影集小屋的隔壁是另一部動作影集的根據地，其編劇團隊看似僅由四名監製所組成。他們都是三十來歲的編劇好手，在其他影集當過編劇／製作人，現在終於升官拿到了最高頭銜。寫影集本身不成問題，但說到管理一事，四人都是一無所知。任何造訪這部影集節目的人都能很快地看出實際情況——該影集有一名持有創意顧問如此模糊頭銜的藏鏡人躲在陰影處，他過往的作品是如此名聲顯赫，乃至於他不想參與這部微不足道動作影集的事為人所知，而且話說回來，所有的監製頭銜都已經被人占走。我認為他以最快速度指導完這些監製之後就馬上閃人，但待我認識這個團隊之後，我才意識到這位創意顧問才是實際的節目統籌。

第七階：監製／節目統籌

監製（**Executive Producer**）也有大小之分，一部播出多年的影集便有可能因為編劇頭銜紛紛提升後，在影集頂端擠了一大堆「監製」。這些監製絕大部分都只是編劇（相信你現在也猜到了），但享有這個頭銜的還有另外兩種人，當你來到某齣影集節目的時候務必得分清誰是誰，若你正要進行第一次接觸，更要分得清清楚楚。

有些影集的最頂端會分成兩塊：其中一位監製負責實體製作：技術、工作人員、拍攝期程、外景規劃、搭景、設備等等；另一位監製則是編劇主筆，負責內容的部分，也就是創造與執行劇本的所有相關藝術層面，這裡頭包含了執導、剪接、選角，兩人會彼此配合，這在某些影集上是很有用的分工。偶爾你也會看到某位名聲高到可以被稱為尊貴不凡超級大統領的明星享有監製職銜，但別期待這位監製會踏進編劇室就是。

所有的監製裡，只有一位是**節目統籌**（**Showrunner**）。多數時候會是從構思開始創作出影集的那位，同時也可能是試播集的編劇，但不總是如此。舉例來說，麥可克萊頓寫了《急診室的春天》的試播集，也持續享有監製的螢幕職銜，但他沒有在影集服務。演職員表也另外列出了一大堆監製，但裡頭只有一位（約翰威爾斯）會負責做關鍵決定，也負責統籌影集的每個層面。

如果我能幫你的早期職涯祈福，我會說：希望在你加入的編劇團隊裡，節目統籌同時是名出色的編劇，因為這樣一來不管你之後去哪工作，你都會想要藉由你的技藝，來表達對這段經驗的敬重。

▲ ▲ ▲ ▲ ▲

重點整理

- 每集電視影集都是由節目統籌底下的編劇團隊合作創造出來的。團隊大小從區區幾名編劇／製作人，到分成不同層級的眾多編劇皆有可能。

- 假如你加入了編劇團隊，除了寫自己的集數之外，你也會參與破解故事，並對其他編劇的作品盡一己之力。
- 對不在團隊裡的編劇來說，自由編劇的案子往往可以當成應徵工作的劇本。
- 編劇寫手是影集的入門階層，且是跟隨資深團隊成員學習的好機會。
- 編審在臺階上要再往上一階。他們會重寫劇本，也會撰寫自己的集數。
- 製作人和編劇主筆是資深編劇，也可能會統籌編劇室。
- 監製頭銜指的可能是影集原創或節目統籌，也可能單指團隊裡頭眾多資深編劇的其中一位。節目統籌是位於臺階最頂端的編劇，負責影集工作的所有層面。
- 傳統編劇臺階在某些試圖吸引才華洋溢年輕人或不同觀點的管道上，漸漸變得較有彈性。

焦點討論：「非劇情類／實境」節目

「我怎樣都得不到尊重」，諧星洛尼丹吉菲爾德（Rodney Dangerfield）曾經這樣抱怨過。但因為人們認為他值得被尊重，於是往往回應以同情的笑聲。現在，同一句話也可以套用在服務於所謂「實境節目」（Reality）影集的編劇身上——他們怎樣都得不到尊重。但差別在於：有些人不認為這裡的編劇值得被尊重。事實上，在實境這門生意眼裡，創作出故事、針對每個節拍列出大綱、形塑角色、規劃關係和互動、安排那些讓觀眾大笑、痛哭、感覺緊張或生氣的行為，並寫下主持人口中一字一句的團隊寫手，根本不值得被稱為編劇，他們會被稱為短片製作人、編審、執行、或助理，總之怎樣都不會是「編劇」。

你得知道，假如要這樣稱呼他們，他們就值得拿到編劇的職銜和薪酬，而這對某些公司來說會是一場災難……全世界最大的企業集團之一，製作《美國偶像》（*American Idol*）[2]的弗里曼特爾媒體（Freemantle Media）便列名在內。二〇〇七年，該公司單靠該節目便賺進了兩億美金的收益，弗里曼特爾則遭控積欠二十五萬美金的加班費。如果公司在支付主持人西蒙高維爾（Simon Cowell）五千萬美金的薪水同時，也將拖欠的薪資付給編劇，甚至只是負擔他們的健康保險，他們的獲利就「只剩」一億九千九百五十萬了，這可是在扣除所有製作成本後淨賺的金額。很明顯這還不夠，乃至於該公司沒辦法給他們的編劇身為編劇該有的尊重。

實際上，在實境節目工作的問題，不單只是關於一個人怎樣才算編劇的名詞解釋。不管是美國或其他國家，任何職業的員工都需要一定的人道工作條件，這包含了適當的飲食和睡眠時間，以及至少有份微薄的薪酬。根據編劇公會委託獨立公司古德溫賽門維多莉亞研究機構（Goodwin Simon Victoria Research）所進行的研究發現，實境節目的編劇時常被要求一週工作六十小時以上，他們的主管甚至要他們在交回的工時卡上只能寫「有出勤」。他們工作過程中沒有用餐時間，有些時候沒有休息時間，也沒有加班費，淨收入甚至低於法定最低時薪。所以，究竟為什麼有著電影學位的大學畢業生，會願意在比農場臨時工還不如的條件下工作呢？

你知道為什麼。事實上，可能有人讀這個章節是為了知道要怎樣應徵。如果你初出電影學校，握有一台攝影機和一些剪接技能，家長會養你，沒有作品，沒有機會有作品，不覺得自己多需要睡眠，可以靠零食過活，同時對於如何打入娛樂產業一無所知……嗯，好萊塢有隻大白鯊（我是指實境節目製作人）會願意吃掉（我是說認識）你。

讓我們實話實說吧，電視上絕大部分的內容（無線台和基本有線台）都不是本書提到的高品質黃金檔戲劇。創作上期待有意義、有深度、有內涵、聰明、有原創性、具真實性，或者深度不同但同樣是處理生命與人際關係和社會組織的螢幕作品，加上能夠讓人開懷大笑，或在說故事上

2 備受歡迎的美國大眾歌手選秀賽，至今已播出逾十五季。

有創意的影集，整個加起來也不過占百分之二十五的無線台播出內容（雖然在付費有線台幾乎都是上述內容）。其他的可以綁在一起歸類成「非劇情類」電視，當你把談話性節目、購物台，到益智節目、動手做節目、競賽節目以及「紀實風肥皂劇」（docu-soaps）都算進來的時候更是如此。

這不是什麼新鮮事。早在一九四〇年代，廣播電台就已經有了《隱藏麥克風》（*Candid Microphone*），二十世紀中葉再發展成電視上的《隱藏攝影機》（*Candid Camera*），成為之後眾多「真人實境秀」的節目範例。在每個案例裡頭，名人主持會問預先寫好的問題，並找那些雖然不是專業演員，但因為可以預期會講出特定答案，於是被選角人員挑中的演員參加，之後這個片段再透過形塑（剪接）來製造喜劇或戲劇效果。《真實世界》（*The Real World*）和《人民法庭》（*People's Court*）之類的節目延續了此一傳統，改變的只有地點以及每齣劇會發展的衝突類型。你只要想：《傑瑞斯布林格秀》（*The Jerry Springer Show*）[3]已經靠著貶低人受歡迎超過二十年，而《與星共舞》（*Dancing with the Stars*）則是無線電視最熱門的節目。

在《實境節目：圈內人帶你看當今電視最火熱的市場》（*Reality TV: An Insider's Guide to TV's Hottest Market*，麥可懷思製作公司〔Michael Wiese Productions〕出版，二〇一一年）一書裡，作者兼實境節目製作人特洛伊迪沃德（Troy DeVolld）論道：「不管是被當成調侃的對象，或是較為真實的戲劇與喜劇靈感來源，今天的實境節目已和傳統上預寫劇本且為電視而拍的戲劇和電影，有著密不可分的連結。」

迪沃德轉述了一個約翰威爾斯（《急診室的春天》、《白宮風雲》、《南國警察》監製）向他分享的故事，威爾斯提及，「年輕的時候，在實境節目蓬勃發展之前，他曾著迷於布奇柯的警察劇裡頭那份逼真寫實感。突然間，拜《條子》（COPS）[4]所賜，他可以改看真正的警察工作，不用再看虛構的，而雖然他最喜歡的警察節目還是那些執行出眾的經典，它們過去那逼真寫實的光彩對他而言已不復見。隨著當代實境節目的到來，約翰意識到如果節目期待觀眾要投注情感，有劇本的作品得更努力去模仿『實境』才行。

不久之後，當他被問到可不可以幫史蒂芬史匹柏將麥可克萊頓寫的一個劇本改編成電視試播集，這份領悟幫了他大忙，其結果便是這個設定在芝加哥某間醫院急診室，高度寫實且有劇本的長青影集《急診室的春天》，很快成為研究傳統有劇本電視節目如何受到當代實境節目影響時的最佳案例。」

現在，我們需要回到現實。兩度擔任美國編劇公會西岸分會理事長的約翰威爾斯，並不認同編劇在電視實境節目（或在任何地方）所受到的不公對待。許多電視影集的原創（他們自己也是

3 以來賓互揭瘡疤和叫罵甚至鬥毆聞名的美國實境節目。
4 美國長青實境節目，拍攝警察的日常工作。

編劇）會運用本於事實的研究，作為其虛構故事的觸媒或靈感來源。大衛西蒙會將他身為報紙記者的背景，運用在他戲劇化得如此精采的角色、情境與社會議題上頭。但不管是《火線重案組》、《劫後餘生》或其他影集，西蒙仍會運用專業演員和拍攝手法加以劇情化，同時每個人也會獲得應有的職銜。重視其背後的真實（實境），以作為精雕細琢的故事基礎，與創造出一個假冒的現實，卻不願給寫出假象的寫手該有的認可，還試圖糊弄觀眾這是「真的」所以沒有經過編寫，兩者並不相同。

無論如何，在現實裡人還是得賺錢，有些專業編劇也會在電視這兩端遊走。同時平心而論，有些實境節目也會雇用專業人士並配合公會條件，藉此與編劇有合情合理的往來。同時擔任劇情類節目（《凶殺：街頭生涯》）與非劇情類節目（《老大哥》〔*Big Brother*〕、《誘惑島》〔*Temptation Island*〕）編劇兼製作人的大衛魯佩（David Rupel）這樣告訴《編劇人》雜誌：「就跟有劇本的電視影集一樣，編劇和製作是密不可分。我在實境領域絕大多數的職銜還是製作而非編劇，但始終都會用上我身為說故事的人的技巧。舉例來說，當《六人行》（*Friends*）裡，莫妮卡與錢德勒上了床，這被稱為『劇情轉折』，而在《我要活下去》，當部落並沒有如預期地結合在一起，這就單純被稱為『轉折』。此幽微的用字差別暗示，不知怎地，實境節目裡頭的轉折就這樣神奇地自己發生了。大錯特錯。你在實境節目上看到的轉折（大小皆然），背後仍需要同樣於劇情類的思考、辯證、想像。」

電視台、製作人、節目原創皆試圖幫他們的實境系列，找到可行的新標籤。類似「混合式－情境喜劇」（Hybrid-Sitcoms）和「紀實風肥皂劇」會被用來針對《拜金女新體驗》（*The Simple Life*）、《高蒂成長史》（*Growing Up Gotti*）之類的節目進行提案，電視台則會用「軟劇情」（Soft-Scripted）這個說法形容《比佛利拜金女》（*The Hills*）和《（隨便一個地名）嬌妻》（*The Real Housewives of "Wherever"*）[5]之類的節目。上述這些轉來繞去的標籤試圖將實境節目與一般有劇本的劇情類節目做出區隔，但當故事開發與實際現實偏離得愈來愈遠，離虛構劇情和喜劇的老哏愈近，兩者的分野就益發不明顯。拿賴瑞大衛（Larry David）的《人生如戲》（*Curb Your Enthusiasm*）為例，該劇結構分明，但個別場次裡有即興的空間，一如獨立電影人如大衛林區的作品。到底「真」的部分在哪裡？

這簡單。錢是真的。在《編劇人》雜誌刊登的〈創造你自己的現實〉一文中，羅伯特艾利斯柏（Robert J. Elisberg）寫道：「很明顯的，大企業之所以要把益智節目、喜劇－綜藝節目、紀錄片稱作實境節目，是因為這樣他們可以規避提供編劇基本的健保、午餐、支付加班費和稅金，即規避法律。社會在一百年前不能接受這種條件，沒理由現在就能接受，我們應該三思。大眾以及

5 美國人氣系列實境節目。最早是大受歡迎的《橘郡貴婦的真實生活》，陸續推出《亞特蘭大嬌妻》、《比佛利嬌妻》、《紐約嬌妻》等系列作，近年開始往海外發展，推出《雪梨嬌妻》等劇。

市、郡、州、聯邦政府也該三思，這才是實境節目真正的問題。」

我一邊在腦海裡想著這些事情，一邊前往訪問眾多「非劇情」電視節目的成功製作人史考特史東（Scott A. Stone）。從我第一眼看見他位於好萊塢中區的片廠園區辦公室開始，我就知道我來到了另一個宇宙。大廳牆上掛了《苗條女孩》（*Curl Girls*）、《給點甜頭》（*Gimme Sugar*）、《邁阿密苗條女孩》（*Curl Girls Miami*）的海報，我也讀到史東準備和李維約翰斯頓（Levi Jonhston，布瑞斯特培林〔Bristol Palin〕[6]的前未婚夫）攜手向電視台提一齣名為《愛上李維：市長辦公室之路》（*Loving Levi: The Road to the Mayor's Office*）的實境節目。根據《好萊塢報導者》，約翰斯頓提到「選市長不是他的想法，而是史東提議的。」這看來是種不一樣的電視影集模式。

有了以上背景，容我向各位呈獻我們的下一位客座講者，史考特史東。

6 前阿拉斯加州長暨副總統候選人莎拉培林（Sarah Palin）的長女。

客座講者：史考特史東

身為史東公司（Stone & Co.）總裁，並有逾二十五年製作《內鬼》（*The Mole*）、《男人的秀》（*The Man Show*）、《王牌設計師》（*Top Design*）、《喬薩默真人秀》（*The Joe Schmo Show*）等成功「非劇情」電視影集的經驗，史考特史東向我們透露所謂「實境」節目是如何製成的，以及裡頭編劇的角色。

我問他，類似影集的吸引力是什麼？人們為什麼會想看？

史考特史東（以下簡稱史）：就跟我們會看喜劇和劇情類影集的理由一樣，觀眾想看人出生入死，然後歷劫歸來。

潘蜜拉道格拉斯（以下簡稱潘）：所以重點還是身而為人的戲劇性。

史：就跟包括益智節目在內所有的電視節目一樣，你在一開始一無所有，你努力奮鬥好苦盡甘來，有些人兩手空空地回家，其他人登峰造極。這就是戲劇結構，都完全一樣。

潘：你可以帶我走一遍創造「實境」節目的流程嗎？讀這本書的人都想以編劇身分打入這一行或發展他們的職涯。

史：實境節目包含了很多次類型，裡頭有經典像《紐約嬌妻》，以及類似《我要活下去》和《美國偶像》這種基本上算是遊戲類的節目，到比較像紀錄片的《冰路前行》（*Ice Road*

Truckers）[7]，再到日間談話性節目，基本上實境節目涵蓋了各種類型。節目都來自同一個起點，就是想法。某人有個想法，他把想法寫在紙上。我告訴你，在我念電影學校的四年裡，我非常少動筆，但現在我幾乎什麼都寫，我會說我百分之六十的時間都是在撰寫或重寫長綱。從上到下，電視的整個概念就是某人的願景，即關於那個重大想法是什麼。從寫作的角度來看，一切還真的可以從某人午餐時間坐在桌邊說我有個關於影集的想法開始。

讓我舉個例子。我的助理說他超愛《花邊教主》（*Gossip Girl*）[8]，但他在紐約念高中，《花邊教主》與他在紐約念的那所高中根本一點都不像，他想做一齣真正的《花邊教主》。於是他找時間把想法給寫下來，然後在學校放假期間，他透過網路用臉書和推特之類的發了個通知，上面寫：「孩子們，你們想參加實境版的《花邊教主》嗎？」等有人徵得家長同意，簽了同意書，他就把他們錄下來。等他找到一些有意思的角色，他就用筆電把一些內容剪在一起燒成DVD，然後說我覺得這些小朋友可以拍成一齣劇。

雖然他得寫些放在網路上的東西，但這裡頭並未牽涉到實際寫作。等他把內容燒到光碟上了，我就說：「所以這齣劇是什麼？我知道這些角色很有趣，但他們彼此有什麼關聯？他們的故事會長什麼樣子？」電視台會問我們的第一件事則是「會讓我們想把六集都看完的原因是什麼？」這不只是六集的故事弧線而已，還包含這些孩子的起點和終點在哪裡？在學學生的合理版本，是從他們的學期初開始，結束於畢業舞會，對我們來說這是一個創造起來很容易的故事弧線。

現在告訴我，每個角色的故事要怎樣交錯在一起。每集得要有自己的故事弧線，告訴我每集的內容在講什麼。我們會需要一集是其中一位女孩跟男友分手了，兩個人大吵一架，但最後想要和好。我們有一集是其中一位女孩想要舉辦派對，但是媽媽不准，於是她還是背著媽媽舉行了。還有一集是其中一個孩子是未出櫃的同志，而他得把這件事告訴他的好友。

在上述這些裡，我們得透過訪談，來預測這些角色的故事。但如果我們要能夠推出這齣劇（這根本上還是每一位編劇和製作人的工作），我們會需要有人出資把你的願景做出來。不管你今天是編劇或製作人，你總是在說服別人給你拍出來需要的經費，所以我得去電視台，把這個故事說清楚。

做到這件事的唯一方法就是你把它寫在紙上，然後說：好，故事如下，我們有六個青少年，這裡是他們的角色，這裡是他們會怎樣產生關聯，這裡是每個人的原型，然後今天不管是喜劇或劇情類，電視上的每個角色都得有重大的弧線，比現實更誇張，因為如果你沒比現實誇張，沒有人會在乎。我們會把他們的故事寫下來，在會議上講他們的故事。提案之後我們會給他們看一點

7 美國實境節目，講述在阿拉斯加與加拿大極圈內冰封道路開車的貨車駕駛生活。
8 喬許施瓦茨原創的影集，故事環繞一群曼哈頓貴族學校學生彼此勾心鬥角的日常，深受年輕觀眾歡迎。

裡頭有角色的DVD，他們可能會問「如果你想把六集拓展到八集，你會如何擴充？」如果有第二季，看起來是什麼樣子？你除了看得到故事，還得把它寫下來。

電視台接下來會說：「好吧，這裡有筆小錢，假設是兩萬五千美金好了，我要你去拍一支有他們之間互動的示範帶，可以是八至十分鐘長的影片就好，讓我看看影集會是什麼樣子。」我們會把這稱為試播簡報（Pilot Presentation），但其實是選角帶（Casting Reel）。

除此之外他們還有各式各樣的履約條件（delivery requirements）。以下清單來自一齣關於一群人跑去維修危樓的節目：

- **概念摘要**

這總得有人寫吧。

- **影集長綱**

也就是每一集的完整長綱。

- **第一集的細部概要**

這會用幕來分，總共會有六個分幕破口，所以你需要懂每一幕的結構，裡頭得要有前段、中段，以及帶著懸念的結尾。同時要記得，你現在寫的是實境節目，所以你沒辦法明確知道這些角色會怎麼做，你只能猜測，你現在寫的是你覺得這齣劇會長什麼樣子的願景。

- **另外三集的分場大綱**

- **開場吸引人的文字敘述**
- **影集的片頭和圖像會長什麼樣子**
- **關於可以放在網路上的潛在內容的想法**
- **共同主持人和屋主們的完整選角**

潘：他們怎能只付兩萬五千美金就想要這樣的工作量？

史：基本上，我得用上我公司裡頭正在做其他劇的人手，這樣才可以無償弄這玩意。再不然我可能會用上剛畢業的小朋友，或者剛開始工作的製作人。如果他們可以自己拍所有的東西，同時他們有編劇的能力，製作人可以不用雇任何人就把所有這些做完，但你也可以看到這裡有一大堆東西要寫。

潘：誰會負責寫這些？

史：就眼前這個案子來說，是一名在紐約為我工作的監製，絕大部分的錢都歸她和選角指導。她把所有的東西寫完寄給我，我再視情況重寫。

潘：她的頭銜是「製作人」而非「編劇」，實境節目會有「編劇」的頭銜嗎？

史：通常沒有。我們會維繫所謂實境節目不需要寫的神話。

潘：我其實想和你討論這件事。

史：部分原因是因為看實境節目的觀眾想要相信這是真的。某方面來說，這是因為我們做的東西源於真實的情緒。我們會把人放到人工的情境裡，看他們做出不管哭笑或生氣或喝個爛醉或什麼的真實反應。所以技術上這不算是「寫」，只是情境是寫出來的。

節目上發生的每一件事情都是預先製作出來的。拿我們製作的節目《內鬼》為例，我們會知道我們要用哪個地點，我們會知道內鬼在做些什麼，我們也會知道他在玩什麼把戲，所有這些都寫在拍攝前先取得電視台同意的聖經裡，聖經本身大概四英寸厚，所有的細節都在裡面。一旦等你把真人放進去，我們馬上會改用紀錄片風格從旁觀察。參與的每個人都知道我們得寫一大堆東西，多數都是交給監製或製片主任撰寫，有些時候短片製作人會負責寫他們自己一部分的內容。另外一個還有我們稱為編審的關鍵職務，編審會觀察現場發生的事情，把所有東西盡量登錄下來。有些時候每個拍攝團隊都有一名編審，有些時候一名編審就得負責整齣劇。然後他們會回到剪接室，把拍的所有內容播一遍。有些時候我們會把每一句話都做成逐字稿，假定在一小時的影集裡，我們總共拍了一百個小時，我們會看一遍逐字稿，然後從這裡把故事拼湊出來。編審會把所有的素材拼在一起，如果是我的節目，他們會把整個劇本寫出來，然後剪接師再據此把節目組合起來。

潘：這看起來會像是電影劇本嗎？

史：這取決於編審本身，有些像，有些看起來像是整頁的時間碼。它的形式不太一樣，所以不會像是對白置中的電影劇本[9]。但你會知道假如你的節目是一個小時，你的劇本大概會是四十五頁左右。

潘：所以他們會把除了對白之外所有的東西都寫下來。

史：現階段他們的工作是剪接多過寫作。

潘：不是說在所有的電影裡，剪接是寫作的最後階段嗎？

史：沒錯。前製階段也得寫很多東西。舉例來說，你看像《美國偶像》，有人得要寫瑞安西克雷斯特（Ryan Seacrest）和其他主持人說的話，所以今天不管我們是否稱呼他們為編劇，總得要有編劇寫這些字句。在類似《我要活下去》之類的影集，你身為編劇得要能夠多工：你得寫下某個遊戲要怎麼玩的細節，然後你得寫每集最後的提要，「回去你的部落吧」。

潘：你會不會把劇中成員帶到一邊，告訴他這場戲他要高興或難過？

史：影集有遊戲成分的話就不會，因為這樣的做法可能會影響遊戲的結果，有點沒道德。不過，等參賽者習慣了上鏡頭，他們通常會開始舉止怪異，他們會意識到自己舉止愈怪異，他們的鏡頭就愈多。

潘：但如果是紀實風肥皂劇和紀實風戲劇，你就比較會參與其中？

9 此指橫排英文劇本格式。

史：他們知道我們想要拍到什麼。我們不會告訴他們說我們想要你生氣，但很明顯地，如果我們把他們放到他們在生某人的氣的情境裡，然後我們辦了場派對，而對方出席了，他們會知道我們的期待為何。

我們會提早三至四天開發故事，一邊拍也一邊製作。因為這些角色有事得討論，他們知道我們會想要讓他們聚在一起。「他背著我有另一個女人。」現在我得讓他偷情的對象出現在這個場次裡好結束這個討論，我需要這部分才能剪接。於是我會安排他們碰面喝咖啡，而他們去喝咖啡的時候，已經知道我們要他們進行這個討論。我們會跟他們說「你去四十二街」或「你去四十三街」，我們會要攝影機分別跟著他們，然後說「上吧」，我們會叫他們在抵達咖啡廳之前不要和彼此對話。

潘：這有點像是某些獨立電影拍攝的即興手法。

史：非劇情節目的絕竅——我偏好「非劇情」這個詞多過「實境」——是選角。

潘：但他們並非受過訓練的演員。

史：但他們經過兩三天就變成演員了。所謂的第二季現象，就是等他們看到自己出現在電視上之後，他們會知道怎樣才能有更多的出場時間。

潘：你應該聽過編劇公會的抗議，認為在所謂「非劇情」節目負責編劇的工作人員受到很糟的對待。因為製作人否認他們雇有編劇為他們工作，編劇不會享有來自公會的健保和退休金，因此他們不會獲得任何來自編劇工作的正常保護。

史：就我們公司而言，我們會付加班費，工時也有人性。無劇本這行，剛開始的時候會濫用超時，我們當時還在摸索，然後意識到我們每天得拍這麼多小時，大家得要時時刻刻工作。這份工作永遠不會是朝九晚五，但在我們公司大家都會拿到應有的加班費。

潘：但製作公司多半沒有參加編劇公會。

史：我過去曾拍過參與編劇公會的節目，當時我也有身為編劇公會成員的編劇在節目服務。每齣影集最困難的地方就是要怎樣把一切壓在預算內，這也牽涉到在裡頭工作的人想不想要如此，畢竟加入公會不便宜，但他們得加入才能享有福利（諸如健康保險），這對比較年輕的人來說有點兩難。

潘：講到年輕人，在所有新人入行的途徑裡，非劇情電視聽起來像是切入點之一。假如學生感興趣的話，他們該做些什麼？

史：這跟電影劇本或原創影集不一樣，他們不應該在一開始的時候，對他們的想法抱持著所有權的態度。不要以為你得保護自己的想法，不然有人會把它從你手上偷走，因為不管你想的是什麼，都已經有人想過了。

所以，沒錯，這的確是入行的切入點，而且如果你很擅長把你的想法寫下來，你有很大的機會能夠在無劇本節目闖出名堂，因為你在找的是故事從無到有的地方。在我看來，你最應該做的事情就是把想法寫下來。任何人坐下來看幾天MTV頻道都可以輕易想到四個關於無劇本節目的想法，訣竅是要寫下來，同時當電視的好學生，知道過去播過什麼，現在在播什麼。不管你的提案內容是什麼，有很高的機率他們會說這已經有人做過了，但你還是要理解這行，然後去提案。你真的可以走進任何一間無劇本公司，然後跟他們說你有個想法，幾年前我就曾經向一名來公司找我提案的學生買了他的節目。

潘：就這個案例來說，「買了他的節目」是什麼意思？

史：當我說我買了他的節目，指的是我實際把節目給賣出去（賣給電視台）。我向這位小朋友要了為期六個月的免費選擇權合約，等我把節目賣給Spike TV後，付給他一筆權利金。

潘：你雇用來自電影學校的編審和短片製作人，而他們過去在學校學過基本的說故事技藝。他們會給你看什麼？他們是怎樣受雇的？

史：最好是能把想法寫下來然後拍出來。我不會讀長片劇本，我沒時間，但如果我可以點開某個在YouTube上面的影片，或有人寄給我二至三分鐘的短DVD，我會看一看。

這是製作人的媒介，這也是為什麼如果你是一名在無劇本服務的編劇，你會被貶到比較低的位置，因為相較於劇情類影集屬於作者導向的媒介，在這裡你不過是把故事組合在一起的巨輪上的一枚小螺絲釘。不過，我每天還是會花百分之七十的時間在寫本。說希望自己在學校曾好好學怎麼寫作很老套，但考慮到我每天的工作，懂得寫作真的會是個很棒的工具。

如何入行

Chapter 6

我想對你說個實際發生的童話故事，至少人家是這樣對我說的。

從前從前（其實是八〇年代中期），有一位年輕女孩墜入愛河。她愛的對象不是男人，而是一齣女主角彷彿跟她一模一樣的電視影集。每個星期，在她的影集播出日晚上九點，她會坐在沙發上面對螢幕，不接電話，也不轉台。她常常會思考角色們的動機與兩難，並與朋友討論可能會發生的故事。她開始注意到每個角色的說話方式，衝突會如何出現和化解，以及個別劇情是如何交織在一起。接著，她的腦海裡跳出一個想法：我也可以寫劇本。

勇敢的她坐到電動打字機前，打出一份六十頁的「潛力劇本」，並將它寄去影集方。所謂「潛力劇本」是用來展現潛力的劇本——沒有人叫你寫，也沒有人會付你錢，但這可以成為帶她上路的車票。只不過，劇本之後被原封不動地退回，上面附了封正式信函，聲明對方不接受來路不明的劇本。但此時的她深陷在愛河裡，於是她決定再試一次。

劇本二（單純因為這已經不是她寫的第一個劇本，所以不知怎的比第一個好）寄到了影集方，一樣被退回來。現在呢，這位女孩沒有電影學校學歷，沒有親戚在產業工作，沒有螢幕作品，沒有經紀人，在她居住所在地的人們，對於要怎樣入行也是毫無頭緒，只有她一個人陷在愛河裡。

劇本三出現了。現在的她已讀了各式各樣關於編劇的書籍，並研究過影集，找到了一些故事會如何發展的線索，她的第三個劇本是針對她認為影集不足之處寫就，並附上一封簡短介紹信，藉此展現她自己的個人特質。所以她的第三個劇本售出了，對吧？沒有，但這次退回的信封裡夾了神奇的東西：一封便箋，上頭寫著假如她哪天剛好人在洛杉磯，可以來辦公室拜訪。我想你可以想像她買機票的手腳有多快。

誰知道為什麼，可能是運氣，可能是命運，可能是好奇心，但她終究成功約到了會面。她手裡帶了什麼呢？你會猜是劇本四，錯了，她學聰明了。她帶了各式各樣的提案，還有十個非常適合影集故事的簡短摘要（大概是編劇一般會帶去提案會議的兩倍），再以風趣但深刻的方式，把每個故事花五分鐘說一遍，於是她售出了其中一個故事。

開玩笑的。她什麼都沒賣出，但她離開時多了滿手範例劇本、對方正在開發的內容清單，以及製作人對她感興趣方向的提點，製作人並表示願意聽她再提案一次。

再下一次，她終於聽見了那句迷人的「請妳的代表人打給我們的商務部門」。這是否意味著她售出劇本、或受邀參與編劇團隊了？門都沒有。但她拿到了一個寫分場大綱的案子，而如你在前一章所學到的，這是付費寫作的第一個步驟。製作助理給她看了他們的「事件大綱」形式，她則交出了一個可接受的故事，並且（喔耶）進入初稿寫作……不過是交給別人寫。她的編劇經驗實在太過不足，但她還是拿到了「故事原創」的職銜。有了這些經驗，她搬到洛杉磯，以就近觀察集數開發的過程。

然後她又提案了一集，這次提得很不錯；他們讓她寫初稿，初稿就沒那麼不錯。但隨著劇本被重寫，在編劇團隊間移動，再到製作、後製，她也得以從中學習。她再次提案，寫分場大綱，並寫了另一集的劇本——這次好些了。她也在編劇圈交到朋友，終於，當影集獲得下一季續約時，她受邀加入編劇團隊。

她在編劇層級間一路往上爬，從編劇寫手、編審、製作人、編劇主筆。三年後，在影集的最後一季，她成為影集的監製，統籌她所愛的影集。劇終。

這個童話故事裡藏有入行的訣竅，我會在底下詳加說明。事實上，每位成功打入劇情類影集這一行的編劇，都可以向你說上一段軼事，你也可以從中得到一些啟示。以下是我的：我在紐約市長大，從沒想過創作螢幕作品這件事，但我的筆從來沒停過（寫詩、寫故事、寫劇場劇本、寫新聞），二十歲時，我從大學畢業，拿了一些獎，作品也刊登在一些小型雜誌上。我青春年少時寫的新聞報導充滿理想，認為假如角色可以反映我們社會的多元性、女性的實際經歷，以及都會生活的現實，則電視會充滿著無比潛力（這是在ＨＢＯ與其他有線台崛起之前，更別提之後竟有水準較高的無線台節目以我所描述的理想打破沉痾，並以此獲獎）。某個洛杉磯的實驗性公共電視台基於我的文章聘請我擔任節目部部長，於是我決定離鄉背井，手上只帶了一只皮箱和一件之後發現一點用也沒有的冬季大衣，就離開我認識的每一個人三千英里遠。幾個月後，電視台破產了。

但我在此之前認識了一些人，其中有人通報我美希亞—環球公司（MCA-Universal）因為公司從未有過女性主管，此時正在為長片開發部門尋找年輕女性。在我待在美希亞的三年裡，我發現常跟電影綁在一起的總是那幾個熟悉的名字，但較不為人知的編劇（就算有經紀人也一樣）作品從來沒有機會送到高層手上，同時即便電影獲得放行，從劇本到上映也會經過數年的時間，過程中原始編劇會被撤換（他的接替人選也會同樣遭到撤換）；但在低我們幾層樓的電視部門，以及製作電視影集的單位，劇本在幾個月的時間內便會播出，編劇的職銜也是毫髮無傷。

所以我決心轉向電視職涯發展。此時我已從高手身上習得編劇技藝，寫了三個潛力長片劇本。我的第一份工作是相當標準的新手工作：為一部電視電影做對白微調。面臨這種情況時，一名輩分較高的編劇已經完成了所有合約要求的稿件，會再請另一名新編劇修改台詞，但新編劇的名字不會出現在螢幕上。眼前的情況是劇本裡較為年輕的角色講起話來不太寫實，於是我拿了一筆固定金額的費用，花了兩週時間重寫。

因為得有人與製作人協商，所以這份工作讓我有了人生第一位經紀人，他為我推薦了幾個人選。嗯，如果製作人想要雇用你，對經紀人來說萬無一失。我選了跟我一樣是新手的那位，並在數年的時間裡與經紀公司一同成長。

現在我準備好要挑戰寫個別集數了，但要怎麼寫呢？我找到了一個新的切入角度：在看了幾集《特拉珀約翰醫生》（*Trapper John, M.D.*）之後，我覺得其中一名主要角色被冷落了。我曾經看過瑪琪辛克萊（Madge Sinclair）的舞台劇演出，我知道她是名了不起的女演員，我也想賭一把，看看影集方是不是會在播出多年後認為應該要回饋她，於是我請我的經紀人安排提案會議。身為一名什麼經驗都沒有的小朋友，我對什麼「A—B—C故事」或四幕結構一點概念都沒有，還得讓製作人教我。但這集還是拍出來了，瑪琪賦予我的台詞生命，同一年稍晚，她更靠著裡頭的演出拿下了艾美獎，而這是我有史以來寫的第一集影集。

我沒有留在影集方，而選擇在其他幾個影集擔任自由編劇，此時距離我參加編劇團隊也還有好一段時間，但上述的第一次契機實在讓人過癮。

一切還是要回歸到以下準則：

準則

寫你所愛

這不是自溺，而是讓寫作出眾的不二法門。是什麼讓你和其他試圖入行的每個人有所區別？就我們童話故事的女英雄來說，那便是對於影集主角熱烈的認同感，以及理解主角所需面對的掙扎與情感，賦予了故事由現實而來的力量。你或許可以藉由過往在醫療、法律或警務等領域的經驗、對科幻等類型的熟悉，甚至你的家庭背景，作為入行的角度，你的熱情會帶你找到真切的故事。

也因此，當你選擇創作潛力劇本的影集時，一定要選你最常收看的影集。這或許聽起來相當顯而易見，但我曾遇過想當編劇的人自認為能占體制的便宜，因此刻意選擇他們從來不會看的影集，只因為他們認為選這些影集比較容易入行，但情況卻沒照他們的預期走。第一，所有的影集都會想雇用他們能吸引到的最有天分的編劇，而非心不甘情不願的現實主義者；第二，不要降格寫作，這只會對身為藝術家的你造成傷害，也會損及你的名聲；第三，假如你明顯對影集沒什麼感覺，這是不會成功的。最後，你在潛力劇本裡創造的是展示品，而非實際的集數。這部分就要講到我的下一個重點：

不要選你計畫要提案的影集創作潛力劇本

好，這其實與前面童話故事裡頭的啟示恰恰相反。的確會有幾個影集端願意讀針對自己作品的潛力劇本，但多數不會，你也不會希望他們讀。這樣想吧——製作人本身知道自己影集的地雷區，但局外人不會知道，如果製作人再聽到另一個關於狗的、關於再一具泳池屍體的、或兩名昨天剛大吵一架（但你不可能知道）演員之間的愛情故事提案，他可能會仰天長嘆。不過另外一齣影集的製作人則可能能夠在沒有包袱的前提下，看見你的作品寫得有多優異。

所以，放心選你熟悉的影集創作潛力劇本——但之後可以針對同一類型的不同影集，或品質相近的影集發展提案。舉例來說，在某個時間點《急診室的春天》的眾製作人會讀根據《紐約重案組》所創作的潛力劇本來評估編劇的能力。在二〇一〇年，雖然與本身影集的主題毫無關聯，但無論辦案劇或科幻劇或家庭劇的製作人都會讀根據《絕命毒師》所創作的潛力劇本——他們想看到的是你處理角色的能力。

你希望展現的也是能力——天分加上技術，為此請選擇品質最高且讓你感興趣的影集研究與撰寫。找那些播出時間已經長到別人能夠認可、或許還拿過一些劇本獎的（你可以透過美國編劇公會和電視藝術與科學學院找到得獎影集的清單），你能藉此磨練你的編劇功力，影集面貌多變的角色或許也能增進你的對白功力。

寫作品質是不可抹滅的規則，以上這點帶著我回到我們的童話故事，以及下一個準則：

叩問關於影集的正確問題

注意這位女孩在首次嘗試針對影集創作時所思考的事情：角色們的動機與兩難、可能會發生在他們身上的故事、個別角色的說話方式、衝突會如何出現和化解，以及劇情是如何交織在一起。上述這些都可以在觀賞大量集數的過程中發掘出來，而一旦你透過思考角色為何有這樣的舉動來深入深層動機，你便能找到故事未來的根基，以及角色不為人知的一面，而這將會影響你針對角色的寫作方式。製作人閱讀寫作範例，就是想看到這種較為隱微的角色刻劃層次，因為相較於平板的故事，或被翻來覆去只為了服務劇情的角色「樣板」，這才是日後寫作的源頭。

這些角色可能會發生什麼樣的故事？不要藉由影集已經用上的劇情支線來回答這個問題，因為這些故事弧線在你的劇本完成前就已經結束了，而影響影集走向的重大改變也會由高層決定，而非自由編劇；反之，問自己角色在平靜狀況下（角色正常的行為舉止），會有什麼樣的渴望或議題，而非先去猜測敘事在一季的時間裡頭會如何發展。

或者也可以針對主要角色提供你自己的視角。舉例來說，如果你創作潛力劇本的影集是《夢魔殺魔》，裡頭的角色常常駕船出航，同時你在現實生活裡的工作是海洋生物學家，你會不會知道什麼在他航經的水道中，能為他的故事增添興味的生物？過去《勝利之光》還在播出的時候，我讀過最讓人感興趣的劇本就來自住在德州的編劇，他們經歷過關於響尾蛇和沙塵暴的種種故事，光讀劇本就可以嗅到那份真實感。

理想狀況下，每位角色的對白都有其特定性，能傳達出其本身背景、教育、態度、智力，以及個性。認真聆聽，然後問自己在《噬血真愛》裡，吸血鬼比爾的用字遣詞與吸血鬼艾瑞克有什麼不同，或者《廣告狂人》裡佩姬與彼特面對同一個問題上的差異。對外來的編劇而言，最關鍵的障礙就是要捕捉角色的「聲音」。你可能會從演員開始，但別被騙了：差異都是寫出來的。

正如你在第三章所讀到的，某種程度上，衝突與劇情結構會由一小時影集的形式，以及（如果是無線台影集）分幕破口所決定，但不需要因此感到挫折，就盡力而為，好讓讀者停不下來。製作公司和經紀人只會先讀上幾頁，之後如果他們沒有上鉤，劇本便會被扔到一邊。劇本得持續維持高度張力，並且頻繁地讓讀者感到出其不意——這靠的不是奇技淫巧，而是你的故事轉折既要忠於角色，又要在影集的世界裡頭讓人難以預料。舉例來說，在一個關於乳癌的故事裡，可以將患者設定成男性，畢竟乳癌也會發生在男性身上。讓自己的作品既新鮮，又有創意，且出其不意。

你瞧，就跟你在撰寫長片劇本或其他戲劇作品所需要的特質一樣，重點還是要寫得好，但這不是說你就不需要問關於潛力劇本或提案影集的相關問題。好好做研究。不同於那位一九八〇年代的女孩，你有網路可以運用。基本上所有的影集都有網站，所有的電視台也都有，許多甚至還會有粉絲網站。官方網站能協助你確認角色姓名拼法以及影集歷史等基本事項，有些也會附上製作人的發言，從中隱約能看出其品味或靈感來源。使用粉絲網站時則要留意，他們的資料不見得正確，但最好的粉絲網站會提供概要，有些甚至會列出已播出的每一集，這都可以幫助你不要重複撰寫或在提案時提出已經做過的概念。

對的叩問問的永遠是有關於故事或角色，而非特效、服裝、預算、選角、八卦，或行銷花招，記得保持專注。

擁有對的工具

我們那位一九八〇年代的女孩在電動打字機上頭奮鬥，但這年頭已經沒人會這樣做了。你的電腦「一定」要有專業編劇軟體。編劇電腦用品店能提供你選項上的建議，如果難以抉擇，「Final Draft」相當受歡迎。

「Celtx」則是能夠在網路上取得的免費軟體。每齣影集都會有編劇必須採用的特定軟體，但在潛力劇本階段，任何一個能夠創造出標準劇本格式的軟體都可以。正如你在第三章的範例裡所讀到的，一小時影集的劇本看起來跟長片劇本沒什麼兩樣（不過情境喜劇的格式不太一樣），如果想被當一回事，你的劇本得看起來完美且專業。

擁有代表人

說來容易做來難，我們的女英雄可是隻身在外，反覆寄出劇本再被原封不動退回，直到製作人注意到她那驚人的毅力為止。你可以試著這樣做，但即便在競爭較不激烈的時代，她都花了數年時間，何況她是剛好走運。所以，讓我們來談談經紀人這回事：為什麼你需要他們、如何才能雇一個，以及雇不到的話怎麼辦。

電視影集會給人如此親近、甚至友善的幻覺，以致於粉絲有些時候會想像他們也能夠加入。從外界的角度來看，影集寫作看起來比實際簡單，電視看起來也沒有電影來得嚇人，因此影集端如果沒有過濾，肯定會被業餘劇本淹沒。除此之外，製作公司也不會冒著某個陌生人聲稱影集偷了他的故事而一狀告上法庭的風險，這也是為什麼公司鮮少會讀「門後丟來」（未經徵求或沒有代表）的劇本。你會需要經紀人是因為他們才是讓別人讀你劇本的人，知道工作在哪裡的人，送你上會議桌的人。如果沒有他們，知道哪齣劇在找新的編劇（或至少願意考慮雇用新編劇）會有其困難，經紀公司也會幫你談條件，幫你準備合約，並收取你的工資，再扣掉他們的百分之十。

雖然製作長片的電影公司可能會買原創劇本，但電視圈則是以既有案子為主。經紀人或許會聽到某個編劇團隊有工作機會，或者某一集影集會開放給有著特定背景、觀點或風格的編劇，然後他會將幾個符合條件的客戶範例寄過去。讀完範例之後，製作人可能會邀你去開個會，或者，如果你有針對某一集的想法，經紀人會把你的寫作範例送過去，如果製作人喜歡你的作品到一個程度，他可能會邀你去提案。

但如果你沒有經紀人，這樣的運作體系也沒什麼幫助。當你開始找經紀人時，以下是你的作品集裡頭需要有的東西：

- 一個以上能夠展現你獨特創作聲音的原創電影劇本。
- 一個以上與你目標類型相近、目前正在播出的一小時電視影集劇本。
- 另外還有一個以上隸屬於不同「類別」，能夠展現另一種調性的電視劇本。
- 原創影集試播集劇本，藉此展現你的獨特視角（或經驗），並證明你有能力創作出帶有「延展性」的一小時影集。
- 可以向影集端提案的原創故事。

現在你準備好可以開始了。好萊塢電話簿和編劇公會有一長串的經紀人名單，公會會特別標記那些願意評估新編劇的經紀人，但別把標記看得太認真。有些「開放」的經紀公司聯繫後才發現已經滿額，有些公司也許沒有明確提供機會，卻反而到頭來有可能會對擁有他們想要特質的客戶感興趣。

你該如何在一大堆名字裡頭找到自己要的呢？先試著找出那些有著與你寫作內容相近客戶的公司。有些經紀公司主要以好萊塢電影或情境喜劇為主，所以記得要檢查他們客戶名單有沒有包含有電視影集作品的編劇。你也得在「大型配套」與「小而美」的經紀公司之間作抉擇。大型配套經紀公司會提供所有的人才——演員、導演、製作人，以及編劇，當你被納入一個由資深節目統籌主導的配套時，這會是一大資產；但另一方面，小而美的公司則能夠提供給你新手編劇所需要的個人化關注。

先從電話開始。如果你沒有個人引薦，直接去電每間可能的經紀公司。不要找特定經紀人，先專注在接你電話的人或其中一名助理身上，說你想找寫作劇情類電視影集的代表。你可能可以拿到專攻這個領域的經紀人名字，也可能是某個正在建立客戶名單的經紀公司新人，請對方把名字拼給你聽。一百通電話裡，可能只有十位感興趣，但其實你也只需要一位。

下一步則是寫一封長度在一頁以內的信（或電子郵件）給特定經紀人，強調你的強項——編劇獎項、電影學校學位、備受好評的舞台劇、出版的小說或新聞文章。如果上述這些你都沒有，你可以透過某些特長來吸引讀者上鉤，例如你在過去當警察的歲月裡累積了一些犯罪故事想說等等，接著很快帶到你的作品集內容，例如針對《怪醫豪斯》和《絕命毒師》寫的潛力劇本以及兩部長片，一部浪漫愛情喜劇、一部懸疑緊張的劇情片，而你的目標就是受邀寄一份劇本過去。

接著就是等了。你或許可以每兩星期打電話提醒助理，但不要惹人煩。同一時間，你的信寄達了你聯繫過的其他經紀公司，六到八週後或許有人會問你可不可以讀你寫的東西。

雖然你的目標是電視影集，經紀人可能會先要你的原創劇本，用來區別你的才華與你創作潛力劇本的影集風格，之後等經紀人準備好要判斷你在影集寫作的技巧時，潛力劇本集數會派上用場。

假設你已經過了層層關卡，準備跟經紀人碰面，好的經紀人會找有才華也有毅力可以成長的客戶，他們不只在乎可否讓你在這一季就加入某個編劇團隊，更會對你五年後的位置在哪裡感興趣。事實上，如果經紀人只想很快撈上一筆，而你如果沒能在前幾個月幫他賺到錢，他可能就會甩了你。你值得更好的。

你會希望你是在建立一段關係，所以你會希望對方理解你的目標，並引導你到你能開始建構職涯的影集，並擁有足夠聲望讓影集大門為你而開。要選擇誰取決於你——要飢渴的年輕經紀人、能夠感同身受的，還是客戶名單洋洋灑灑的老經驗？這無疑是個奢侈的問題。

萬一沒人上鉤呢？下一站就是經理人了。兩者最大不同在於經紀公司受州政府管轄，並和公會訂有關於費用多寡與其責任的協議，經理人則不受管轄，所以你得小心。專業的經理人公司跟經紀公司的運作模式差不多，只是比起後者的百分之十，前者會收取你收入百分之十五甚至更多。伴隨較高的費用，經理人工作範疇可能會比經紀人廣，有些時候包含了藝術家的整個商務層面。

對你而言，經紀人遙不可及的時候，經理人或許可供選擇，他們也可以為你打開大致上同樣的大門。他們不會列在公會名冊，但你可以在好萊塢電話簿找到經理人名單。接觸的步驟是一樣的：打電話、寄信、寄劇本、和面對經紀人一樣去面談。

如果你在經理人這邊也被三振出局，娛樂圈的律師有些時候會和製作人相熟，或許可以把你的作品送過去或幫你引薦。如果你為此雇用律師，標準費用是律師每小時的費用，加上你所有螢幕作品收入的百分之五。

還是太難嗎？以下是一些關於代表人難題的蹊徑：

- 在影集團隊找份工作，任何工作都好。最佳選擇會是編劇助理，因為這樣你可以直接和編劇團隊互動，甚至有可能就近觀察編劇室。製作助理或甚至秘書也無妨，重點不是一輩子幫人影印，而是與編劇建立關係。一旦他們認識你，他們就沒辦法不讀你的作品了。同時當你處在影集團隊，你也可以學到一些內線建議。
- 去電影學校念編劇學位。最好的學校會將他們的畢業生推給產業，你在那裡認識的朋友也可以彼此幫助。
- 為演員而寫。許多演員會有幫他們尋找演出題材的小型製作公司，你或許可以透過幫某位較不受重視的演員寫一個有意思的角色，讓他幫你的劇本爭取獲得加入影集團隊的機會。你得想方法把劇本交到他或她的手裡，但這並非不可能。
- 從新成立或另類播出管道開始。在無線台與全國性有線台的黃金檔節目以外，劇情類編劇工作也會出現在非無線台、小眾有線台播出頻道、非繁忙時段等管道，網路上也愈來愈多。這些市場一般也不會和經紀人合作（經費不足），找個你的熱情能受到歡迎的地方，直接向製作人應徵。

我們的女英雄在得知製作人願意見她的瞬間便飛到了洛杉磯的旅館，她運氣也很好，製作人沒有失約。但節目統籌得同時處理交件期限、最後一刻的重寫工作，以及拍攝現場的緊急狀況，約好的時間也會更改一次、兩次、三次。你能在那間旅館裡枯坐多久？

有些人會搬到洛杉磯，一邊做正職工作一邊翻產業報。你也知道好萊塢充滿了想當編劇、演員、導演的人，他們來此逐夢，但十年後還是在當服務生等待機會。身為編劇的你在哪裡工作都可以，所以在你的作品集夠出色、收到回音、或準備念電影學校前，先別離開家門。我們故事裡的那位女孩在她接到第一個案子之後才搬家，之後她想辦法把自己和製片端黏在一起，藉此拿到了下一個案子。

身處產業重鎮

不管你早搬晚搬，你如果想寫電視影集，在美國終究還是得住在洛杉磯。有幾部美國主流影集現在會以其他城市為根據地——紐約、邁阿密、溫哥華、多倫多，大衛西蒙的影集皆以巴爾的摩為中心，但絕大多數的編劇團隊都在片廠園區內，而正如你在第五章所讀到的，電視編劇會集體工作，所以要避開洛城的棕櫚樹恐怕是沒辦法。

成功的祕訣

我在南加大的學生有些時候會問我他們有沒有可能成功，他們入行的機會有多高？剛離開學校的前一兩年通常都很困苦，但我發現了五年後可以成功的會是哪些人。他們不見得是最有天分的、最聰明的或人際關係最好的，不過天分、聰明才智、人際關係還是有所幫助。不，成功的人都有唯一的一個共通點：他們不願意放棄。

我近年的碩士畢業生對我說的故事，反映出（相較於我自己十年前的經歷）二十一世紀更好也更糟的現實。糟的是自由編劇的案子更少了，今日的影集會靠編劇團隊撰寫大多數集數，接案實際上成為了面試團隊的工具。

但絕大多數的情況都更好更開放了。是沒錯，個別影集給自由編劇的集數變少了，但在這有著一千個頻道的世界——無線台、有線台、會推出原創節目的衛星台，以及網路上的新興市場，影集的數量則呈倍數成長。在我剛入行的時候，我只能向一群男人（是的，僅限男性）提案，他們緊緊巴著傳統電視的形式，以及那種過去證明行得通的劇情導向與故事不放，大多數做出來的影集都是老樣子——對創意人來說簡直會腦死。這裡頭有些人還在圈內，但在這樣一個影集得和網路以及其他新管道競爭觀眾注意力的時代，他們漸漸成為了恐龍節目統籌。

在新的趨勢裡頭：

- 除了電視潛力劇本外，影集端會偏好非單集的範例（長片甚至舞台劇劇本），藉以辨別具有原創性的人才。
- 能夠用於原創影集試播集的潛力，或以潛力試播集作為範例（見「焦點討論：創作試播集」一節）。
- 混合形式如劇情喜劇、實境劇情類、音樂劇劇情類。
- 較具彈性的分幕結構。
- 手法上的混合，如動畫結合真人動作。
- 包含非傳統生活型態、尖端議題、坦白的感情關係、大膽的用語，以及奇幻類的內容。
- 運用電腦成像技術（Computer Generated Imagery，CGI）創造出過往無法實現的地點與效果。

你會在第七章讀到兩篇我過去發表於洛杉磯時報的文章，我也將他們的故事更新到創作此書的當下。第一篇文章訪問了我在南加大影集班畢業六個月的碩士生，我在三年後又再度訪問了他們。更就他們畢業六年後，以及十四年後的狀態做更新，這些便是入行這道戰壕的現代故事。

以布萊恩和凱莉為例。畢業當下他們都備有在學時創作的電影劇本，以及為《急診室的春天》、《紐約重案組》、《X檔案》創作的集數。但沒有經紀人在當下與他們簽約，兩人也找了正職工作。布萊恩與一名年輕的獨立電影導演搭上線，花了一年時間無償寫下電影《戀戀模範生》的劇本，這部諷刺電影描述一名女孩被送到營隊以「治療」她的同性戀性向，卻在那裡愛上了另一名女孩。這部獨立電影在預算上捉襟見肘，卻讓《綜藝》雜誌將布萊恩列為值得關注的編劇之一。同一時間，凱莉則受雇為一名法國女演員創作劇本。

一年後，兩人都還在原本的正職，但對於導演導向的電影圈充滿挫折，試圖打入電視圈，並決定攜手合作。《戀戀模範生》讓他們擠進華納兄弟（一個願意雇用作品有限的年輕編劇的網外頻道）的大門。他們在這裡提了一齣原創影集（並非僅是單一集數），而且竟然接到寫下試播集的案子，這在過去是想都不敢想的情況。試播集沒有獲得預定，但在這個時候華納兄弟的高層已經認識了這組人，並把他們推薦給在自家無線台播出的《超人前傳》劇組，接下來他們的故事就依循傳統——他們寫了一集影集，加入編劇團隊，在影集團隊往上爬。影集於二〇一一年劃下句點，他們是當時的節目統籌。

所以，某種程度來說，我們又回到了一開始童話故事的原點。一切都是可能的。你做得到的。

▶ ▶ ▶ ▶ ▶

重點整理

- 如果要打進電視影集編劇這一行，你首先得對於寫作電視影集與其他寫作形式之間的差別，有著充分的理解。
- 第二，選一齣高品質影集好好學習。你要能夠徹底捕捉到每個角色的「聲音」，以及影集會說的故事類型及其結構。
- 一旦你對你的目標影集了然於胸，寫下潛力劇本，但不要選你打算提案的同一部影集。你可能會需要來自分屬不同類型的數部影集的潛力劇本。
- 一旦你完成潛力劇本的微調，試著幫自己找一位能把你的作品推給製作人看的經紀人或經理人。理想情況是對方讀過你的劇本後，願意與你會面。
- 無論是編劇助理、研究員或秘書，在影集團隊的任何職位服務，都可能可以幫助你和願意讀你劇本的人接觸。
- 絕大多數的新編劇會需要多年的時間才能入行，關鍵是創作讓你身為編劇能夠持續成長的大量劇本，並且不要放棄。

新鮮事

閱讀第七章和第八章接觸第一線人員而來的熱騰騰想法。在與我昔日學生所進行的訪談裡頭，新的那部分（「畢業十四年後」一節）提到其中一位是如何透過為一間汽車公司撰寫網路集建立起關係。第八章則會探索網路和跨國潛力的部分。

電影學校後的人生：勸世談與成功故事

Chapter 7

在過去十四年裡，我持續追蹤一群曾經修過我劇情類電視影集編劇課程的碩士學生，最初我只是想見證他們的職涯如何開始，但長時間下來，多次同學會卻成為一次罕見且出乎意料的長期性探索，讓我們看到七位編劇的生涯如何發展。最早我是在一九九七年、他們拿到南加大電影學院畢業學位後的幾個月，為《洛杉磯時報》訪問他們，三年後我為同一家報社重新進行一次訪談，再相隔四年，又為了二〇〇五年出版本書第一版再訪問他們一次，最後一次則是在他們畢業十四年後，為手上的本書第三版進行訪問。

從後見之明來看，他們的成就與掙扎顯得不可避免——這並非指在他們求學的最後一天，我踏進教室的當下便可以肯定接下來他們會發生什麼事情。這就像是看著種在後院裡的小種子，我知道它有一天會長出番茄，但我不知道會長出多少顆、不知道會長多大，而且這還是在它能活下來的前提下（這也不是可以肯定的事情）。我過去的這些學生來自全國各地，先前就讀的大學從哈佛到你聽都沒聽過的地方都有，沒有人有親戚在這行、沒有人本身就富裕、沒有人找到工作是因為運氣好。他們每個人都是靠著自己的奮鬥才達成他們的成就，每個人都經歷過困苦的時刻，每個人也都活下來了。

若將四次訪談合在一起看，其所組成的個案歷史隱微指出當你開始電視編劇工作時可預見的情況，而我最希望的便是他們的故事能為你帶來希望：當產業看起來門禁森嚴，他們提醒你，你不孤單；當門開了一小條縫，他們會告訴你他們是怎樣大步走過；而如果他們能成功，或許你也可以。

九七年那一班

（以下文章出於一九九八年二月八日之《洛杉磯時報》）

同學會。畢業於南加大電影學院六個月後，七名來自我進階電視編劇課程的學生再次於我們過往的教室重新聚首。現在我們得在夜間聚會，過往學校作業那讓人安心的可預測性，以及身邊數百位將陪著他們一同投身產業的同學，今天皆已一去不復返。裡頭幾位對於能夠接到工作上的案子感到興奮，其他仍在投遞他們在學校寫的作品範例，或試著找到經紀人的，則宣稱他們一點也不嫉妒。真的不嫉妒。

我已經教他們這樣的學生十年了。十年來，我一直堅持單集長度一小時的劇情類電視影集如《急診室的春天》、《紐約重案組》、《凶殺：街頭生涯》、《法網遊龍》、《X檔案》等，會提供他們現有所能找到最敏銳、也最具挑戰性的編劇工作機會。現在產業裡四處可見來自過往班級的明星學生，有來自我自己班級的，也有其他南加大教授的學生，現在可是新進電視編劇的大好時機。

今晚聚在一起的畢業生理解他們透過電視所能運用的力量，並必須對於他們提供給大眾的內容負責，願意在最短時間內抛開那些關於性別與族裔的刻板印象，以及看似虛偽的關係。這種態度並非前一個世代的常態，進步得歸功於他們課堂上學習的那些影集先驅，以及生活在一個比起過去數十年電視內容截然不同、有著多元文化的美國。

德魯蘭迪斯（Drew Landis）與茱莉亞羅森（Julia Rosen）兩人於南加大就讀期間組成了編劇搭檔。德魯在一九七〇年代的美亞人（Amerasian）[1]領養潮中，被他身為神職人員的父親從南韓帶到美國，參加編劇碩士課程前曾在華盛頓的政界工作；茱莉亞在洛杉磯長大，曾經拍過影展競賽得獎作品。兩人在畢業前一起寫下了針對《急診室的春天》、《紐約重案組》、《新聞超感應》（*Early Edition*）[2]、《五口之家》（*Party of Five*）[3]、《歡樂一家親》等劇的潛力劇本，一個劇情類試播集劇本，以及兩部長片。以上的作品集幫助他們取得與藝術家經紀公司（The Artists Agency）的經紀人約，拿到了一部電視電影的合約，以及在一齣新影集節目的可能職位。這一切都得歸功於以上的劇本範例，以及他們對於電視寫作的決心。

德魯說：「有位經紀人在我們與他最早的其中一次會議上問起，為什麼我們會想要針對電視寫作，這是因為當我自己在看電視的時候，我很喜歡那種與長期角色之間的連結，而當我體驗到這種感覺後，我想要每週都能將它傳達出來。」

茱莉亞說：「對我而言，那是因為今天的電影不是喜劇就是奇觀，但你不管到美國哪個地方，每個人都在看《急診室的春天》，而且他們對角色如數家珍。電視是能夠接觸到人、討論實際議題，並碰觸到他們內心的管道。」

溫蒂魏斯特（Wendy West）自幼便想為電視這個媒介寫作。「當我找到了一本粉紅色的、上面有兔子的舊日記，我對於重溫自己小時候做了哪些事情感到興奮，但翻開日記，裡頭卻一頁又一頁寫滿了當天電視播出的內容，『今晚的經典影集《愛麗絲》（*Alice*）裡頭，芙蘿說想得美』之類的。」

她針對《X檔案》所創作的潛力劇本為她在一齣即將播出的華納兄弟影集爭取到了編劇寫手的職位，但情況跟她想的不太一樣。「我的第一個劇本和影集要的不太一樣，我有點被晾在一旁的感覺。當你在現實世界裡頭工作，你得要像是變色龍，這不表示你要捨棄自己的聲音，但你得適應所寫影集的風格。電影學校絕大部分的工作便是要試著找出你自己的聲音，也因此你應該稍微捨去一點自己聲音的這個想法似乎有點反直覺，但其實就只是稍微。我猜我們要看到印有溫蒂魏斯特正字標記的劇本還得再等等，但劇本裡頭還是肯定會有人陷入愛河，會因為愛情而心煩意

1 通常指美軍及其工作人員在亞洲戰場及周邊基地與亞洲女性生下的子女。
2 伊恩亞伯拉罕（Ian Abrams）等人所創作的影集，主角能提前收到隔日的報紙，並以此防止重大災難發生。
3 克里斯多福基瑟（Christopher Keyser）與艾美李普曼（Amy Lippman）共同創作的影集，描述五名失去雙親的兄弟姊妹的成長過程。

亂。」。

溫蒂還是滿懷希望。她告訴組員：「狀況好的時候，就像我連續上了八小時充實的編劇課程。我投身電視的原因之一是我喜歡與人合作，那種知道別人會在一旁協助你解決分場大綱的感覺——跟電影不一樣，你並不孤獨。」

那份對於社群的渴望在這群二十來歲、感情狀態單身的人之間迴盪。在就讀電影學校前，吉卜瓦利斯（Gib Wallis）曾於外百老匯以及倫敦的小型劇場編寫與出演舞台劇，現在的他一邊以演員身分工作，一邊尋找編劇經紀人。他選擇電視是因為「今天如果是電影的話，假如他們要別人重寫你的東西，劇本的初衷還能剩多少？如果是電視影集，就算你是最菜的菜鳥而他們要重寫你的東西，他們還是會找你吃午餐跟你談。編劇會和編劇一起工作，幫助對方理解。」

以上是他的夢想，但這和過去幾個月的現實狀況有一段距離。「在畢業前我寄了大概五十封信四處徵詢，然後很意外地獲得了六個會面的機會。我想人家願意讀我的《急診室的春天》範例，我算是中大獎了。他們說，先給他們幾個星期的時間，但我每次打電話去，他們的反應都是現在不方便。一直到七月，他們才說他們想跟我繼續談，但找編劇團隊的時間早在六月就結束了。我對他們說我本來希望他們能夠即時讀我的劇本，但他們說，喔，我們很高興收到你的劇本，但我們現在在找編劇團隊，不可能有時間讀，我們在幫我們已經簽約的人找工作。我覺得機會之窗就這樣小小一扇，而自己卻來不及鑽過去。」

艾瑞克褚哈特（Eric Trueheart）畢業自哈佛英文系，但取得碩士學位後同樣充滿挫折。他寫了五個潛力劇本，但「要讓別人願意讀簡直是難若登天……我花了非常多的時間，去思考身為編劇究竟意義為何。」在南加大就讀期間，艾瑞克的指導人是葛倫摩根（Glen Morgan）與詹姆斯翁（James Wong），兩人當時於《X檔案》服務，現在在《千年追兇》（*Millennium*）擔任監製。「非常謝謝他們兩位讓我一窺箇中流程，但他們忙得昏天暗地，雖然我針對了《千年追兇》寫作，他們卻連讀的時間都沒有。」

既然電視圈不得其門而入，有些畢業生如凱莉蘇德斯開始接重寫電影劇本的工作。她在密蘇里州的牧場長大，進入編劇碩士課程前曾寫過小說，在學時她的畢業劇本拿下了最大獎。凱莉發現「如果沒有電視影集課，電影劇本工作會非常有難度。我手上有別人寫的故事，以及裡面別人寫的角色，然後我得將裡頭的結構組合在一起，而這正是我在影集課所學的內容。」她強調：「電視才是品質所在。我已經數不清楚多少次我走出戲院，說我再也不要看電影了。這些大型動作片根本沒有角色，電影簡直像是行銷人員搞出來的。然後你再去看《紐約重案組》和《急診室的春天》，裡頭有著我所看過寫得最好的劇本。」

他們渴望看到逼真可信的角色，以及如現實世界一般形形色色的人們。溫蒂形容《凶殺：街頭生涯》刻劃非裔美籍角色內心問題的深度「非常驚人」。「潘伯頓為了保護黑人英雄選擇隱藏罪證而內心充滿衝突，兩名演員安德魯布瑞格（Andre Braugher）與詹姆斯厄爾瓊斯（James Earl

Jones）之間的對手戲非常引人入勝。」

其他學生則點出在《急診室的春天》特定集數裡，班頓面對母親罹病的段落，能看到非裔美籍女性在編劇筆下充滿尊嚴，真是讓人耳目一新。他們也意識到《法網遊龍》和《醫門英傑》的主角群裡頭有拉丁裔，《星際爭霸戰：重返地球》（*Star Trek: Voyager*）[4]則有亞裔和美洲原住民。

溫蒂對此表示認同：「我們在電視上有著電影所沒有的典範角色。看到女醫師將手伸進男性身體裡以拯救對方生命的感覺很棒，而且這還不是這季而已。逼真可信的女性角色可以追溯回《美國警花》——她們不只是警察，也不只是慾望標的。當時這齣影集編劇是女性這件事可是件大事，她們可能也得極力爭取，才能讓影集能夠忠於現實。」

也不是每個人都想投身戰局——至少，不是立刻。我會在學校附近遇到布萊恩彼得森（Brian Peterson），現在的他穿的不是牛仔褲，還打了條領帶。他在累積更多劇本前，先在學校這邊找了份工作。「畢業後，你得認真重新思考你究竟是誰。」只見桌邊的每個人不住點頭，在布萊恩說下去的同時表示理解，「在學校的最後那個月我們就像殭屍一樣，我們都覺得畢業劇本好像至關重要，我們好像都得在一開始便一炮而紅。我寄出詢問信件，然後回蒙大拿老家重整思緒。結果我的電影劇本對進電視圈沒太大幫助，雖然有幾名經紀人回了我電話，說我喜歡你的《急診室的春天》劇本，然後我說然後呢？他們也回然後呢？然後，你其他的電視劇本在哪？」

回歸編劇理想，比在現實中適應漫長的等待容易得多。他們會重溫我們研讀過的影集片刻，如《急診室的春天》裡頭格林醫師在接生過程中失去了一名病患，《律師本色》的某個爭議議題，《街頭易事》（*EZ Streets*）[5]的大膽創新，以及《甜蜜芳心》（*My So-Called Life*）[6]裡頭的逼真關係。吉卜喜歡「會在敘事上做實驗的影集。《艾莉的異想世界》就有一點，裡頭用挑釁的手法混入她的個人幻想。」布萊恩想要「就像《雙峰》（*Twin Peaks*）[7]創造出自己的世界一樣，我想看見影集的世界栩栩如生。」

今晚老友聚首，討論共同目標。比起實際面對讓他們必須在藝術上妥協的案子，大家針對試圖審查其藝術的政客發洩怒氣，似乎相形之下要容易些。

艾瑞克激動地說：「在鮑勃杜爾（Bob Dole）其中一次反電視行動裡頭，他對《紐約重案組》大感不滿，說最後一部優質警察影集是五〇年代的《警網》（*Dragnet*）。《警網》根本就是部卡通，如果有人想看卡通版的道德議題討論，歡迎他們收看。但寫實風戲劇奮戰的是每個人都在奮戰的議題，掙扎著試圖想出相對應的道德答案，也因此寫實風戲劇才真的是極度符合道德

4 瑞克貝爾曼（Rick Berman）等人所創作的系列影集，描述星艦探索號的冒險，是系列第一齣由女性擔綱主角的作品。
5 保羅哈吉斯（Paul Haggis）所創作的影集，故事環繞某個美國與加拿大邊境城市，裡頭的政治與犯罪問題。
6 薇尼霍茲曼（Winnie Holzman）所創作的影集，描述一群青少年男女的內心世界，以對其主題的深刻刻劃為人稱道。
7 名導大衛林區所創作的影集，故事環繞一起發生在雙峰鎮的謀殺案，充滿了導演個人的獨特風格。

的。」

凱莉：「電視給予觀眾一個明確的道德選擇權，那就是打開或關掉。某些影集我不會看，但這不表示它們就不應該播出。有些影集我怎樣都不感興趣，因為它們缺乏夠真誠的現實。對我來說，那份不真誠就跟暴力一樣具有傷害性。」

茱莉亞：「對於收看老牌影集《與天使有約》（*Touched by an Angel*）的觀眾來說，《紐約重案組》和《急診室的春天》挑戰觀眾的方式，正是他們不想被挑戰的地方。這些觀眾知道他們看完不想要有不舒服的感覺，他們想要議題簡單一點，但還是有情感在裡面。還是有適合這種風格的空間的。」

艾瑞克質問凱莉：「如果人家給妳工作，妳會寫那種類似《與天使有約》的影集嗎？」

凱莉：「我想我不會，這樣做只是在揮霍我的經驗。不過我絕對不會回絕自己的第一份工作。」

噢，工作。這讓辯論戛然而止。我把對話帶回校園生活，問他們回首過去，什麼才是重要的？

德魯：「我和茱莉亞找到彼此。」

茱莉亞：「我們時時刻刻都可以進入上課內容的延伸版本。你會學會問問題：你抓到分幕破口了嗎？你的重點時刻要出現在哪裡？這個場次是誰的戲？你的角色的弧線是什麼？你會把問題一個接一個走一遍，直到最後忍不住讚歎，嗯，這行得通。在此之前我的寫作雖然發自內心，卻不知道怎樣讓它有力量。在我們畢業當下，我們轉向彼此向對方說，謝天謝地。」

凱莉：「在你接下來整個人生裡，當你坐在電腦前，你會在腦海裡聽見老師們的話語。你會希望他們說的內容，能對你的工作有所幫助。」

這七名昔日學生轉向我，彷彿我還有一課沒教到，還有什麼我知道、但他們不知道的祕密。而我只是確信，距離現在五年後，一如他們之前的世代，那些拒絕放棄的人將能「做出成績」。他們成功的方式會是寫下一個接一個的無償劇本，直到寫作技藝對他們是再自然也不過的事情；他們會加入那些有朝一日將從自己履歷表上隱去不提的影集節目，從中學習各種大小事；最後，他們永遠不會失去那些課堂鑽研的偉大影集劇本為他們指引的方向。除了本身的寫作技藝之外，他們成熟茁壯的當下，正是電視影集的「黃金年代」，他們將能站在巨人的肩膀上看得更遠。

畢業三年後

（以下文章出於二〇〇〇年七月五日的《洛杉磯時報》）

畢業後三年，他們再次相聚。他們是我班上的碩士畢業生，當初《洛杉磯時報》第一次以他們為中心做專題時，他們才剛離開學校幾個月的時間，大部分都還沒找到工作。從那個時候到現在，我在南加大電影學院的劇情類電視影集編劇課程，已經有六個班的學生來了又去，而每個班級都有自己的擔憂與成功。

在一個晴朗的午後，我讓這群昔日學生在我家後院聚首，討論的主題從《綜藝》雜誌（娛樂產業每日報導）將你列為「十位值得關注的編劇」之後會發生什麼事情，到失業救濟究竟可以拿到多少錢；從爬到影集共同製作人的位置究竟有多麼愉快，到怎樣發現自己服務的影集節目被砍、如何避免製作人知道妳懷孕了、或單身且沒時間約會是什麼感覺；他們提到不經意的會面，如何轉為幸運入行的關鍵，但老朋友才是讓你撐下去的動力。

當他們還在學校的時候，我預測他們之中不管是哪一位，只要渴望電視編劇職涯到一個程度、只要不願意放棄，這個人便能在幾年內獲得成功。現在，讓我們來看看結果。

布萊恩彼得森畢業後先回到位於蒙大拿的老家，之後他回到學校，白天在校長辦公室工作，晚上寄出自己寫的劇本。隔年秋天，導演詹米巴比特（Jaime Babbit）想出了《戀戀模範生》的電影想法，並向布萊恩提出劇本邀約。邀約內容相當驚人：無償寫一個劇本。但布萊恩對電影的主題產生了興趣：「一名啦啦隊隊員的父母懷疑她是女同性戀，進而將她送去勒戒，但她卻因此發現自己還真的是同志，並在勒戒所陷入愛河。」

布萊恩說道：「我花了一整年時間重寫，一毛錢也沒拿，然後電影終於開拍了。這種事你只有做夢才會夢到：你會看到寫著『啦啦隊』的豔麗粉紅色字樣，然後你會說：『老天，那是我的作品。』」

電影在影展放映後，《綜藝》雜誌將布萊恩列為「十位值得關注的編劇」之一。但即便如此，「每次綜藝報只要提到《戀戀模範生》，他們就會說是詹米自編自導，搞不清楚狀況的人總是對編劇型導演情有獨鍾。」

布萊恩的結論是：「在這次經驗後，凱莉和我開始針對電視進行試播集提案。」

凱莉指的是凱莉蘇德斯，她的畢業劇本《我的淫蕩母親》（*My Slut Mom*）在我們上次會面不久後便被一名製作人預訂了下來。但凱莉明確表示：「每次只要開和這個劇本相關的會，內容都是關於如何讓劇本隱晦一點。但我才不要讓劇本隱晦一點。」

她花了一年的時間與一名女演員一同寫了另一個長片劇本，但同樣沒有進入製作開發的機會，因此她同時也開始留意電視的機會，她和布萊恩想起一個兩人在南加大時曾經想到的點子，他們的經紀人則幫他們安排會面。「我們在電視圈遇到的每個人都超棒的，與電影截然不同」，凱莉說道。這對搭檔賣出了他們的試播集，「我們很希望我們有能力可以雇用在座每個人。」凱莉的提議迎來了滿堂采。

從二十來歲到現在即將邁入三十大關，從身在外圍到現在於產業內服務，凱莉說道：「你會開始對於你想做怎樣的工作較為謹慎，這樣你在心底看待自己會比較自在。」布萊恩則開玩笑地接話：「但你的荷包不見得會比較自在。」

每個人都心有戚戚焉地發出哀號，就連第一位加入影集編劇團隊的溫蒂魏斯特也是。溫蒂笑說當影集被砍的時候，她也是第一個發現失業救濟金是每週二百三十美金的人。她在那裡認識一名製作人邀請她加入另一部影集……但同樣沒能播出。

「我們打開報紙，上面說我們的製作暫停，這才發現我們被砍了。與此同時我們的場景還在繼續搭。事實上，當天還有人送木材來。」

但當時的她也建立了更多的人脈關係。因此，當其中一名製作人轉戰《法網遊龍》的衍生影集《特殊受害者》（*Special Victims Unit*）時，他也帶著溫蒂一同過去。今年是溫蒂在這部影集的第二年，她已經升到了編審的職位，接下來這年她還會升到共同製作人。

溫蒂：「這實在很美好，既興奮又不可思議。（監製）迪克沃爾夫（Dick Wolf）非常聰明且才華洋溢，他會擁有現在的地位絕非偶然。他給你的建議會精準抓到那些你知道行不通，而你想，反正沒有人會注意到的小地方。但他會直接一針見血地指出來，然後你就只能說，好好好，知道了。」

溫蒂熱情地看著安德魯蘭迪斯和茱莉亞羅森。「去年比較好玩，德魯和茱莉亞也在園區內，我們可以一起吃午餐。」

德魯和茱莉亞在離開學校前便已組成搭檔，並靠著針對五部不同影集所創作的劇本範例，搶在其他人之前爭取到經紀人，兩人同時也在大小比賽取得勝利。茱莉亞觀察到：「製作人需要一些能夠讓他知道其他人也覺得你很棒的東西。」

《大力士：傳奇旅程》（*Hercules*）[8]成為兩人第一份真正的影集節目工作，「拿到這個工作的原因是因為開會時提出了超誇張的提案。」茱莉亞說道。德魯則補充：「他們已經有編劇團隊負責寫屬於影集的內容，如果要成功，提案時你必須提出屬於你自己的東西。」從《大力士：傳奇旅程》到參與短命影集《特區》（D.C.）的編劇團隊，茱莉亞在這段時間嫁給了E!頻道紀錄片影集《好萊塢真實故事》（*True Hollywood Stories*）的製作人之一安德魯史威夫特（Andrew Swift），並發現自己有了身孕。

身為團體裡頭唯一一位非單身的成員，茱莉亞坦承：「在《特區》工作的時候，我隱藏了自己懷孕的情況。別人會認為假如有了新生兒，妳就不會認真工作，但這對我而言並非事實。要當個好媽媽，我得先當個快樂的媽媽。」無巧不巧，《特區》在小孩出生前便已被砍，整個團隊橫豎還是丟了工作。

在場每個人都曾在等待下一份編劇工作時，接過臨時性的工作，但布萊恩警告大家：「如果

8 克里斯蒂安威廉斯（Christian Williams）所創作的影集，刻劃神話人物大力士的各種冒險，為當時全球收視率最高的影集之一。

你白天有正職，別人就不會把你看成多有吸引力的編劇。」

坐在桌子另一頭的艾瑞克褚哈特近期在寫一部動畫長片，跟他的哈佛文學學位背景差了十萬八千里。該片名為《捲壽司蓋伊：忍者臨時工》（*Guy Futomaki: Ninja Temp*），艾瑞克將故事賣給了福斯。「故事主角是名受過訓練的忍者，他的族人被毀滅殆盡，而他自己被迫來到美國，唯一生存方式只能做臨時工。」

讓艾瑞克售出劇本的道路便是「好萊塢」一詞的最壞狀況。「我有一名不願意把我簽下來的所謂經紀人，但他卻和一位片廠高層提到《忍者臨時工》這個故事。於是我們一起去了片廠，開會對象竟是一名二十四歲穿著昂貴襯衫的開發人員。我對他說，你得知道，這是動畫片。他說：『我們比較想把這拍成真人動畫。』我回他：『我們想的是經典動畫像《辛普森家庭》（*The Simpsons*）或《癟四與大頭蛋》（*Beavis & Butthead*）。』對方沒聽懂我在說什麼，但即使他根本沒資格這樣做，他還是在我們不在場的情況下，四處提這個案子。」

艾瑞克搖搖頭：「好萊塢就是這樣。倒不是說這些人很邪惡，他們就只是停不下來偏偏又一無所知。」

最終艾瑞克與福斯簽了約，但他在主流外邊陲地帶的成功要從史蒂夫歐登科克（Steve Oedekerk，《隨身變2》〔*Nutty Professor 2*〕等主流喜劇的編劇）的公司說起。艾瑞克在這間公司做網路相關工作，並認識了一名偶爾會請艾瑞克幫他們的網路影集寫點什麼的朋友。他參與了

《星指大戰》（*Thumb Wars*）和《鐵拇指號》（*Thumbtanic*）的工作，並在後者中扮演大拇指的角色。

隨著他另類大膽的名聲日漸響亮，艾瑞克一邊開發《忍者臨時工》，一邊拿到了Nickelodeon頻道全新動畫影集《侵略者ZIM》（*Invader Zim*）的編劇寫手工作，該劇被艾瑞克形容為「很有事」。

「這是我第一次靠著編劇有穩定收入，真的是個很奇特的經驗。」

現在的他們浸淫在好萊塢之中，聊起了莫忘忠於真實的初衷。德魯與布萊恩正為了幫洛杉磯愛滋病計劃募款，進行芝加哥馬拉松的賽前訓練，一九七〇年代隨著美亞人領養潮從南韓來到美國的德魯則希望電視上出現的臉孔可以更貼近洛杉磯的實際情況，就像這裡每個人都有的朋友，有更多元的背景。

所以從畢業後三年看來，我的預測成真了：那些願意努力追求的人，成功開啟了他們的職涯。而現在，他們的問題則轉為：有了這樣的新地位後，他們接下來該做些什麼？什麼才是真正重要的？

畢業七年後

這班學生於二〇〇四年八月又在我家後院重聚首。凱莉蘇德斯結婚了。茱莉亞史威夫特給我們看她當年「小寶寶」的照片，現在的他已經長成了一名準備上幼稚園的亮眼小男孩。現在每位在場的人都至少有一部分收入來自編劇工作，有幾位甚至能辭掉原來的兼差。我們以將錄音機沿著桌子傳下去作為開始，每位編劇逐一更新他們從上次碰面到現在所經過的事情。他們跟學生時代我所記得的樣子一樣充滿熱忱，只是現在更睿智了些，在此與你分享他們的經驗。

艾瑞克褚哈特：「三年前我投身動畫圈，而這成為我參加編劇團隊工作的一次絕佳學習經驗。包含我在內，整齣影集節目只有三名編劇，其中一名是漫畫作者，對結構沒什麼理解，但本身真的很好笑。事實上，參與這齣影集讓我學了很多關於喜劇的東西。你會花很多時間建構一個笑話，但有些時候一聲慘叫也可以同樣很好笑。之後影集被砍，我也就被開除了。

我還利用某個倉庫空間做了我自己的喜劇《未知科學部》（*The Ministry of Unknown Science*），這節目曾被《洛杉磯週報》（*L.A. Weekly*）選為當週推薦，做一些半實況、半錄影的精巧內容。創新藝人經紀公司（Creative Artists Agency, CAA）有大概一年左右的時間擔任我們的代表，但我們發現他們對於如何推廣節目的想法，跟我們自己的不太一樣，在這個過程中我們學到經紀人實際可以做的事情，就是在最後一刻跳下來幫忙。

還有大概就是每個創意人都得經歷的頻繁諮商和自我評估。我本來認為畢業之後一切都不會有問題，我已經受過做這種工作的訓練（就像牙醫學校一樣）。現在的我也還是認為長度一小時的劇情類影集很棒，但我至今仍沒有機會做任何有關的東西，我也常常在如何將自己推銷給產業上遇到困難，不過也就只能平心靜氣。我現在加入了另一個動畫節目，現在的我有點一頭栽進動畫這個領域裡，但這邊的薪資遠沒有其他地方好，公司也沒加入公會。」

（換句話說，製作公司沒有加入編劇公會**最低基本契約（Minimum Basic Agreement）**，意指編劇缺乏針對工作環境或薪酬的保障，也不會獲得健保或退休金等公會福利。）

溫蒂魏斯特：「我主要在一小時劇情類工作，參與了一些有趣的影集節目，其中有一齣醫療劇和一齣犯罪劇，《醫師本色》（*Gideon's Crossing*）和《火線行動》（*Line of Fire*），只是後來都被砍了。我先前在老師班上的時候沒寫過犯罪劇，但現在這好像變成我的本業，如果沒有屍體出現，我就會覺得好像少了什麼。我覺得很有趣的是妳會鼓勵我們發自內心而寫，但這行就只是要我們寫能賣錢的東西。我最近面試了一個正在播出的節目，最後是我和另一個人二擇一，剛好我在去年的節目那邊認識了某個傢伙，他幫我拿到了這份工作，也因此我欠他一份人情，一份很大的人情。」

吉卜瓦利斯：「大概三年前，馬可泰帕劇場（Mark Taper Forum）想做點東西，他們找我，想透過藝術形式針對九一一事件做出回應，於是我寫了一齣獨幕劇，剛好我一直很愛劇場，所以這對我來說很酷。那是一個六十五席的小劇場，當時還有人坐在走道上觀看，在這之後開始有人向我要不同內容的舞台劇劇本。

考慮到我還有日間兼差工作，如何維持靈感就變成一個很有趣的挑戰。當你還在念電影學校的時候，你身邊會有很棒的人陪你聊故事、聊角色，但等你出了學校，許多人不是找你聊買賣，就是一直安排一些有的沒的。我是『劇作家六人組』這個劇作家團體的成員之一，對我來說，頻繁與人碰面聊藝術，正是我過去在電影學校時最喜愛的部分。」

茱莉亞史威夫特：「我已經和德魯（蘭迪斯）合作八年了，我們和攝政娛樂（Regency）與華納兄弟聯手，根據我生命裡滿奇特的一段日子做了一個試播集，這件事挺有趣也挺好玩的。當你寫試播集的時候，你不僅有彈性，也會有薪水，所以這很棒，但我一直想隱藏我成長時所經歷的奇特人生，因此把那段生命經歷寫出來又很困難。我們在CBS電視台的見面會時，當時高層一直鼓吹我（講多一點想法），於是我對他說自己在一個黑道家庭長大，生活一半在賭城一半在洛城的經歷。

故事講的是我上大學的那一年，我爸把我祖父交給聯邦調查局之後人就跑了，我在看《黑道家族》的時候很不爽，因為影集裡東尼在工作上很難搞，在家卻很慈祥，而這根本就不對。這很有趣也是因為我們會跟電視台高層通電話，然後角色明明叫瑪雅，他們會叫她茱莉亞。他們還找來做過《LOST檔案》的卡爾頓庫斯（Carlton Cuse）當製作人，我們好喜歡他，然後他對德魯說，『你的任務就是回家，把茱莉亞灌醉，然後問她關於她家庭的問題』，我們就真的這樣幹了。我們記下了一頁接著一頁會讓你目瞪口呆的故事，然後把內容轉給攝政娛樂，他們也好愛這些故事。但最後影集有點太『複雜』了，情感往往沉在底下，卡爾頓和片廠希望它能更複雜一點，但電視台希望更表面一點，結果這變成關於誰的建議才該聽的一次有趣學習經驗。

我們現在在提另一個試播集，也是劇情類，也有片廠希望跟我們合作，但那邊的高層打來對我們說可能有異動，所以誰知道？只要你能維繫住這些關係，你還是可以跟他們一起移動，但這很難就是了。」

安德魯蘭迪斯：「我們的合作關係之所以行得通，是因為我們每天都能有五到十次開誠布公的溝通。能夠透過別人的眼睛看到自己的盲點，比自己一個人工作來得好。擁有強而有力的合作關係，能讓你看清楚一切。」

凱莉蘇德斯：「三年前《超人前傳》還沒有出現，我那時候在幫科學中心寫補助申請，連台車都沒有。」

布萊恩彼得森：「我們兩個人開始合作做一些試播集，我還接了實境節目《體驗大自然》（*Eco-Challenge*）的錄音帶逐字稿工作。後來有一年我們同時有了跟福斯合作試播集，以及參加《超人前傳》編劇團隊的機會。該選擇試播集還是團隊工作變成很有趣的抉擇，我們也為此好好爭論了一番。

有《戀戀模範生》的劇本職銜在先，我開會的時候也得有一些自己的想法。我接到了一些重寫的工作，但我們在電視領域得要重新開始。不過這很棒，我們透過在電視圈工作學到的事情，跟當初在電影學院學到的一樣多。」

凱莉：「我們在妳的課堂上學會一場戲要怎麼寫，它的形狀會長怎樣，重點要發生在哪裡，這些我們每天都會用到。」

布萊恩：「我們在課堂上做的那些工作坊討論，以及學會哪些建議可以接受，哪些不要接受，這部分也很棒。」

凱莉：「我們現在在《超人前傳》會重寫其他編劇的東西，處理製作面的事情，寫我們自己的劇本，處理工作排程。編劇室裡的人有的特別擅長故事，有的特別擅長角色。對我們兩個來說我們是很棒的搭檔，但有趣的是我們的強項和弱項很類似。對我們來說，故事一直都是我們的短處，然後過去三年我們真的在節目上學了很多。」

布萊恩：「身為編劇團隊的一分子，我們有了一群很棒的導師，你會擁有一個內建的支持小組，我們也會對其他人的生活有所了解。」

凱莉：「這會有很大的影響，是因為我們一起進到一齣上面的人都非常聰明的節目。我們兩個雖然已經合作了好幾年，但用的都是我們自己的時間，步調比較放鬆，我們也不需要靠彼此來支付帳單。但突然之間我們得在二十四小時之內做出工作上的心情轉換，這讓我們在節目的前幾天過得很掙扎。第一天結束的時候，布萊恩已經準備好要砍我的頭，第二天結束時換我想砍他的頭。現在，下班後我們會一起吃晚餐或去看戲，這樣我們才能把工作上的關係與友誼做出區隔。」

我向全桌的人問了一個問題：「如果你能對還在念南加大的年輕的自己對話，你會給他什麼建議？」

艾瑞克：「找份正職。想賺錢得經過天長地久的時間，但總是會有機會，工作就像是財務上與心理上的安全網，它能給你想清楚你自己究竟要幹麼的空間，同時不需要讓你把整個人生賭在答案上面。」

凱莉：「溫蒂給過我一塊磁鐵，上面寫著『如果你過得超慘，繼續過下去就對了。』對我來說，我覺得這行是持久戰，如果你能撐下去繼續努力，那就繼續吧。」

布萊恩：「人們喜歡讀不同影集的劇本，所以記得準備各種不同類型的範例。持續更新，持續努力。當有人對你說哪裡有機會，你可不能拖上一兩週時間，得要馬上給他們劇本。」

德魯：「你得努力交際到遠超過你覺得自在的程度。等你寫完之後，你得實際逼自己與人碰面。你的經紀人能做的事情有限，很多工作還是來自於你的所見所聞。」

艾瑞克：「在節目找份助理的工作，想辦法打進那個環境。你會聽到太多有關於編劇助理提了一個想法，之後被影集採用的故事。」

凱莉：「我們每年有兩個給自由編劇的集數，我們會把它交給助理。」

溫蒂：「我的建議是：繼續寫下去。這個產業正在改變，他們會想知道比較不一樣的東西，這跟我們剛離開學校的時候很不一樣，當時我是靠短篇小說拿到工作的——實在太瘋狂了。除此之外，參加寫作小組也很重要，我認為那些沒有待在小組裡頭的人，最後都會跌出寫作這一行。讓自己打起精神或許很難，但有地方能夠每隔一兩週創作點什麼東西，是彌足珍貴的。」

茱莉亞：「我們在學校學到的是要寫我們所愛，我們離開學校時想的也是要寫我們所愛，只是裡面得多加一點動作成分。你可以寫某個不是你夢寐以求的類型，但在裡頭加入屬於你自己的東西，然後市場會因為裡頭有那麼一點讓你與眾不同的東西而有所反應。」

溫蒂：「我一直被提醒的其中一件事情，就是這行靠的是熱情。這件事本身很棒，只是當我們寄出劇本的時候，人們會非常害怕自己可能會選到讓他被炒魷魚的東西，或讓廣告主決定把資源從影集抽走的東西。你得經過層層關卡才能進到最後一道門，但最後你的東西還是會被推到中間地帶。」

茱莉亞：「我認為隨著被HBO養大的這個世代成長茁壯，這裡總會有些什麼改變，畢竟他們不會想要回到那個所謂的中間地帶。」

布萊恩：「隨著你在產業裡愈來愈成熟，你會意識到哪些管道才是你作品適合的歸宿。每個主要片廠都會想要拿下艾美獎或奧斯卡，也因此他們會支持特定的製作人。你還是會有機會當藝術家，只是你得專注在這上面。」

畢業十四年後

實在難以置信，到了二〇一一年，距離這些編劇一開始充滿希望與恐懼地踏入產業，居然已經過了十四年。現在每個人都忙得不可開交，我們實在找不到大家能夠聚在一起的時間，於是這次在我家舉辦的聚會少了布萊恩彼得森，不過他的製作搭檔凱莉蘇德斯代表他出席便是。

某些重要的觀察得等到錄音結束後才會在私下透露。二〇一〇年，溫蒂魏斯特獲得了一座艾美獎提名，她告訴我她去參加艾美獎時身旁的「俊男美女」（她攜的伴）是她的父母；吉卜瓦利斯請我敦促這本書的讀者不要變得孤立；艾瑞克褚哈特說他今年要轉戰一小時影集了：「我的潛力試播集收到的回應還不錯，我的經理人說他會把我的劇本寄給各個經紀人，希望在籌組編劇團隊的時節能及時得到注意。看來搞怪了這麼多年，我終於來到了大家多年前就已經抵達的起點。」

凱莉擔心本書會提及她影集的預算。在所有人之中，她看起來是變了最多的一位。身為《超人前傳》的節目統籌／監製（與布萊恩共同擔任），並準備為該劇過去九年裡頭的內容劃下句點，她同時得平衡工作上的巨大責任、家裡的兩個小孩、以及進行中的房屋裝修。雖然她說自己壓力很大，她同時也不時流露出經理人的長才，那種只有在職涯爬到頂端才能成就的老成與幹練。但當我回顧她多年前的發言，凱莉當時聊起自己寫的電影劇本時，強調「每次我只要開相關的會，內容都是關於如何讓它隱晦一點，我才不要它隱晦一點……你會開始對於你想做什麼樣的工作較為謹慎。」而同時，當她爬到現在的位置，她幾乎連寫作的時間都沒有。

有趣的事情是，二〇〇〇年在她和布萊恩加入《超人前傳》之前，他們兩人剛賣出了一個試播集劇本，當時她對我們這群人說：「我們很希望我們有能力可以雇用在座每個人。」嗯，她的確雇了茱莉亞史威夫特和德魯蘭迪斯，兩人現正坐在桌子旁微笑著。

就我看來，德魯也變了。他還在校的時候，我會覺得他比較內向，不太願意講太多關於他個人生活的事情。現在的他愈來愈有自信，本日他還告訴我們隨著同性婚姻在加州合法化，他與他的伴侶終於能結為連理，兩人剛慶祝完他們的第二個結婚紀念日。這個消息我們十四年前肯定是不可能聽得到。

吉卜在以前總是能隨時開懷大笑，但現在的他得照料父親，整個人彷彿得一肩扛起整個世界的重量。回到他們畢業後沒多久的時光，他們的重擔便是找工作付學貸，還不算是真正體驗過人生。

雖然經過多年經驗累積，現在的溫蒂已經爬到了《夢魘殺魔》共同監製這樣一個備受尊崇的位置，但她似乎是變得最少的那位，我猜她應該屬於那種青春永駐的虛構人物。她看起來似乎當編劇當得很愉快（茱莉亞也一樣），我想這或許也是她們總是會被邀請加入編劇團隊的原因。剛剛這段便是給親愛的讀者你的一點小祕訣。

我問凱莉她從《超人前傳》的編劇寫手開始，一路到現在統籌整齣影集，中間有什麼樣的改變，以及她如何和其他的編劇合作。

凱莉：「最主要的差別是現在寫作只占了我工作大概百分之十五左右。我好想念寫作這件事，那才是我跳進來的主因。其他挑戰我很享受，但我還是很想念寫作。不過這也是這份工作的常態，重點較多放在預算和管理，以及講很多很多的電話。

我們影集的運作方式是這樣的——一群編劇會一起合作破解故事，並且做比較粗略的分場大綱，之後會有人拿去把它給寫出來。有些影集會讓編劇自己去破解故事，但我們還是維持一群人合作的模式。這是個很傳統的編劇室，多幾個頭腦比單一頭腦好。」

我問她茱莉亞和德魯是怎樣加入影集節目的，是因為在學校建立的關係嗎？凱莉說不是：「他們得先投劇本。在我們節目這端，等我們收到所有的投稿，我們會把第一頁拿掉，在上面標上數字，然後分給幾個人讀。分數比較高的幾份會送到我們桌上，我們讀的時候，實際上不會知道是誰寫的。對我而言，經紀人整天打給我，說拜託優先考慮某人的劇本會給我很大的壓力，所以我們才想出這種匿名讀本的模式。」

茱莉亞說她和德魯送了一個《廣告狂人》的潛力劇本，外加一個試播集劇本。我對此感到相當意外，於是我問凱莉：「兩齣劇差這麼多，妳為什麼還是會透過讀《廣告狂人》的本，找寫《超人前傳》的人？」

凱莉：「對我們而言，會寫動作戲在本劇並不是非常重要的事情，我們有非常優秀的劇組，他們可以讓任何東西看起來都很了不起。我們在乎的是會不會寫角色，所以就本劇來說，我們寧可讀以角色為主的故事，而不是裡頭有很多動作場面，因為這齣影集遠比你想的更重視角色關係。」

茱莉亞：「在我和德魯去幫布萊恩和凱莉工作的時候，我已經有很多年沒見到他們兩個了。我就坐在編劇室裡頭，大家一口氣提了大概五百萬個點子，他們兩個離開房間之後走回來，所有的東西都能記在腦海裡，大小事都留意到了，表現還無比專業——不管別人拋出怎樣的挑戰，他們都一樣不疾不徐。我整個人嚇呆了，他們和我記憶中根本是不一樣的人，我第一天走出房間的時候一直在說『我的老天爺啊！』如果你很久沒有看到某人，然後他們在這些年裡頭學了很多、成長了很多，還學會了很多我在學校從來沒看過的技能，這對我來說實在很神奇。我在上班的前幾天只能一直走來走去，根本沒辦法和他們說上話。」

德魯：「加入節目到現在兩年了，我們學到的事情就是你要提各種想法。他們會鼓勵編劇提出各種非常大的想法，之後要怎麼運用則交給他們去想。過了一段時間之後，我們開始會看出事情的運作方式，我們要怎麼製作這個、我們要如何把那個拍出來？對我來說，這改變了我在寫作時考慮場次裡該放些什麼，或裡頭這些東西要怎樣符合預算的思考方向。你會找到方法讓它既合乎預算，又能說自己想說的同一個故事，而這會在寫作場次時影響你，你提的時候可能會提一種做法，但還是準備另一種比較實際的做法當作備案。」

接下來輪到吉卜錄音了。他說道：「我是這個美好的電視編劇裡頭的例外，我一直在寫劇場。二〇〇六年，我寫了一齣在紐約等地上演的舞台劇。從紐約回來之後，我成了劇團的協同製作人，做了一個有著十分鐘獨白的聖誕節節目。這件事情有趣的是，雖然這只不過是一齣僅演出四次的單一劇碼，但同志媒體獎（Gay and Lesbian Alliance Against Defamation, GLAAD）來看了，然後我拿到了同志媒體獎的最佳劇場劇本獎提名。最近同一個劇團請我從二〇一一年開始擔任劇團的藝術總監，對此我正在考慮。我說的劇團指的是『劇作家六人組』，洛杉磯歷史最悠久、由寫作者所經營的劇團。」

艾瑞克：「過去六年我一直在動畫界討生活，做的多半是闔家娛樂動畫，此外還做一些喜劇。這樣的好處是我會在很多不同的節目服務，我提過東西，也有進行到不同製作階段的試播集，而雖然沒有任何一齣最後獲得預定，但我還是累積了很多跟節目統籌與高層互動，以及擔任自由編劇的經驗，能學會找出一齣還沒有播出的節目的聲音，並且學著與人共事。壞處則是我工作賺的錢很少，這感覺頗差。就某方面來說，我寫了無數個小時的電視節目，這件事我覺得很棒，我寫的很多是我自己不會看的東西，但我想會讓小朋友很開心。從某些角度來看，這對編劇來說是非常好的工作，畢竟這樣他們可以早早下班，很多在迪士尼或尼可國際兒童頻道（Nickelodeon）工作的人自己都有家庭。

最後我寫了很多的劇本，同時接其他影集的自由編劇案子，就只是讓自己能夠收支平衡。這些不是什麼我會想參與的節目，但是是很不錯的練習，我想在這城市裡的每位編劇最後都接了他們過去從沒想過自己會接的工作。」

在我們最後一次碰面的時候，艾瑞克當時參與了網路短片的編劇和製作工作，我問他現在是不是還在做這個。他無可奈何地說：「大家都開始意識到你做這個賺不到錢。現在有了Hulu和iTunes之類的平台，網路上終於開始出現營收流，但要賺到錢很難。製作你自己的素材放上網這件事非常的勞力密集，到某個時間點你體內的成年人基因會跳出來對你說：我最好把注意力放在那些以後等我回首，我可以說那有所成就的東西。」

我知道溫蒂在《夢魘殺魔》（我最喜歡的影集之一）擔任共同監製，而我很好奇她和編劇團隊是怎樣寫這齣影集的。她向我解釋：「觀眾是透過男主角德克斯特的視角在看每件事情，包含旁白也是這個目的，這能幫助我們找出我們現在在故事的哪個位置。我們破解故事的第一件事情，就是找出他的情感旅程在哪裡？這裡的重點不是劇情轉折，而是在長達十二集的情感旅程裡頭，這一特定集數希望能做到什麼？這部影集能夠如此成功，仰賴的就是它在觀眾心中所帶出的情感。

我們最重要的任務就是決定整季的弧線，以及回應這個弧線的角色實際上會是誰。我們會在二月去『宿營』好把它規劃出來——我們製作期間是二月到十月，現在是休季。整個二月我們就是在談話，八位編劇就這樣一直聊個不停。接下來我們會一直發展各式各樣的轉折，不過我們通常會知道開始和結尾是什麼。我們知道第十二集的內容是什麼，所有前面的內容就是要往這邊發展。

從分工來說，每個人基本上都要參與每個劇本。每個劇本在做出來之前都會先有一大堆討論，就算你的名字掛在上面、場次是你寫的，但你也可能剛好會用上別人想出來的好點子。在我看來每個人服務的對象都是德克斯特，不太會感覺這是你的那是我的。我們都很愛這個角色，我們也想要把它發揮得淋漓盡致。這是一齣就算你把一切獻給它，它也能夠承載得下的影集。

對我而言《夢魘殺魔》非常接近我本來無論如何都會想寫的作品，簡直是上天掉下來的禮物。我認為這齣影集講的是，我們怎麼面對那些內心真正驅使我們的事物？德克斯特有多清楚意識到自己心中各個不同的部分？他內心的黑暗旅人（Dark Passenger）會在什麼時候控制他？他會想反抗嗎？這齣影集很有趣但也非常的黑暗，男主角有著非常扭曲的人生觀。對我來說這一切是來得再自然也不過，我發現自己也會想德克斯特想的事情，這件事倒是很奇怪也很詭異。我每一天，每一天，都充滿了感恩。」

既然凱莉先前已經提到過他們在《超人前傳》找編劇的方式，我問溫蒂《夢魘殺魔》是怎樣找編劇的，還是他們不會另外找？

溫蒂：「我先前來節目面談過，但最後沒有成。後來有缺的時候我運氣很好，能夠再來談一次，我手邊也剛好有很多非常具《夢魘殺魔》風格的素材。我有一個非常瘋狂的連續殺人犯愛情故事，拿來當範例相當適合。那是一個汽車廣告，林肯汽車雇我寫二十集每集兩分鐘的**網路集**（**Webisodes**），基本上就是在寫試播集（還是那句老話：永遠不要對工作說不），剛好我有兩個月的空閒時間，就答應了，結果想也沒想到，這成為一次非常棒的試播集經驗。而且，負責執導好幾集我那齣類似《夢魘殺魔》作品的導演先前剛拿了艾美獎最佳導演，他自己拍過《夢魘殺魔》，但他決定要來一次相當瘋狂的游擊式拍片——我們拍了五天，每天拍八到十二頁。那時候網路還沒泡沫化，我們大家都想，這或許才是把東西做出來的方法。」

在他們的工作生涯以外，我也想知道他們的個人生涯有什麼樣的變化，特別是已經身為人母的凱莉和茱莉亞，她們怎樣去調適。

凱莉回答說，「多年來，布萊恩和我一直在討論要怎樣平衡工作和擁有自己的生活，我們現在的結論是這件事做不到。我見到我的小孩的時間遠沒有我希望的多，我會試著把自己週末的時間空下來，但週間我在他們上床睡覺前回到家的機率是微乎其微。也因此，你得倚賴你身邊的人。我不會自己去拿乾洗衣物，我不會去雜貨店，我就是一直工作，一有空閒時間我就會花在與他們相處上頭。這件事很難，不管你在節目擔任怎樣的工作都一樣。助理的工時狀況比我的還要慘，我會一邊走過辦公室，一邊大喊：『回家吧各位。你非在這裡不可嗎？如果你不需要在這裡的話，趕快回家吧。』這真的很難，你做的事情是你的夢想，這部分非常棒，但你不是唯一一個需要做出犧牲的，你身邊的人也要。

我懷孕期間同時在電視圈工作，當時是冬天，我會穿夾克和大毛衣，圍圍巾，一直到懷孕五個半月才告訴我的工作夥伴，大家都超震驚。我那時候談合約談到一半，不想讓這變成一個問題。我最後決定要告訴老闆們。有兩年時間我是團隊裡唯一一名女性，我在節目的前幾年甚至是**線上（above the line）**領域唯一一位女性，而且過去從來沒有在節目工作的人懷孕過。我走進他們房間，整個人超緊張，我對他們說我很抱歉沒有早點告訴你們，他們只說：『妳有沒有懷孕關別人屁事』，真的是對我太支持、太好了。」

茱莉亞：「我懷兒子的時候也隱瞞了懷孕這件事，不想讓它變成一個問題。但這不表示我就不會加班加到很晚，或為了把工作做好需要做多久就做多久。我讓這能夠運作的方式，是讓我兒子成為這一切的一部分，媽咪超級愛她的工作，愛到我無時無刻不在講，結果我兒子四歲的時候，他寫了一份兩頁的《海綿寶寶》劇本大綱。

我們在不同節目都有過同樣的經驗（這發生過不止一次），男性會在編劇室提到他們的小孩，但是女性不會，因為妳不想要讓他們認為妳有任何會把妳帶離開節目的事物。一次男同事中有一位正在談他的新生兒，接著我們一起工作的這位非常棒的製作人約翰廷克（John Tinker）要大家停下來，然後說：『各位男士，你們發現了這個節目的女性工作人員也有小孩嗎？你聽過她們談論小孩嗎？你聽過她們說小孩讓她們半夜沒辦法睡覺嗎？沒有。她們沒辦法說。』他想到要把話講明很令人讚歎。」

吉卜補充：「我自己沒有小孩，但我有位小麻煩，一個七十一歲的小孩，我爸爸。畢竟我是主要照護人，某種程度上就像我時時刻刻都是那位懷有身孕的女性。他已經跟我住四年了，只要電話在特定時刻響起，其他電話都得取消，我常因為緊急狀況得走出編劇室一下，甚至得直接離開。身為一名男性同事又是主要照護人是件很有趣的事情——你工作上無論如何就是不會談到這件事。另一方面，我可以帶我爸爸參加在紐約的開幕夜。」

艾瑞克：「我一直會多做一些希望能讓我去到其他更好地方的東西，也因為這樣我總是有兩份工作，沒什麼時間生活。我還沒有達到那種能夠讓自己感到比較踏實的穩定性。」

德魯：「在我和我伴侶的關係上，其中一件需要適應的事情便是緊繃的工時。這在我加入《超人前傳》的第一年算是一個學習的過程——那麼，我大概幾點能到家？今年他知道假如輪到我寫劇本，我整個人會像掉進洞裡面，就只是一直寫，他自己會去租一大堆電影，或去跟其他朋友碰面。跟諮商師結婚的另一個特色，是他整天的時間都花在聆聽別人上，等我從編劇室回到家，腦子已疲憊不堪——我們還有另外十二個同事，而他傾聽了一整天，現在只想講話，但對我來說我只想要安靜一下，也因為這樣，我們兩邊都得做一點調適。」

溫蒂：「我的生活還是一樣，真的一模一樣。我去活動的時候會想到這件事情。我不喜歡一個人踏進派對，但我會找到認識的人聊天，大概就只有從車上下來的瞬間，我痛恨單身這件事，但除此之外，當你整天說了這麼多的話，你能回家讀本書就已經很開心了。我覺得我有充裕的『家庭』時光，我不覺得少了什麼。」

我問他們有沒有什麼給新手的建議。艾瑞克先回答：「擁抱重寫這件事情。新的編劇會想在第一次寫場次或分場大綱的時候就做到完美，但你永遠沒辦法第一次就做到。重寫會是你最好的朋友。」

溫蒂：「你在這件事情上的態度也是一樣。我們每個人都跟那種接到修改建議會覺得自己被冒犯，或需要他重寫什麼好像是冒犯他一樣的編劇一起工作過。既然大家聚在一起就是要寫出最好的劇本，就張開雙臂擁抱它吧。」

凱莉：「如果你覺得你不需要再重寫一次你的劇本，你就太天真了。我和德魯與茱莉亞一起在編劇團隊工作，大家都對於他們兩個人的熱情印象深刻。當你收到建議的時候，對方可能只知道四集之後會發生什麼事情，而無關乎你寫的東西他們喜不喜歡。當你因為統籌一齣節目而必須承受無數壓力，如果有人能在每一次你去找他，問這個部分他可不可以幫忙處理一下的時候，他都能想出不同的想法同時保持正向，我實在無法形容這能帶來多大的影響。」

溫蒂：「這份防衛心來自於你想要自我保護的聲音，但當你在節目工作時，你可不是受雇去保護自己的聲音的。這是個相當大的兩難：你要一名年輕編劇去學校念書，好發展自己的聲音。但當你在節目找到工作，你得換一個人格，你得要讓自己能夠為影集服務。身為編劇的你必須過著雙重生活，到了晚上或星期天才能回歸自我或你夢想影集的聲音。我希望當初還在校的時候有人告訴我這件事情：當你在編劇室裡，重點不是你自己的聲音，重點是讓你的節目統籌看起來像耀眼巨星，這才是你應該付出一切做到的事。」

電視影集的未來

Chapter 8

任何關於電視未來的預測都會出錯。這倒不是因為每季影集都是來來去去，或不同類型一下廣受歡迎、一下乏人問津，或市場上又有了新玩意，或有新科技發明出來，或新的商業模式以及整個產業取代了電視發行工作，或甚至觀眾因為他們個人的生活以及全球大事而有了改變——上述這些確實都會發生，也可能會影響你針對電視寫作的內容。但之所以預測會出錯，是因為所謂的預測，乃是根據未來是線性發展的概念。現在請忍耐一下以下內容——我沒有要進入科幻／奇幻的領域。我只是想藉此引出一些就算到了本書所提到的影集早已成為歷史的時候，仍然派得上用場的建議。

有些理論物理學家曾推論時空連續體（Space/Time Continuum）[1]並不會以前後等特定方向移動，數個世紀以來神祕主義者也會邀請我們一同透過單一的無窮片刻去體驗時間。當然，這些數學家或哲學家也可以不用這麼麻煩，直接看幾集《LOST檔案》、《超時空感應》（*FlashForward*）[2]、《危機邊緣》、《驚世》，或任何在Syfy頻道播出的東西即可。相信你對於回溯、時間向前快轉、從不同視角訴說同一時間所發生的事件，以及各種從傻氣到大膽的時空旅行應該不陌生。就我個人來說，我會把時間想成一個螺旋，有點像是DNA螺旋，在這裡頭經驗和選擇會重複，但永遠不會一模一樣。對我們這些處於平面國（Flatland）[3]的人來說，這些三度空間的螺旋看起來就像是鐘擺的擺盪。

以下是我的重點：電視在過去幾年有了劇烈的擺盪。情境喜劇在二十一世紀初已經「死了」，但到了二〇一〇年，每集半小時的電視喜劇卻處於說故事的最尖端。理論上優質影集已經被廉價的「無劇本」節目給「殺死」了，但正如將談話性節目《傑雷諾秀》（*The Jay Leno Show*）移到晚上十點這個錯誤所告訴我們的，觀眾還是渴望著有劇本的影集，也因此每集一小時的劇情類影集反而有了成長。隨著有線台和網路收視的興起，無線台可以說「死了」，但你猜怎麼著？在二〇〇九年之後，無線台和有線台的觀眾數同步往上增加。

現在隨著攝影機和剪接器材不僅便宜還容易使用，同時任何人都可以把自己的大作放上網路，有些觀察家聲稱不管何種類型，專業製作的完整長度節目會愈來愈稀少（如果還沒「死透」的話），並為數以千計的家庭製作取代。說得跟真的一樣。大家真的寧可看自家小朋友拍的恐怖影集，看著他披著床單從衣櫥衝出來，也不會轉台看法蘭克戴拉邦的《陰屍路》？真的齁。我甚至聽過有人說電視本身已經是行屍走肉，已成為被網路熱潮殺掉的殭屍。行行好放過我吧。

當然，某些產業的確會隨著科技的演進而步上絕路。隨著紙張開始普及，只有極少數的劇作

1 理論物理學所提出，由時間與空間所共同組成的四維時空結構。

2 布蘭農布拉加（Brannon Braga）和大衛高耶（David S. Goyer）所創作的影集，刻劃一起全球性的神祕事件，過程中人類可看見自己的未來。

3 概念來自英國作家愛德溫艾勃特（Edwin Abbott）的小說，主角是身處二維平面世界的「正方形」。書中諷刺階級制度，但平面國一詞今日成為探討維度的重要概念。

家偏好把作品刻在石頭上。如果你是電腦或科技專家、創投，或者擁有你自己的拍攝器材與過剩精力的創業家獨立製作人，則沒錯，你的確應該關注財富與創新的暫時性擺盪方向。但如果你主要還是名編劇，同時你對撰寫真正的電視影集感興趣，我會建議你喘口氣，不要再轉來繞去了。

不管今天有了Google TV或Apple應用程式或Hulu或數位視訊錄影或分幕破口數量多寡或不同出資模式會發生什麼事，你才是大家都需要的角色。你帶來的是內容。如果你能繼續創造出可信的角色，他們本身有足夠的深度以發展長劇情；如果你能在訴說關於我們這個時代以及我們人際關係的故事上充滿洞見；如果你能鍛鍊出讓你劇本裡頭的世界在畫面上看起來能夠引人注目的技藝，則人們用什麼平台收看並沒有太多差別。我給你的建議就是找出鐘擺中心那個不會移動的點（如果要的話也可以是DNA螺旋的渦旋中心），讓所有的一切在你身邊擺盪，你就繼續寫你的故事就好。

有了以上的忠告在先，我現在要介紹我們的最後一位客座講者，大衛戈茲奇（David Goetsch）。他對他所謂「新電視」的熱情讓他在接下來的訪談裡滔滔不絕。等大衛談完，我再帶著其他的觀點一起回來。

客座講者：大衛戈茲奇

大衛戈茲奇是《宅男行不行》（*The Big Bang Theory*）的監製，也曾擔任《歪星撞地球》和《裹足人生》（*Grounded for Life*）的編劇—製作人。他對「新電視」的興趣讓他來到了我們關於未來的討論。

大衛戈茲奇：第一個要問的問題就是在今天，電視是什麼？從經典影集如《我愛露西》（*I Love Lucy*）到《醫療最前線》（*Emergency!*），直到十年前電視是什麼都還算相當明確。你知道每集一小時的影集是什麼樣子，你也知道每集半小時的影集是什麼樣子。半小時永遠都是喜劇，一小時則是有著辦案成分或動作成分或感情成分的劇情類，也可能以上皆是，但這些彼此是非常不同的類型。

現在電視在兩個方面有了改變。其一是發行。你要如何同時出資製作、並同時播出這些劇情影集和喜劇？隨著有線台革命，我們看到了一些改變，但現在在光譜更遠的一端還有第三個選項——有很多不一樣的東西，但大致上可以稱之為網路。

其二是過去製作這些節目很花錢，現在則不一定。現在老的形式可以有很多的創新甚至是小修整或是操作。一部在無線台播出的劇情類影集扣掉廣告是四十四分鐘長，但在網路上長度則沒有限制，故事或角色要縮到多窄也沒有局限。一部關於古董木製船隻的影集，是一個極小眾的領域，但你搞不好可以幫這部影集找到廣告主。如果你在製作這部影集上花的錢夠少，這甚至可以是一門賺得到錢的投資，一件事既可以是創新的大好機會，又不受長度或預算所限制。

在一般電視這邊，你則得先把提案做出來，然後去提案，寫試播集，得到同意，把它拍出來，最後播出。如果你走完整個流程但它最後失敗了，你不會得到把影集拍出來的機會，你也失去了投入的一切。

有一位不能再更意氣風發的製作人，他是《偵探小天后》（*Veronica Mars*）[4]的原創，還上過十大排行榜。但播出三年後電視台把劇給砍了，他能怎麼辦？他接下來和友人在他家後院創造出《派對狂歡》（*Party Down*）[5]，他自己拍完試播集之後到處兜售，結果Starz頻道把它給買下來。這個例子便是他們做了一個因為覺得好玩所以單純為自己而拍的試播集，但之後試播集卻有了全新的生命。

這帶來的效果，便是個人發展電視內容的方式改變了，隨著製作成本的降低出現了新的契機。現在有新的機會是你可以寫點什麼，把它拍出來，看一看，然後說你知道嗎，我錯了，我要重寫一次做些調整。同時因為經濟規模隨時間降低了，你想要的話，還有機會可以把製作納入重寫過程的一部分，而且現在這樣的東西可以看起來很棒。就製作價值來說，你自己做出來的東西可以媲美花了一百萬做出來的。

根據《怪醫豪斯》原創人的說法，《怪醫豪斯》是全世界收視率最高的第一名劇情類影集，而這齣劇最後一集用來拍攝的攝影機，其實去外面花個大概一百美金就可以買到了。過去我們一直朝這個時刻邁進，而現在這個時刻終於到來。

結果便是製作持續性電視影集的障礙消失了，現在你唯一需要的就只有把它給做出來的才華。你有機會創造出你所愛的角色，而這則增加了觀眾愛上你節目的機率。你創造出不會因為電視台或片廠而需要稀釋的角色與情境，並且因為你的創新而獲得獎勵。

所以你不僅在創意面有所創新，製作面有所創新，連帶你也有了自己負責發行的機會。如果沒有人願意付你錢做發行，你也可以免費把它貼出來好累積觀眾。等過幾年累積了足夠的粉絲基礎，你還可以把它帶到電視圈，之後節目如果可以轉到電視台撐幾年，你還可以談個合約把它拿回來，這樣你可以把它繼續延續下去。實際有可能發生的事情，便是影集有可能在原創家裡誕生，原創自己負責製作，在網路上播出，但影集卻不會像從無線台下檔那樣得要劃下句點。

4 羅伯托馬斯（Rob Thomas）所創作的影集，女主角為一名兼差當私家偵探的高中生，深受觀眾歡迎並捧紅了女主角克莉絲汀貝爾（Kristen Bell）。

5 羅伯托馬斯等人所創作的影集，主角是一群在外燴公司兼差的失意演員，播出時乏人問津但日後成為口碑影集之一。

電視是什麼？偉大的電視節目做的事情是什麼？他們會創造出角色敘事，如此每週人們會想看究竟發生了什麼事情。電視上所發生的最偉大的事情就是那些了不起的影集，每集一小時或半小時的皆包含在內。我們現在有的便是不需要電視便能夠把這些影集給做出來的機會，不需要經過同意，不需要財務上的必要條件。

我很愛我在無線台的工作，也沒打算要辭職，但總有一天這份工作會結束，到時候我不希望受限，只能在外頭眼看著自己的潛力劇本被到處送來送去，成為別人評估我身為編劇的唯一測驗。這些事情我都能做，但除此之外我也能做自己的節目，把它放上網，建立除了粉絲之外，還包含關注我動態的好萊塢高層觀眾，他們對於我在做的這種影集也會感興趣。

現在實在是讓人非常興奮的時刻。上次編劇獲得這種機會，能夠開始一個全新的傳統是什麼時候？過去當節目從廣播移到電視的時候，很多節目維持了同樣的傳統，同樣的贊助商，同樣的分幕破口。就以透過電視播送的劇碼來說，舞台本身也同樣出身傳統。現在隨著我們帶著攝影機走入真實世界，我們距離我們祖父母的媒體又往前邁進了一步。

另一個面向則是與觀眾對話的機會。《星艦迷航記》一直都有大家可以參加的觀眾大會，但今天如《歡樂合唱團》的粉絲會追蹤演員在推特上的一言一行，會去理解編劇在編劇室做些什麼樣的事情，甚至與原創者有著幾乎是即時性的對談，而對某些原創者來說，這也是一個好的時間點，確認自己是否有勇氣做你準備要在影集裡頭做的事。

上述內容再延伸下去，便是邀請群眾線上創作電視影集，透過電腦來擔任創新者。如果編劇室裡頭不是只有十個人，而是上千個可以提供意見的人呢？假如管理得當，你所創造的影集會有數以千計的忠實粉絲，他們不只參與其中，還會負責影集的行銷，而接下來發生的事情就需要時間觀察了。

能存活下來的影集會是那些讓觀眾有感的，讓人覺得他們需要每週報到，看看角色發生什麼事情的影集。

這不盡然存在。任何未來之旅的企圖規劃都會是錯的，原因我先前已經解釋過。但在不忘大衛戈茲奇預測的前提下，我還是會針對二〇一一年前後，可能會對身為編劇的你產生影響的種種創新，做個簡短的探索。

網路劇情類影集

《魔法奇兵》（以及其衍生作）的原創喬斯溫登（Joss Whedon）便是其信徒。溫登自己製作、出資的《糟糕博士的歡唱部落格》（*Dr. Horrible's Sing-Along Blog*）是網路先驅之一，於iTunes販售前先提供觀眾免費線上串流收看，並在iTunes的銷售排行榜名列前茅。他說他的靈感來自他在線上看過的影集如《星際爭霸戰：嶄新旅程》（*Star Trek: New Voyages*），後者的原創也是影集最初版本的粉絲。

當時正值二〇〇八年的編劇大罷工，大家都賦閒在家，於是他找來他的幾位家人和一些演員朋友，每個人都無償工作。當《編劇人》雜誌請喬斯解釋一下他的商業模式，他的回答是：「找我問商業上的建議，大概就跟問用氣球做小動物的人怎麼把妹差不多。」

罷工結束之後，喬斯回到傳統電視台，繼續做他的《玩偶特工》（*Dollhouse*）[6]，而他在二〇〇八年的實驗（可於Hulu搭配廣告收看）至今已累積了數百萬次的下載。但正如《編劇人》所問的：「其他人有辦法複製他的成功嗎？還是只有像喬斯溫登這樣同時擁有狂熱的粉絲、評論的支持，以及編劇少見的號召力才有可能？」這個疑問依舊沒有解答。

在〈是夢田還是雷區〉（*Field of Dreams or Mine Field,*《編劇人》雜誌，二〇〇九年一月期）一文中，賴瑞布洛迪（Larry Brody）以以下文字文章開場：「二〇〇九年，影片放在網路上的一年，電視收視習慣永遠改變的一年。我們所有人學會放下擔憂並擁抱Hulu.Com的一年。傳統電視毀滅的前夕，全面互連性的開始。匯流的時刻來臨了。」

「你可以坐在你那舒服的客廳椅子上，用你的電視上網；你可以坐在你那更舒服而且符合人體工學的辦公室椅子上，用桌機看電視；你甚至有更時髦也更放鬆的選擇，在你床上的個人空間用筆電同時做這兩件事情。孩子啊，現在的我們活在Slingbox機上盒的世界裡，一切都是免費、免費、免費。」

但當布洛迪與網路節目實際的編劇對上話時，他卻發現正如其中一位所告訴他的，「如果你所擁有的技能僅限於把文字拼湊在一起，創造出好笑、緊湊或者讓人投入的對話與畫面，網路依

6 喬斯溫登所創作的影集，故事圍繞一個能夠賦予特工各種暫時性身分與能力的神祕組織。

舊可以是一個相當讓人興奮的新媒介……前提是你得有類似喬斯溫登那樣的資源。你可以雇用你需要的劇組和表演者，同時如果作品一炮而紅，你就有了能夠幫你爭取到『真正工作』的代表作。但如果你不過是一位醒著的時候無時無刻不在嘗試爭取下一份真正工作的編劇，善用網路……為你帶來的職涯比較有可能是在別人的企畫裡頭服務，而非讓你能靠著寫自己的東西致富。」

其中一個解決方法（如果你真的想全心投入做你自己的網路節目）便是從小規模做起，微型更好。《位元大小的電視》（*Byte-Sized TV*）一書作者羅斯布朗（Ross Brown）便會和學生合作創造出類似這樣的影集。我請他描述了一下他的工作流程：

「我的前提是我們想做的內容還是影集。如果你拍一支你的貓在喝威士忌或你在臥室對嘴的搞笑影片，這並不算是一部影集。影集得要有足夠集數，跟無線台或有線台影集一樣，有一群角色、還有一個一以貫之的前提。我們會寫劇本。我會說我的書有一半在討論概念化和寫作，製作和後製層面討論的則是如何去管控整個企畫，比較多統籌節目的部分。

就像寫比較長的影集一樣，我會堅持要我的學生在寫短短五頁的劇本之前先把故事提出來，你可以趁這個時候發現你的前提是不是行不通，或故事結構是不是有問題。這就跟妳書裡提到的，要知道影集的前提是什麼，要去理解角色和長劇情（我稱之為影集提問）是同樣的重點，網路影集也需要這部分，你得知道影集整體的戲劇張力在哪裡。

現在播出的大部分都是喜劇性質的內容，大家還在嘗試要怎樣用非常短的形式做戲劇，畢竟要在三分鐘或五分鐘裡營造緊張感有其困難度。我認為每段八分鐘的《青年危機》就做得不錯。《青年危機》部分原則來自於製作人馬歇爾赫斯科維茲與愛德華茲維克有相當深厚的一小時影集背景，所以他們會說，你看，每一幕其實就等於一集，我們在每集一小時的影集裡頭會有五到六幕，這些就可以當成我們的集數，點下一集收看就像是廣告時段結束後回來一樣。

最核心的問題是不變的：影集講的是什麼，你要怎麼發展一齣影集和角色等等，變的是市場以及你行銷的方式。網路電視所能播出最好的內容還是會有故事結構，某種形式上還是會有亞里斯多德所謂的開始、中段、結尾。這部分我們改變不了，這就是我們的天性。」

網路集

好，假設你既不是喬斯溫登，也不是赫斯科維茲與茲維克。如果你既沒錢也沒勢（也沒有人幫你撐腰），而且需要付房租，要做出一齣全新網路劇情類影集顯然是遙不可及，那麼還有什麼是編劇可以在網路上做的事情？你可以考慮網路集，這些通常是既有電視影集的原創集數，有點像是「紅利」項目。

舉例來說，ABC頻道希望能吸引到廣大觀眾的《LOST檔案》同時也能主打網路觀眾。當我為了本書第二版訪問節目統籌戴蒙林道夫時，他提到：「我們時時刻刻關注的還是母艦本身，只要是最好的點子我們一定會用在影集上面。但我們為了解釋一些東西，也建構了非常完整的背景故事，但這些想法對於角色一點意義都沒有，因此它永遠不會在影集裡頭出現。就算傑克和凱特能夠得知數字的由來，多數的觀眾還是不會在乎，所以我們決定給那些真正想知道數字由來的粉絲他們想要的答案，而你可以透過網路來講這種帶點科幻色彩的科技情節。於是我們建構了一個網路體驗，裡頭有一位女子在調查達摩計劃（Dharma Initiative），粉絲得到的回報則是一支揭曉答案的達摩計劃影片。我們沒辦法把這種東西放在影集裡，觀眾會被搞得頭昏腦脹。

這就像是另一個宇宙，有點像是在文本之外另外給你概要，好讓你能夠有更深的理解。其他以世界觀為根基的影集，像是《X檔案》或《星際迷航記》也有自己的『史冊』（Canon），對我們而言，我們會說這是我們產出的，同時這也是《LOST檔案》宇宙的一部分。」

負責撰寫《編劇人》雜誌每月專欄「幕後花絮」（Alt.screen）的泰瑞伯斯特（Terry Borst）將eTV（強化電視）與ITV（互動式電視）同時視為編劇的未來機會，以及影集取得成功的來源之一。「觀眾對於有劇本劇情類內容重新燃起興趣，不只源於寫作上的優異，也關係到觀眾能夠在網路上輕易地與彼此互動，快速創造出影集忠誠度，並將口碑擴散。隨著這份互動性進到了單一螢幕的電視形式，影集裡頭的世界得到延伸與擴張的機會也隨之增加。」

今天絕大多數影集都包含有網路成分。《夢魘殺魔》在臉書（以及線上遊戲）上有著五百萬的粉絲，《三棲大丈夫》則會邀請觀眾聆聽女主角之一瑪姬傾訴她與比爾有關的「祕密」。這些針對網路所做的集數能夠提供觀眾較為個人的連結，部分來自收看方式是透過個人的電腦螢幕，部分則來自觀眾所擁有的那份通行度——自己可以決定何時要用何種方式迎接畫面上的訪客。

在寫作網路集時，你會遇到一些風格上的差異。《LOST檔案》團隊提到他們的編劇在最終觀看平台這件事上面想了很多，並直接影響每集網路集的內容：「觀眾通常會是自己一個人在小螢幕上收看這些故事。在我們看來，這種較為私密的觀看模式，會需要較為私密、日記一般的說故事方式。我們會刻意去避免無線台影集一般充斥的大格局動作場面，並透過網路集將重點牢牢定在角色上面。」

你可能會想網路集可以提供新編劇入行的好機會，某些情況下這些不會透過電視播出的集數也會另外再加團隊成員，但現在看起來網路集會由一般影集的同一批編劇來寫，一方面是要維持品質穩定，一方面也是因為團隊以外的人很難知道故事線會往哪個方向發展。當然，這並不會成為任何人創作粉絲自創故事的阻礙（早在網路出現前就已經有關於寇克與史巴克各種影集裡從未發生的精彩冒險的《星艦迷航記》小說），但如果你想製作自己的網路節目，你又回到了喬斯溫登模式——負擔得起當嗜好沒問題，但除非你有著魔法奇兵的超能力，這可能沒辦法當工作。

網頁瀏覽已死

「混沌並非經營模式。」

二〇一〇年八月，隨著專題「網頁瀏覽已死，網際網路長存。」（The Web is Dead. Long Live the Internet.）的出現，《連線》（*WIRED*）雜誌開啟了關於未來的激烈辯論。這篇《連線》主編克里斯安德森（Chris Anderson）與客座編輯兼《浮華世界》專欄作家麥可沃爾夫（Michael Wolff）所寫的文章提供了關於經濟面與技術面的深度分析，如果你對這種程度的資訊感興趣，我相當推薦這篇文章，你可以輕易在「死了」的網頁上找到。

事情是這樣的：在二〇〇一年，流量前十名的網站占了百分之三十一的閱覽量，但到了二〇〇六年，前十名占了百分之四十；到了二〇一〇年，前十名網站控制的數字來到了百分之七十五，並且還在持續攀升中。擁有臉書百分之十股份的投資人尤里米爾納便評論：「大網站把小網站的流量都給吸走了。」沃爾夫則寫說此一發展「是一個再熟悉也不過的歷史走向。不管今天是封建或是企業，力量較弱的一方總是會被那些資源較多的、較有組織且較有效率的一方抹去存在的理由——這可能是對於網際網路時代公平、多孔、低進入門檻的精神，所能想到最猛烈的衝擊。」

要把所有內容放上雲端，取代有網路桌上型電腦的說法一直甚囂塵上，到頭來，開放、免費、不受控制還是未能得到觀眾的青睞。安德森寫道：「工業革命的故事，便是關於控制的故事。科技發明出來，開始擴散，開出一千朵花，接著有人想出擁有它的方法，將其他人排拒在外。上述情況每一次都會發生。

現在輪到網路面對獲利的壓力，以及伴隨獲利而來的，那圍繞花園的高聳圍牆了。在同儕生產的非貨幣經濟下，開放性是件美好的事情，但最終吾人對於無止境競爭所帶來的混沌癲狂，終會忍無可忍。縱使我們熱愛自由與抉擇，我們也熱愛那些可靠且能夠運作無礙的事物，而如果我們必須為自己所愛付出代價，嗯，這似乎日漸不成問題了。」

對身為編劇（新媒體字彙稱為「內容創作者」）的你來說，這意味著什麼呢？只要你願意，你還是可以將任何東西放上網路，但網路上頭絕大多數的內容皆不具商業性。正如安德森所提到的：「在諸如自我表述、注意力，以及名望等非貨幣誘因推動下，門戶大開的同儕生產網路，也就是每個人皆享有創作自由的所謂生成網路，至今仍欣欣向榮。但對於網路作為數位傳遞的最終市場此一概念，現階段則是存疑。

網際網路是名副其實的革命，其重要性不下電力，但我們該如何使用它一事，則還在演進的過程。」

沃爾夫做出結論：「我們準備回到那已經存在的世界——重新追逐音樂和電影所能帶來的脫胎換骨效果本身，而非對於網路所帶來的脫胎換骨效果的短暫愛戀。」

「在一段漫長的旅程後，我們或許準備好要回家了。」

家園便是整個世界

證物A：《陰屍路》

二〇一〇年十一月，在影集的十八至四十九歲成年觀眾收視率刷新有線電視歷史紀錄後，AMC頻道宣布續約該劇第二季；同一時間，該劇的國際發行單位FIC（Fox International Channels，福斯國際電視網）宣布該劇於歐洲、拉丁美洲、亞洲與中東等地共一百二十個國家，皆創下了破紀錄的首播收視率。FIC的國際發行以三十五種語言播出，在全球各地有八億七千五百萬人收看。與此同時，美國觀眾則以各種平台收看該劇，其中包含電視、線上、隨選隨播，以及手機，包含了所謂「新電視」的各種面向。

但從編劇的觀點來看，影集本身是全然的傳統。這是一部所費不貲的有劇本劇情類影集，每集長度一小時，透過專業演員訴說一個有著「長劇情」的連續劇，以精湛的技巧創造出緊張感與角色衝突，劇本運用的是與二十世紀無線台劇情類影集相同的四幕式結構，節目統籌是資歷豐富的美國電影編劇—導演，編劇團隊曾於其他節目服務過，就算你從一九八〇年代穿越時空來收看《陰屍路》，你還是能理解影集的運作方式。

之所以提到這些，並非在貶低這個成功製作，而是提醒要跟上未來的遠景。如果想要負擔類似影集的製作成本，國際發行至關重要，同時如果你想要創作新的影集，你可能也得留意其潛在的全球吸引力。但對於編劇的日常來說，交出好作品這個重點從未改變。

證物B：《草原上的蒙古包》（*Little Yurt on the Prairie*）

是的，這是真的劇名，也不是在搞笑。這是經典影集《草原小屋》（*Little House on the Prairie*）[7]的中國改編版[8]。此外還有《CSI犯罪現場：孟買》（*CSI: Mumbai*），以及《司法遊龍：犯案動機》（*Ordre Public: Intention Criminelle*）的法國版《法網遊龍：犯案動機》（*Law & Order: Criminal Intent*）等，遍布全球各地。當然，交叉繁殖有各種可能方向：《就診》（*In*

7 美國七、八〇年代一部由小說改編的長青西部影集，描述大草原上一個農場家族與當地鎮民純樸生活的動人故事。
8 該改編版至本書付梓前尚未見播出。

Treatment）[9]是從以色列來到美國，《辦公室瘋雲》先有英國版才有美國版，《醜女貝蒂》是從墨西哥移居過來，包含《星際大爭霸》在內的諸多影集是在加拿大拍攝，國際共同製作則包含了《都鐸王朝》和《博基亞家族》（*The Borgias*）[10]等重量級歷史影集（族繁不及備載）。

《法網遊龍》的製作人—編劇雷內巴爾塞（Rene Balcer）便在《編劇人》雜誌裡頭提出自己的觀察：「歡迎來到新的電子絲路。在時間的洪流裡頭，來自特定區域的特定商品如絲綢、菸草、鹽、米等等，最終成為全球商務的巨型引擎。全球化商品藉由在地化來服務自身的文化，而隨著時間經過，這些改造本身也開始在全球市場上交易。電視影集……今天也成為了類似的全球化商品。」

這或許聽在影集原創耳裡像是更多機會，對於那些有著多國眼界或關係的編劇來說更是如此。但請留意：未來不會是全球性「PAX電視台」（PAX Television）[11]的世代（至少暫時還不會是）。某些獨特文化可能會將好萊塢視為透過娛樂推行殖民主義，雙方的潛在衝突可能會有著激烈反應。當好萊塢試圖將自身產品整合入國際市場，文化焦慮與政治衝突成為整體關於文化貿易辯論的一部分。如果你對此議題感興趣，你可以閱讀諸如辛格（J.P. Singh）所著之《全球化的藝術：娛樂經濟與文化認同》（*Globalized Arts: The Entertainment Economy and Cultural Identity*，哥倫比亞大學出版，二〇一〇年）等書。

雖要不忘上述忠告，但未來對你來說仍是一片光明。世界各地對於擅長美式風格電視敘事的編劇皆是趨之若鶩，部分是希望能將技藝帶到那些電視產業剛起步的地方，部分則是在改編中的美國影集節目服務。事實上，本書第二版至今已在德國、中國、韓國、西班牙等地翻譯出版，我也時常接到為其他國家編劇提供顧問服務的詢問。

與此同時，如果你仍試圖為網路創作你自己的原創影集，請想遠一點——電子是沒有國籍也沒有國界的。在洛杉磯的四〇五號和十號公路之外，還是有著觀眾和收益存在——至少關於這部分的未來，我想我是預測得了。

此時此刻

在一九六七年出版的《媒介便是訊息》（*The Medium is the Message*）一書中，作者馬歇爾麥克魯漢（Marshall McLuhan）想像出一個世界，裡頭眾人不只因為他們所看的內容而產生連接，而

9 羅德里戈加西亞（Rodrigo Garcia）開發的影集，改編自以色列影集《Betipul》，故事環繞一名心理醫生診療過程，男主角蓋布瑞拜恩（Gabriel Byrne）以本劇獲得金球獎影帝。
10 尼爾喬丹（Neil Jordan）創作的影集，圍繞十六世紀博基亞家族在天主教教廷的勢力興衰。
11 艾恩電視台（Ion Television）的前身，以適合闔家觀賞的內容聞名。

是他們能夠聚在一起收看，像是取代了鄰里門廊的現代「電子爐邊」。他對於電視影集（特別是黃金檔敘事）作為「地球村」核心的概念，至今仍是歷久彌新。

但今日絕大多數的美國家庭在透過錄影，或者隨選隨播及線上收看上，有了某種型式的個人選擇。麥克魯漢當年使用的字彙，轉變成為諸如「時光平移」（time shifting）和「預約收看」（appointment viewing）等用語。統籌《星際大爭霸》的羅納德摩爾便說：「未來大家只會說『媒介』，彼此之間不會有太多有意義的差別。電視和電腦會變成同一個東西，你會擁有可供使用的一個或多個盒子，然後你會把從部落格到我們今日稱為電視影集或電影的東西全都收進這個盒子裡。

我認為把觀眾劃分為各種不同的小眾是件好事。當廣播指的是大眾廣播，當存在的只有『大三台』，他們得要投大眾觀眾所好，而為了要維持這種巨大的數字，他們創造出來的東西得要滿足最大公約數。現在，當你把觀眾拆成較小的區塊，類似《星際大爭霸》或《光頭神探》（*The Shield*）[12]的影集得以吸引到特定觀眾。評論者因為影集品質而稱現在為電視的黃金時代，但我不認為這裡頭有任何一齣影集能夠在三大無線台的時代存活下來。現在高品質影集終於能靠著對其所提供的特定內容感興趣的死忠粉絲而自給自足。」

像你這樣的編劇該如何自處呢？如果你閱讀本書是希望能創作自己的影集，定義精確的新市場裡頭會有著特別的機會。但對所有的好編劇來說，機會遍地皆是。有著膽識與熱情，並有能力透過專業手法將其傳達出來的潛力劇本永遠會派得上用場。在即將到來的時代，敘事者的價值仍和過去歷史上一樣珍貴。事實上，我們或許會需要更多人協助我們定義並串連破碎的種種文化。

不管今天播送系統為何——無線台、付費有線台、一般有線台、手持裝置、Google TV、YouTube、網頁、網際網路，創作過程都是由你開始。現在既然你已經學到劇情類電視影集特別之處，電視開發如何進行，怎樣參與編劇團隊工作，劇本要如何打造，怎樣寫下你自己的一集影集，甚至如何入行，以及未來為何，一切加總在一起成為單一片刻：你坐下來開始寫作的時刻。這個時刻已經到來，現在輪到你了。

結語

謝謝你和我一起為這趟旅程劃下句點。

選擇此書閱讀，相信你已知道內容（寫作）才是每種電視影集形式的核心，無論傳統或新興

12 尚恩萊恩（Shawn Ryan）創作的影集，主角是一群遊走法律灰色地帶，破案高效率但貪贓枉法的警察，深受好評並獲獎無數。

皆然。身為編劇的你成長將永無止境，這個產業裡最具競爭力的那些人更是永遠在更新他們的工具和想法。

不管今天你是新手、尚未入行，或是職業編劇、製作人或導演，本書都可在未來數年中提供你指引。在你之前已有數千名讀者在電影學校（本書是許多美國編劇課程的指定教材）以及電視台指導專案（同樣是指定閱讀）中使用過往的版本，評價也靠著口耳相傳不斷擴散。每次只要我聽到有人跟我說他們多年前曾讀過本書的過往版本，最近剛拿到他們的第一個編劇案子或團隊職位，並準備在投身其中以前，先透過此一最新版再度自我精進或充實自信，我總是滿心喜悅，我也聽過知名電視影集的編劇室，談起本書關於寫作技藝章節裡頭的一些要點。所以這條道路上你有伴相隨。

詞彙表

A

A–B–C Story A–B–C／故事

在一集影集之中，有著各自獨立運作的故事支線，每個支線以字母（A, B, C, D……）表示。多數時候，每個故事會循其中一名主要角色的劇情弧線（Dramatic Arc）前進。

ABOVE-THE-LINE／線上

編列預算時的前置費用，包含製片、導演、編劇等，有時作曲家或明星亦算在內。拍攝劇組相關費用則稱為線下（Below-the-Line）。

ACT／幕

涵蓋數個**場次**（**SCENE**）的戲劇單位。一小時的有線台影集通常會有四幕，在廣告前將故事推至某個**懸念**（**CLIFFHANGER**），有些甚至有五至六幕。有線台的影集則沒有廣告，但許多仍將一集在概念上切分為三到四幕。

ACTION／場景示意

在一份劇本裡，位於場次標題底下，用於敘述畫面內容的文字。亦見**場景描繪**（**DESCRIPTION**）。

AGENT／經紀人

專業人士代理人。編劇經紀人為旗下的編劇爭取工作機會，並代表他的客戶進行合約協商。經紀人須由各州發予執照，一般收費是百分之十的佣金。

ANTAGONIST／敵手

目標與主角相反的角色。雖然某些時候會被視為「反派」，但在優質劇集裡頭，主角最好的對手往往是能讓他「棋逢敵手」的角色。

ANTHOLOGY／獨立影集

又譯獨立單元劇，指一齣每集內容各自獨立，且沒有固定演員的影集，如《黑鏡》（Black Mirror）。

ARC／弧線

角色從某種狀態轉變為另一種劇情狀態的過程。舉例說明：某個角色在剛出場時顯得冷漠，但在最後愛上某人。

A.T.A.S.（Academy of Television Arts & Sciences）／電視藝術與科學學院

由所有電視相關領域從業人員所組成的會員制機構。主要工作包含製作艾美獎等。

ATTACHED／意向表示

當專業人士（如演員等）願意投入一齣正在提案的影集，便會提供意向表示。

B

BACKDOOR PILOT／後門試播集

有發展成影集潛力的兩小時電影。

BACK NINE／後九集

在傳統一季有二十二週／集的框架下，前十三集播畢之後，剩下的九集。即使一齣影集獲得全季預定，前十三集的收視表現仍會影響電視台是否願意**放行**（**GREENLIGHT**）後九集開始製作。

BACKSTORY／背景故事

在畫面上的一切發生之前，形塑角色的事件或關係。

BACK-UP SCRIPTS／佐證劇本

在尚未播出時，一齣影集除了**試播集**（**PILOT**）之外，另外提供給電視台以評估影集潛力的集數，有些時候亦稱為佐證試播集（Back-up Pilots）。

BASIC CABLE／一般有線台

提供給有線台訂閱戶的免費頻道。

BEAT／戲劇節拍

1. 故事的某個場景或某個步驟。
2. 對話或行動的頓點。

BEAT SHEET／事件大綱

又見**分場大綱（OUTLINE）**。故事裡頭的各個事件（轉折）列表，一般而言以場次編號作細部表示，但有些時候亦會以較為籠統的場次段落（Sequence），甚至分幕摘要的形式呈現。

BIBLE／影集聖經

提供給新加入編劇或導演等的影集指南，內容通常有角色傳記、節目所處世界的運作規則、過往集數的大綱等，有些時候並包含編劇主筆所追求的調性、風格或故事。

BREAKING A STORY／破解故事

在寫作詳細大綱之前，找出故事的重要轉折（通常也是影集破口）。

C

CLIFFHANGER／懸念

某個充滿緊張感的斷點，往往出現在破口或每季結束時，以打亂或提高情節的重要性。

CLOSURE／收尾

在分集的影集裡頭，故事在每小時結束時圓滿落幕（可以是達到目的，或者走到盡頭）。

COLD OPENING／冷開場

見**序場（TEASER）**

CONTINUING CAST／固定班底

每週固定會回歸，並推動影集核心故事前進的主要角色。

CREATIVE CONSULTANT／創意顧問

雖然並未全職參與劇組，但可能會協助監督、重寫或撰寫劇本的老經驗製作人。

D

DAILIES／節目工作帶

在每日拍攝結束後，播放未經剪接的場景以提供相關人等觀看。

DESCRIPTION／場景描繪

對白以外，畫面上的動作、畫面與音效。見**場景示意**（ACTION）

DEVELOPMENT／開發

將某個企畫從概念發展成製作的過程，亦可能是編劇與製作人一同將腳本一步步修訂完成的過程。

DIALOGUE／對白

角色所說出口的字句。表情（如嘆氣等）和停頓亦包含在內。

DRAMEDY／劇情喜劇

劇情類影集與喜劇之間的混種。

E

ELEMENT／亮點

諸如製作人、導演或演員等，能讓某個企畫更吸引人的重量級人才。

EPISODE／集

電視劇裡頭，以一小時為標準的切分單位；當週的故事集合；某個持續進行中故事線，其中一個章節。

EXECUTIVE PRODUCER／監製

一齣影集的高層級製作人，通常要負責管理影集包含演員陣容、工作人員與編劇團隊等創意及商業面相關工作。亦見**節目統籌**（SHOWRUNNER）。

EXT.／外

用於**場次標題**（SLUG LINES），外景（Exterior）之簡稱。

F

FIRST DRAFT／初稿

編劇在回應製作人修改意見之前的劇本。不管編劇私底下修改過多少次，所有的**潛力劇本**（SPEC SCRIPTS）或送出前的草稿都算是「初稿」。

FORMAT／形式

1. 一齣影集的提議。內容可能包含角色塑造（Characterizations）、類型（Genre）、故事的觸媒（**SPRINGBOARDS**），以及**試播集**（**PILOT**）或其他集數的建議等。
2. 故事的結構，內容可能涵蓋某個**類別**（**FRANCHISE**）。
3. 劇本印刷格式，通常由編劇軟體設定。

FRANCHISE／類別

用於產生戲劇性場景的故事類別，如醫療劇、律政劇或辦案劇等。成功影集如《CSI犯罪現場》亦可能將自己的說故事**形式**（**FORMAT**）發展為一個類別。

FREELANCE WRITER／自由編劇

本身沒有參與編劇團隊，但接到某集劇本撰寫工作的編劇。

G

GREENLIGHT／放行

同意某個劇本開始進行製作。

GUEST CAST／客座演員

本身不在常態性演員陣容裡頭，但可能會參與特定幾集的演員。

H

HIATUS／季休

季與季之間，整個團隊放假休息的時間。

HOOK／鉤引

某個在故事剛開始時，用於抓住觀眾注意力的動作或情境；某個提案的開場。

I

IN THE CAN／播出帶

已經準備好可以播出的一集影集。

INT.／內

用於**場次標題**（**SLUG LINES**），內景（Interior）之簡稱。

L

LEGS／延展性

一齣有著延展性的影集，能在一集又一集的影集裡，創造出一個接一個的故事。

LOCKED／定稿

當一名製作人決定了某個劇本或分場大綱的最終版本，這個版本便稱為定稿。

LOG LINE／題旨

用一句話總結一個故事，某些時候會用上二到三個句子。情節概要在最短的時間內，介紹**前提**（**PREMISE**）、**弧線**（**ARC**）或**情節**（**PLOT**）。

LONG NARRATIVE／長劇情

又譯長篇敘事，指深度或廣度足以一年接著一年播下去的故事，於連續劇裡頭特別常見。

M

MANAGER／經理人

工作內容與**經紀人**（**AGENT**）相近，只是經理人不須執照，並可能會代表客戶處理即期工作之外的其他交辦事項。相較於經紀人的百分之十佣金，經理人的費用一般會來到百分之十五。

M.B.A.（Minimum Basic Agreement）／最低基本契約

美國編劇公會與乙方（製作方）之間的協議，內容詳述包含最低薪資、健保、退休金等合約項目。

MOBISODES／行動集

又譯手機劇，指透過手機等行動裝置收看的一集影集，通常長度較短，但也可能是某齣影集的部分內容。

O

OUTLINE／分場大綱

從每一幕的第一場戲開始，依序列出劇本裡頭的每一個場景。每個**戲劇節拍**（BEAT）的大綱就像是該場景的**題旨**（LOG LINE），但某些影集的分場大綱較不會如此明確。當劇本進入開發階段，分場大綱便是收費流程的第一步。亦稱為**場景大綱**（STEP OUTLINE）。見**事件大綱**（BEAT SHEET）。

OVERNIGHTS／整夜收視率

用於初步判斷有多少人觀看一齣影集的即時性全國收視率。

P

PACKAGE／配套

演員或導演提出自己願意參加某齣影集的**意向表示**（ATTACH），以幫助影集取得電視台合約；所有的**亮點**（ELEMENT）必須協助某個**提議**（FORMAT）取得進展，裡頭可能包含**試播集**（PILOT）劇本，以及**節目統籌**（SHOWRUNNER）人選。某些長於提供配套的經紀公司會爭取代表所有的**線上**（ABOVE-THE-LINE）人事。

PICK-UP／預定

有線台或無線台做出播出（或續約）某齣影集的決定。

PILOT／試播集

一齣影集的原型，通常也是影集第一集。

PITCH／提案

業務簡報；將故事講給可能的買家聽。

PLOT／情節

故事的劇情結構；一個故事從前提到收尾的執行方式。

PLOT POINT／轉折點

故事出現重大逆轉（Reversal），或來到轉捩點。轉折可能會與**懸念（CLIFFHANGERS）**或**破口（ACT BREAKS）**一同出現。

POLISH／修整

劇本微調。一般是為了讓場景更緊湊，或對白更洗鍊，但也包含準備製作用的拍攝腳本。

PREMISE／前提

某個在一開始時讓人心癢難耐的疑問或難關；某個回答觀眾心中「假使……」或「為什麼……」的答案。

PREMISE PILOT／轉換試播集

透過將主角移至一個新的情境，或踏上一段將於未來發展出其他故事的任務，推動影集繼續下去。

PREMIUM CABLE／付費有線台

HBO或Showtime等觀眾須付費才能收看的電視台，播出時沒有廣告。

PROCEDURALS／辦案劇

如《CSI犯罪現場》或《怪醫豪斯》等，透過線索推動劇情，以解謎或辦案為核心，並在每一集最後真相大白的影集。

PRODUCER／製作人

絕大多數的製作人皆是編劇出身，頭銜隨著經驗與作品而有所提升。製作人會監督並重寫其他編劇的劇本，工作內容與負責製作實際執行面的執行製片（Line Producer）有所不同。

PRODUCTION／製作

從開鏡開始，實際拍攝一齣影集的過程。有些時候，一齣被稱為「製作中」（In Production）的影集包含了前製（如編劇、選角、搭景等）與後製（剪接、配樂、特效等）。

PROLOGUE／序幕

見序場（TEASER）。

PROTAGONIST／主角

推動故事前進，並作出關鍵決定的角色；觀眾所支持的角色。

R

RESIDUALS／重播分紅

當一齣劇重播時，付給編劇等專業人士的額外費用。

REWRITE／重寫

以調整結構或創造新的角色與場景等方式大幅修改劇本。

S

SCENE／場次

建構劇情的最小單位，可以是行動的其中一個步驟，或某個戲劇節拍，擁有自己的劇情結構。在製作的過程中，場次有時也會定義為在單一時間單一場域所發生的動作。

SCENE HEADING／場次標題

見場次標題（SLUG LINE）。

SEASON／季度

每一季度的電視包含了節目所播出的月份。一般而言，無線台的電視季度大約從九月到五月，但有線台或其他頻道可能有不同的播出期程。

SECOND DRAFT／二稿

在收到製作人的修改建議後，重新撰寫的劇本。

SERIAL／連續劇

影集的故事隨著每一集經過延續下去，同時主角們亦隨著時間有所發展。

SHOOTING SCRIPT／拍攝腳本

實際拍攝時所使用的最終版劇本。

SHORT ORDER／部分預定

不會承諾播出全季的**預定**（PICK-UP），某些時候可能僅是一齣新劇的部分集數。

SHOWRUNNER／節目統籌

負責控管一齣影集所有層面，並決定影集走向的最高層級監製。

SLUG LINE／場次標題

某些編劇軟體會採用**場次標題**（SCENE HEADING）此一用法。在劇本裡，場次標題呈現方式為**內**（INT.）或**外**（EXT.），之後接上場景的時間地點。

SPEC SCRIPT／潛力劇本

以售出為目標所創作的示範用劇本。新手編劇可以透過撰寫既有影集的潛力劇本來展現自己的能力。

SPRINGBOARDS／觸媒

影集裡頭，促成某個行為的情境：在**類型**（FRANCHISE）影集裡，提供故事前提的層面。舉例來說，在一齣醫療劇裡頭，一名新出現的病患為某個故事提供了觸媒。

STAFF WRITER／編劇寫手

編劇團隊的最底層，通常是新手，亦稱為菜鳥寫手（Baby Writer）。

STEP DEAL／階段式合約

在每一個寫作階段設下「停損點」的編劇合約。舉例而言，若某名編劇的大綱不被影集採用，則他的工作可能便就此打住，不會再受雇負責初稿。

STORY EDITOR／編審

編劇團隊裡頭，地位比**編劇寫手**（STAFF WRITER）高，但比**製作人**（PRODUCER）低的編劇，負責撰寫及重寫影集劇本。

SUPERVISING PRODUCER／編劇統籌

高階製作人，可能會負責管理編劇室。

SYNDICATION／廣播聯賣

影集在電視台全劇播畢之後，播放權以包裹的形式轉賣給地方性電台或海外市場，成為一齣影集在首播之外的高價值獲利來源。一般而言，廣播聯賣需要超過八十八集方能進行。

T

TEASER／序場

播出片頭之前的影集開場。不見得總是與該集的故事有關，但通常可以提供觀眾**鉤引**（HOOK）或為故事鋪哏，亦稱為**序幕**（PROLOGUE）或**冷開場**（COLD OPENING）。

TELEPLAY／電視劇本

為電視所創作的劇本。

TRADES／產業報

以《綜藝報》（*Variety*）和《好萊塢報導者》（*The Hollywood Reporter*）為首，關於娛樂產業的日報或週報。

TREATMENT／長綱

一部電影的完整敘事，技術上是將整部電影除了對白之外的部分改寫為一篇長文，但往往會縮編為一份短綱

W

WEBISODES／網路集

針對在網路播放所設計的特定集數，有可能是為了與某齣既有影集互補而生，也可能是全新的原創製作。

WRITERS GUILD OF AMERICA／美國編劇公會

代表編劇的正式公會，其下分別有西岸分會（以洛杉磯為根據地）與東岸分會（以紐約為根據地），並在其他國家有相關組織。

美國境內編劇資源

美國編劇公會西岸分會（The Writers Guild of America〔WGA〕, West）

www.wga.org

7000 West Third Street

Los Angeles, CA 90048

加州洛杉磯

(323) 951-4000

編劇公會智慧財產登記處（WGA Intellectual Property Registry）

(323) 782-4500

辦公室開放時間為週一至週五早上九點三十分至下午五點三十分。

公會外二十四小時皆提供遞件。

編劇公會詹姆斯韋伯紀念圖書館（WGA James R. Webb Memorial Library）

(323) 782-4544

位於編劇公會一樓。

大眾可於此閱讀劇本與觀賞影集。

開放時間為週一至週五早上十點至下午五點，週四延至晚間八點。

（每月最後一個週五休館）

美國編劇公會東岸分會（The Writers Guild of America, East）

555 W. 57th Street

New York, NY 10019

紐約

（編劇公會東岸分會沒有劇本圖書館）

世界各國皆有美國編劇公會之相關編劇公會，如大不列顛編劇公會和紐西蘭編劇公會。

廣播電視博物館西岸分館（Museum of Television and Radio, West）

465 N. Beverly Drive

Beverly Hills, CA 90210

加州比佛利山莊

(310) 786-1000

大眾可免費於此借閱圖書與觀賞影集。
開放時間為週三至週日，午間至下午五點。

廣播電視博物館東岸分館（**Museum of Television and Radio, East**）
25 W. 52nd Street
New York, NY 10019
紐約
(212) 621-6600
入場費為十美金，另有放映與講座。
開放時間為週二至週日，午間至下午六點。

電視藝術及科學學院（**Academy of Television Arts and Sciences**）
5220 Lankershim Blvd.
North Hollywood, CA 91601
加州北好萊塢
(818) 754-2800
（電視學院並無劇本圖書館）

台灣編劇相關資源

台北市影視編劇職業工會

https://taipeiscreenwriter.weebly.com/

台北市影委會台北電影學院

http://www.filmcommission.taipei/tw/AboutFilmCommission/TaipeiFilmInstitute

中華民國電影事業發展基金會

http://mpfroc.org/index.php

中華電影製片協會

https://www.facebook.com/tfpa.tw/

文化部獎補助資訊網

https://grants.moc.gov.tw/Web/index.jsp?R=1

文化部影視及流行音樂產業局「年度電視節目劇本創作獎」

http://2017tv.tavis.tw/

文化部電影優良劇本徵件

http://join.tfi.org.tw/esa/rule.asp

公共電視「學生劇展」、「人生劇展」（不定期徵件）

https://www.pts.org.tw/procampaign/

台北市政府文化局主辦、台北市電影委員會承辦「拍台北」電影劇本徵選

http://www.filmcommission.taipei/event/filmingtaipei09/

鏡文學

https://www.mirrorfiction.com/

台灣華文原創故事編劇駐市計畫

http://w9.khcc.gov.tw/khccvideo/home01.aspx?ID=1

金馬創投

http://www.goldenhorse.org.tw/fpp/submission/guidelines/

香港亞洲電影投資會

https://www.haf.org.hk/

韓國釜山創投

http://apm.asianfilmmarket.org/structure/eng/default.asp

——作者設計之編劇實用表格，需要讀者可影印使用——

基本的四幕框架

	第一幕	第二幕	第三幕	第四幕
（序場）				
1				
2				
3				
4				
5				
6				
7				

出處：《超棒電視影集這樣寫》／潘蜜拉・道格拉斯著

六幕框架

	第一幕	第二幕	第三幕	第四幕	第五幕	第六幕
1						
2						
3						
4						

出處：《超棒電視影集這樣寫》／潘蜜拉・道格拉斯著

超棒電視影集這樣寫：美劇創作的觀念、技藝、心法

Writing The TV Drama Series：
How to Succeed as a Professional Writer in TV (3rd Edition)

作者：潘蜜拉・道格拉斯／Pamela Douglas
譯者：呂繼先
審訂：廖振凱
校對：張家彰

特約編輯：翁仲琪
責任編輯：戴偉傑、李佩璇
美術設計：三人制創
總編輯兼總經理：董成瑜
發行人：裴偉

出版：鏡文學股份有限公司
114066 台北市內湖區堤頂大道一段 365 號 7 樓
電話：02-6633-3500
傳真：02-6633-3544
讀者服務信箱：mf.service@mirrorfiction.com

總經銷：大和書報圖書股份有限公司
242 新北市新莊區五工五路 2 號
電話：02-8990-2588
傳真：02-2299-7900

內頁排版：宸遠彩藝有限公司
印刷：漾格科技股份有限公司
出版日期：2017 年 12 月 初版一刷
2019 年 11 月 初版二刷
2021 年 08 月 初版三刷
ISBN：978-986-95456-1-7
定價：480 元

國家圖書館出版品預行編目 (CIP) 資料

超棒電視影集這樣寫 / 潘蜜拉 . 道格拉斯著 ; 呂繼先譯 . -- 初版 . -- 臺北市 : 鏡文學 , 2017.12
448 面 ; 14.8 x 21 公分
譯自 : Writing the TV Drama Series
ISBN 978-986-95456-1-7(平裝)

1. 電視劇本 2. 寫作法

812.31 106021059